Stefani Hasse

Der verbotene Wunsch

Die vier Göttergaben

Knaur

Besuche uns im Internet:
www.knaur.de
Facebook: https://www.facebook.com/KnaurFantasy/
Instagram: @KnaurFantasy

Originalausgabe März 2022
Knaur Taschenbuch

Ein Imprint der Verlagsgruppe
Droemer Knaur GmbH & Co. KG, München

Karte: Stefanie Hasse
Redaktion: Katja Hildebrandt
Covergestaltung: Alexander Kopainski, www.kopainski.com
Coverabbildung: Collage von Alexander Kopainski unter Verwendung von Motiven von Shutterstock.com
Satz: Adobe InDesign im Verlag
Druck und Bindung: CPI books GmbH, Leck
ISBN 978-3-426-52683-5

2 4 5 3 1

*Für alle, deren Wünsche nicht
in Erfüllung gegangen sind.
Vielleicht war es besser so.*

Prolog

Von da an gab es im Zentrum des Imperiums, den ehemaligen Midlanden, zwei Herrscher: einen Princeps und eine Princepa. Sobald der Sohn des Princeps und die Tochter der Princepa ihre Wünsche schreiben dürfen, wird die neue Generation zu Princeps und Princepa gekrönt.«

Die weißhaarige Amme wartete aufmerksam, bis die beiden Achtjährigen verstanden. Die Augen des kleinen Valerian begannen zu leuchten, und er stupste Malena so fest an, dass sie beinahe von ihrem Sitzpolster fiel. Sie beschwerte sich lautstark, bis er sich entschuldigte. Zufrieden richtete sie sich wieder auf und zupfte ihre helle Tunika zurecht.

»Dann kann ich mir meinen Wunsch aufbewahren, bis ich Princepa bin, oder Nimh?«, schlussfolgerte Malena, und der Stoff ihres Gewandes raschelte, weil ihre kurzen Beine vor Aufregung wackelten. Bis sie nach wenigen Atemzügen enttäuscht zusammensackte. »Als Princepa habe ich doch bereits alles. Was soll ich mir dann noch wünschen?«

Valerian munterte seine Ziehschwester auf: »Wir werden etwas finden. Etwas, das sich keine Princepa vorher gewünscht hat – und auch kein Princeps. Wir werden die Ersten sein.«

Die beiden lächelten einander an, und in ihren Köpfen spannen sich die wildesten Gedanken zusammen. Daher achteten sie nicht auf die Amme, die niedergeschlagen zu Boden blickte und die Lippen fest zusammenpresste, um die Worte nicht herauszulassen, die sie der Erbin am liebsten zugerufen hätte. Sie hatte dieselben Aussagen bereits gehört, als der amtierende Princeps und die verstorbene Princepa in dem Alter der Kinder waren. Und doch hatte sich seither rein gar nichts verändert.

Die Amme sah den beiden mit sorgenvollem Herzen hinterher, räusperte sich, als die wutverzerrten Blicke von Valerians Wachen Malena streiften, die sie bereits wie ihre Ahninnen behandelten, dabei war sie noch ein unschuldiges kleines Mädchen. In ihrer kindlichen Naivität glaubte sie ein jedes Mal Valerians Ausflüchten, dass die Wachen – überwiegend seine männlichen Legionäre, aber hin und wieder auch Malenas Gardistinnen – nur schlechte Laune hatten. Oder zumindest wollte die Kleine es glauben. Der Amme zerriss es immer wieder aufs Neue das Herz.

1
Malena

ZWÖLF JAHRE SPÄTER

Die ersten Sonnenstrahlen krochen durch die mit Ornamentgittern geschmückten Rundbogenfenster ins Innere des Palastes. Malena hatte sich bereits eingekleidet und schlich aus ihren Gemächern auf den Flur, stets darauf bedacht, nicht den geringsten Laut zu verursachen. Der Geruch nach Sandelholz folgte ihr, während sie den Beutel mit den duftenden Holzspänen, einem Räucherschälchen und einer Kerze unter ihrer Toga verbarg. Es gab lediglich diesen Geruch, der ihr von ihrer Mutter geblieben war. Sie kannte die ehemalige Princepa nur von dem einzigen Porträt in der Ahnengalerie, von dem sie sicher war, der Maler hätte sie nicht annähernd richtig eingefangen. Der finstere Blick, mit dem er Anthea verewigt hatte, konnte niemals der Person gehören, von der ihre Amme Nimh ihr immer erzählt hatte.

Aber was wusste Malena schon? Sie war nicht einmal drei gewesen, als ihre Mutter das grausame Schicksal ihrer Ahninnen ereilt und sie einen frühen Tod gefunden hatte.

Heute jährte sich dieser Tod zum sechzehnten Mal. Für alle anderen im Palast war die ehemalige Princepa nur ein Porträt in der Ahnengalerie, wie es die Statuten vorsahen, wie es seit jeher gehandhabt wurde. Doch Malena hielt noch immer an ihr fest, dachte an sie, an ihr grausames Schicksal. Auf leisen Sohlen huschte Malena am Bildnis ihrer Mutter vorbei, ihre Finger strichen dabei sanft über die eine Stelle an der Schulter, an der sie laut Nimhs Erzählungen immer gehangen hatte, um den Duft nach Sandelholz einzuatmen.

Dann eilte sie weiter, an einer endlosen Reihe von Porträts vorbei, die allesamt junge Frauen in der Blüte ihres Lebens zeigten. Die ehemaligen Princepas des vereinten Imperiums. Von weit entfernt erklangen Rufe, und Malena zuckte zusammen. Sie hoffte, dass Circe es geschafft hatte und ihre Worte wahr werden ließ, indem sie die Bediensteten aufhielt, die Malena einkleiden wollten. Malena beschleunigte ihre Schritte und erreichte das Ende des Palastflurs der Frauen. Vorsichtig linste sie um die Ecke auf die Galerie, von der eine breite geschwungene Treppe nach unten führte. Als sie niemanden entdecken konnte, warf sie einen schnellen Blick in den Gemeinschaftsraum unter ihr. Noch war es ruhig, der Morgenappell hatte bislang nicht stattgefunden, das Treiben in diesem Teil des Palastes würde erst beginnen. Malenas Finger glitten die Balustrade entlang, ein marmornes Geländer, das auf etlichen kleinen Palisaden ruhte. Die Galerie wurde von Säulen getragen, wie die Stützen des palasthohen Raums, die hoch über ihrem Kopf zusammenwuchsen. Lena stieg leise die Stufen hinab, sah sich wieder und wieder um, ihr Blick folgte jedem noch so entfernten Geräusch, während sie ihrem Ziel immer näher kam.

Sie presste den Beutel mit Sandelholzstücken fester an sich, der Duft ihrer Mutter wurde stärker, als würde sie ihr tatsächlich näher kommen. Genau so fühlte es sich für Malena an, als sie den Fuß der Treppe erreicht hatte. Kurz versicherte sie sich, dass auch unter der Galerie, in ihrem einstigen Lehrraum neben dem Zugang zu den Dienstbotengängen und zu ihrer Palastküche, alles verwaist war. Anschließend ging sie direkt auf das ehemalige Kinderzimmer, später Unterrichtszimmer, zu. Jenem Raum, in dem sie und Valerian mit ihrer Amme Nimh die meiste Zeit des Tages verbracht hatten, später dann in Geschichte, Sprachen, Gesellschaft, Kunst und mehr unterrichtet worden waren. Wie viele Stunden hatte sie in diesem Raum voller Lehrbücher verweilt? Doch er war nicht ihr Ziel. Sie strebte auf die hölzerne Verkleidung der Wand daneben zu. Die aufwendigen Schnitzereien aus dem dunklen Holz des Westens zeigten Szenen großer Kriege und hoben sich daumenbreit vom Stein dahinter ab. Malena kannte jedes dieser Bilder in- und auswendig. Auf ihrer Seite des Palastes, der Seite der Frauen, gab es hölzerne Abbildungen der glorreichen Daria, die das Imperium vor so vielen Jahrhunderten geeint hatte. Auf der anderen Seite der Tür, im männlichen Pendant des Palastes, schloss die Bilderserie mit Darias Bruder Decimus ab, mit dem Daria nach ihrem großen Sieg der Einheit gemeinsam regiert hatte. Von diesem in Holz gebannten Moment an gab es im Imperium zwei Herrscherlinien. Die ausschließlich weiblichen Nachkommen Darias bewohnten Malenas Seite des Palastes, die allesamt männlichen Nachfahren von Decimus die andere.

Malenas Finger streiften über die Schnitzerei von Darias Triumphzug in die Stadt, die ihr zu Ehren Dariana genannt wurde. Malena ging in die Hocke, grub ihren Finger eine Handbreit über dem steinernen Sockel hinter eine der Gardistinnen, die Darias Einzug in die neue Hauptstadt flankierten, und holte ein kleines goldenes Medaillon hervor, das einst ihrer Mutter Anthea gehört hatte.

Malena sah wieder vor sich, wie winzige Finger das Medaillon damals dort verborgen hatten. Es war der erste Todestag ihrer Mutter gewesen. Ihre Amme Nimh hatte sie sehr früh geweckt und aus ihren Gemächern gezogen. Nur in ihr Nachtkleid gehüllt, war sie schlaftrunken barfuß hinter Nimh hergetapst, die ihr leise flüsternd erklärt hatte, dass sie ihre Mutter nie vergessen dürfe. Nicht, wie es allen anderen aufgetragen wurde. Das Porträt in der Ahnengalerie sollte das einzige nüchterne Andenken an Anthea sein. Nimh hatte das anders gesehen. Sie hatte Antheas liebstes Schmuckstück noch vor der Totenzeremonie im Tempel an sich genommen und für Malena aufbewahrt. An ihrem ersten Todestag hatte sie es ihr geschenkt, hatte Malena, wie in all den nachfolgenden Jahren, Anekdoten über Anthea erzählt. Wie sie als Mädchen in ihrem Alter war. Malena sollte nicht glauben, was man sich später berichtete. Und Malena hielt sich noch heute daran.

Nimhs Geschichten, das Berühren des Medaillons und das Entzünden der Sandelholzspäne waren zu einem jährlichen Ritual geworden. Bis auch Nimh Malena verlassen hatte. Von da an hatte es keine Geschichten mehr gegeben, nur noch verblassende Erinnerungen. So wie die an ihre Mutter wurde auch das Andenken an Nimh immer mehr in Nebel gehüllt.

Circe, Malenas erste Gardistin, wurde von da an zu ihrer engsten Vertrauten, aber dieses Geheimnis konnte und durfte sie mit niemandem teilen, der nicht von Anfang an dabei gewesen war. Malena legte sich das Medaillon um den Hals, holte dann aus dem mitgebrachten Beutel die kleine Kerze, die sie schnell an einer der Fackeln an den die Galerie tragenden Säulen entzündete. Sie kniete sich wieder vor die Schnitzereien, holte die winzige metallene Schale aus dem Beutel, streute Sandelholzsplitter darauf und hielt die Flamme der Kerze dagegen. Der intensive Rauch lockte all die Geschichten von Nimh an. Malena ließ sich immer tiefer in Erinnerungen an die Erzählungen über ihre Mutter gleiten, die Bilder und Gefühle zutage förderten und Fragen aufwarfen, die sie ansonsten nicht zu stellen wagte.

Trotz der Tränen, die Malena bereits auf ihren Lippen schmeckte, trotz all der Trauer, die sie mit dem aufsteigenden Rauch einhüllte, schlich sich ein Lächeln auf ihre Lippen, als sie die Wärme einer Hand auf ihrer Schulter spürte.

Sie wusste, dass es Valerian war, der gleich einem geräuschlosen Ifrit Stufe für Stufe die geschwungene Treppe hinabgeglitten war, die zu seiner Seite des Palastes führte, ehe er Schritt für Schritt näher gekommen war, um sie an diesem schweren Tag zu unterstützen wie in all den Jahren nach Antheas Tod.

Sanft strichen seine Finger über ihre Schultern, Malena entspannte sich sofort, hieß die wohlige Wärme, die sich wie eine schützende Rüstung um ihr Herz legte, willkommen. Valerians Gegenwart machte ihr wieder bewusst, dass sie eben nicht alle verloren hatte. Valerian war ihr geblieben. Seine damals kindlichen Finger, mit denen er ihr das Medaillon am Ende ihrer Trauerzeit wieder abnahm, waren Jahr für Jahr gewachsen, aber er hatte sich nie verändert. Er war von Kindesbeinen an immer an ihrer Seite gewesen, hatte sie wie Nimh einst vor den finsteren Blicken der anderen beschützt, von denen er immer behauptet hatte, sie wären nicht für sie bestimmt. Malena wusste es besser, hatte es immer gewusst.

Val war die einzige Familie, die ihr geblieben war. Gemeinsam löschten sie das Räucherwerk, Malena verbarg das Medaillon wieder hinter dem Pferd der Gardistin, ehe sie Kerze und Räucherschälchen in ihren Beutel packte.

Gemeinsam erhoben sie sich, nahmen einander noch einmal in den Arm. Geborgenheit flutete Malenas Körper, und erst als sie nicht länger von lautlosen Schluchzern geschüttelt wurde, schob Val sie sanft von sich, strich ihr zärtlich eine Haarsträhne aus dem Gesicht und wischte die Tränen von ihren Wangen. Ohne Absprache gingen sie im selben Moment los, huschten die jeweilige Treppe zur Galerie empor und strebten auf ihre Flügel des Palastes zu. Das Gewicht, das nun auf Malenas Schultern drückte, war der Ungewissheit geschuldet. Noch in diesem Sommer würden Val und sie das Imperium für immer verändern. Ihr geheimes Ritual wäre dann nicht länger notwendig, und doch hing Malena fest daran. Trauer schnürte ihre Brust zusammen, als sie auf ihren Flügel zustrebte. Ehe sie ihn nicht mehr sehen konnte, drehte sich Malena ein letztes Mal um, wie immer. Valerian tat dasselbe an seinem Ende der Galerie.

Noch einmal hob er die Hand, lächelte ihr aufmunternd zu, als wüsste er genau, wie sehr sie es in diesem Moment brauchte. Die Gewissheit, dass sich für sie beide, für das ganze Imperium, noch in diesem Jahr alles zum Guten wenden würde, vertrieb den Rest des klammen Gefühls. Sie beide würden die Welt verändern. Wie sie es Nimh einst versprochen hatten. Bei der letzten Trauerzeremonie zu Antheas Todestag, ehe Nimh von ihnen gegangen war. Malena starrte etliche Herzschläge lang auf die inzwischen verwaiste Galerie, als erwarte sie, Valerian noch einmal zu sehen.

Empfand er ebenso wie sie? Hatte er dasselbe Gefühl von Verwirrung? Ein brausendes Gemisch aus Angst und Hoffnung? Hektische Schritte ließen Malena zusammenzucken, ihre Neugier siegte jedoch, und sie lugte noch einmal um die Ecke. Er war zurückgekehrt, nickte ihr über das Geländer hinweg zu und wartete, bis sie die Kraft aufbrachte, in ihre Gemächer zu gehen. Das war alles, was Malena an Sicherheit brauchte. Sie beide würden die Welt verändern. Für eine bessere Zukunft.

2
Malena

DREI MONDE SPÄTER

Die Veränderung lag in der Luft. Unsichtbar wie Staub, der sich im Laufe des Tages auf den zahlreichen Säulen und Ornamenten niederlegen würde, die Malena auf ihrem Weg in den Flügel der Männer passierte. Der große Tag war gekommen. *Ihr* großer Tag war gekommen. Wie viele Jahre hatte sie diesem Moment entgegengefiebert, geduldig gelernt, zahlreiche langweilige Stunden mit ihren Lehrmeisterinnen verbracht. Alle hatten sie auf diesen Tag vorbereitet. Den Tag von Valerians und ihrer Krönung, den Tag, an dem Princeps Sargon, Vals Vater, sein Amt übergeben und zu seinem Alterssitz reisen würde.

»Wenn du weiter trödelst, verpassen wir deine eigene Krönung!« Circe hakte sich bei Malena unter und zerrte sie beharrlich den Flur entlang.

»Ich bin noch nie hier gewesen, findest du nicht auch, dass es ganz anders aussieht als in unserem Flügel?« Malenas Blick glitt über die schmucklosen Wände zwischen den Bogenfenstern. Alles wirkte so kühl, zweckmäßig. Ihre Bediensteten brachten stets frische Blumen mit, stellten sie dekorativ auf, damit sie ihren Duft verströmten. Malena rümpfte die Nase. Hier roch es nicht nach Blumen, hier stank es fürchterlich.

Sie passierten gerade das Gymnasium, die große Trainingshalle von Vals Soldaten. Sie war verwaist, stellte Malena fest, als sie an Circes Arm riss, stehen blieb und neugierige Blicke hineinwarf. Alle Soldaten waren im Einsatz, bemerkte sie enttäuscht. Sie hätte zu gerne das Training beobachtet und herausgefunden, ob sich die Kampftechniken wirklich so unterschieden, wie Circe behauptet hatte.

Auch der Raum, den sie sich nun genauer ansah, könnte sich nicht stärker von seinem Pendant im Flügel der Frauen unterscheiden. Jede Waffe ihrer Gardistinnen hatte eine Haltevorrichtung an der Wand, ihre Schwerter lagen nicht wie hier lieblos und nur teils in ihren Scheiden steckend herum wie auf einem Schlachtfeld.

Malena war sich sicher, in die bessere Seite des Palastes hineingeboren worden zu sein.

Circe sah Malena herausfordernd an. »Können wir weiter, Principa?« Trotz des förmlichen Titels, der Malena eigentlich erst nach der Krönung zu eigen sein würde, klangen Circes Worte schnippisch, während sie an der Tunika ihrer Gardistinnenuniform zupfte, ehe sie die Hand wieder auf den Schwertknauf an ihrer Seite legte.

»Bist du denn gar nicht aufgeregt?«, wollte Malena wissen und studierte ihre beste Freundin und oberste Gardistin ganz genau. Ihre hellbraunen Haare hatte diese ihrer Position entsprechend zu einem harten Knoten am Hinterkopf gebunden. Malena mochte es lieber, wenn sie ihre Zivilkleidung trug und die langen Haare ihre hohen Wangenknochen umspielten. Aber selbst die schäbigsten Lumpen würden Circes Schönheit keinesfalls schmälern können. Neben ihr verblassten all die vollkommenen Marmorstatuen im Badehaus.

»Warum sollte ich das jetzt schon sein? Ich mache mir eher Sorgen, was dort draußen passieren wird.« Sie sah sich um, als könnte plötzlich jemand durch eines der Fenster hier im obersten Stockwerk des Palastes aus dem Nichts auftauchen und Malena anfallen. Da sie Malena nach dem Gesagten stehen ließ, blieb dieser gar nichts anderes übrig, als Circe zu folgen, wenn sie etwas erwidern wollte.

»Es wird nichts geschehen«, sagte sie mit tiefster Überzeugung. »Es ist der Tag der Krönungszeremonie. Das Volk ist in Feierlaune.« Sie passierten gerade ein geöffnetes Fenster, das ihr einen Blick hinunter auf Dariana erlaubte, dessen Dächer und Kuppeln in der Mittagssonne glänzten. Ein warmer Wind trug die Stimmen des Volkes zu ihnen, das bereits seit Tagesanbruch im Kolosseum wartete.

»Sie feiern *ihn,* das weißt du genau. Männer werden für das gefeiert, wofür Frauen verunglimpft werden.« Circe sah Malena nicht an, aber ihre Stimme klang hart, beinahe verbittert. Wie die Personen, deren Bilder an der Wand aufgereiht hingen. Gerade gingen sie an der Ahnengalerie vorbei, ähnlich der auf Malenas Seite des Palastes.

»Sie sind alle so … alt.« Malena blieb stehen und fuhr mit der Hand über die raue Struktur des Gesichts vor ihr. Im Gegensatz zu den Gemälden ihrer Ahninnen, deren letzte jährlich angefertigte Porträts alle aus jungen Jahren stammten wie das von Anthea, hatten Vals Vorfahren fast alle graue Haare und etliche Falten, die von einem langen Leben zeugten. Malena schluckte. Sie kannte die Geschichten über die Erbinnen Darias, der Namensgeberin der Stadt. Wie auch Malenas Mutter holte der Tod sie alle sehr früh in sein Reich. Sie fielen in Kriegen, wurden Opfer von Attentaten oder starben durch eigene Hand. Sie sahen auf den zuletzt angefertigten Porträts nur wenig älter aus als Malenas Spiegelbild. Den Unterschied aber so deutlich zu sehen, vergegenwärtigte die geflüsterten Worte ihrer Amme Nimh und all die Ängste, die sie Malena trotz ihrer Umarmung nicht hatte nehmen können. »Das Volk behauptet, Darias Nachkommen seien verflucht.«

* * *

Die Worte folgten Malena bis zu Valerians Gemächer, vor denen Circe sich verabschiedete und regelrecht flüchtete. So kannte Malena ihre Freundin gar nicht.

Sie zwang sich zu einem Lächeln und betrat den Raum.

Val hörte sie nicht kommen. Er stand mit dem Rücken zu ihr und kontrollierte im Spiegel den Sitz seiner Toga. So konzentriert, dass er zusammenzuckte, als sich ihre Blicke im goldenen Rahmen trafen.

Er wirkte angespannt, gereizt, beinahe schon verärgert. Damit überspielte er seine Angst. Circe sagte immer, dass dies ein typischer Charakterzug von Männern war, aber Malena sah dasselbe ebenso bei ihren Freundinnen. Was für viele der laut Circe unverkennbar männlichen Eigenschaften galt. Malena kannte außer Val, dessen Vater, Princeps Sargon, ihrem gemeinsamen Lehrmeister Georgius und dem finsteren obersten Priester Lothair niemanden des anderen Geschlechts, sie musste sich also auf das verlassen, was die Gardistinnen – ihre Freundinnen – ihr sagten. Wobei sie sich nie sicher sein konnte, ob die von so vielen Mündern weitergetragenen Ratschläge überhaupt einen wahren Kern hatten. Einst verbreitete sich das Gerücht unter den Frauen, dass die Männer sich jeden Mondlauf aufs Neue bei ihren Blutungen in Steine verwandelten, um dem Schmerz zu entgehen. Val hatte sich beinahe an seinem Essen verschluckt, als sie ihm davon berichtet hatte. Sie war aber froh, es getan zu haben. Denn erst durch ihn hatte sie erfahren, dass Männer überhaupt keine Blutungen hatten – und sich somit natürlich nicht in Stein verwandelten. Gemeinsam hatten sie dafür gesorgt, dass auftretenden Gerüchten mit mehr Besonnenheit begegnet wurde und dadurch viele dieser alten Vorurteile entkräften werden konnten. Bis auf jenes, das sich seit Jahrtausenden immer wieder zu bestätigen schien: dass ihre Ahninnen allesamt bösartige Frauen waren, die das Volk wissentlich ins Unheil stürzten – was in der männlichen Seite des Palastes dann verallgemeinert und auf alle Frauen bezogen wurde. So oft Val es auch versucht hatte, kein Mann nahm ihm ab, dass Frauen – oder gar Malena – liebenswerte Menschen waren.

Malena wollte es ihnen allen beweisen und für eine Einheit des Palastes kämpfen, um all den Vorurteilen ein Ende zu bereiten. Ihre Meinung hatte sich nicht geändert. Sie würde ihren Traum eines vereinten Palastes alsbald mit ihrem Blut auf die Tontafel schreiben – mit deren Hilfe Vals und ihr Wunsch, den sie nach der Krönungszeremonie schreiben durften, erfüllt wurde. Doch wie stand es um Val? Hatte er seine Meinung geändert? Sie fing seinen Blick im Spiegel auf.

»Hältst du dich an das, was wir uns geschworen haben?«, fragte sie und verfolgte im Spiegel Vals Reaktion. Seine schmalen Lippen wurden zu einem Strich, ehe ihm ein Seufzen entfuhr – das sie geübt ignorierte. »Wir wollten eine Veränderung. Wir wollten, dass … es aufhört. Ich will nicht länger in meiner Palasthälfte eingesperrt sein.« Ihre Lippen bebten, als die Worte aus ihr hervorquollen, all die Sehnsüchte und Verzweiflung bahnbrachen. »Ich weiß einfach, dass du dich mit Circe und den anderen Frauen genauso vertragen wirst wie ich mich mit deinen Freunden.« Obwohl sie diesen Ton an sich verabscheute, klang sie nahezu flehend. Sie sehnte sich nach der Welt außerhalb ihres Palastflügels, dürstete nach einem Blick über die hohe Mauer, die ihre Hälfte der weitläufigen Gärten umgab wie ein Gefängnis. Es gab dort draußen eine ganze Stadt zu entdecken, eine ganze Welt. Gemeinsam mit ihrem Ziehbruder.

Val zupfte seine Toga wieder zurecht und sah Malena dann etliche Herzschläge lang an. So hatte sie Zeit, ihre beiden Spiegelbilder ebenfalls genau zu betrachten. Seine hellen Locken waren das absolute Gegenteil ihrer eigenen schwarzen

Haare, die so dicht und lang waren, dass ihre Dienerinnen täglich einen regelrechten Kampf mit ihnen ausfochten. Auch zwischen ihrer und seiner Hautfarbe lagen sicher mehrere Farbtöne, ein deutlicher Beleg dafür, dass sie keine echten Geschwister waren, sondern den zwei getrennten Herrscherlinien des Imperiums entsprangen. Wo ihr Kunstlehrer Georgius Val vermutlich mit dem hellsten Beigeton malen würde, musste er für Malena spätestens zu Midsommer zu einem hellen Braun greifen, das er stets als Bronze bezeichnete, was Malena immer an die Repliken der früheren Princeps und Princepas im Forum erinnerte. Als sie klein gewesen waren, hatten sie sich in den Gesichtszügen ähnlich gesehen – wie vermutlich alle Kinder, behauptete Circe. Nicht, dass Malena je andere Jungen von Nahem zu Gesicht bekommen hatte. Vielleicht hatte Val damals ja nur ausgeprägte weibliche Züge besessen?

Doch selbst wenn: Die hatten sich in den letzten Jahren komplett verloren. Wo ihr Körper und der von Circe und den anderen Frauen zwar durchtrainiert, aber weich war, besaß Val Kanten und Muskeln, mit denen er ständig angab, nachdem ihn die Soldaten – Männer, die er Freunde nannte – täglich durch den Park des Palastes hetzten und ihm anschließend bei Körperübungen immer mehr abverlangten. Malena war es untersagt, mit ihm zu trainieren – sie musste ihr eigenes Training mit Circe und den anderen Gardistinnen absolvieren.

»Ich habe nicht vergessen, was wir uns alles erträumt haben, Malena.« Das sanfte Lächeln ließ seine Züge sofort weicher werden. »Und ich werde mein Versprechen halten und unseren Wunsch auf die Tontafel schreiben. Wir werden die Geschlechter im Palast vereinen, ich verspreche es dir.« Er schlug sich mit der Faust auf die Brust. Circe hatte diese Art Bekräftigung des Gesagten mit denen der wilden Tiere verglichen, die in den Wäldern zwischen den westlichen und südlichen Provinzen hausten – doch Val hatte ihr erklärt, dass es eine Geste des Respekts innerhalb seiner Legionen war, das Pendant zum respektvollen Nicken auf ihrer Seite des Palastes. Dennoch liebte Circe diesen Vergleich und zog ihn immer wieder heran.

Sie schob das Bild des behaarten Riesen, den sie nur aus Büchern kannte, von sich und suchte in Vals Mimik nach einer Lüge, wie Circe es sie gelehrt hatte. »Vertraue nie einem Mann«, hatte Malena öfter von ihr zu hören bekommen als alle anderen Weisheiten, und offenbar war sie ihr ins Blut übergegangen. In Vals Gesicht stand jedoch nichts als Aufrichtigkeit. Zufrieden sah sie ihr eigenes Spiegelbild an und raffte ihre Stola – ebenfalls mit der purpurnen Bordüre der Magistrate versehen – über ihrer linken Schulter etwas zusammen.

Heute war einer der beiden wichtigsten Tage ihrer Generation. Der Geburtstag ihres einzigen echten männlichen Kontakts, ihres besten – und einzigen – Freundes. Der Person, die dem für Malena abstrakten Begriff Familie am nächsten kam, dem Menschen, mit dem sie gemeinsam das Imperium regieren würde, bis sein Sohn oder ihre Tochter das zwanzigste Lebensjahr vollenden würden. Wie von selbst richtete sich Malena weiter auf, all die Lektionen aus dem Unterricht mit Nimh im Hinterkopf.

Jemand räusperte sich hinter ihnen, und Val wandte sich schnell um. Auch Malena konnte ihre Neugier nicht im Zaum halten. Abgesehen von diesem Moment kurz vor ihrer beider Krönung war es ihr verboten, sich in den privaten Gemächern ihres Bruders aufzuhalten. Gemächer im Palastflügel *seiner* Familie, wo es ausschließlich männliche Bedienstete gab und …

Malena stockte der Atem, als sie Vals besten Freund Aries

erkannte, der aus der Entfernung, aus der sie ihn sonst zu sehen bekam, nicht von anderen Männern mit dunklen Haaren zu unterscheiden war. Niemals hatte sie sein Gesicht genauer betrachten können, wenn die Soldaten in der Nähe des Flügels der Frauen – weit unter den Gemächern der Princepa – die hohe trennende Mauer passierten. Zum ersten Mal fiel ihr auf, wie breit er im Vergleich zu Val war, der als zukünftiger Princeps kein echter Soldat war und nicht so hart trainierte. Aries trug die dunkelblaue Toga der Offiziere, seine Iris hatte nahezu dieselbe Farbe, soweit Malena diese erkennen konnte. Denn er beobachtete sie aus misstrauisch zusammengekniffenen Augen, sodass in Malenas Magen ein Knoten entstand und sie sich ohne erkennbaren Grund unwohl fühlte. Durch sein dunkles Haar, das sich leicht wellte, fiel der Bartschatten weit mehr auf als bei Valerian, er betonte die kantigen Züge und ließ Aries finster und regelrecht Furcht einflößend wirken. Die breiten Schultern gingen in Arme über, deren Umfang mindestens doppelt so groß war wie bei Malena. Gerne hätte sie Val, um sich abzulenken, damit geneckt, dass Aries weit mehr Muskeln besaß als ihr Bruder, aber sie konnte – nein *wollte* – den Blick nicht von Aries abwenden. In ihrem Bauch schien etwas zu erwachen, das ihren Herzschlag beschleunigte. Sie starrte ihn weiter an, sog jedes noch so kleine Detail auf und genoss diese so ungewohnte Lebendigkeit ihres Körpers.

Im Gegensatz zu ihm. Er knurrte nur ein knappes »Der oberste Priester ist so weit«, drehte sich so schnell um, dass sich seine Toga aufbauschte, und verließ mit flatterndem Gewand Vals Gemächer.

Auf sein Räuspern hin wandte sich Malena zu ihrem Bruder um, dem ein bisher nie da gewesenes Funkeln in den Augen stand.

»Aries ist mein bester Freund«, sagte er nur. Erst als er

dazu noch seine helle Braue hob, begriff Malena, worauf er hinauswollte. Sie öffnete den Mund, um etwas zu sagen, doch die Worte kamen ihr erst nicht über die Lippen. Stattdessen färbten sich ihre Wangen in das Rot der Centurionen, und ihr Herz schlug so schnell in ihrer Brust wie die Flügel eines Kolibris. Bislang hatte sie nie mit Val über *diesen Teil* ihrer Zukunft gesprochen. Über die Auswahl der Gefährten und was nach der Krönung zu ihren Aufgaben gehörte. Natürlich hatte sie sich aus purer Neugier bereits mit Circe darüber ausgetauscht. Über den *Akt der Notwendigkeit,* um eine Tochter zu zeugen – den ihre Amme Nimh ihrerseits *Verschmelzung von Körper und Geist* genannt hatte. Malena war damals aber noch so klein gewesen, dass sie nicht näher nachgefragt hatte und Circes Beschreibung des körperlichen Kontakts hängen geblieben war, die für einen bitteren Geschmack in Malenas Mund sorgte, der nun so trocken wurde wie damals, als Val und sie Georgius' Kreide gegessen hatten, weil sie wissen wollten, wie sich ihre Stimme dadurch veränderte.

Da sie nichts erwiderte, fuhr Valerian fort: »Seine Pflichtzeit im Palast endet bald, und er könnte zu seiner Familie zurück …« Scheinbar war es auch für ihren Bruder ungewohnt, über jene Details zu reden, was Malenas Anspannung etwas lockerte. Sogar ihre Mundwinkel zuckten. »So könnte er weiter im Palast bleiben«, sagte er dann nur knapp, eine logische Begründung, die diese Bitte jedoch nicht besser machte.

»Du willst, dass ich mit ihm Nachkommen zeuge, damit *du* ihn im Palast behalten kannst?« Nun überkam sie eine Hitze, die nichts mit Scham zu tun hatte. Wenigstens sah Val ein, dass er etwas Falsches gesagt hatte, und wich ihrem Blick aus.

»Tut mir leid, Lena.« Ihren alten Kosenamen hatte sie lange nicht aus seinem Mund gehört, und sofort flaute ihr Ärger über seinen Egoismus ab. »Es ist nur … Ich kann mir nicht vorstellen, dass innerhalb der nächsten Monde alle aus meinem Leben verschwinden, die mich seit Nimhs Tod begleitet haben. Ich habe …« Er suchte nach dem richtigen Begriff, daher vollendete Malena seinen Satz: »Angst.«

Die Erinnerung an das sanftmütige Lächeln ihrer ehemaligen Amme wärmte Malenas Brust, und sie trat einen Schritt näher an Valerian, legte ihre Hand auf seinen bloßen Unterarm. Ein zarter dunkler Fleck auf seiner hellen Haut. »Ich weiß, was du meinst. Circe, Vilana, Mameida … sie alle werden nach und nach aus meinem Leben verschwinden und ein neues beginnen. Sie können machen, was sie wollen, sie werden …« Nun war sie es, die das Wort nicht aussprechen konnte. Sie schluckte, sah ihrem Bruder in die hellen blauen Augen.

»Frei sein«, flüsterten sie gemeinsam, und mit einem Mal fühlte sie sich in ihre Kindheit zurückversetzt, in der sie begriffen hatten, dass ihre Herkunft sie zu Gefangenen machte und die Freiheit, eigene Entscheidungen zu treffen, ihr oberstes Bestreben geworden war.

Bedrückende Stille legte sich über den Raum. Malena glaubte, ihr Herz schlagen zu hören, während sie unentwegt an ihrer beider Wunsch dachte: das Ende der Geschlechtertrennung im Palast und das Öffnen der Tore, um nicht länger gefangen zu sein.

Dann drangen Jubelschreie vom Kolosseum durch die Fenster. Der Hohepriester hatte offensichtlich mit seiner Ansprache begonnen.

»Wir sollten gehen«, sagte Val mit kratziger Stimme und trat einen Schritt zurück.

Malena nickte, und sie wandten sich beide der Tür zu, folgten dem langen Flur der Ahnengalerie, ein Wechselspiel von Licht und Schatten. Am Ende des Hufeisens angekommen, das den Grundriss des Palastes formte, stieg der Geräuschpegel. Die Blicke von Valerians Soldaten, die für die Zeremonie strammstanden, folgten ihnen. Malena spürte ihre Missgunst mit jedem Schritt und schluckte die Worte hinunter, die ihr auf der Zunge lagen. Die Soldaten waren wirklich so arrogant, wie Circe immer behauptete. Malena war der Hoffnung erlegen, dass sie wie so oft übertrieben hatte. Ein kurzer Blick zurück auf die geschnitzten Ornamente unter der Galerie gab ihr neuen Mut, der Missgunst zu begegnen. Val war an ihrer Seite. Und würde es immer sein.

Gemeinsam schritten Malena und Valerian die breite Treppe vor den Unterrichts- und Gemeinschaftsräumen der Galerie zur Empfangshalle hinab, die von Männern und Frauen gleichzeitig besucht werden durfte. Dennoch hielten sich alle Frauen auf der rechten und die Männer auf der linken Seite auf, niemand betrat freiwillig das Territorium des anderen Geschlechts. So oft Malena konnte, kam sie tagsüber hierher und hoffte, andere Gesichter zu erblicken als die ihrer Dienerinnen und Gardistinnen. Sie verstand nicht, warum nicht alle so neugierig waren wie sie selbst. Denn wann immer sie sich davonstehlen konnte, war die große Halle verwaist, als würden Ifrits der östlichen Provinz hier ihr Unwesen treiben.

Aries trat zu ihnen und sprach nur Val direkt an, als wäre Malena ebenfalls einer dieser Ifrits, denen man nie ins Antlitz blicken durfte – nur weil sie durch ihre Ahnenlinie das Blut des Ostens in sich trug. »Lothair erwartet euch im Kolosseum.« Ohne Malena auch nur einen kurzen Blick zu schenken, drehte er sich um und ging voran. Aries war der Inbegriff von Circes Beschreibung des anderen Geschlechts, und Malena ärgerte sich darüber. Ob mehr über die Tatsache, dass Männer wirklich den überheblichen, arroganten

Wesen glichen, oder darüber, dass Circe augenscheinlich recht zu behalten schien, wusste sie nicht. Mit einem Seufzen schloss Malena zu Val auf.

Gemeinsam folgten sie Aries den breiten gepflasterten Weg entlang, rechts und links standen sämtliche Bediensteten des Palastes zwischen den Feuerschalen vor den zwei hohen Mauern, die an der Frontseite des Palastes die Männer von den Frauen trennten. Zu Malenas Rechten reihten sich die Frauen des Palastes aneinander, auf Vals Seite schlugen sich die Männer mit der Faust auf die Brust, als sie passierten. Sie stiegen die Treppe empor, die auch zum Wehrgang führte, aber Aries strebte dem direkten Zugang zur Loge des unterhalb von Vals Palastseite angeschlossenen Kolosseums zu.

Der Lärm der tosenden Bevölkerung im Kolosseum wuchs mit jedem Schritt an.

Als sie und Valerian auf dem mit hellen Stoffbahnen überschatteten Balkon ankamen, erschallten aus allen Richtungen »Princeps Valerian«-Rufe, die Val immer größer werden ließen. Nie zuvor hatte Val seinem Vater so sehr geglichen – was sie Val besser nicht sagte. Er gab stets nur ein Grummeln zur Antwort, wenn sie ihn auf den scheidenden Princeps ansprach. Beinahe hätte sie gelacht, aber die finstere Erscheinung des obersten Priesters mit seiner Lederkappe über dem faltigen Gesicht und der schwarzen Toga mit dem Goldrand erstickte jegliche Belustigung.

Malena fand Lothair schon immer unheimlich, Nimhs Lektionen über den Hohepriester waren da nicht besonders zuträglich gewesen. Selbst die strahlende Sonne konnte sein grimmiges Gesicht mit den unzähligen Runzeln nicht erhellen. Er besaß neben Princeps und Princepa die größte Macht im Land. Mit dem heutigen Tag – Valerians und ihrer Krönung – würde er sogar mächtiger sein als Vals Vater Sargon, der seinem Erben in wenigen Augenblicken die Würde des Princeps abtreten würde.

Noch stand Valerians Vater erhobenen Hauptes vorne am Balkon und ließ sich bejubeln. Seine goldenen verschlungenen Ästen nachempfundene Krone mit den blutroten Edelsteinen sorgte bei jeder noch so kleinsten Bewegung für tanzende Lichtflecken auf dem Leinendach des Balkons. Sein purpurfarbener Umhang bedeckte seine gesamte Toga.

Wie es das Protokoll vorsah, trat Valerian zu seinem Vater, der ihm die Hand auf den Rücken legte. Sargon sah seinen Sohn voller Bedauern an, als würde er ihm an diesem Tag die Last der Welt auf die Schultern legen anstelle der Möglichkeit zur Veränderung. Malena blendete die weiteren Jubelrufe aus, ihre Gedanken reisten zu ihrer Mutter, die in diesem Moment an ihrer Seite stehen sollte. Ihre Brust schnürte sich ein und strich über das von ihrer Schneiderin eingenähte Sandelholzstück auf Höhe der goldenen Brosche, die ihre Toga hielt. Der Geruch nach ihrer Mutter hüllte Malena ein und beschwor das Gefühl, sie sei an diesem so wichtigen Tag anwesend.

Lothair trat zwischen den amtierenden und den künftigen Princeps und sprach die göttlichen Worte. Er bat um den Segen aller vier Gottheiten der Himmelsrichtungen, übertrug die Macht des Princeps auf Val und setzte ihm Sargons Krone auf die hellen Locken, ehe er Sargons purpurfarbenen Umhang über Vals Schultern legte.

Sargon, nun nur noch mit einer purpurfarbenen Bordüre als Träger der Magisterwürde erkennbar, trat daraufhin zurück in die Schatten. Sein Blick streifte Malena, und erneut stand dasselbe tiefe Bedauern darin wie seinem Sohn gegenüber. Bedauerte Sargon, seinen Platz räumen zu müssen? Noch an diesem Tag würde er zum Landsitz der ehemaligen Princeps nahe der Grenze zur östlichen Provinz reisen und dort sein weiteres Leben im Ruhestand genießen. Fernab der Großstadt und der Politik, tagelangen Debatten mit dem Senat oder Vertretern der Provinzen. Für einen Moment betrachtete Malena den Mann voller Neid. Er war nun frei. So frei, wie Val und sie es sich immer gewünscht hatten. Um ihm nachzueifern, mussten sie nur in den nächsten Tagen ihre Wünsche auf die Tontafel niederschreiben, und sie würden wahr werden. Val und sie würden ebenfalls frei sein und nicht nur die Teilung des Palastes für immer beenden.

Lothair wandte sich Malena zu. Seine Augen waren von so blassem Blau, dass sie wie alles an ihm grau wirkten. In ihnen glomm jedoch etwas, das Malena nie in der Lage war zu beschreiben. Es war vielmehr ein Gefühl, ein Instinkt, der sie in seiner Nähe immer erschaudern ließ. Vielleicht lag es daran, dass er ein Mann war, auch wenn der oberste Priester offen mit beiden Geschlechtern interagieren konnte, ebenso wie die heilenden Frauen auch Männern beistehen konnten.

Mit Gänsehaut auf den Unterarmen ließ sich Malena zur Balustrade führen und versuchte zu lächeln, als die spärlichen »Princepa Malena«-Rufe zu ihr drangen. Sie verstummten völlig, als von irgendwo dort unten ein schriller Pfiff ertönte. Das so deutliche Zeichen von Ablehnung schmerzte in Malenas Brust, und sie fuhr instinktiv zusammen. Die weibliche Seite der Herrscherlinie genoss nicht gerade hohes Ansehen in der Bevölkerung, dessen war sie sich immer bewusst gewesen. Sie war sich all der Geschichten bewusst. Sie hatte jedoch nicht erahnen können, wie sehr es schmerzen würde. Diese Menschen dort unten kannten ihre Ahninnen, aber doch nicht sie!

Mit einem Kloß in der Kehle sah sie hinab in die Menge, verfolgte, wie sich Gardistinnen durch die Reihen schoben, aber die Quelle des Pfiffes war nicht auszumachen. Malena atmete den Schmerz hinfort und straffte ihre Schultern. Sie würde das Volk überzeugen. Gleich würde sie die Krone der Princepa erhalten, bald schon würden sie und Val ihre Wünsche mit ihrem Blut auf die uralte Tontafel schreiben und das Imperium für immer verändern. Und damit auch die Meinung des Volkes über die Princepas.

Nur halb bei der Sache, in Gedanken tief versunken in der Vorstellung einer Zukunft mit einer gemischten Gesellschaft im Palast und der Freiheit, all die Plätze zu besuchen, die sie von den Palasttürmen erspäht hatte oder von Illustrationen her kannte, reagierte sie lediglich auf Lothairs Anweisungen und ließ sich das Diadem mit einem etwas kleineren Rubin als der von Valerian auf ihr Haupt setzen und sich in den purpurfarbenen Umhang hüllen, den einst ihre Mutter getragen hatte. In dem Moment, in dem Lothair zurücktrat, hatte sie sofort das Gefühl, freier atmen zu können. Nun würden Valerian und sie die Veränderung bewirken, die sie immer ersehnt hatten. Nun besaßen sie beide die Macht dazu – und den freien Wunsch wie jede Generation vor ihnen. Sie zog tief die Luft ein und genoss noch einmal die wohlwollenden Rufe der Bevölkerung und ignorierte weitere Pfiffe, während der oberste Priester zu ihrem Bruder trat und auf ihn einredete. Malena verstand nur Wortfetzen. Es ging um Valerians Wunsch, der alsbald von ihm geschrieben werden sollte, da er nun das Recht dazu hatte.

Malena beobachtete die beiden aufmerksam, konnte aus Lothairs kontrollierter Haltung allerdings keinerlei Gefühlsregung herauslesen. Was sie jedoch Valerian ansah, sorgte für eine Kälte, die selbst die Hitze der Mittagssonne nicht vertreiben konnte. Ihr Bruder war noch bleicher als sonst, schüttelte immerzu fassungslos den Kopf und hörte zu, was der Diener der Gottheiten ihm zu sagen hatte. Wie vom Hohepriester geschlagen, taumelte Val zurück, sodass Malena instinktiv zu ihm strebte, um ihm zu helfen. So hörte sie auch Lothairs abschließende Worte: »Es ist die Pflicht des Princeps, den Wunsch so bald wie möglich zu schreiben – noch vor der Wahl der Gefährten. Oder wir alle haben die Konsequenzen zu tragen. Der Zorn der Götter wird uns treffen, und die Welt, wie ihr sie kennt, wird enden.«

Daraufhin nahm der Priester seine lederne Kopfbedeckung ab, strich sich über das lichte weiße Haar und stürmte davon. Dabei warf er Malena einen Blick zu, der noch weit finsterer war als der von Aries. Sein Hass auf sie war nahezu greifbar, und Malena schreckte zurück. Sie musste wissen, was zwischen den beiden gesprochen worden war. Kurz rieb sie sich über die Gänsehaut auf den Unterarmen und trat neben Valerian, der sich auf der Balustrade abstützte und ein gezwungenes Lächeln aufgesetzt hatte. Von unten im Kolosseum würde niemand sehen können, wie verzerrt, wie unecht es war, und Malenas Sorge wurde immer größer.

Sie blendete den begeisterten Jubel aus, der wohl eher ihm statt ihr galt, und holte tief Luft, ehe sie die Worte hinausließ.

»Was hat Lothair von dir verlangt?«

Val wandte sich ihr zu. Das Lächeln war von seinen Lippen verschwunden, seine Miene war ausdruckslos, in seinen Augen stand Verzweiflung.

Anstelle einer Antwort presste Val die Lippen zusammen, schlug auf die Balustrade ein, sodass Staub davon aufstob, und warf ihr einen unergründlichen Blick zu, ehe er davonstürmte. Malenas Knie gaben nach, und sie krallte sich am Geländer fest, um nicht zusammenzusacken. Seine Worte jedoch blieben bei ihr auf dem Balkon hängen und tanzten unter dem Leinendach. »Ich werde meinen Wunsch nicht schreiben.«

Malena kämpfte gegen die Tränen der Enttäuschung an, wollte ihm hinterherlaufen. Doch ihre Beine trugen sie noch immer nicht, und sie stolperte auf den Zugang zum Balkon zu, wo Val eben von Aries empfangen wurde. Sogleich waren sie außer Sicht, und Malena landete in den Armen von Circe, die auflachte.

»So stürmisch, Princepa?«

Ein kurzer Blick in Malenas Gesicht reichte aus, um ihr den humorvollen Ton zu nehmen. Sie straffte ihren Körper, wurde zur obersten Gardistin, war nicht länger Malenas beste Freundin.

»Was ist geschehen? Hat dir jemand etwas getan?« Sie suchte sofort nach Bedrohungen auf dem inzwischen leeren Balkon, ehe sie Malena aufmerksam ansah, die ihre Fassung zurückerlangt hatte und sich aufrichtete.

»Du hattest recht mit deiner Meinung über Männer. Sobald sie erwachsen sind, werden sie zu vollkommen anderen Menschen.« Sie hob das Kinn, straffte ihre Schultern und ging mit großen Schritten vom Balkon.

3
Valerian

Willst du mir jetzt endlich verraten, was bei der Krönung passiert ist? Hat das Ding Dornen, und du leidest nun an unerträglichen Schmerzen?« Aries deutete auf Vals Krone und grinste ihn an, während er sich auf einem der Liegesofas in den Gemächern des Princeps niederließ und sich von dem Obst in den goldenen Schalen bediente. Vals erster Centurio versuchte stets, die Stimmung aufzulockern, doch heute würde es keiner seiner Sprüche schaffen, Lothairs Worte in irgendeiner Weise in den Hintergrund zu drängen. Sie pulsierten in Vals Gedanken, schwollen immer weiter an, bis Vals Kopf zu platzen drohte. Ein so kurzes Gespräch, eine einfache Aufforderung, der Hauch einer Erklärung – und sein komplettes Weltbild hatte sich verändert.

Er goss sich einen Kelch mit verdünntem Wein ein, verschüttete dabei so einiges und nahm mehrere Schlucke davon, um die Worte zu betäuben. All die Geschichten vergangener Princepas wirbelten durch seinen Kopf, Gerüchte über ihre Bosheit, ihre Kälte und die Strenge, mit der sie das Imperium regiert und selbst kleine Rebellionen blutig niedergeschlagen hatten. Er füllte einen weiteren Kelch und reichte ihn Aries, ehe er sich ihm gegenüber niederließ.

»Kanntest du Lenas Mutter?«, fragte er seinen besten Freund, bemühte sich, nicht zu interessiert zu klingen. Zur Ablenkung ließ er seinen Blick zum Fenster hinauswandern, wo sich etliche Tauben auf den Dächern der benachbarten Gebäude niederließen, ehe er ihn wieder auf Aries richtete, der sich gerade durch die handbreit langen dunklen Haare fuhr.

Er schien sichtlich irritiert über die Frage, griff sie jedoch sofort auf, um Val auf andere Gedanken zu bringen. »Ich war zu jung, als ich nach Dariana kam.« Er bemühte sich unverkennbar, nicht über die Umstände dieses Ankommens nachzudenken. Doch Val entging nicht, wie Aries' Kiefermuskulatur hervortrat, und er gab sich in Gedanken einen Tritt dafür, Aries an sein früheres Leben erinnert zu haben.

Glücklicherweise fuhr sein Freund ungehindert fort: »Bei uns im Süden gab es keine besondere Bezeichnung für die ehemalige Princepa, aber in den östlichen Provinzen wird sie *Ifrit* genannt, Dämon, was ihre Boshaftigkeit erklärt.« Falten traten auf seine Stirn. »Das sagt man aber über jede Princepa, wenn ich mich recht erinnere.« Er zuckte mit den Schultern und nahm einen langen Schluck aus seinem Kelch. »Alle behaupten, Frauen seien bösartige Wesen, vor denen man sich in Acht nehmen muss.«

Bis vor der Zeremonie hatte Val jede derartige Aussage mit einem Lachen abgetan, hatte sie dementiert und war im festen Glauben gewesen, dass die Frauen, die er kannte, nicht so waren und die Männer einfach immer übertrieben hatten. Seine Schwester Malena war wie er: neugierig, lebenslustig, erfüllt von Träumen über eine Zukunft voller Wunder. Ihre gemeinsame Kinderfrau Nimh war eine besonnene Person aus der westlichen Provinz, gutmütig, liebevoll. Die wenigen Male, die er Malenas Mutter getroffen hatte, waren längst aus seiner Erinnerung verschwunden. Sie war zu früh gestorben, als dass er noch ein greifbares Bild von ihr hatte.

Aber er kannte – wie auch Aries' Volk – die Geschichten über die grausamen Princepas des Imperiums. Dianara, das Fegefeuer, Ilya, die Todbringerin, Jovina, die Triumphierende. Er könnte diese Liste endlos fortsetzen. All diesen Frauen wurde während ihrer meist kurzen Amtszeit als Princepa des Imperiums Unmenschlichkeit nachgesagt – Grausamkeit und Gefühllosigkeit gegenüber jedem, der sich den Regeln des Imperiums widersetzte. Sie hatten die Männer in blutige Schlachten geführt, Horden von Kathen der südlichen Provinzen niedergestreckt, die Grenzen der ehemaligen Midlande immer weiter ausgebreitet und das Herrschaftsgebiet vergrößert. Sie hatten sogar selbst mit ihren Gardistinnen gekämpft, nur manchmal an der Seite des Princeps und seiner Centurionen. Noch heute wurden männliche sowie weibliche Erben in Kampf- und Kriegskunst unterrichtet. Valerian wusste jedoch von keinem einzigen Princeps, der zu einem Krieg oder zu einer Schlacht aufgerufen hatte. Jetzt kannte er den Grund dafür.

»Glaubst du, sie sind immer so gewesen, die Princepas?«, stellte er die Frage, die sich unter allen nach oben drängte. Er vertraute Aries sein Leben an, warum nicht auch seine Geheimnisse? Aries war ein intelligenter Mann, vielleicht wusste er Rat, wo Lothair nur Anweisungen bellte.

»Sie sind Frauen«, antwortete Aries sofort. Als Val den Mund verzog, sprach er jedoch weiter. »Nein, ich glaube nicht, dass sie immer so waren. Ich habe letztens zwei Boten belauscht, die von ihren Frauen und Töchtern geschwärmt haben. Dort draußen leben sie Seite an Seite – und hier drin …« Aries brauchte es nicht auszusprechen. Val wusste ganz genau, wie es war, nur unter Männern zu leben. Im Gegensatz zu Aries hatte Val immerhin noch Nimh gehabt – und Malena. Sie beide hatten ihn verstehen lassen, dass all das, was die anderen Jungen im Palast wieder und wieder als Tatsache darstellten, lediglich Vorurteile waren, weil sie es nicht besser wussten. Val und Malena hingegen hatten sich über diese Vorurteile ausgetauscht, sie entkräftet. Allen anderen Männern war der Kontakt zu Frauen verboten. Sie kannten nur die Geschichten. Jedes Mal, wenn diese weitererzählt wurden, kamen weitere Übertreibungen und Gerüchte hinzu. Val hatte damals, als Aries in den Palast kam, gehört, er habe eine kleine Schwester gehabt. Ob er sich noch an sie erinnerte?

»Danke«, sagte Val und wollte seinen Gedanken weiter freien Lauf lassen, aber Aries hatte andere Pläne: »Sagst du mir jetzt auch, warum du all diese seltsamen Fragen stellst? Was ist bei der Krönung geschehen?« Seine Augen flehten nahezu um Befriedigung seiner Neugier.

»Du kennst die Geschichten um den Fluch der Princepas, oder?« Aries nickte eifrig. Jeder im Imperium kannte sie. »Ich habe immer gedacht, dass es nur Geschichten sind«, fuhr Valerian fort, »eine Erklärung dafür, warum die Princepas so jung sterben und man dazu übergegangen ist, die Würde von Princeps und Princepa direkt weiterzugeben, sobald einer der beiden das zwanzigste Lebensjahr beendet.«

»Und das ist es nicht?« Aries brannte regelrecht vor Neugier. So gelöst hatte Val seinen Freund lange nicht gesehen. An jedem anderen Tag seines bisherigen Lebens hätte allein diese Tatsache Val glücklich gemacht, und er hätte diese unerklärliche Wärme, die sich seit einiger Zeit in Aries' Gegenwart in seiner Brust ausbreitete, genossen. Nicht jedoch heute. Betroffen schüttelte er den Kopf.

»Der Fluch ist real, aber es ist ganz anders, als du denkst.«

4
Malena

Malena stürmte nach der Krönungszeremonie dicht gefolgt von Circe in Richtung Palast zurück, von wo aus sie direkt zu Val wollte, um ihn wegen seines seltsamen Verhaltens zur Rede zu stellen. Doch ihr wurde kein Zugang zum Flügel der Männer gewährt, obgleich heute der eine Ausnahmetag in ihrem Leben war. Malena befahl den Soldaten, nach ihrem Princeps schicken zu lassen, doch als sie zurückkehrten, folgte ihnen nur der oberste Priester. Lothair trat in seiner charakteristisch ruhigen Art zu Malena und Circe, die Abstand zu allen Männern hielt und mit dem typischen Argwohn im Gesicht sofort mehrere Schritte zurückwich.

»Du darfst den Flügel nicht betreten, Malena. Die Krönung ist vollzogen.« Seine Worte klangen für Malena geradezu abfällig, als wäre sie eine lästige Fliege. Malenas Finger zitterten vor Wut. Hitze brannte sich durch ihren Körper. Sie war jetzt die Princepa, stand in der Hierarchie des Imperiums über dem Priester, und er behandelte sie nach wie vor wie ein kleines Kind!

»Dann schick mir Val hierher«, forderte sie mit fester Stimme und machte eine fahrige Geste in Richtung des im Halbdunkel liegenden gemischten Saales, von dessen hoher Decke das Licht des einzigen mehrarmigen Hängeleuchters kaum nach unten reichte, eine Betonung der zwielichtigen Funktion des Raumes. Sie ärgerte sich darüber, dass Lothair sie durch seine bloße Anwesenheit so verunsicherte.

»Er ist heute nicht mehr zu sprechen«, erwiderte Lothair knapp, nickte ihr kurz zu, das Mindeste, was sich gegenüber der Princepa gehörte, ehe er sich umwandte und davonging. Malena wollte sich nicht so behandeln lassen. Sie war im Begriff, ihm zu folgen, doch die Soldaten traten wieder in den Durchgang und versperrten ihr den Weg.

In ihren Augen glaubte Malena wieder diese Abscheu zu erkennen, die an Hass grenzte, dieselbe, die ihr aus männlichen Gesichtern immer begegnete. Dabei kannten sie alle Malena nicht! Meist ließ sie diese Blicke an sich abprallen, beherrschte sich und ihre Gefühle, wie Nimh es Val und sie gelehrt hatte. Nicht jedoch heute. Sie hatte ihren engsten Verbündeten verloren – ohne eine Erklärung dafür zu bekommen! Und nun nahm der Priester ihr jede Möglichkeit zur Aussprache, wie sie es bisher immer gehalten hatten, um gegen all die Vorurteile und Gerüchte anzukämpfen, die ihnen tagtäglich begegneten. Aufrecht trat sie weiter auf die Männer zu, die nun sichtbar nervös wurden und unsicher ihre Schwerter zogen, die innerhalb des Palastes mehr Zierde denn Waffe waren.

Doch Malena hatte keine Angst vor einem Kampf. Sie besiegte selbst Circe hin und wieder, war ihrer stärksten Gardistin ebenbürtig. Und sie war gelenkig und schnell, ein Vorteil gegenüber Männern, wie Circe immer behauptete.

»Durch ihre körperliche Beschaffenheit sind Männer meist langsamer und weniger wendig als wir Frauen«, war eine ihrer ersten Lektionen gewesen. Nun konnte Malena endlich testen, ob die Aussage der Tatsache entsprach und ihr tägliches Training ausreichend war. Und ob sie in der untauglichen langen Toga kämpfen konnte. Sie sah es genau vor sich, plante, wie sie dem linken Soldaten, der sein Schwert vermutlich zum ersten Mal außerhalb des Gymnasiums in der Hand hielt, die Waffe abnehmen würde, um sie dann gegen den anderen zu richten, sollten sie weiter beschließen, sich ihr in den Weg zu stellen.

Ihre beste Freundin erkannte, was sie plante, und ehe Malena ihren Plan umsetzen konnte, spürte sie den festen Griff von Circes Hand um ihren Oberarm.

»Wir sind besonnen, schon vergessen?«, raunte sie ihr ins Ohr. Wie oft hatte sie diesen Spruch gehört? Von Nimh, die ihn jedoch auf Val und sie bezog, dann später von ihrer beider Ausbilderin Maxima. Mit einem Mal war Malena wieder zehn Sommer alt, unerfahren wie damals. Ein schlechtes Gefühl. Sie besann sich auf ihre Erziehung, auf die Besonnenheit einer Princepa und atmete tief durch, nahm das Zittern des linken Soldaten zur Kenntnis, ganz gleich, welcher Unmut ihr gegenüber in seinen Augen lag. Eine Aversion gegenüber allen Frauen? Oder nur gegenüber Malena? Nichtsdestotrotz war ihm bewusst, dass sie ihn besiegen könnte, sollte sie ihren Gefühlen nachgeben und ohne nachzudenken kämpfen, wie es Männer laut Circe taten.

Nein, wie sie es eben selbst fast getan hätte. Malena vertrieb den Gedanken an ein geistloses Handeln mit einem Kopfschütteln. Die Legionäre vor ihr trugen keinerlei Schuld an ihrem Unmut. Sie wollte gar nicht gegen sie kämpfen. Sie wollte Valerian zur Rede stellen. Ihm – und dem obersten Priester, der dafür verantwortlich war – galt ihr Ärger.

Daher eilte sie zu ihren Gemächern zurück. Vorerst. Die Sonne hatte ihren Zenit lange überschritten, die Bediensteten entzündeten bereits die Fackeln an den Wänden der langen Treppen und Gänge, die Flammen ließen ihre Schatten wild umhertanzen. Die einfachen Gardistinnen, die ihre Räumlichkeiten bewachten, machten vor Schreck einen Satz zur Seite, als Malena um die Ecke eilte.

Sie entschuldigte sich knapp und betrat ihr Zimmer. Niemals hatte sie ein solch mächtiges Gefühl verspürt. Ihr Magen krampfte sich immer wieder zusammen, und sie wusste nicht, ob der Wein zum Mittagsmahl schlecht gewesen war.

Sie ließ sich auf die gepolsterte Bank vor dem Silberspiegel sinken und schob den purpurfarbenen Umhang von den Schultern. Circe trat hinter sie und sah ihrem Spiegelbild in die Augen, während sie den schweren Stoff an sich nahm und über ihrem Unterarm faltete.

»Du bist wütend, Lena«, sprach sie das Offensichtliche aus. Das hatte Malena bereits erkannt.

»Warum ist er plötzlich so?«, fragte Malena, während sie das Diadem vom Kopf ziehen wollte. Doch es verhedderte sich in ihren schwarzen Haaren, die zu etlichen Strähnen gedreht hochgesteckt waren, und sie machte es nicht besser, indem sie es mit Gewalt versuchte.

Circe legte ihre helle Hand auf die von Malena und unterbrach ihre Bemühungen. Malena schloss kurz die Augen, atmete tief durch und ließ Circe dann ihre Hand nach unten führen. Binnen eines Atemzuges hatte Circe das Diadem befreit.

»Mit der Ernennung zu Princeps und Princepa verändert sich euer Leben, das wusstest du.« Sie hielt Malenas Blick im Spiegel stand.

»Ja«, entgegnete diese. »Wir *wollten* diese Veränderung, eine neue Einheit. Das weißt du genauso wie ich. Aber niemals habe ich gewollt, dass uns dieser Tag trennt!« Malena krallte ihre Hand in die purpurfarbene Stola. Nun sah sie aus wie immer. Die Krone hatte sie weder äußerlich noch innerlich verändert. Im Gegensatz zu Val. »Wir wollten frei sein, den Palast öffnen, die Geschlechter einen!« Sie wandte sich zu Circe um, und ihre Stimme hallte von den kahlen Wänden wider, sodass die erste Gardistin kaum merkbar zusammenzuckte. »Und nun will Val seinen Wunsch nicht schreiben. Er hat es mir selbst gesagt, ehe er sich von Lothair verleumden ließ!«

»Da hilft nur eins«, sagte Circe absolut überzeugt. »Zieh

dich um und komm ins Gymnasium. Ich hole Mameida und Vilana.« Circe verschwand, noch ehe Malena etwas entgegnen konnte. Aber vermutlich hatte ihre erste Gardistin recht. Malena musste etwas tun. Wenn sie Val nicht zur Rede stellen konnte, musste sie ihre angestaute Energie anderweitig loswerden. Sie legte eine kürzere Toga mit purpurnen Stickereien am Saum an und steckte sie über ihrer Schulter mit einer Brosche fest, sodass sie locker saß und Raum für Bewegungen ließ. Die Stola ruhte ohne Fixierung auf ihren Schultern, als sie ihre Gemächer verließ. Ihre Ahninnen starrten ihr auf dem Weg zur Trainingshalle vorwurfsvoll hinterher. Malena wäre am liebsten stehen geblieben und hätte sie zur Rede gestellt. Hätten sie Malena nicht vorwarnen können? Ihr eine Nachricht, ein Tagebuch oder irgendetwas hinterlassen können, das sie auf diesen Tag vorbereitet hätte? Auf das Gefühl des Verrats, das Val in ihr ausgelöst hatte?

Malena war noch nicht bei dem Porträt von Daria angekommen, der ersten ihrer Ahninnen und Namensgeberin der Stadt, da hörte sie das Klirren von Schwertern und süßes Lachen, das eindeutig Vilana gehörte. Sie beschleunigte ihre Schritte, und das erwartungsvolle Kribbeln des bevorstehenden Trainings fuhr durch ihre Glieder.

Noch vor Betreten der großen Halle, die sie für ihre Kampfübungen nutzten, schwang die Stimmung nach einem angestrengten Schrei im Inneren um. Malena konnte nahezu spüren, wie Mameidas Sorge über die Matten schwappte und an Malenas Füßen emporkroch, als sie durch die Tür trat.

Vilana lag rücklings auf der Matte nahe der mit einfachen Fenstergittern verzierten Bogenfenster, hinter denen der strahlend blaue Himmel langsam den Kampf gegen das Abendrot verlor. Das Metall der an den Wänden verstauten Schwerter, Speere und Kampfstäbe fing das Licht ein, und die Waffen sahen aus wie in Blut getränkt. Passend zu Vilanas rotem kinnlangem Haar, das in Locken ihren Kopf umrahmte.

Mameidas Schwert war gegen ihre Kehle gepresst. Nicht sehr fest, es floss kein Blut, aber Mameida ragte über Vilana auf wie die Inkarnation von Meridia.

»Du hast dich wieder nicht ausreichend gewehrt«, warf die Gardistin Vilana vor. »Wenn du dich nicht besser deckst, wird das noch dein Untergang sein.« Mameidas Nasenflügel bebten, während Vilana die Lippen zusammenpresste – und die Augen verdrehte. Kaum hatte Mameida das Schwert von ihrer Kehle genommen, entgegnete Vilana: »Wir werden einem echten Kampf nicht näher kommen als das hier. Du bist eine der besten Kämpferinnen im ganzen Palast. Wenn ich nur dir unterliege, ist das ja geradezu ein Kompliment an meine Fähigkeiten.« Sie lächelte, bis zarte Fältchen ihre grünen Augen unterstrichen.

Nun war es Mameida, die ihre Augen rollte, während sie in die Hocke ging, sich über Vilana beugte und ihr eine widerspenstige Locke aus dem Gesicht strich.

Malena stand inzwischen am Rand der Matte, nur zwei Schritte entfernt – und doch hatten ihre Freundinnen ihre Anwesenheit nicht bemerkt. Sie schienen in ihre eigene Welt eingetaucht, wo Malena sie nicht erreichen konnte, und Malena wollte sie nicht herausreißen. Daher wartete sie, bis Vilana Mameidas Hand annahm und sie mit so viel Schwung nach oben zog, dass Vilana gegen sie prallte.

»Ich mache mir Sorgen um dich, Vila.« Die Sanftheit, die nun in Mameidas Stimme lag, hatte Malena nie zuvor von ihrer Freundin gehört.

»Das brauchst du nicht«, erwiderte Vilana mit rauem Unterton. Sie hatte ihren Blick gesenkt, fixierte Mameidas volle Lippen.

»Ich werde Circe bitten, uns mehr Trainingszeit zuzuweisen. Du musst dich besser verteidigen können.«

»Ich bin nicht dazu da, *mich* zu verteidigen.« Empörung lag in Vilanas Stimme. »Wir sind dazu da, die Princepa zu schützen.«

»Was du nicht bewerkstelligen kannst, wenn du tot bist.« Mameidas Lippen waren nur noch ein schmaler Strich in dem vorwurfsvollen Gesicht, während ihre Hand auf Vilanas Wange zum Liegen kam, nachdem sie ihr eine weitere Locke hinters Ohr gestrichen hatte. »Ich muss Circe davon berichten.«

»Wo steckt sie überhaupt?« Vilana runzelte die Stirn und sah endlich von Mameidas Lippen auf. »Sie wollte uns doch hier tref...« Mitten im Satz hielt sie inne, als sie Malena entdeckte. Binnen eines Wimpernschlags war sie einen Schritt von Mameida zurückgetreten. Eine zarte Röte legte sich auf ihre Wangenknochen. Die beiden Gardistinnen neigten demütig den Kopf, obwohl Malena schon zig Male gefordert hatte, dies zu unterlassen. Sie waren für Malena keine Untergebenen, sondern Freundinnen. Gemeinsam mit Circe waren sie die Einzigen, die Malena noch hatte, nachdem sie denjenigen, der von ihrer Familie noch übrig geblieben war – Val –, verloren hatte.

»Da seid ihr ja alle«, rief Circe und rauschte mit langen geschmeidigen Schritten ins Gymnasium. »Unsere Princepa muss sich etwas abreagieren«, fügte sie schmunzelnd hinzu. »Welche Waffe wählst du?« Sie knotete sich die Haare zu einem hohen Zopf und fixierte Malena dabei.

Malenas Blick huschte über die zahlreichen Waffen, in denen Circe sie unterrichtet hatte. Laut ihr war Malena äußerst talentiert mit dem Schwert, besaß aber Defizite im Kampf mit dem Stab, der Waffe der südlichen Provinz, ihrer Ahnin Daria. Malena ging zielstrebig auf die polierten Holzstäbe zu, die in Haltevorrichtungen an der Wand lehnten. Sie schnappte sich vier davon und brachte sie zur Matte zurück.

»Du wählst das Verlieren, Princepa?«, feixte Mameida und griff enthusiastisch zu. Vilana war weit weniger begeistert, nahm ihren Stab aber ebenfalls an. Den letzten warf Malena Circe zu, die ihn schwungvoll einfing, in ihren Händen rotieren ließ, sodass das dunkle Holz vor Malenas Augen verschwamm. Ihre Fertigkeit im Umgang mit dem Kampfstab hatte Malena immer beeindruckt, aber ganz gleich, wie oft sie mit Circe trainierte, sie beherrschte diese Waffe bei Weitem nicht so gut wie ihre erste Gardistin.

»Als Erstes Vilana gegen die Princepa«, befahl Circe und trat auf eine freie Matte, wirbelte ihren Stab umher, bis Mameida sich selbstbewusst ihr gegenüber aufstellte.

Vilana stand etwas unschlüssig da, beobachtete Mameida dabei, wie sie den Stab von einer Hand zur anderen warf, um ein Gefühl für die Waffe zu bekommen. Malena nutzte die Gelegenheit und griff an. Doch ganz offenbar war ihre Gegnerin nicht so abgelenkt, wie Malena gedacht hatte. Vilana wehrte ihren Hieb mit einer blitzschnellen Bewegung ab und lächelte Malena nun an. Ihre grünen Augen leuchteten vergnügt in ihrem hellen Gesicht zwischen den roten Locken.

»Du weißt, warum dich Circe mir zugeteilt hat, oder?«, fragte sie mit einem Schmunzeln und griff an. Malena riss den Stab nach oben, und das Holz prallte erneut aufeinander. »Mameida ist Circe an dieser Waffe ebenbürtig, aber ich bin trotz ihres zusätzlichen Trainings lange nicht so gut wie sie.« Vilana packte den Stab mit beiden Händen, schlug erst mit dem einen, dann dem anderen Ende auf Malena ein. Den ersten Hieb konnte sie abwehren, der zweite traf sie am Oberschenkel. Nicht so stark, dass sie zusammenbrechen würde, aber fest genug für einen unterdrückten Schrei, der als Keuchen Malenas Mund entwich.

All die Lektionen von Circe liefen wie ein endloses Pergament vor ihr ab. Die Abläufe waren ihr ins Blut übergegangen, aber sie handelte nicht intuitiv wie ihre Gegnerin. Vilana änderte immer wieder ihre Taktik, tänzelte mit dem Stab umher, während der Kampf von Mameida gegen Circe härter wurde. Das Aufeinanderprallen der Waffen hallte lauter und lauter durch den gesamten Raum – begleitet von Kampfschreien, wann immer eine der beiden all ihre Kraft in einen Schlag legte.

Ihr eigener Kampf war weit weniger aggressiv, schon fast gemächlich, was Malena umso mehr auffiel, wann immer sie für einen Moment zu den anderen sehen konnte. Sie wehrte einen weiteren Angriff von Vilana ab, sprang einen Satz nach hinten, um ihr keine Gelegenheit zu lassen, wieder einen zweiten Schlag zu platzieren. Über Vilanas Schulter sah sie etwas aufblitzen, sodass sie gerade noch »Ducken!« brüllen konnte, ehe sich Circe auf Vilana stürzte.

Die beiden griffen zeitgleich an. Vilana sprang nahtlos in die Rolle der Verteidigerin, blockte gleichzeitig Schläge von Circe und Mameida ab, die sowohl auf sie als auch Malena gerichtet waren. Malena rief sich weitere Taktiken ins Gedächtnis, konterte Angriffe, landete selbst jedoch nie Treffer.

»Warum so schüchtern, Principa?« Mameidas Stimme war pure Herausforderung. Sie war eine Meisterin der gezielten Worte. »Hast du Angst, du könntest einen blauen Fleck davontragen?«

Circes Lachen war wie ein hämisches Echo ihrer Worte. Die beiden nutzten Malenas Verunsicherung, ihre größte Schwäche.

»Du denkst schon wieder zu viel, Principa«, legte Circe nach und hieb nun direkt auf Malena ein. Der Schlag auf ihren hochgerissenen Stab vibrierte bis zu ihrer Schulter hoch, und endlich hörte Malena auf zu denken. Das Pergament mit den Abläufen zerstob zu Staub, und Malena reagierte und agierte nun intuitiv, ließ sich von dem Tanz ihrer Gegnerinnen mitreißen, wirbelte mit dem Stab herum, platzierte gezielte Schläge auf die ungeschützten Beine oder auch mal einen Oberarm. Genau das hatte sie gebraucht.

Wenig später beendete Circes schriller Pfiff den Kampf. Sie ließen sich alle um Atem ringend auf die Matten fallen, die Gesichter glänzend und die Haare feucht. Circe warf Malena einen bedeutungsschweren Blick zu, gefolgt von einem kaum erkennbaren Nicken. Circes Form von Lob, in dem sich Malena sofort sonnte.

»Besser?«, fragte sie mit samtener Stimme.

»Ich denke schon«, gab Malena zu. »Zumindest für eine Weile habe ich nicht an Val gedacht.«

»Was ist mit ihm?«, fragte Vilana und kämmte mit den Fingern durch ihre Lockenpracht.

»Er ist ein Mann geworden«, entgegnete Circe nur knapp, und tiefes Verständnis zeigte sich auf Vilanas Gesicht, während Mameida neben ihr nur schnaubte. Sie ließ sich nach hinten fallen und stützte sich mit den Händen ab.

»Wer braucht schon Männer!« Ihre Rechte legte sich dicht neben Vilanas Hand, und ihr kleiner Finger strich sanft daran entlang. »Die machen das Leben doch nur unnötig kompliziert.« Die beiden lächelten einander an, dass Malena wegsehen musste, weil sie das Gefühl hatte, sie würde einen Moment stören, der nur den beiden gehören sollte. Normalerweise hätte Malena Val verteidigt – oder in seinem Namen alle Männer –, aber seit der Krönung und seinem Verhalten ihr gegenüber kamen ihr die sonst so überzeugten Worte nicht über die Lippen. Er hatte mit einem einzigen Satz alles zunichtegemacht, das sie sich erträumt hatten. *»Ich werde meinen Wunsch nicht schreiben.«* Deutlicher konnte er seine Ablehnung nicht ausdrücken.

Ihr umherhuschender Blick traf den von Circe, in deren Augen so viel Mitleid stand, dass Malenas Augen brannten.

»Es hat nicht geholfen, oder?«

»Doch«, setzte Malena an, schüttelte dann aber den Kopf. »Ich muss ihn sprechen, muss verstehen, warum er auf einmal so ist.«

Circe stieß ein tiefes Seufzen aus. »Dann ist es wohl an der Zeit, dich in ein Geheimnis des Palastes einzuweihen.«

Mit einem Schlag war Malenas Trauer Neugier gewichen.

»Geheimnis?«, fragte Mameida mindestens ebenso neugierig. Wie auch Vilana beugte sie sich näher zu den anderen hin. Als ihre Köpfe ganz nah beieinander waren, sahen sie sich noch einmal kurz an.

»Malena muss mit dem Princeps sprechen, aber der Priester lässt sie nicht zu ihm«, erklärte Circe. »Also müssen wir ihn … umgehen.« Ein Funkeln, das nie etwas Gutes bedeutete, ließ Circes dunkle Augen erstrahlen.

»Sollen wir seine Soldaten plattmachen?« Mameidas Grinsen wurde immer breiter. Offenbar sah sie sich schon im Kampf gegen Vals Wachposten.

»Das dürfen wir nicht.« Vilana war wie immer die Stimme der Vernunft. »Wenn wir ihre Seite des Palastes stürmen …«

»Vielleicht gibt es eine Mögl…«, begann Circe, wurde jedoch sofort von Malena unterbrochen.

»Was schlägst du vor?« Beinahe hätte sie gelächelt. Nimh hatte bis zu ihrem Tod mehr als einmal die Hände über dem Kopf zusammengeschlagen, zu welchen irrwitzigen Dingen Circe die künftige Princepa angestiftet hatte. Die meisten der fehlgeschlagenen Versuche, die Mauern des Palastes zu überwinden, gingen auf ihre Pläne zurück. Circe hatte eine ansteckende Art, ihre Begeisterung nach außen zu tragen.

»Es gibt da ein Gerücht«, erklärte sie bemüht beiläufig, konnte Malena dabei nicht in die Augen sehen.

Malena spürte ein Kribbeln am ganzen Körper, sie übte sich jedoch in Geduld, bis Circe fortfuhr.

»Du willst mit Valerian reden? Die Dienerinnen haben von einem verborgenen Loch in der Mauer der Gärten gesprochen …«

»Ach das!« Mameida unterdrückte ein Gähnen, während Malena schon aufsprang. »Wer will sich denn schon durch das Grünzeug schlagen, um in die schlechtere Hälfte des Palastes zu kommen, wo hier doch alles ist, was wir brauchen?« Alles, das *sie* brauchte, saß ihrem sehnsuchtsvollen Blick nach direkt neben ihr, hatte rote Locken und zart gerötete Wangen.

Malena konnte es nicht fassen. »Es gibt eine Möglichkeit, auf die Seite der Männer zu kommen?«

Circe zuckte mit den Schultern. Aber mehr musste sie auch nicht sagen, Malena strebte bereits auf die Tür zu. Sie hörte Circes Schritte nicht, daher wandte sie sich ihrer Gardistin zu.

»In der Kleidung bist du zu auffällig.« Sie erhob sich viel zu langsam, deutete dabei auf die Stola, und Malena sah an sich hinab. In den Gärten trugen alle nur einfache Tuniken, Circe hatte recht. Schnell löste sie die verzierten Nadeln, mit denen ihr Übergewand festgesteckt war, und ließ den schweren Stoff der Toga achtlos zu Boden sinken.

»Besser?«, fragte sie, auch wenn sie sich nur in Tunika gekleidet irgendwie nackt fühlte.

Circes einseitiges Grinsen war ihr Antwort genug, und auch ihre oberste Gardistin entledigte sich ihrer roten Toga, der Farbe der Hauptleute. Seite an Seite verließen sie das Gymnasium und eilten über die Wege der Dienstbotinnen nach unten zu den Gärten, die im Mondschein einer anderen Welt glichen.

Malena blieb stehen, um den Anblick in sich aufzunehmen.

Das Wasser in den zahlreichen Teichen spiegelte die funkelnden Sterne wider, und die Gewässer wirkten, als könne man darin in die unendliche Weite des Nachthimmels eintauchen. Die akkurat gestutzten Hecken trennten Dutzende Blumen- und Kräuterbeete voneinander. Ein ihr bisher unbekannter intensiver Duft tränkte die Umgebung, und Malena versuchte, seinen Ursprung zu finden, indem sie mehrmals tief die Luft durch die Nase einsog. Sie entdeckte unscheinbare kleine zartlilafarbene Blüten, die ihr zuvor nie aufgefallen waren. Sie leuchteten im Mondlicht nun wahrlich überirdisch, göttlich.

»Das sind Nachtviolen«, erklärte Circe, und Malena drehte sich verwundert zu ihr um. »Was denn?«, ging Circe sofort in die Defensive. »Darf ich mich nicht mit Pflanzen auskennen, weil ich Gardistin bin?«

Malena schüttelte schnell den Kopf. »Ganz und gar nicht. Ich bin beeindruckt von deinem Wissen. Du konntest diesen wundervollen Duft bereits vor mir genießen.« Sie sog noch einmal die süße Luft ein.

Circe zuckte unschlüssig mit den Schultern. Sie schien nicht zu begreifen, wie viel mehr an Freiheit sie besaß, obwohl sie beide an diese Seite des Palastes gebunden waren. Wie gerne würde Malena mit Circe tauschen!

»Lass uns weitergehen«, sagte diese dann schnell und ging zielstrebig zwischen Stauden und Blumenrabatten hindurch auf die hohe Mauer zu, die das Innere der Hufeisenform des Palastes mittig trennte und in den Wehrgang überging, der das Gelände kreisrund umgab. So nah an der mindestens zwei Frauen hohen Mauer weiteten sich die Schatten, wurden nahezu undurchdringlich. Die Büsche waren kaum mehr vom Weg zu unterscheiden. Malena folgte Circe dennoch ohne jegliche Besorgnis. Circe schien diesen Weg schon öfter gegangen zu sein, und Malena fragte sich, was sie auf der anderen Seite gesucht hatte – oder wen.

Die Aufregung des nächtlichen Ausflugs hatte definitiv ihr Gemüt beruhigt. Sie spürte keine Wut mehr auf Valerian und genoss den Reiz des Unerlaubten, mit dem sie unwillkürlich Circe in Verbindung brachte. Ja, ihre beste Freundin war der Inbegriff des Verbotenen. Ein Lächeln schlich sich auf Malenas Lippen, als laute Schreie die nur vom Flüstern des Windes begleitete Stille der Nacht durchschnitten.

5
Taipa

Die Wände des Zeltes erzitterten in einer abendlichen Brise, als Taipa auf leisen Sohlen eintrat. Der Duft zahlreicher Heilkräuter drang ihr entgegen, übertönte den Geruch des Todes, der seit Tagen deutlich wahrzunehmen war. Der Rauch ließ das gesamte Innere schummrig wirken, gleich einer Traumwelt aus den Erzählungen von Yanma, ihrer Großmutter – der *großen Mutter* ihres Stammes.

Sie kniete sich vor das Lager aus aufgeschichteten Fellen zwischen all den schwelenden Kräutern. Tränen verschleierten ihren Blick auf Yanma, die nie wieder Geschichten aus alten Zeiten erzählen würde. Sie war blass – als hätte der nahende Tod die Bräune aus ihrem Gesicht gezogen, ehe er auch den Rest ihres Seins mit sich nehmen würde. Taipa hatte es in den letzten Monden zu oft gesehen. Immer mehr Mitglieder ihres Stammes, ihrer *Familie,* erkrankten ohne Aussicht auf Heilung.

Taipa rang mit sich, wollte daran glauben, dass Yanma in den Kreis des Lebens zurückkehren würde, aber trauerte doch um eine der wichtigsten Personen in ihrem Leben. Yanma war die Schamanin ihres Stammes, die weiseste Frau, die sie je getroffen hatte, und sie würde als solche für immer verloren sein.

Yanmas Brustkorb hob und senkte sich noch regelmäßig unter dem schmucklosen weichen Lederkleid, das inzwischen von Schweißrändern gemustert war. Die Stammesheiler hatten Taipa jedoch nicht beim Umkleiden helfen wollen. Yanma war seit Tagen nicht mehr aufgewacht, ganz gleich, welche Kräuter Taipa und Cheveyo in der Steppe und den

Wäldern auf Befehl der Stammesältesten besorgt hatten. Sie waren gemeinsam sogar zum großen Felsen gereist, um eine besondere blaublättrige Pflanze zu pflücken, die nur dort wuchs, eine Tagesreise vom Sitz ihres Stammes entfernt. An dem Ort, an dem Yanma den Großteil ihrer Zeit verbrachte – verbracht hatte – im direkten Kontakt mit der Natur.

Doch all ihre Bemühungen waren umsonst gewesen. Nichts half dabei, den Zustand ihrer Großmutter zu verbessern. Im Gegenteil. Nie zuvor hatte sich Taipa so hilflos gefühlt, und sie ließ ihren Tränen freien Lauf, während sie mit zitternden Händen nach der kalten Hand ihrer Großmutter griff.

Yanma atmete mit einem Mal schwerer, und rohe Angst krallte sich in Taipas Geist fest. Sie wollte aufspringen, die Heiler des Stammes holen, die Ältesten informieren, doch Yanma erwiderte plötzlich den Griff, und ihre Hand ließ Taipa nicht los.

»Taipa.« Yanmas Stimme war nur noch ein Flüstern, leiser noch als das Rascheln der hohen Gräser außerhalb. Sie hatte die Lider geöffnet. Die früher so glänzenden dunklen Augen waren matt, vernebelt. Taipa beugte sich zu ihrer Großmutter hinab. Die etlichen kleinen Steinperlen an den eingefärbten Lederbändern um ihren Hals klimperten träge aneinander. Sie symbolisierten die Verbundenheit zur Erdenmutter und wurden für die Färbung des Rauchs bei Ritualen verwendet.

»Ich habe noch eine letzte Geschichte«, flüsterte Yanma. »Die beste habe ich mir für den Schluss aufgehoben.« Sie stieß ein krächzendes Lachen aus, das in einen Hustenanfall überging. Taipa half ihr, sich etwas aufzurichten, stapelte die Felle in ihrem Rücken und reichte ihr das Tongefäß mit Wasser. Dankbar wollte es Yanma entgegennehmen, doch sie hatte nicht einmal mehr die Kraft, die Hand zu heben. Trotz dieser Tatsache und obwohl Yanma nur in das einfache schmucklose Lederkleid gehüllt war, über das ihre ergrauten Haare stumpf fielen, strahlte die Schamanin eine Ruhe und Besonnenheit aus, die Taipa in ihrem ganzen Leben niemals erreichen würde.

Taipa hielt ihr den Trank an die Lippen, und Yanma nahm vorsichtige Schlucke, die Hälfte des Inhalts rann ihr jedoch von den Mundwinkeln. Taipas Lippen bebten. Es schmerzte, ihre Großmutter so zu sehen. Die Person, die für den Stamm der Inbegriff von Stärke war. Stärke des Geistes, denn Yanma war keine Jägerin, aber deshalb nicht weniger wertvoll für die Gemeinschaft.

Nach mehreren tiefen Atemzügen, während derer Taipa ihre Großmutter vorsichtig abtupfte, begann Yanma zu erzählen.

»Ich habe euch immer von den ersten Menschen unseres Volkes erzählt.« Ihre Augen klärten sich und fixierten Taipa, als könnte die auch nur ein Wort verpassen. Das hatte Taipa nie. Wann immer die Schamanin am Lagerfeuer mit einer Erzählung begonnen hatte – meist die Geschichte der ersten Menschen –, war selbst der Wind verstummt, als hätte ihr Volk tatsächlich noch die Gabe, mit den Naturgeistern und den Spirits zu kommunizieren.

»Aber ich habe euch nie erzählt, was von einer Schamanin zur nächsten getragen wird. Wie es den anderen Völkern jenseits der großen Weite zu jener Zeit erging und warum sich alles verändert hat.« Melancholie schlich sich in ihre Gesichtszüge, und Taipa begriff, was ihre Großmutter damit sagen wollte. Sie schüttelte schnell den Kopf.

»Ich … Ich kann das nicht. Ich bin nicht wie du, Yanma. Ich bin nicht so besonnen, kann nicht so ruhig bleiben wie du. Ich tauge nicht zur Schamanin.«

Yanma tastete nach Taipas Hand und drückte sie kurz.

Taipa spürte den Druck kaum. »Deine Eltern wussten es ebenso wie die Ältesten. Als wir dich kennengelernt haben, du deine ersten Schritte gemacht und die ersten Worte gesprochen, dich von da an für die Schwachen eingesetzt hast, wussten wir, dass du für Veränderung sorgen würdest. Du hast das Herz und den Mut dazu. Nun ist es an der Zeit, deinem Namen gerecht zu werden, Taipa. Streck deine Flügel aus und lerne zu fliegen.«

Natürlich wusste Taipa um die Bedeutung ihres Namens, der ihr in der rituellen Zeremonie zum Abschluss ihres zehnten Kreislaufs vergeben wurde. Zum Ende des Sommers gab es jedes Jahr ein großes Fest, bei dem alle mit ihrem wahren Namen bedacht wurden. Cheveyo hatte sie geneckt, sie sei ein Küken, wenn man ihr den Namen Taipa gab, was so viel bedeutete wie *die Flügel ausbreiten*, während er den wahren Namen *Geistkrieger* erhielt, mit dem er stets angab. Aber Taipa hatte ihren Namen immer gemocht. Selbst dann, wenn Cheveyo sie mit dem flugunfähigen langhalsigen Vogel verglich, den die Stammesjäger zu besonderen Anlässen einfingen.

»Aber ich weiß nicht, wie ich fliegen soll, Yanma.« Taipa hatte so oft darüber nachgedacht, aber nie eine wirkliche Erklärung für ihren Namen gefunden. Yanma hatte immer behauptet, der Name käme nicht von den Eltern oder den Stammesältesten, sondern von der großen Erdenmutter selbst, die ihren Kindern damit ihre Bestimmung gab.

»Du bist diejenige, die Veränderung bringen wird, Taipa. Du wirst meine Nachfolgerin werden. In der Heilung bist du besser als alle anderen, du bist schlau und hinterfragst. In dir ruht eine Stärke, die allen Jungen und Mädchen ein Vorbild sein wird.«

Taipa wusste nicht, wie sie darauf reagieren sollte. Bislang waren sie und Cheveyo für ihr Hinterfragen mehr als einmal gerügt worden, und nun war dies eine herausragende Eigenschaft, die sie zu einer Schamanin machen sollte?

Yanma lächelte das so vertraute Lächeln. Voller Güte, Besonnenheit und Liebe. Es zerriss Taipa das Herz.

»Ich spüre, dass meine Entscheidung die richtige ist.« Sie schüttelte langsam den Kopf, als Taipa etwas einwenden wollte. »Willst du die Geschichte nun hören oder nicht?« Ein weiterer Hustenanfall schüttelte Yanma, und Taipa spürte, wie sich die Kälte immer weiter ausbreitete. Der Tod kam näher. Sie schluckte ihre Worte herunter und nickte.

»Einst schufen die vier Gottheiten den Kontinent Alania aus dem Nichts«, begann Yanma, und Taipa schloss die Lider, wie sie es bei Erzählungen ihrer Großmutter immer tat. Vor ihrem inneren Auge breitete sich das Nichts aus, und ihr Geist zeichnete Yanmas Worte zu lebendigen Bildern. »Die Gottheiten hoben gemeinsam das Gestein aus der ewigen See und teilten das neu geschaffene Land unter sich auf. Jeder für sich modellierte einen Teil dieser Welt, und nach einem gemeinsamen Treffen im Zentrum ihrer Länder erschufen sie zusammen die Menschen und entsandten sie in alle vier Himmelsrichtungen, auf dass sie ihr Land liebten und ihre Gottheiten ehrten.«

Taipa gehörte zu dem Volk des Westens, sie sah vor sich, wie die in Leder gekleideten Menschen mit wehendem langem Haar auf ihr Land strebten und während der typischen Tänze um die Feuerstätten sangen und ihre Stämme gründeten.

»Irgendwann blickten die vier Gottheiten hinab auf ihre Völker, sahen, wie sie gediehen und wie sie sich entwickelten. Die Hingabe der Menschen stellte die Gottheiten zufrieden, sodass sie ihnen etwas schenken wollten.«

Diesen Teil hatte Taipa nie zuvor gehört, daher horchte sie auf, ihre Fingerspitzen kribbelten, und Gänsehaut jagte ihre Arme hinab.

»Meridia, die Göttin des Südens, erkannte, was ihr Volk brauchte, das inzwischen in Hunderte einzelne Horden aufgeteilt lebte: Einheit. So schenkte sie ihnen einen Kelch, der alle, die daraus tranken, zusammenschweißte, einte. Sie würden das stärkste Volk sein, eine unbesiegbare Gemeinschaft, sollte sich je eins der anderen Völker gegen sie stellen.«

Taipa dachte sofort an all die Möglichkeiten, die ein solches Gefäß bot. Zwistigkeiten konnten mit einem einfachen Umtrunk beigelegt werden. Ein wahrhaft göttliches Geschenk.

»Arktus, der Gott des Nordens, schenkte seinem Volk die *ewige Flamme,* auf dass sie selbst in langen Wintern niemals frieren oder im Dunkeln sitzen mussten. Sie konnten in dieser Flamme unbesiegbare Waffen schmieden, um sich ebenfalls selbst zu schützen, wann immer sie in Gefahr sein sollten.«

Taipa glaubte, das Knistern dieser ewigen Flamme zu hören, während Bilder aus den alten Geschichten von Yanma durch ihren Kopf zogen. Die langen Nächte in der dunklen Jahreszeit, die Kälte, mit denen das Volk des Nordens vermutlich stets zu kämpfen hatte.

»Occidenta, die Göttin des Westens, beschenkte ihr die Natur achtendes Volk mit einem magischen Stein, der dafür sorgte, dass jeder, der ihn berührte, Kontakt zur Natur und zu seinen Geistern aufnehmen konnte, auf dass ihr Volk die Natur ebenso ehrte wie die Göttin selbst und sie durch die Natur mit ihrem Volk kommunizieren konnte.«

Taipa hatte den Namen Occidenta irgendwann einmal gehört, aber in ihrem Stamm wurde die Göttin nur Erdenmutter genannt, und nun verstand Taipa auch, warum. Neugierig auf das Volk des Ostens wartete sie, bis Yanma fortfuhr. Der missmutige Zug um die Lippen ihrer Großmutter ließ sie vor Unruhe hin und her rutschen.

»Orientis, der Gott des Ostens, besah sich sein Volk ebenso genau, mischte sich unter sie, als einer von ihnen, wie es die Gottheiten in jener Zeit oft taten. Die Menschen des Ostens waren ruhig, zufrieden, huldigten ihm und stellten nie Forderungen in ihren Gebeten. So schenkte er ihnen eine Tontafel, die jedem in seinem Reich drei Wünsche erfüllen konnte, sollten sie doch eines Tages etwas benötigen.«

Yanmas nächster Satz war nur noch ein zarter Lufthauch, jedoch mächtig genug, um bei Taipa ein Erschaudern auszulösen: »Doch er wusste nicht, welch fatale Folgen dies für alle Völker haben würde.«

Taipa wagte keinen Atemzug, um nichts zu verpassen. Ihr Herzschlag dröhnte so laut in ihren Ohren, als kündigte sich ein Sturm an.

»Denn mit der Möglichkeit der Erfüllung jeglicher Wünsche und Träume kamen Gier und Neid auf. Auf das, was der Freund und der Nachbar besaßen. Die Wünsche wurden immer mehr, bald schon regierten Wut und Zorn im Osten, was die anderen Völker auf sie aufmerksam machte, die angrenzenden Ländereien der anderen Völker wurden immer öfter angegriffen.

Nachdem diese erkannten, welches Geschenk Orientis seinem Volk gemacht hatte, wurden sie unzufrieden mit ihren Gottheiten, beteten diese ebenfalls um eine magische Tontafel an. Doch die Gottheiten waren nicht gewillt, Forderungen zu erfüllen. Ihre Gaben waren Geschenke gewesen. Sie wandten sich von ihren Gläubigen ab und zogen sich zurück. Sie konnten nicht mit ansehen, was aus ihrer heiligen Insel, dem Ort des Neubeginns, geworden war: ein Ort voll von Hass, Neid und stetiger Kämpfe. Niemals forderten sie ihre Gaben zurück, und es entbrannte ein Krieg, der jahrzehntelang andauerte. Bis eine unsternbedrohte Liebesgeschichte es schaffte, das gesamte Volk zu einen, wofür wir alle noch heute den Preis bezahlen. Und doch kehrten die Gottheiten nicht zurück. Je mehr Dekaden vergingen, desto weniger erinnerten sie sich an ihren ersten Versuch, an die Welt, die sie einst beschenkt hatten – wie sich auch die meisten Menschen nicht mehr an die alten Gottheiten und den Anfang der Menschheit erinnern.«

Taipa fühlte sich mit einem Mal furchtbar allein. So muss es dem jungen Falken gegangen sein, den sie und Cheveyo unterhalb eines verwaisten Nests gefunden und aufgezogen hatten. Von den Gottheiten verlassen. War es tatsächlich so? Erhörte die Erdenmutter sie nicht mehr? Warum huldigten die Schamanen und Schamaninnen wie ihre Großmutter ihr dann überhaupt?

Yanma schien Taipas Gedanken zu erraten. »Eines Tages wird Occidenta mit all ihrer Macht und ihrer Großzügigkeit zurückkehren, Taipa. Wenn es nur jemand schafft, seine Flügel auszubreiten und Kontakt herzustellen, um ihr zu sagen, dass sie nicht vergessen wurde.«

6
Malena

Das Echo eines wahren Kriegsrufes hallte von der Mauer wider und schwebte durch den von nächtlichen Schatten verhängten Garten. Malenas Körper erschauderte, und instinktiv griff sie an ihre Seite, wo sie im Training stets ihre Waffe trug. Doch natürlich tastete sie ins Leere. Circe jedoch zog ihr Schwert, das sie als Gardistin immer an ihren Gürtel geschnallt hatte. Sie drängte sich an Malena vorbei, dem Ursprung der Schreie entgegen.

Sie schob die Äste eines Busches am Fuß der Mauer zur Seite und hob anschließend Efeuranken hoch, die wie ein Vorhang eine Lücke im Mauerwerk verbargen. Nun drang ein Johlen aus dem Loch. Circe sah fragend zu Malena.

»Das klingt eher nach Spaß als nach Gefahr«, bestätigte auch Malena und wurde mit jedem Atemzug neugieriger. Doch Circe ließ sie nicht passieren, sondern schob sich furchtbar langsam in die schmale Lücke der mehrere Fuß dicken Mauer, bis sie komplett von den Schatten und Ranken verborgen war. Malena trat näher und zwängte sich ebenfalls hindurch.

»Wieso haben die Dienerinnen die Stelle nicht gemeldet?«, flüsterte Malena. Sie bezweifelte, dass der ehemalige Princeps nicht sofort Reparaturarbeiten eingeleitet hätte, sollte er davon Kenntnis gehabt haben. Der Kontakt zu Männern war verboten, es war gefährlich, und die Frauen …

Circe grinste Malena erst breit an, tippte sich dann mit der Zungenspitze an ihre Oberlippe, wie sie es stets tat, anstatt zu erröten. Sofort verstand Malena, und ihre Augen weiteten sich.

»Sie haben … freiwillig Kontakt?« Nun war sie nicht mehr verwundert darüber, dass sie nie jemanden im Gemeinschaftsraum antraf, und kam sich entsetzlich dämlich vor. Es hätte ihr klar sein müssen, dass nicht nur sie neugierig war. Und diese Neugier trieb sie nun auch dazu, sich vollends in die Lücke zu pressen und die Efeuranken auf der Seite der Männer vorsichtig auseinanderzuschieben. Sie standen nun beide komplett innerhalb der Mauer, Malena überlegte kurz, wie lange es wohl gedauert haben musste, diesen Durchgang zu erschaffen, und wer ihn bereits genutzt hatte, ehe sie ihren Blick auf die *verbotene* andere Seite warf.

Zahlreiche Feuerschalen verbreiteten eine Helligkeit, die sie die Augen zusammenkneifen ließ. Nur langsam gewöhnte sie sich daran und erkannte Dutzende Männer, die in Gruppen um die Feuerschalen saßen, die meisten von ihnen große Krüge in der Hand, mit denen sie sich zuprosteten. Anscheinend feierten sie sich gegenseitig. Malena war vor Faszination vollkommen erstarrt. Erneut erklang ein lauter Schrei und lenkte ihre Aufmerksamkeit auf einen Platz etwas abseits der sitzenden Männer, näher an der Mauer, als wollte sich das, was sich dort abspielte, dahinter verbergen.

In den Boden gesteckte Fackeln bildeten einen groben Kreis, in dessen Mitte ein Kampf stattfand. Valerian, nur in einen kurzen Stoff um seine Hüfte gekleidet – eine Art Unterrock –, ging soeben auf die Knie und rieb sich über den Mund. Seine Hand war nun blutig. Malena wollte aufspringen und ihm helfen, doch noch während Circes Hand sie wieder in die Hocke zwang, johlten ein paar Männer, die außerhalb des Fackelkreises standen und nun laut einen Namen brüllten. Erst jetzt drehte sich die zweite Person in der Arena um und reckte in Siegesgeste die Faust in die Luft. Aries' ebenfalls nackter Oberkörper glänzte im Schein der Fackeln. Blut troff auch ihm von der Lippe, die definitiv geschwollen war. Er schob sich die feuchten Haare aus dem Gesicht, ein dunkler Fleck zierte seine Schläfe. Malena konnte nicht sagen, ob sie verschmutzt oder ob es ein Bluterguss war. Noch einmal reckte Aries den Arm in die Luft, das Licht der Flammen tanzte über seine schweißbedeckte Haut, die sich über die gewölbten Muskeln straffte. Er verneigte sich im Beifall der Männer, ließ sich von ihnen kurz feiern, ehe er Valerian freundschaftlich die Hand reichte und ihm aufhalf.

Malena achtete nicht auf ihren verletzten Bruder, konnte ihren Blick nicht von Aries' Lächeln abwenden. Seine Augen leuchteten von purem Glück, und Malenas Puls begann zu rasen, während sich wilde Gedanken in ihrem Kopf formten und eine nie gespürte Hitze durch ihren Körper jagte. Val hatte es selbst vorgeschlagen, ihn als Gefährten auszuwählen. Vielleicht konnte sie trotz allem tatsächlich ihr Glück finden. Die Wahl ihres Gefährten war die einzige Freiheit, die sie als Princepa jenseits des Schreibens ihres Wunsches besaß. Vielleicht bestand trotz allem noch Hoffnung? Ihre Bestimmung war es, eine Tochter zur Welt zu bringen – die zukünftige Princepa. Der damit verbundene Akt war ein notwendiges Übel, wie Circe stets behauptete. Malena hatte sich die körperliche Vereinigung immer wie das Kampftraining an Tagen vorgestellt, an denen sie lieber im Bett geblieben wäre: eine Unverzichtbarkeit für die Zukunft. Während Malena Aries nun jedoch so betrachtete, blitzte ganz kurz der Gedanke auf, dass ihre Kinderfrau Nimh vielleicht doch recht haben könnte. Im Gegensatz zu Circe hatte sie immer behauptet, die Verschmelzung von Körper und Geist wäre nichts, das mit der Demonstration von Stärke und Macht zu tun hatte wie ein Kampf.

Malena blinzelte die Gedanken weg und schaffte es endlich auch, den Blick kurz von Aries loszureißen, der sich eben mit seiner Tunika das Gesicht abtupfte, ehe er sie überstreifte und die etwa handbreit langen Haare mit seinen Fingern teilte, um sie nach hinten zu kämmen. Das tiefe Lachen, das er dabei ausstieß, drang Malena direkt unter die Haut.

Auch Valerian schien bester Laune zu sein, wie Malena mit einem kurzen Seitenblick auf ihren Bruder erkannte. Offenbar hatte er das Gespräch mit dem Priester verdrängt, das ihm die Laune verdorben hatte. Oder war dieser Spaßeskampf vielleicht wie Malenas zusätzliches Training mit Mameida, Vilana und Circe gewesen? Hatte auch Val mit seinem Ärger zu kämpfen gehabt und sich abreagieren, seine Gedanken befreien müssen?

»Sieh Aries nicht so an!« Circe stieß Malena unsanft an, sodass sie aus dem Gleichgewicht geriet und sich an der rauen Mauer abstützen musste. Der Bann war gebrochen. Von einer nervösen Aufregung erfüllt, sah Malena zu, wie sich Val und Aries kurz umarmten und gegenseitig auf den Rücken schlugen, um dann den Kreis zu verlassen, wo sie jeder einen Krug gereicht bekamen. Sie blieben nicht weit von Malena und Circe entfernt stehen und beobachteten, wie die nächsten Männer den Fackelkreis betraten und auf sich einprügelten, dabei lachten und sich gegenseitig neckten – begleitet von Zurufen und lautem Johlen der Zuschauer. Auch Val stieß hin und wieder einen Laut aus, den Malena nie aus seinem Mund gehört hatte. Sie bemerkte, wie Aries trotz Vorschützens einer ausgelassenen Stimmung auf der Hut war, sich immer wieder im Garten umsah, um seinen Princeps zu beschützen. Er sorgte sich um Val, wie Malena es tat.

»Wie sehe ich ihn denn an?«, reagierte Malena verzögert auf Circes Aufforderung und verfolgte aufmerksam deren Mimik, so gut sie diese im durch den Efeu schimmernden Licht erkennen konnte.

»Als wäre dein Verstand getrübt! Das ist gefährlich! Schon immer haben Männer Frauen das Herz gebrochen.« In

Circces Augen lag keine Übertreibung wie so oft. Im Gegenteil: Eine Verbitterung schlich sich in ihre Züge, zog die Mundwinkel nach unten und ließ eine Furche entstehen, die Malena an Circe nie zuvor gesehen hatte. Sie schien voll und ganz überzeugt von ihren Worten. »Männer sind schlecht, Malena. Sie sind nur auf ihren eigenen Vorteil aus, sorgen sich nicht um die Gefühle ihres Gegenübers.« Sie deutete vage zum Kampfplatz. »Sie schlagen sich zum Zeitvertreib, nicht zu Trainingszwecken. Sie haben Spaß daran, Schmerzen zu spüren – und zu verursachen.«

Malena wich im ersten Moment angewidert zurück. Was für ein entsetzlicher Gedanke! Dann jedoch dachte sie daran, woher Circe und sie kamen. Der heutige Kampf im Gymnasium war kein normales Training gewesen, sondern Ablenkung. Malena hatte sich verausgaben und abreagieren müssen, um ihren Kopf frei zu bekommen. Sie sah kurz zu den Männern hinüber. Sie hatten Spaß, ja, aber erfreuten sie sich, wie Circe behauptete, an den Schmerzen oder an dem Gefühl, das auch Malena überkommen hatte: Endlich nicht mehr denken zu müssen, sondern einfach intuitiv zu reagieren?

»Das glaube ich nicht«, sprach Malena das aus, was sie tief in ihrem Inneren empfand. Sie dachte an die früheren Kämpfe mit Val, als sie noch gemeinsam hatten trainieren dürfen. Auch ihm waren Tränen gekommen, wenn sie ihn zu hart getroffen hatte – genau wie ihr. Voller Mitgefühl hatte er sie getröstet und sich entschuldigt, im Gegensatz zu ihr. Malena liebte seine weiche Seite – aber nicht im Training. Sie hatte sich stets viel mehr verausgaben müssen, um mit ihm mithalten zu können, als sich ihre Körper verändert hatten. Waren es diese Veränderungen gewesen, die Val die Empathie entzogen hatten? Nein, sie drängte den Gedanken sofort zurück und erinnerte sich an den vergangenen Todestag ihrer

Mutter, an die Unterstützung bei ihrem geheimen Ritual, die er ihr geboten hatte, seinen Halt, um den sie nicht erst hatte bitten müssen. Nein, Val war nicht so. Sie kannte ihn und liebte ihn. Den einzigen Menschen, der sie ihr ganzes Leben lang begleitet hatte.

»Männer sind nicht wie wir, Malena. Das darfst du nie vergessen!«

Als ob sie das könnte! Wären sie gleich, würden sie zusammen in einem offenen Palast wohnen, anstatt immer neuen Vorurteilen Leben einzuhauchen, die sie weiter auseinandertrieben. Genau das war Vals und ihr Ziel gewesen. Sie hatten allen beweisen wollen, dass sie nicht das war, wofür sie offensichtlich auf jener Seite des Palastes gehalten wurde – wenn man die vorverurteilenden Blicke bedachte –, und wollten ein vollkommen anderes Leben führen. Gemeinsam! Genau das sollte ihr Wunsch sein, den sie an die Tontafel übergab, nachdem Val als Erstgeborener seinen geschrieben hatte. So war es von ihnen beiden von dem Moment an geplant gewesen, in dem sie von ihrem bevorstehenden Leben erfuhren.

»Ich muss trotzdem mit Val sprechen. Er wird mich anhören, er wird … verstehen!« Ihre Worte bebten, geschüttelt und verzerrt von der Hoffnung, die Malena hegte. »Wir müssen ihn hierherlocken.« Schneller, als Circe sie aufhalten konnte, griff sie nach einem heruntergebröckelten Mauerstein und schleuderte ihn Val vor die Füße. Noch ehe ihr Bruder reagierte, sah Aries sich wieder um, suchte nach einer Bedrohung, ganz wie Circe, wenn Malena in Gefahr schweben könnte. Der eben noch frohe Ausdruck auf seinem Gesicht wich hoher Konzentration, die eine Furche zwischen seine dunklen Brauen grub. Sein gesamter Körper war angespannt. Circe riss Malena gewaltvoll nach hinten und drängte sie zur Seite der Frauen, sodass sich die Efeuranken wieder vor der Mauerlücke schlossen wie ein Vorhang. Malena schimpfte laut auf sämtliche Gottheiten, ehe sie sich auf Nimhs Benimmregeln besann.

Keine von ihnen regte sich. Schritte waren von jenseits der Mauer zu hören. Schwere Stiefel näherten sich. Aries erzählte Valerian eben von dem für die gesamte Dienerschaft nicht allzu geheimen Durchgang in der Mauer, als es raschelte. Einer von ihnen schob die Ranken beiseite. Malena stürzte an Circe vorbei wieder zur Öffnung und prallte dort beinahe mit Aries zusammen, der erschrocken zurückwich. Dann schob sich Vals Kopf in das Loch in der Mauer. Als er Malena erkannte, wurde er kreidebleich. Jeglicher Frohsinn, sämtliches eben noch ausgestrahlte Glück wurde bei ihrem Anblick von seinem Gesicht gewischt.

»Du musst sofort verschwinden, Lena«, sagte er dann nur, als er sich wieder gesammelt hatte, sich unentwegt voller Sorge umsah. »Du darfst nie wieder hierherkommen, versprich es mir. Zu unser aller Sicherheit.« Dann schloss sich die Öffnung, und Malena blieb in der Dunkelheit zurück. Sie hörte noch, wie Val Aries befahl, umgehend Reparaturarbeiten einzuleiten und diese persönlich zu überwachen.

Val, der Mensch, der sie ihr ganzes Leben lang als Bruder begleitet hatte, den sie über alles liebte, wollte sie nicht mehr sehen. Malena spürte, wie ihre Brust entzweigerissen wurde. Der Schmerz überrollte sie, lähmte all ihre Sinne. Die Umgebung verschwamm, als Malena an der Mauerlücke hinabrutschte. Steinchen und Staub rieselten herab, die spitzen Kanten schrammten ihr den Rücken selbst durch die Tunika hindurch auf, doch das kümmerte sie nicht. Es war kein Vergleich zu der Pein in ihrem Inneren. Anstatt nach ihrer Krönung Dariana zu verändern, hatte sie Val für immer verloren. Die Gewissheit drückte auf ihren Brustkorb, sie war kaum mehr in der Lage, zu atmen. Staubige Luft füllte ihre Lunge mit jedem stockenden Atemzug.

Ein lautes Dröhnen erklang, glich weit entfernten Donnerschlägen. Malena suchte nach der Herkunft des Geräuschs, doch so weit sie durch die von Circe zur Seite gehaltenen Ranken einsehen konnte, war der Himmel voller Sterne, nicht eine einzige Wolke war zu sehen. Da erbebte plötzlich die Erde, und kleine Bruchstücke der Mauer fielen auf sie herab. Circe zog Malena geistesgegenwärtig aus dem Durchgang, wobei sich Malena weitere Verletzungen an den Beinen zuzog. Immer mehr und immer größere Steine polterten herab, während der Boden unter ihren Füßen vibrierte.

»Wir müssen hier verschwinden!«, schrie Circe und zerrte an Malenas Arm, um ihr aufzuhelfen. »Ich weiß nicht, ob die Mauer einem Erdbeben standhält!«

Endlich erwachte Malena aus ihrer Starre, und sie krochen gemeinsam aus dem Gebüsch und rannten zurück in die Weite des Gartens der Frauen, wo sich immer mehr Bewohner des Flügels versammelten, weil es im Palast selbst nicht sicher war. Etliche Schreie durchbrachen die vorher so friedliche Stille der Nacht, und plötzlich wirkte jeder Schatten bedrohlich.

7
Taipa

Die Erde erzitterte, als Taipa das trockene Gras unter dem Scheiterhaufen ihrer Großmutter entzündete. Das Dröhnen im Tal glich dem Vorbeirasen der großen Herden im Sommer. Selbst die Erdenmutter trauerte um den Verlust ihrer weisen Tochter. Wie alle anderen ihres Stammes, die einen weiten Kreis um die letzte Ruhestätte ihrer Großmutter bildeten. Schon bald würde Yanma in den ewigen Kreis zurückkehren, wenn der Wind ihre letzten physischen Überreste davontragen und sie mit dem Heiligen Land der Ahnen vereinen würde. Daran wollte Taipa zumindest fest glauben.

Die ersten Rauchsäulen stiegen auf, und Taipa trat etwas zurück. Schnell züngelten kleine Flammen empor und kletterten das aufgeschichtete Holz hinauf. Die Hitze strich über Taipas Gesicht, eine letzte Berührung ihrer Großmutter, die versuchte, ihre Tränen zu trocknen. Wie paralysiert sah Taipa in das Feuer, das nun Yanma erreichte. Ihre Hülle war in ihr einstiges Festgewand gekleidet, ein weiches Lederkleid, mit zahlreichen steinernen Perlen bestickt. Etliche Bänder zierten ihren Hals, ihre Hand- und Fußgelenke. Die bunten Steine, Geschenke der Erdenmutter, halfen Yanmas Geist bei der Rückkehr in den Kreis des Lebens – so war es Taipa immer gesagt worden.

Es war so entsetzlich schnell gegangen. Seit dem Moment vor zwei Tagen, als Yanma ihre Augen geschlossen hatte, nachdem ihre *letzte Geschichte* beendet gewesen war, hatte Taipa nicht mehr geschlafen, sondern an ihrem Krankenbett gewacht. Yanma war nur noch ein einziges Mal zu sich gekommen. Sie hatte unter starkem Fieber gelitten, war von den unzähligen Tränken der Heiler leicht sediert und im Wahn gewesen, redete sich Taipa ein, während sie die letzten Momente von Yanma noch einmal im Feuer zu sehen glaubte.

Taipa hatte kaum die Augen offen halten können, trank unentwegt Tee aus den Wurzeln einer Pflanze, der eine belebende Wirkung nachgesagt wurde – die sie nicht bestätigen konnte. Yanmas Schrei jedoch, als sie sich urplötzlich selbstständig aufrichtete, die Augen weit aufgerissen, weckte sämtliche von Taipas Lebensgeistern. Yanma war kreidebleich, ihre Augen trüb – sie glich in jenem Moment bereits der Toten auf dem Scheiterhaufen. Und dennoch sah sie Taipa an, griff nach ihrer Hand und drückte sie so fest, dass es sie sämtliche letzten Kräfte kosten musste. Sie beschwor Taipa, ihre Aufzeichnungen zu finden. Nur aus diesem Grund sei sie zurückgekehrt. Taipa solle ihrem Geist folgen, das Geheimnis sei sicher verwahrt, bis sie bereit war. Was immer diese einem Rätsel gleichen Worte bedeuteten. Danach war Yanma auf den Fellen zusammengesackt. In jenem Moment hatte ihr Geist begonnen, sich von ihrem Körper zu lösen.

Jemand riss Taipa zurück, und sie sah in das verschwommene Gesicht von Cheveyo. Ihre Wangen brannten von der Hitze des Feuers, ihre Beine zitterten, gaben unter dem immer stärkeren Beben der Erde unter ihren Füßen nach. Cheveyo brüllte Taipas Namen, und langsam verflüchtigten sich die Bilder in ihrem Geist, und sie kehrte in die Realität zurück. In eine Realität, die einem Albtraum glich. In ihrer Benommenheit hatte sie nicht bemerkt, wie stark das Beben geworden war.

»Was passiert hier?«, rief Cheveyo, während Schreie ertönten. Stammesälteste brüllten die Namen der Kinder über das Grollen der Erde hinweg. Die Berge, die ihr Tal umgaben, dröhnten. Laut Legende war die Schlucht, in der sich ihr

Stamm niedergelassen hatte, vor vielen, vielen Kreisläufen aus einem solchen Beben entstanden. Taipa hatte das in alten Geschichten von Yanma erwähnte Singen der Steine für eine Übertreibung gehalten. Doch nun hörte sie es mit eigenen Ohren.

Häuptling Akecheta versuchte, gegen diesen Gesang anzukommen, und rief den Stamm zusammen, um weiter entfernt von den Bergen das Ende des Bebens abzuwarten.

Taipa jedoch wusste, dass sie Yanma nicht allein lassen konnte. Es war ihre letzte Möglichkeit, hinter das Geheimnis zu kommen. Sie musste Yanmas Geist folgen. Wie auch immer sie das bewerkstelligen sollte.

»Taipa, wir müssen gehen. Die Zeremonie ist abgeschlossen, Yanma wird in den Kreis des Lebens zurückkehren.« Cheveyo zerrte an ihrem Arm, brachte sie gemeinsam mit dem Beben jedoch nur zum Taumeln.

Sie sah ihren besten Freund an, schwarze Strähnen hatten sich aus seinem Zopf gelöst und umrundeten sein schmales Gesicht. Taipa sah die Besorgnis in seinen großen dunklen Augen, und fast hätte sie nachgegeben und sich von ihm mitziehen lassen. Dann jedoch stemmte sie die Beine fest in die Erde und entzog sich seinem Griff.

»Du weißt, dass ich nicht gehen kann, Chev. Ich muss wissen, was Yanma mir damit gesagt hat, dass ich ihrem Geist folgen soll.«

Cheveyo sah sich zum Rest des Stammes um, der sich immer weiter von dem Scheiterhaufen entfernte. Dann nickte er. »Ich werde bei dir bleiben, Vögelchen.«

Taipa schüttelte den Kopf. »Du bist der zukünftige Häuptling des Stammes. Du musst helfen, alle in Sicherheit zu bringen.«

Cheveyo grinste. »Die sind alle in Sicherheit.« Er deutete mit einer raschen Geste hinter sich, sodass die eingeflochtenen Steine an seinen Armbändern klimperten. »Im Gegensatz zu dir.«

Als würde die Erde selbst zustimmen, ging ein Ruck durch sie hindurch, der Taipa zum Stürzen brachte. Cheveyo stützte sie und stellte sie wieder auf. Er setzte gerade den so typischen Blick auf, der ein ›siehst du?‹ bedeutete, da wurde er von den Beinen gerissen, und Taipa konnte sich revanchieren, indem sie ihn fest packte und dann denselben Ausdruck aufsetzte. Doch sie konnte den Triumph nicht auskosten, denn in diesem Moment öffnete sich der Boden unter ihnen. Sie beide sprangen zurück und mussten mit ansehen, wie der Scheiterhaufen erst in sich zusammenbrach und dann in der Erde verschwand. Flammen schossen aus dem Loch nach oben.

Taipa schrie auf, wollte nach vorne stürzen, doch Cheveyo hielt sie zurück.

»Lass mich los!«, brüllte Taipa. »Ich muss sehen, wohin Yanmas Geist geht!« Unkontrollierbare Tränen rannen aus ihren Augenwinkeln. Sie biss sich auf die Lippe, um die Kontrolle über ihre Gefühle zurückzuerlangen.

Cheveyo gab nicht nach. Er zog sie an sich, presste sie an seine Brust, und Taipa roch das Wildleder seines Hemdes, das Cheveyo für den letzten Abschied von Yanma trug. Die eingestickten Perlen drückten in ihre Wange, ein starker Kontrast zu dem weichen Leder, während Cheveyo sie immer fester umarmte. Ihre Gegenwehr erstarb. Ebenso wie die Hoffnung, Yanmas letztes Rätsel zu lösen und zu erfahren, wie sie ihren Stamm retten konnte.

Taipas Knie gaben nach, und sie sackte gemeinsam mit Cheveyo zu Boden. Es war nur noch ein leichtes Zittern zu spüren, Steinchen vibrierten und tippten Taipa gegen die Hand, mit der sie sich abstützte, um sich nicht einfach nur hinzulegen und zusammenzurollen.

Cheveyo murmelte etwas, das Taipa nicht verstand, weil ihr Augenmerk auf den Rauch fiel, der nun aus der Erde selbst aufzusteigen schien. Dort, wo der Boden Yanma in sich aufgenommen hatte. Erst langsam realisierte Taipa, dass es nicht der typische graue Rauch war, der nach Entzünden des Scheiterhaufens aufgestiegen war. Das strahlende Weiß hob sich wie eine Wolke aus der Erde und zog in Richtung des großen Felsens, der das Tal im Osten begrenzte.

Ein neues Feuer raste durch Taipas Adern. Sie sprang auf die Beine, warf dabei Cheveyo um, der sich erst lauthals beschwerte, dann jedoch seine braune Hose abklopfte und erleichtert bemerkte, dass die Erde nicht mehr zitterte.

»Sieh hin!«, machte Taipa ihn auf den besonderen Rauch aufmerksam. Sie wussten um die Zusätze, die einem Feuer beigegeben werden mussten, um den Rauch einzufärben. Doch bei Bestattungen wurden keinerlei Salze und Harze eingesetzt wie bei Signalfeuern. »Es ist ein Zeichen.« Anstatt der Erde vibrierte nun Taipas ganzer Körper. »Wir müssen dem Rauch folgen.« Sie deutete auf den kleinen Felsvorsprung, vor dem sich die weiße Wolke sammelte.

Sie wartete nicht, bis Cheveyo antwortete, sondern rannte los, um Antworten auf ihre letzten Fragen zu bekommen, Yanmas letztes Rätsel zu lösen.

* * *

»Und wie genau willst du dort hinaufgelangen?«

Cheveyo hatte wie Taipa den Kopf in den Nacken gelegt und sah die massive Felswand empor bis zu der weißen Rauchwolke mehrere Körperhöhen über ihnen, die dem beständigen Wind der Schlucht trotzte und dort hängen blieb, während Taipa unentwegt ihre Haare aus dem Gesicht schob. Am Fuß der Klippe, die sich von hier unten bis zum Himmel zu erstrecken schien, lagen etliche Steine und Felsbrocken. Stumme Zeugen des Bebens.

»Hast du etwa gelernt zu fliegen?« Wieder eine Anspielung auf ihren wahren Namen. Sie warf ihm einen giftigen Blick zu, der ihn wie immer zum Grinsen brachte, sodass sein gesamtes Gesicht erstrahlte.

»Wir klettern, was sonst?« Sie zuckte mit den Schultern, trat dann direkt an die Felswand und suchte nach den ersten Griffstellen. »Ich muss nach dort oben. Egal, zu welchem Preis.«

»Auch, wenn du dir dabei das Genick brichst?« Cheveyo hielt sie wieder einmal fest. »Das war sicher nicht Yanmas Wunsch.«

»Du weißt, wie gut ich klettern kann«, gab sie zurück und riss ihr Handgelenk aus seiner Umklammerung. Ein Grummeln war die Antwort. Nachdem sich Cheveyo bei einer gemeinsamen Kletterpartie das Bein gebrochen hatte und sehr lange im Zelt der Schamanen hatte bleiben müssen, verabscheute er das Klettern. Pfaden folgte er endlos, aber eine solche Herausforderung, wie sie nun bevorstand, kostete ihn Überwindung.

»Bleib du hier unten, damit du mich lenken kannst, falls sich der Rauch verflüchtigt, großer Geistkrieger.« Taipa stupste Cheveyo, der noch immer skeptisch nach oben blickte, mit der Schulter an. Im Profil sah sie, wie er mit sich selbst rang, der neunzehn Sommer alte zukünftige Häuptling, der erst noch in seinen wahren Namen hineinwachsen musste wie auch Taipa.

»Ein wahrer Häuptling stellt sich seinen Ängsten«, sagte er mehr zu sich selbst, während er das Gestein ansah wie ein wildes Tier, das gleich angriff. Er ging sogar in Verteidigungshaltung über, setzte ein Bein nach vorne, um einen festeren Stand zu haben, sein Körper war angespannt.

»Noch bist du nicht Häuptling«, neckte ihn Taipa und legte die Hand um den ersten kleinen Vorsprung auf ihrer geplanten Route nach oben. »Warte einfach hier auf mich. Ich bin gleich zurück.«

Taipa liebte das Gefühl des rauen Gesteins unter ihren Fingern. Unablässig zog sie sich hinauf, suchte nach einem sicheren Stand für ihre Füße und dem nächsten Halt, den sie von unten ausgewählt hatte. Klettern war wie Rennen. Taipa fühlte sich dabei immer wie von einer Last befreit, ihr Kopf war leer, und sie empfand das, was Yanma stets als große Stille bezeichnet hatte. Inmitten dieser großen Stille sah Taipa nach unten, um zu sehen, wie weit sie bereits vorangekommen war. Doch anstatt Cheveyo von oben sah sie nichts als Weiß. Sie musste nun innerhalb des Rauches sein, doch außer dem rauen Gestein unter ihren Händen sah sie rein gar nichts. Der Rauch war so dicht, dass sie nicht einmal mehr ihre Füße erkannte. Ihr Hals kratzte, und sie widerstand dem Drang zu husten.

»Chev!«, rief sie. »Kannst du mich sehen?«

Die Stille, die ihre Worte schluckte, legte sich eiskalt auf ihre Glieder wie die Frostwinde, die das Ende des Sommers ankündigten. Sie erschauderte, und ihr linkes Bein verlor den Halt. Steinchen rieselten hinab, als sie wieder nach einem guten Trittpunkt tastete.

»Ich sehe, wie du gerade den Halt verlierst.« Noch nie zuvor hatte sich Cheveyos neckender Tonfall so gut angehört und sie von innen gewärmt. Am liebsten hätte Taipa vor Freude aufgeschrien, doch sie konzentrierte sich auf ihr Problem.

»Ich kann rein gar nichts mehr sehen. Du musst mich lenken«, rief sie nach unten und bemerkte dabei, dass es kein Echo mehr gab. Die Stimmen der Berge, wie Yanma es immer genannt hatte. Etwas an diesem weißen Rauch war anders. Er glich den Kräutermischungen, die die Schamanen entzündeten, um den Kontakt zu den Naturgeistern zu suchen. Sie waren dann wie benommen, in einer Art Trance. Taipa musste sich beeilen und so wenig davon einatmen wie möglich. Sie konnte es sich so hoch oben nicht leisten, das Bewusstsein zu verlieren.

»Du bist fast da«, rief Cheveyo. »Wenn du eine Handbreit über deinen Kopf greifst, bekommst du den Vorsprung bereits zu fassen. An dem scheint der Rauch festzuhängen.«

Taipa tastete den rauen Stein über ihrem Kopf entlang, spürte, wie er sich nach außen wölbte, dann eine scharfe Kante. Sie griff zu. Ihre Fingerspitzen krallten sich in die Oberfläche, während sie mit ihrem Fuß nach einer Haltemöglichkeit etwas weiter oben den Felsen entlangschabte. Sie fand nichts. Ihre Arme zitterten, und vor Anstrengung holte sie tief Luft und schmeckte den harzigen Rauch auf der Zunge. Sie musste schnell nach oben, sicheren Halt finden.

»Nimm dein anderes Bein!«, erklang die rettende Stimme von weit her. »Zwei Handbreit rechts von deinem Knie entfernt.«

Sie folgte den Anweisungen, das feste Leder ihrer Schuhe kratzte immer hektischer über den Stein.

»Rechts, Vögelchen. Das ist die andere Seite.« Er versuchte, witzig zu sein. Doch in seiner Stimme lag dieselbe Panik, die auch ihre Krallen in Taipa schlug. Der Fels vor ihren Augen verschwamm bereits, drehte sich immer wieder zur Seite, ganz gleich, wie fest Taipa ihn fixierte. Endlich fand sie den Absatz und testete die Standfestigkeit. Dann drückte sie sich nach oben, versuchte, sich über den Vorsprung zu schieben, doch sie schaffte es nicht.

»Jetzt, Taipa!« Die nackte Angst in seinen Worten ließ Taipa klarer denken. Ihre Sicht wurde wieder besser, sie fand ein neues Feuer in sich. Indem sie ihre letzten Kräfte mobilisierte, hievte sie sich nach oben. Der Vorsprung war breit genug, dass sie sich setzen und schwer atmend gegen die Wand lehnen konnte. Ihre Beine baumelten nach unten.

»Wenn du mit deiner Ruhepause fertig bist, kannst du mir sagen, was dort oben ist.« Cheveyos Lachen war viel zu hoch, gekünstelt. Nur zu gerne hätte sie zu ihm gesehen. Sicher war er gerade kreidebleich wie damals bei der Begegnung mit der Wildkatze. Wider besseres Wissen wagte Taipa einen Blick über den Vorsprung.

Zu ihrem Erstaunen sah sie Cheveyo ein paar Schritte entfernt heftig blinzeln. Wenn sie sich etwas strecken würde, könnte sie ihm mit ihrem Fuß an die Schulter tippen.

»Was …«, sagten sie beide im selben Moment und starrten sich an. Taipa betastete ihre Arme, die vom Aufstieg noch immer zitterten. Es war unmöglich, dass sie lediglich auf Kopfhöhe von Cheveyo geklettert war.

»Es muss der Rauch sein«, sprach Taipa ihren Gedanken von zuvor aus. »Er vernebelt einem den Kopf.« Die Rauchwolke hing nun als leichter Schleier zwischen ihnen.

Cheveyo sah nicht überzeugt aus. Seine vollen Lippen waren fest zusammengepresst, während er an Taipa vorbeisah. »Was ist in der Höhle?«

Sofort drehte Taipa sich um. Sie hatte sich direkt neben eine kleine Öffnung im Berg gelehnt.

»Das muss Yanmas Versteck sein«, flüsterte Taipa, und ihre Fingerspitzen kribbelten. »Lass uns nachsehen.«

Binnen weniger Herzschläge hatte sich Cheveyo auf den Vorsprung gezogen und drängte sich nun Haut an Haut mit Taipa auf allen vieren vor dem dunklen Loch. Eine sonnengleiche Hitze ging von ihm aus.

»Die Höhe gefällt dir besser, hm?« Taipa konnte es nicht lassen, ihn zu necken. Es war ein innerer Zwang, dass sie ihr

Herzklopfen in seiner Gegenwart mit einem Witz zu überspielen versuchte. Cheveyo schnaubte zur Antwort und warf ihr einen vorwurfsvollen Blick zu. Er war so nah, dass sie jede einzelne Wimper erkennen konnte.

»Danke!«, sagte Taipa dann viel leiser, aber es kam von Herzen. »Ohne dich wäre ich … verloren gewesen.«

Sein Lächeln ließ ihren Puls in die Höhe schnellen. »Wie immer also«, entgegnete er mit kratziger Stimme und wandte sich schnell wieder nach vorne. Entgegen der neckenden Bedeutung seiner Worte hatte keinerlei Biss darin gelegen, sondern etwas ganz und gar anderes.

Sein Räuspern hallte in der Höhle wider. »Hast du Feuersteine?«, fragte er und durchwühlte die Taschen seiner Hose nach etwas Brennbarem.

Taipa reagierte nicht. Sie war noch immer gefangen in dem, was sich gerade zwischen ihnen verändert hatte. Die Hitze zog sich nur langsam zurück und umnebelte damit immer weniger ihre Gedanken.

»Taipa!« Cheveyo schnippte mit den Fingern vor ihrem Gesicht. »Ich weiß, ich bin unwiderstehlich, aber dein Starren macht mich nervös!« Auch jetzt klang sein Lachen wieder falsch. Doch es holte Taipa heraus, wo auch immer sie festgesteckt hatte.

»Ich muss zu viel von dem Rauch eingeatmet haben«, sagte sie knapp. Das musste es sein. Bald würde sie anfangen, Geister zu sehen wie die Schamanen. »Lass mich vorgehen, vielleicht kann ich ja etwas ertasten.«

Cheveyo nickte. »Wie du willst, Vögelchen.«

Taipa kroch vorwärts, immer weiter ins Dunkel der Höhle. Sie sah kaum die Hand auf dem sandigen Boden unter sich. »Geh zur Seite, damit ich wenigstens ein bisschen Licht habe«, wies sie Cheveyo an, und einen Moment später erhellte sich die kleine Grotte. Sie war so klein, dass sich Taipa nicht einmal auf Knien aufrichten konnte und daher schnell komplett einsehbar war. So fiel Taipas Blick sofort auf ein zusammengerolltes Lederbündel, das neben ein paar Tiegeln und Fläschchen lag, die aus einem Wildlederbeutel herausquollen. Sie steckte alles in den Beutel und zog ihn mit sich, während sie rückwärts aus der kleinen Höhle kroch. Vor ihr herrschte erneut tiefste Finsternis, als sie mit ihrem Körper dem Zugang näher kam.

»Chev, geh zur Seite! Ich kann nichts sehen!« Vielleicht hatte sie einen der Tiegel oder ein Fläschchen übersehen. Sie wollte sichergehen. Cheveyo antwortete nicht. Aber Taipa hatte keine Lust zu streiten. Sie schob sich weiter nach hinten. Ihre Schulter schrammte am kratzigen Gestein des Eingangs entlang, und Taipa unterdrückte ein Fluchen. Dann war sie am Zugang der Grotte vorbei, und ihr linkes Bein hing plötzlich im Nichts.

»Taipa!« Cheveyos panischer Schrei hallte wie hundert Männer durch das Tal, während Taipa sich mit pochendem Herzen drehte. Die Mondsichel kletterte gerade über den Berg, der das Tal auf der gegenüberliegenden Seite begrenzte. Bis auf das Funkeln der Sterne herrschte finstere Nacht. Aber das war unmöglich.

Vorsichtig rutschte Taipa auf ihrem Hinterteil nach vorne und linste über die Kante. Weit unter ihr, viel weiter, als sie glaubte, geklettert zu sein, brannten mehrere Fackeln. Cheveyo hatte einige der Stammesjäger zusammengerufen. Die ersten waren bereits dabei, zu ihr emporzuklettern.

»Was tut ihr da?«, rief Taipa nach unten. Ihre Stimme echote durchs Tal.

»Ist das dein Ernst?«, schrien hundert Cheveyos zurück. »Es ist ein halber Tag vergangen, seit du in dem Rauch verschwunden bist.«

Darauf wusste Taipa nichts zu erwidern. Sie sah die Felswand hinab. Durch den Feuerschein von unten waren Haltemöglichkeiten klar zu erkennen. Sie wählte ihre Route, schulterte die Wildledertasche und wollte sich bereits über den Vorsprung hinabschwingen, als sie innehielt. Was auch immer Yanma für sie dort hinterlegt hatte: Es war ihr Geheimnis und nur für Taipa bestimmt. Sie lehnte sich nach hinten, um von unten nicht gesehen zu werden, zog ihr Lederhemd aus, schlang das Trägerband von Yanmas Tasche über den Kopf und warf sich ihr Hemd wieder über. Als sie sich vergewissert hatte, dass sie niemand entdecken konnte, machte sie sich auf den Weg nach unten.

Cheveyo schlang sie in die Arme, die so zitterten, als hätte er sich an kleinen Vorsprüngen entlanghangeln müssen. Taipa konnte ihr Lächeln nicht verbergen. Weil ihr Herz so schnell pochte – sicher von der Anstrengung der Kletterpartie –, konnte sie nicht anders und flüsterte ihren Gedanken in Cheveyos Ohr. Dieser ließ hastig seine Arme sinken und sprang zurück wie vor einer Schlange.

Plötzlich wurde es Taipa entsetzlich kalt. Sie kam jedoch nicht mehr dazu, mit Cheveyo zu sprechen. Sein Vater, Häuptling Akecheta, trat zu ihr und sah sie lange wortlos an, während er ein Gesicht aufsetzte, das sie und Cheveyo nur allzu gut kannten und das sie wohl noch ihr ganzes Erwachsenenleben lang verfolgen würde. Unter seinem mahnenden Blick fühlte sich Taipa wieder wie das kleine Stammesmädchen mit den zwei seitlichen Zöpfen, die eher dem Schwanz des Baumspringers glichen als den langen dicken Flechtwerken der Frauen.

Akecheta atmete tief durch, sah von Taipa zu seinem Sohn, öffnete immer wieder den Mund, drehte sich letztendlich jedoch mit einem Kopfschütteln um und nahm die Männer mit sich. Taipa war froh, einer Standpauke entgangen zu sein. Sie sah zu Cheveyo neben sich und das spitzbübische Zucken um seine Mundwinkel, das jedoch sofort verflog, als sein Vater außer Sicht war.

»Was bei der Erdenmutter ist da oben passiert?« Seine Stimme bebte, während er aufgeregt umhermarschierte und sie über die Fackel im Boden hinweg musterte.

»Ich habe …« Das Feuer spiegelte sich in Cheveyos Augen, und er glich einem der dämonischen Feuergeister aus den Ostlanden, von denen Taipa so manche grausame Geschichte gehört hatte. »Ich weiß nicht, was passiert ist.« Sie war fasziniert von diesen brennenden Augen und konnte den Blick nicht loslassen. »Du warst da, du hast mir geholfen.« Cheveyos dichte Brauen wanderten nach oben, während sie über sich selbst den Kopf schüttelte. Über ihre Fantasterei. Sie musste vom Rauch ohnmächtig geworden sein und klang nun wie eine Verrückte. Aber sie hatte dennoch etwas vorzuweisen, ob sie sich den Rest nur eingebildet hatte oder nicht.

Sie hob den Saum ihres Lederhemdes und wollte es gerade über den Kopf ziehen, als Cheveyo erschrocken zurückwich und sich umdrehte.

»Was hast du?«, lachte Taipa. Aber es klang falsch. Bisher hatte es sie nie gestört, sich vor ihm bis zum Brustband zu entblößen, sie waren Seite an Seite aufgewachsen. Nach dem Aufleuchten seiner Augen eben jedoch – ehe er sich weggedreht hatte – griff eine Beklommenheit nach ihr, die sie nicht kannte und die fester auf ihre Brust presste als das einschnürende Band und sie schwerer atmen ließ.

Taipa hatte Yanmas Beutel bereits aus- und ihr Oberteil wieder angezogen, als Cheveyo endlich mit krächzender Stimme antwortete: »Es gehört sich nicht.«

»Du klingst wie jemand aus Dariana.« Taipa legte nun wieder den neckenden Ton auf. »Du kannst dich übrigens wieder umdrehen – sofern du sehen möchtest, was ich gefunden habe.«

Sie setzten sich nebeneinander zu der Fackel und nahmen ein Stück nach dem anderen aus der Tasche. Es handelte sich um eine wirklich beeindruckende Ansammlung von seltenen Kräutern und Salzen. Nicht alle davon waren Taipa bekannt, obwohl sie so viel Zeit bei den Heilern und Yanma verbracht hatte.

Ehe sie ihm das runde Lederbündel zeigen wollte, erzählte sie Cheveyo, was aus ihrer Sicht geschehen war und wie er ihr wirklich geholfen hatte. Es war sein Zuspruch gewesen, seine Hilfe, durch die sie es über die Klippe geschafft hatte.

»Das war ich nicht, Taipa. All das habe ich nie gesagt.« Er klang zumindest nicht länger besorgt um ihren geistigen Zustand, sondern hatte die Erklärung hingenommen, dass es sich um dieselben Kräuter und Harze handeln musste, die Schamanen für ihre Geistreisen benutzten.

»Was auch immer es war …« Taipa tastete nach der Rolle in der Tasche. »Es hat sich doch hoffentlich gelohnt.« Sie zog das Bündel heraus und knüpfte die Bänder auf. Gemeinsam rollten sie das vergilbte helle Leder auf, das von kleinen Bildern und Schriftzeichen bedeckt war, die nur noch schwer bis gar nicht mehr zu entziffern waren. Sie lehnten sich beide gleichzeitig weiter nach vorne, um vielleicht mehr erkennen zu können, und ihre Köpfe berührten sich beinahe. Ein Umstand, dem sich Taipa plötzlich äußerst bewusst war.

»Das ist der Naturstein.« Cheveyos Worte glichen einem Keuchen.

»Das Geschenk von Occidenta an ihr Volk«, bestätigte Taipa voller Ehrfurcht, als sie das Bild eines Steines genauer betrachtete. Er war beinahe so groß wie die gesamte faltige und von Schmutz gezeichnete Handfläche, auf der er ruhte. Yanma hatte ihnen nie auf die Frage nach dem Aussehen des Steines oder seiner Größe geantwortet. Dem lückenhaften Text des von oftmaligem Entfalten porösen Leders konnten sie beide jedoch auch nichts entnehmen, was auf seinen Aufenthaltsort hindeutete. Die Aufregung ließ schnell nach und wich tiefer Enttäuschung.

Taipa rollte das Leder wieder zusammen und packte es in die Tasche. Das also war das große Geheimnis, das Yanma ihr noch aus der nächsten Welt hatte mitteilen wollen?

Mit hängenden Schultern machten sich die beiden auf den Weg zurück zum Stamm, wo nur noch das Nachtfeuer brannte – an dem erschöpfte Heilerinnen saßen und sofort aufsprangen, als sie Taipa erkannten. Ein bitterer Geschmack legte sich auf Taipas Zunge. Suri, eine der Heilerinnen, kam mit Tränen in den Augen auf sie zu und zog sie in ihre Arme. Obgleich ihre Sorge sie wärmte, griffen kalte Klauen nach Taipa. Die Tränen konnten nur eins bedeuten: Ihre Schwester Lana hatte ebenfalls das Fieber.

8
Malena

Das wahre Ausmaß der Folgen des Bebens, das inzwischen als »Zorn der Götter« in Worte gefasst und flüsternd von einer Frau zur anderen getragen wurde, zeigte sich erst am nächsten Morgen. Circe hatte Malena in ihre Gemächer gebracht, umringt von zahlreichen Gardistinnen, in deren Gesichtern nackte Panik gestanden hatte. Von Nimh wussten Malena und Valerian bereits von den Beben, die das Imperium immer wieder heimsuchten. Aber ein solches Aufbäumen der Erde am eigenen Leib zu spüren, zu fühlen, wie es durch die Fußsohlen nach oben drang und den gesamten Körper bis zu den Fingerspitzen erzittern ließ, als würde man erschaudern, war etwas völlig anderes als Malenas Vorstellung davon.

Nun stand sie auf dem kleinen Balkon ihres Schlafgemachs und beobachtete Palastdienerinnen und Gärtnerinnen bei den Aufräumarbeiten. Sie lehnte sich so weit wie möglich über das Geländer – aber ihr privater Balkon glich eher einem erweiterten Fensterbrett mit kleinen Palisaden als Absturzschutz, um ja nicht allzu weit über die Gärten zu reichen, in denen sie vielleicht etwas hätte erblicken können, das sie nicht sollte. Malena ertappte sich bei dem Gedanken, dass sie nicht nur nach ihrem Bruder Ausschau hielt. Zu ihrer Schande musste sie gestehen, dass sie immer wieder Aries vor sich sah. Aries, der gegen Val gesiegt hatte, wenngleich dieser Sieg sein Blut gefordert und seine gestählten Muskeln mit Schweiß überzogen hatte, in dem die Flammen sich spiegelten, als würden sie ihn liebkosen. Ein Schaudern ließ Malena erbeben wie am Vortag, doch die nachfolgende Hitze war ganz und gar nicht ähnlich. Schnell konzentrierte sie sich wieder auf das Hier und Jetzt und sah kurz über die Schulter hinter sich.

Dienerinnen huschten in ihren Gemächern noch immer mit Staubwedeln hin und her, fegten die Reste der Stuckverzierungen vom Boden auf, die das Beben nicht überdauert hatten. Glücklicherweise war niemandem etwas Ernsthaftes zugestoßen. Die Dienerinnen berichteten von kleineren Schrammen oder Blutergüssen, weil etwas von den Regalen gefallen war oder sie während des Bebens gestolpert und gestürzt waren. Circe hatte Malena versichert, dass auch die Fundamente und tragenden Mauern keinen bleibenden Schaden davontrügen.

Überall im Palast wurde nun daran gearbeitet, die Erinnerungen an die Nacht zuvor auszulöschen. Malena ließ ihren Blick über die hohe Mauer und den Wehrgang hinweg auf die Dächer von Dariana unterhalb gleiten. Die aufgehende Sonne verwandelte die Ziegel der Häuser im Stadtkern – der Oberstadt – in eine leuchtende Farbpalette aus Rot- und Orangetönen. Die wenigen Fassaden, die sie von hier oben erblicken konnte, erstrahlten in reinstem Weiß. Obwohl Malena weit oben, im höchstgelegenen Gebäude von Dariana residierte, konnte sie nicht jeden Teil der Stadt einsehen. Ihr Blickwinkel und die Mauer rund um die Oberstadt verhinderten ihre Sicht auf alles, was weiter unten lag.

Die wildesten Gerüchte um die Unterstadt gingen im Palast um. Dort zogen in mondlosen Nächten Ifrits durch die stinkenden Gassen, Spirits hausten in den kleinsten Winkeln, in denen Pflanzen wuchsen, böse Geister suchten die Bewohner heim – allesamt in die Stadt getragen von jenen Bewohnern aus allen Winkeln des Imperiums, die sich in der Hauptstadt ein besseres Leben versprochen hatten.

Malena sog diese Geschichten schon seit Kindertagen in sich auf. Sie war jedoch nicht in der Lage, ihrem Geist Bilder zu entlocken, so unterschiedlich war das, was verschiedene Quellen über die Unterstadt berichteten.

»Wenn du eine Chance haben willst, ihn alleine anzutreffen, solltest du *jetzt* gehen.« Circe trat hinter Malena durch die Balkontür. »Der Priester ist um diese Zeit im Tempel zugange. Das Training der Männer hat noch nicht begonnen.«

Hastig wandte sich Malena ihrer ersten Gardistin zu. »Bist du sicher?«

Circe warf ihr einen Blick zu, der eindeutig besagte, wie Malena es überhaupt wagen konnte, ihre Aussage anzuzweifeln. »Jetzt oder nie!«

Malena sog tief die Luft ein – und mit ihr die Zuversicht, dass ein klärendes Gespräch mit Valerian alle Missverständnisse auflösen würde. Dann trat sie zurück in ihr Schlafgemach und folgte Circe, die bereits in den Flur gehuscht war.

Jede der Dienerinnen, an denen sie vorbeikamen, senkte ehrfürchtig den Kopf, bis Circe und Malena vorbeigegangen waren. Erneut folgte Malena dem Weg, den sie gestern gegangen war, um Valerian zu ihrer beider Krönung abzuholen. Es war noch nicht ein Tag vergangen, und doch hatte sich Malenas Welt verändert. Sie betrachtete die Gemälde ihrer Ahninnen, allesamt so jung, nun mit anderen Augen.

»Glaubst du, dass diejenigen von ihnen, die sich das Leben nahmen, ebenfalls einen solchen Schicksalsschlag erlitten hatten? Dass auch sie von ihrem besten Freund, dem Princeps, verraten wurden?« Malena hielt Circe fest, wollte ihr in die Augen, ins Gesicht sehen, um erkennen zu können, ob ihre beste Freundin nur antwortete, was Malena hören wollte, oder die Wahrheit sprach.

Circe überlegte lange, ehe sie den Mund öffnete. »Ich glaube, dass ihnen unrecht getan wurde. Männer neigen dazu,

Frauen zu unterdrücken. Sie halten sich für stärker und besser als wir.«

»Und du glaubst, deshalb haben sie sich *umgebracht?*«, brachte Malena schockiert hervor. Sie konnte sich nicht vorstellen, was es hieß, unterdrückt zu werden. Schon gar nicht von einem Mann. Bis gestern war Valerian ihr bester Freund gewesen. Frauen waren den Männern ebenbürtig, wieso sollten sie sich unterdrücken lassen?

Circe antwortete ihr nicht mehr. Sie ging weiter und winkte ihr zu, sie solle sich beeilen. Erst an der Brüstung der Galerie des auf den ersten Blick wie immer verwaisten Gesellschaftsraums blieb sie wieder stehen. Sie beugte sich über die Empore hinab und gebot Malena zu warten. Malena hörte, wie sich zwei der Dienerinnen flüsternd unterhielten, während sie – den Schritten zufolge, die bis zu ihr drangen und von der Kuppel weit über ihren Köpfen widerhallten – sich beeilten, diesen Raum schnell zu durchqueren.

»Komm!«, flüsterte Circe, ihre Worte kaum mehr als ein Lufthauch. Malena raffte ihre Toga und folgte Circe eilig die bogenförmige Treppe hinab, um auf der anderen Seite, der Seite der Männer, wieder hinaufzusteigen.

»Gleich ist der Morgenappell«, erklärte Circe leise. »Jetzt ist deine einzige Möglichkeit, dich zu Valerian zu schleichen.« Sie nickte Malena aufmunternd zu, die jedoch noch einen Moment mit sich haderte, ob sie es wirklich wagen sollte. Der Tag ihrer Krönung war der einzige, an dem es ihr – nach einigen Diskussionen mit dem obersten Priester – erlaubt gewesen war, diese Palasthälfte zu betreten. Nur was hatte es ihr gebracht? Sie holte tief Luft, straffte die Schultern und machte sich, wie am Tag zuvor, auf den Weg zu Valerians Gemächern, passierte die Porträts seiner uralten, von Falten gezeichneten männlichen Ahnen und schob letztendlich den linken Flügel der Tür zu Valerians privaten Gemächern auf. Und erstarrte, als sie die Person darin erkannte.

»Was tust du hier?«, fragten Aries und sie zeitgleich, nachdem Malena in diesem männlichen, rauen Gesicht dieselben Emotionen gespiegelt gesehen hatte, die auch sie empfand. Schreck. Verwirrung. Unglaube.

Und dazu kam dieses … Etwas, das in ihrem Magen kribbelte und Wellen eines seltsamen Gefühls durch ihren Körper jagte.

Aries antwortete schneller als Malena. »Das sind Valerians Gemächer. *Ich* habe alles Recht der Welt, hier zu sein.« Er hob seine linke Braue ein wenig, und Malena nahm die Herausforderung an.

»Solltest du, als Befehlshaber über Valerians Centurionen und Legionäre, nicht beim Morgenappell dabei sein?«

»Du scheinst dich ja bestens auszukennen.« Er betrachtete sie weiter von oben bis unten, als sähe er sie das erste Mal. Je länger er sie musterte, desto intensiver wurde es. Es fühlte sich beinahe an wie eine Berührung, als würden seine Blicke über ihren gesamten Körper tasten und jedes Fleckchen Haut in Flammen setzen. Sein Gesicht veränderte sich, seine Augen wurden dunkler, als verschwände die Sonne hinter einer Wolke.

Malena wusste nicht, wie sie auf die Musterung reagieren sollte. Sie entschied sich für Ignorieren. »Wo ist Val?«, verlangte sie zu wissen, legte all jene Autorität, die Nimh ihr eingetrichtert hatte, in diese drei Worte.

Doch Aries schien unbeeindruckt. »Das geht dich nichts an.«

Malena widerstand dem Drang, keuchend Luft zu holen. Was bildet sich dieser Mann eigentlich ein? Sie war die Principa, stand weit über ihm, diesem arroganten …

»Du solltest verschwinden, ehe der Priester mit Valerian zurückkehrt.«

Malena tat nichts dergleichen. »Dann warte ich eben auf sie beide. Ich will Antworten. Val ist …«, sie suchte in der Luft nach den richtigen Worten, fand sie jedoch nicht. »Val ist seit der Krönung ein anderer Mensch, und ich muss wissen, warum.«

Aries' Kopf neigte sich leicht zur Seite. Er öffnete den Mund, als wollte er etwas sagen, dann schüttelte er jedoch bedächtig den Kopf. »Das ist keine gute Idee. Du musst jetzt gehen. Schnell!«, setzte er in eindringlichem Ton hinzu. Durch die Fenster drang ein kurzer Hornstoß. Der Morgenappell war zu Ende. Aries wandte sich dem Fenster zu, überwand dann mit drei großen Schritten die Distanz zwischen sich und Malena und wagte es anschließend, sie zu berühren. Seine Hand legte sich auf ihren Oberarm, und vollkommen überrumpelt ließ sich Malena von ihm umdrehen und zur Tür schieben. Seine Hand stand in Flammen. Malena fühlte die sengende Hitze, die von der Berührung ausging, glaubte, jeden einzelnen seiner langgliedrigen Finger durch den Stoff ihrer Toga zu spüren, jede noch so kleine Veränderung des Drucks, mit dem er sie voranschob. Seine Hitze jagte ihre Wirbelsäule entlang, sorgte für Gänsehaut und ein immer schnelleres Klopfen ihres Herzens, dessen Echo sie bis in ihren Unterleib fühlte.

Vollkommen benommen kehrte Malena zurück in den Gesellschaftsraum, wo ihre erste Gardistin wartete und ihr zuwinkte, sobald sie Malena entdeckt hatte.

»Warum hat das so lange gedauert?«, fragte sie, während sie Malena die Stufen zum Flügel der Frauen emporzerrte. Stimmengewirr wurde laut, kaum dass sie oben angelangt waren. Valerians Legionäre nahmen ihre Posten im Palast ein, Malenas Gardistinnen eilten mit einem kurzen Gruß an ihr und Circe vorbei. Es hätte nur zu weiterem Unmut geführt, wäre Malena erwischt worden.

»Und, was hat Valerian gesagt?«

Die beiden waren kaum in Malenas Gemächern angekommen, da hatte Circe die Dienerinnen bereits hinausgescheucht und die Tür verschlossen. Nun saß sie erwartungsvoll auf der gepolsterten Bank Malena gegenüber und brannte vor Neugier. Malena ließ sich nach hinten fallen, endlich wieder klar im Kopf. Was bei allen Gottheiten hatte Aries mit ihr getan? Sie stieß ein lautes Seufzen aus. »Val war nicht da. Offenbar hatte er etwas mit dem Priester zu besprechen.«

»Noch vor dem Morgenappell? *Vor* dem Frühstück?« Circes Stimme klang mit einem Mal wesentlich höher als sonst – ehe sie das Gehörte wirklich erfasste. Ihre Augen weiteten sich. »Woher weißt du das überhaupt, wenn Val gar nicht da war?«

So erzählte Malena ihrer besten Freundin von ihrer ersten Begegnung mit einem Mann allein – der nicht Valerian war.

9
Valerian

»Was tust du noch hier?«

Valerian schreckte hoch. Als er sich aufrichtete, schoss ein dumpfer Schmerz von seinem Genick aus in seinen Kopf. Offensichtlich war er über einem der alten Schriftstücke eingeschlafen, in denen er nach einer Lösung hatte suchen wollen. Während er sich den Nacken rieb, trat Aries näher. »Du siehst echt nicht gut aus«, sagte dieser in belustigtem Ton. »Du solltest ins Bett gehen.«

Valerian blinzelte den Schlaf aus den Augen. Er war zu müde für die Antwort, die Aries verdient hätte. Insbesondere bei dem Grinsen, das an seinen Mundwinkeln zupfte und die vollen Lippen sogleich neckisch wirken ließ. Niemand sonst wagte es, so mit Valerian zu sprechen. Aber gerade das machte eine wahre Freundschaft aus, oder? Freunde sollten einem den Spiegel vorhalten dürfen, ohne Konsequenzen fürchten zu müssen.

Valerian dehnte die verspannten Glieder. Nahezu den ganzen Tag hatte er in Gesprächen mit dem Priester und in der Bibliothek verbracht, wo er die Hüter des Wissens umhergescheucht hatte, um wenigstens irgendeinen Anhaltspunkt zu finden, wo er mit der Suche beginnen könnte. Lothair hatte ihm angeraten, seinen Wunsch schnellstmöglich zu schreiben, insbesondere in Anbetracht jenes kleinen Bebens, das Dariana am Abend zuvor erschüttert hatte. Es war wichtig, für die Zukunft des Imperiums zu sorgen. Doch Valerian verabscheute sich für die Rolle, die er in dieser Zukunft innehatte. Innehaben sollte.

»Hast du eine Lösung für das … Problem gefunden, von

dem du mir nicht erzählen willst, damit ich dir meinen weisen Rat erteilen kann?« Aries lehnte sich an den Rand des hölzernen Schreibtisches und verschränkte lässig die muskulösen Arme vor dem dünnen Stoff der Tunika. Für einen kurzen Moment war Valerian vom Spiel seiner Brustmuskeln, das sich direkt unter dem weiten Ausschnitt abspielte, abgelenkt. Er versteifte sich sofort und lehnte sich in seinem gepolsterten Stuhl so schnell zurück, dass dieser ein Knirschen von sich gab. Dann wog er die nächsten Worte sorgfältig ab: »Bislang konnte ich nichts finden.«

Er rieb sich über das müde Gesicht. Seine Lippen waren trocken, er wusste nicht, wann er zuletzt einen Schluck aus dem Kelch auf dem Beistelltisch genommen hatte. Sein Blick glitt dorthin, und Aries verstand ihn ohne Worte, sprang auf und reichte ihm den Kelch.

Valerian musterte seinen besten Freund und ersten Centurio.

Er war seit der Krönung verändert. Benahm sich ihm gegenüber anders, und die Distanz zwischen ihnen schmerzte. Valerian hatte sich diese Bestimmung niemals ausgesucht, er würde alles dafür tun, um sie zu verhindern, einfach alles.

»Wolltest du etwas Bestimmtes?«, fragte er, nachdem er den Kelch mit verdünntem Wein mit hastigen Schlucken geleert und auf den Schreibtisch gestellt hatte.

Aries schien nicht so recht zu wissen, was er sagen sollte. Hatte es damit zu tun, dass Valerian ihn in jenem Gespräch nach der Krönungszeremonie nach Malenas Ahninnen gefragt hatte – oder daran, dass ihn dieses Gespräch an sein verlorenes echtes Leben erinnert hatte? Das Leben, aus dem man ihn wie alle anderen Soldaten, die mit Valerian aufgewachsen waren, gerissen hatte? Er verfluchte sich im Nachhinein dafür, nicht auf Lothair gehört zu haben, nicht über all das Stillschweigen bewahrt zu haben, wie er ihm eindringlich geraten hatte. Nun hatte es ihn von seinem besten Freund getrennt. Genau wie Lothair behauptet hatte.

»Das Schicksal des Princeps ist ebenso grausam wie das der Princepa«, hatte Lothair gesagt. Mehr als ein entrüstetes Lachen hatte Valerian nicht entgegnen können. Was mit den Princepas geschah, war mehr als nur *grausam*. Das war schon immer sein Gedanke gewesen, selbst als er noch nicht gewusst hatte, auf was der »Fluch der Princepas« zurückzuführen war.

»Es gibt Unruhen in der Stadt.« In den Worten lag nicht dieselbe Neutralität, mit der Aries Valerian ansonsten Bericht erstattete.

Valerian musterte ihn aufmerksam, erkannte, wie sich seine Lippen zusammenpressten, und hakte nach: »Welche Art von Unruhen?«

»Das Beben hat in der Unterstadt für viele Tote und zahlreiche Verletzte gesorgt. Die Baracken, in denen sie hausen, sind schon bei der kleinsten Erschütterung der Erde in sich zusammengefallen.« Aries blickte über Valerians Kopf hinweg zum Balkon, obwohl man von den Gemächern des Princeps aus keine Sicht auf die Unterstadt hatte. Lediglich das Stadtzentrum lag noch einigermaßen im Blickfeld. Jener Teil, der von Magistern und Centurionen – samt deren Gemahlinnen und Gefährten – und den höherrangigen Bediensteten des Palastes bewohnt war. Das Zentrum von Dariana, wo Handeltreibende im Forum ihren lukrativen Geschäften nachgingen und wo für den Palast eingekauft wurde.

»Ich habe angeboten, eine Truppe dorthin zu begleiten, um den Menschen zu helfen, aber der Priester hat das untersagt. Er hat uns aufgehalten, als wir durch das Tor wollten.« Der Vorwurf in Aries' Stimme war nicht zu überhören. Eigentlich hätte Valerian verärgert darüber sein sollen, dass Lothair seine Autorität untergrub. Der Princeps stand über dem obersten Priester, auf gleicher Höhe mit der Princepa, die er … Nein, er wagte nicht einmal, daran zu denken, wie seine Zukunft aussehen würde.

»Hast du dazu nichts zu sagen? Wann wirst du deinen Platz im Senat einnehmen?«

Valerian reagierte nicht. Was brachten ihm die Diskussionen mit den Senatoren des Imperiums? Sie konnten ihm keine Antworten geben. Nicht auf die drängendste Frage. Außerdem hatte er nach gültigem Recht keinen Anspruch auf den Sitz, ehe er seinen Wunsch geschrieben hatte. Aries trat erneut näher, ging neben der Lehne seines Stuhles in die Hocke und sah ihm direkt in die Augen. Valerian schluckte, nicht in der Lage etwas zu erwidern. Aries' Nähe hatte seit geraumer Zeit eine starke Wirkung auf ihn. Dieser schien in Vals Gesicht nach etwas zu suchen. Als er es nicht fand, wich er zurück und richtete sich wieder auf. »Lena scheint tatsächlich recht behalten zu haben.«

Mit den Worten, die eisige Kälte durch Valerians Körper jagten, wollte sich Aries abwenden. Doch Valerian sprang vom Stuhl auf und hielt seinen ersten Soldaten fest. »Lena?«, brachte er nur mühsam hervor. »Was willst du damit sagen?«

Offenbar wurde Aries sich nun des Spitznamens bewusst, mit dem Val seine Ziehschwester ansprach. Sofort entschuldigte sich Aries dafür. »Hat sie nicht mit dir gesprochen?«, fragte er anschließend irritiert. Eine kleine Furche spannte sich zwischen den dichten Augenbrauen.

»Wer hat mit mir gesprochen? Ich war den ganzen Tag bei Lothair und in der Bibliothek. Was hast du gehört?«

Aries war mit einem Mal wie verändert. Er wich Valerians Blick aus wie früher dem von Sargon, wenn sie beide etwas angestellt hatten und sich vor dem ehemaligen Princeps verantworten mussten. »Aries, was hast du getan?«

»*Ich* habe gar nichts getan. Ich wollte dich wie jeden Morgen abholen, habe auf dich in deinen Gemächern gewartet, aber dann«, Valerian sah, wie sich Aries' Kehlkopf hob und wieder senkte. Sein Blick war auf den Boden gerichtet, auf den so kleinen Raum zwischen ihnen, der jedoch einem größeren Graben entsprach, als dass Valerian ihn je hätte überwinden können. Aries seufzte, dann presste er die Wahrheit hervor: »Die Princepa hat dein Zimmer betreten.«

Eine nie zuvor empfundene Panik überkam Valerian. Schlimmer noch als damals, als er und Aries mit dicken Nägeln, die sie mit schweren Hämmern in die Fugen jagten, versucht hatten, die Außenmauer emporzuklettern. Jene Panik, die ihn damals mit Blick nach unten – auf den mehrere Mann hohen Weg, den sie bereits hinter sich gebracht hatten – überkommen hatte und der die Welt hatte schwanken lassen, war nichts im Vergleich zu dem, was er in diesem Moment empfand. Lothairs Worte rauschten durch seinen Kopf, brachten ihn zum Erzittern, wie es das kleine Beben in der Nacht zuvor getan hatte. Begleitet von einer noch größeren Angst.

»Du hast die Princepa getroffen? Allein?« Seine Worte waren spitze Pfeile, seine Stimme gebieterischer als je zuvor gegenüber seinem besten Freund. Aries' Augen weiteten sich, auch er hatte die Veränderung bemerkt.

»Ich hatte nichts dergleichen im Sinn. Sie ist plötzlich aufgetaucht, weil sie sich Sorgen um dich macht. Und ich stimme ihr zu. Du hast dich verändert. Lothair hat eine zu große Macht über dich. Erkennst du das denn nicht?«

Eifersucht, Enttäuschung und Angst waren eine gefährliche Mischung. Sie tobten in Vals Innerem und ballten sich zu einer alles verzehrenden Wut zusammen. Wut war eines dieser Gefühle, die man nicht beschreiben konnte, ehe man sie wahrhaftig empfand. Wut fraß sich wie eine Flamme durch alles, was ihr im Wege stand, hinterließ nichts als Asche, wo sie sich durchgefräst hatte. Valerian konnte nicht mit Sicherheit sagen, ob er wütend über die bevormundenden Worte oder die Tatsache war, dass er sich von Aries verraten fühlte. Ausgerechnet Aries schlug sich auf Malenas Seite und entfachte damit eine Eifersucht, die Val bisher nicht kannte – schließlich hatte er nie je vor irgendwem – oder gar sich selbst – zugegeben, wie viel ihm an Aries lag.

In der Asche, die von der Wut übrig blieb und in der er sich danach wiederfand, konnte Valerian die Überreste seiner Freundschaft entdecken. Eine Freundschaft, die ihm am Vortag noch so viel bedeutet hatte, dass er Lena vorschlug, Aries als Gefährten zu wählen. Doch mit Lothairs Worten hatte sich alles verändert. Nun fühlte sich Val verraten, übergangen und vollkommen hilflos.

Später würde er nicht sagen können, ob es die Ohnmacht über die Hilflosigkeit gewesen war, bisher nichts herausgefunden zu haben, nichts für Malena tun zu können, oder aber ob das Brennen in seiner Brust, als er erfahren hatte, dass Aries Lena begegnet war, der erste Funke gewesen war, der den Rest entzündet hatte.

Dennoch sprach er die Worte aus.

»Du wirst noch heute den Palast verlassen und nie wieder zurückkehren. Deine Dienste werden nicht länger benötigt. Du bist frei. Kehre zu deiner Familie in den Süden zurück.«

Valerian ließ Aries ohne Duldung eines Widerspruchs stehen, kehrte zu seinem Schreibtisch zurück, setzte sich und wartete vollkommen aufrecht und mit in seinem Schoß zitternden Händen darauf, dass Aries ihn für immer verließ.

10
Taipa

Du wolltest dich ernsthaft davonschleichen?«

Taipa erstarrte. Sie zog gerade die Schnur des Beutels zu, in den sie alles, was sie für ihre Reise brauchen würde, gepackt hatte. Die letzten Tage hatte sie haltbare Nahrungsmittel *geborgt,* hatte alle, die bereits weit in den Osten gereist waren, zu den besten Reiserouten bis zur *Via Occidens* befragt, sie jedoch alle um Stillschweigen gebeten.

Aber natürlich hatte Cheveyo trotzdem Wind davon bekommen. Taipa holte tief Luft, schöpfte Kraft aus dem Rauch der in einer Schale dahinschwelenden Kräuter in ihrem Zelt, ehe sie sich ihm zuwandte.

Das Licht des großen Feuers inmitten der kreisförmig darum angeordneten Zelte war die einzige Lichtquelle. Dennoch konnte Taipa den Unmut in Cheveyos Augen deutlich erkennen. Der Vorwurf, der darin lag, traf sie wie ein Pfeil.

»Ich muss sie retten. Yanma hat mir ihr großes Geheimnis nicht umsonst anvertraut. Sie hat gewusst, was auf mich – auf uns – zukommen würde, dass immer mehr erkranken, und sie hat mir die Lösung gezeigt. Ich muss diesen Weg gehen, ganz gleich, was dein Vater dazu sagt. Ich muss den Naturstein zu unserem Volk zurückbringen.«

Taipa hatte um Erlaubnis gebeten, hatte den Regeln entsprechend und stammeskonform gehandelt. Doch Häuptling Akecheta wollte seine von Yanma zur Nachfolgerin ernannte Schamanin nicht ziehen lassen. Selbst wenn das Lanas Tod bedeutete. Und den vieler weiterer Mitglieder ihres Stammes, die noch folgen würden.

»Lana ist erkrankt. Sie hat dieselben Symptome wie Yanma. Sie wird sterben, Chev«, flüsterte Taipa und bemühte sich um Beherrschung. »Meine Schwester ist die letzte Familie, die mir geblieben ist.« Sie musste nicht erwähnen, dass die Krankheit im vergangenen Sonnenlauf bereits ihre Eltern von ihr genommen hatte. Cheveyo hatte mit ihr getrauert wie der Rest des Stammes. Wie Taipa selbst mit all den anderen Hinterbliebenen getrauert hatte.

Cheveyo trat weiter ins Zelt, ließ die Bisonhaut los, die den Eingang bildete, und Dunkelheit senkte sich über das Zelt. In einer früher so beruhigenden Geste legte er ihr die Hand auf die Schulter, streifte das lange schwarze Haar zur Seite. Heute war diese Berührung alles andere als entspannend. Taipa musste gehen. Sie musste ihrer Bestimmung folgen, ihre Flügel ausbreiten, den Weg für ihre Göttin ebnen. Auf dass sie zurückkehrte und die Krankheit von ihrem Volk nahm. Ihre Finger gruben sich in das Beinkleid aus weichem Bisonfell, das sie sonst nur trug, wenn sie gemeinsam mit Cheveyo loszog, um Kräuter zu sammeln – ebenso wie das weite Hemd, das ihr bis zu den Handgelenken reichte. Der Wald würde sonst unentwegt ihre Haut zerkratzen.

»Du kannst mich nicht aufhalten. Nicht dieses Mal.«

Cheveyo sah auf den Boden hinab, in das Dunkel zwischen ihren Körpern, ehe er langsam nickte. Dann zog er Taipa näher, presste sie so fest an sich, als würde er sie nie wieder loslassen. Sie sog ganz tief die Luft ein, genoss den Geruch nach Feuer und Wildheit, nach Freundschaft und Geborgenheit. Nach allem, was sie immer gebraucht hatte – und was sie nun hinter sich lassen musste.

Auch sie schlang ihre Arme um seine schmale Hüfte, spürte, wie sich die Muskeln seines Rückens unter ihren Händen dehnten, wann immer er Luft holte. Fast hätte er es geschafft, sie zurückzuhalten. Aber nur fast. Sie musste ihre Schwester retten.

Taipa sammelte alle Kraftreserven in ihrem Körper, um sich aus Cheveyos wohltuender Umarmung zu lösen und nicht darin hängen zu bleiben wie die Insekten in den Netzen der Riesenspinnen in den tiefen Steinspalten der Schlucht.

»Ich muss es tun. Ich muss sie retten«, wiederholte sie noch einmal, und Cheveyo nickte traurig, wohl wissend, dass er verloren hatte. Wie der künftige Häuptling, der er war, trat er dann mit erhobenem Kopf zur Seite und hob das Bisonfell an, um Taipa vorbeitreten zu lassen. Sie schulterte ihren Beutel, sah sich noch ein letztes Mal in ihrem Zelt um, prüfte, ob sie alles, was sie benötigte, auch wirklich eingepackt hatte, und trat dann nach außen. Nicht jedoch, ohne im Vorbeigehen noch einmal tief Cheveyos Geruch einzuatmen und für immer in ihrem Gedächtnis zu verankern. Sie konnte nicht wissen, ob sie ihn jemals wiedersehen würde.

Aber sie sprach es nicht aus. Es gab Dinge, die besser ungesagt blieben, um keine bösen Geister zu beschwören. Ihr letzter Blick fiel auf das Zelt der Erkrankten, in dem nun auch ihre Schwester Lana lag. Sie war jung, sie war stark – im Gegensatz zu Yanma. Dennoch blieben Taipa höchstens drei bis vier Mondläufe, bis sie auch Lanas Geist der Erde übergeben müsste.

* * *

Kurz vor dem Morgengrauen überschritt Taipa die Grenze des Stammes und wagte sich auf unbekanntes Terrain. Die Jagdgründe ihres Stammes befanden sich im Westen, und die Wälder, in denen sie und Cheveyo immer für Yanma Kräuter gesammelt hatten, lagen im Norden. Nur selten waren sie den Pfad entlanggegangen, den jene nahmen, die ihre

Dienste dem Stamm gegenüber auf andere Weise antraten und sich freiwillig meldeten.

Jedes Volk hatte Dariana Tribut zu zollen. Die Hauptstadt brauchte stets neue Dienende, neue Lehrkräfte und Soldaten oder Gardistinnen. Taipas Volk wurde überwiegend in der Pflege und Heilung eingesetzt, oft auch als Kinderfrauen für reiche Stadtmenschen.

Der Pfad, den Taipa nun entlangging, führte zur Via Occidens, einer der großen Straßen, die Dariana in alle Himmelsrichtungen erschaffen hatte. *Handelsrouten* hatten sie es genannt. Doch Yanma hatte Taipa erzählt, die Straßen hätten exakt die Breite, dass sechs voll ausgerüstete Soldaten oder Gardistinnen der Hauptstadt nebeneinander entlangmarschieren konnten. Die alten Schamaninnen hatten weitergegeben, dass ihre Reihen sich einst bis zum Horizont erstreckt hatten.

Taipa machte eine kleine Rast, ehe sie sich endgültig von ihrem alten Leben verabschiedete. Sie saß mit verschränkten Beinen auf einer Anhöhe, von der aus sie auf die Straße nach Dariana hinabblicken konnte. Der Wald, durch den der Pfad sie hierhergeführt hatte, erstreckte sich den Hügel hinab und noch weiter dem Horizont entgegen. Durchschnitten von einer pfeilgeraden breiten steinernen Linie: der Via Occidens.

Um sie herum erwachte nun auch der Wald. Etliche Vögel begrüßten den Morgen. Das Summen und Rascheln wurde immer lauter, während Taipa ihre Morgenmahlzeit – unterwegs gesammelte Beeren – zu sich nahm. An dem Bach, an dem sie ihren Trinkschlauch gefüllt hatte, kam es zu den ersten Revierstreitigkeiten der Tiere. Taipa hatte das Gefühl, dass die große Erdenmutter über sie wachte. Sie spürte die Blicke des Waldes auf sich, aber wann immer sie sich umwandte, war niemand zu sehen. Vielleicht wusste die Göttin um ihre Aufgabe, wollte ihr helfen, ihrer Bestimmung zu folgen: ihre Schwester und die anderen Erkrankten zu retten. Taipa nahm noch einen Schluck Wasser aus dem Trinkschlauch und raffte die restlichen Beeren zusammen, um sie unterwegs genießen zu können. Dann nahm sie ihren Beutel auf und wagte sich auf den Pfad nach unten, um die Via Occidens zu betreten.

Nie hatte sie erwartet, dass ein Weg so glatt und fest sein konnte. Die Straße fühlte sich an, als träte man auf blank geriebenes Holz, das so fest war wie das Gestein der Schlucht. Dabei war sie aus Abertausenden gleichförmig behauenen Steinbrocken gebaut, die alle eben abschlossen. Unter dem dünnen Leder ihrer Sohlen spürte Taipa die schmalen Fugen zwischen den einzelnen Steinen. Darauf entlangzugehen fühlte sich unnatürlich an, falsch. Ebenso falsch wie die Schneise, die sich durch den Wald zog. Rechts und links von hohen Bäumen eingerahmt, spürte Taipa, wie sehr die Straße die Natur verletzte. Wie sehr diese Widernatürlichkeit den Wald störte. Es war nicht richtig, was Dariana getan hatte. Sie hatten dem Wald eine nie heilende Wunde zugefügt, zahlreiche Bäume abgeholzt und damit das Zuhause etlicher Tiere und anderer Pflanzen zerstört. Vielleicht sogar viele von ihnen damit endgültig getötet.

Das Summen und Rauschen der Natur, das von beiden Seiten auf sie eindrang, schien genau diese Geschichte zu erzählen. Und Taipa hörte zu, lauschte und versuchte sich an all den gelehrten Techniken ihrer Großmutter, um Kontakt zur Natur herzustellen, während sie einen Fuß vor den anderen setzte, weiter und weiter geradeaus dem Horizont entgegen.

* * *

Nach mehreren Sonnenläufen, in denen die Ausflüge in den Wald, um Beeren zu pflücken und ihren Trinkschlauch aufzufüllen, zur Routine geworden waren, veränderte sich plötzlich etwas.

Erst lag jene Veränderung nur in der Luft. Die Rufe der Vögel waren etwas schriller, das Rauschen des Windes, der die Bäume flüstern ließ, brachte sie nun zum Schreien, sorgte dafür, dass Äste brachen und immer wieder lautes Knacken ertönte.

Dann verließen die Tiere den Wald zu ihrer Linken, kreuzten die Straße, was Taipa bislang kein einziges Mal hatte beobachten können. Sie rannten, als fürchteten sie um ihr Leben. Taipa hielt Ausschau nach einem Feuer, das vielleicht durch das Gewitter in der vergangenen Nacht ausgebrochen war, doch sie konnte nichts dergleichen entdecken. Weder roch sie Rauch, noch sah sie welchen. Und doch spürte sie die Panik, die in der Luft lag wie der Geruch des nahenden Winters.

11
Malena

Wie konnten zwischen Glück und Unglück nur Welten liegen? Malena fühlte sich durcheinander, lag auf ihrem Sofa und starrte die Früchte auf dem Tablett nieder, als strafte sie damit ihre Weigerung, die gewünschten Antworten zu geben. Aber wie könnten sie ihr auch erklären, was seit der Krönung geschehen war? Jenseits des mit verzierten Gittern geschmückten Fensters dämmerte es bereits.

Mehrmals hatte sie versucht, zu Valerian zu gelangen. Zuletzt am Morgen. Doch selbst während des Morgenappells waren nun Wachposten auf der Galerie aufgestellt gewesen, ein Durchkommen in den Flügel der Männer war so unmöglich. Einer von Vals Soldaten hatte ihr gegenüber behauptet, dass Lothair ihre Anwesenheit angeordnet hatte. Malena hatte mit einem lauten Zähneknirschen darauf reagiert, sodass der Soldat sofort mit zitternder Hand, die nach seiner Waffe tastete, zurückgewichen war. Doch er war nur der Bote gewesen, Malena war schon froh, überhaupt eine Antwort zwischen den von Skepsis und tiefer Abneigung zeugenden Reaktionen zu bekommen. Das Gros der Wachposten hatte sie demonstrativ ignoriert – was dem obersten Priester garantiert gefallen hätte.

Während ihres anschließenden Trainings mit Circe und den anderen Gardistinnen hatte Malena ihre unterdrückten Gefühle in ihre Schläge gesteckt und erst Circe und danach weitere Frauen besiegt. Circe hatte ihr ins Ohr geflüstert, dass sie Malena nun immer verärgern würde, um ihr volles Potenzial auszuschöpfen. Und trotz allen Lobes hatte sie Malena verboten, zum Wehrgang zu gehen, um von den dort stationierten Männern vielleicht zu erfahren, wo Valerian aufzufinden sein könnte. Oder wo sie ihn sogar direkt antreffen würde – und sei es nur zur Besprechung der den Gerüchten zufolge heiklen Lage in der Unterstadt.

Es schien, als wäre die Mauer, die die beiden Seiten des Palastes trennte, immer weiter angewachsen und hätte sich in etwas Unüberwindbares verwandelt. Mehr und mehr beschlich Malena das Gefühl, dass Lothair dies zu verantworten hatte und sie immer mehr entzweite. Nie hätte sie auch nur daran gedacht, dass ausgerechnet der übel gelaunte, missmutige Priester Valerian von sich überzeugen und tatsächlich über den Princeps verfügen würde, wie zuvor über dessen Vater. Was Valerian immer kritisch gesehen hatte. Wie oft hatte er – sogar in Malenas Gegenwart – seinem Vater vorgeworfen, dass dieser nur auf den obersten Priester und nicht auf das Wohl des Volkes hören würde. Und kaum dass er die Krone auf dem blonden Schopf trug, verhielt sich Valerian ebenso.

Malena fischte nach der goldenen Schale mit den Granatapfelkernen und nahm vorsichtig einen der Kerne, um den Saft nicht austreten zu lassen. Die Rubinsplitter in ihrem Diadem sahen dem Kern zwischen Daumen und Zeigefinger nicht unähnlich, sogen jedoch alles Licht in sich auf, anstatt die Umgebung mit roten Sprenkeln zu übersäen. Der Inhalt der goldglänzenden Schale könnte ein unebenes Abbild des großen Steines in Valerians Krone sein. Sofort verging ihr der Appetit, sie warf den Kern zurück in die Schale und stellte sie auf den Tisch zurück. Jeder Gedanke an Valerian wurde begleitet von einem unsäglichen Druck in ihrem Bauch, an einer Stelle, von deren Existenz sie nicht einmal gewusst hatte. Es war, als hätte das Diadem auf ihrem Haupt direkten Einfluss auf ihren Körper.

Denn auch jenes flüchtige, schwebende Gefühl war neu, das sie an Kindertage und die endlosen Stunden auf der hohen Schaukel im Spielgarten erinnerte. Immer dann, wenn diese ihren Höhepunkt erreicht hatte und es schnell nach unten ging. Wie hätte Malena auch nur erahnen können, dass der Gedanke an einen Mann dasselbe Gefühl hervorrufen konnte?

Und dann ausgerechnet Aries? Konnte Meridia ihr so hold sein, dass sie in Gegenwart des Mannes, den Valerian ihr als Gefährten vorgeschlagen hatte, tatsächlich so etwas wie Zuneigung empfand? Mit Erinnerung an Aries kehrten auch Circes warnende Worte zurück: *»Schon immer haben Männer Frauen das Herz gebrochen.«*

Da es Soldaten wie Aries ebenso wenig erlaubt war, mit dem anderen Geschlecht zu verkehren, wie Princeps und Princepa, konnte es sich bei Circes Warnung nur um vermeintliches Wissen von jenseits der Palastmauern oder um heimliche Liebschaften handeln – Malena war sich nicht sicher, ob es wirklich als solche bezeichnet werden konnte –, die mit dem nun geschlossenen Durchgang in der Mauer zu tun hatten. Das Hochgefühl in ihrem Magen ballte sich zusammen wie ein zerknülltes Papier und wurde zu einem Krampf, dem sie nur mit Vornüberbeugen begegnen konnte.

Ausgerechnet in dieser Position fand Circe sie.

»Princepa!« Malena blickte auf, und Circe rauschte durch den offenen Durchgang, der vom Empfangsraum zu ihrem Schlafgemach führte. Sie wirkte erhitzt, ein paar Haarsträhnen waren aus dem korrekt frisierten Knoten an ihrem Hinterkopf gerutscht. Da es bereits Abend war, trug sie keine Uniform mehr, sondern war in eine lockere Tunika gekleidet. Ihre Beine stecken in den so modernen weiten Hosen, die der letzte Schrei im Palast waren. Es hieß, die Händler der Stadt hatten dieses Beinkleid, das aufgrund des vielen Stoffes beim Stehen schon fast wie ein langer Rock aussah, aus den östlichen Provinzen mitgebracht, und die Schneider hatten die Entwürfe in ihren Arbeiten begierig aufgegriffen, aber an die hiesige Kleidung angepasst. Die Lederbänder von Circes Sandalen waren bis kurz unter ihren Knien über den weiten roten Stoff gewickelt.

Circe hatte von den Dienerinnen erfahren, dass Frauen wie Männer aus der Oberstadt, denen die Boten auf dem Markt begegneten, beide gleichsam darin gekleidet waren.

Doch für Malena kam das nicht infrage. Sie hatte es probiert, fühlte sich aber auf seltsame Weise entblößt, auch wenn selbst das ausgiebige Betrachten im Spiegel keinen Anlass dafür gab. Vielleicht war sie einfach zu lange in Togen gehüllt gewesen. Selbst Nimh hatte ab und an Hosen getragen, auch wenn sie ganz anders waren als die der östlichen Provinz. Aber Nimh, die in jungen Jahren über die Via Occidens gekommen war, hatte ihre eigenen Prinzipien und war der Meinung, dass sich Malena ihrem Stand gemäß zu kleiden hatte. Schließlich würde ein Häuptling – wie die Obersten in ihrem Volk genannt wurden – auch sofort zu erkennen sein. Sie hatte mehrere künftige Princeps und Princepas unterrichtet – ebenso wie Lothair, der ja auch alles andere als frei von einer eigenen Meinung war.

»Willst du etwas sehen?«, fragte Circe, und ihre Augen leuchteten vor Begeisterung. Ihre Bewegungen waren regelrecht fahrig, und ihr Gesicht war noch immer erhitzt. Ganz offensichtlich hatte sie die gesamte Strecke hierher im Laufschritt zurückgelegt. Nicht, dass sie außer Atem war – dafür war sie zu gut trainiert –, aber dennoch schien etwas von ihr Besitz ergriffen zu haben, das Malena seit ihrer Kindheit nicht mehr an ihr gesehen hatte. Sofort war ihre Neugier geweckt.

»Was ist los?«, fragte sie daher schnell, und die Worte stürzten geradezu aus Circes Mund wie das Wasser aus dem Brunnen im Innenhof.

»Stell dir vor, es gab eine unehrenhafte Entlassung!« Circes Begeisterung dafür verursachte Malena Unbehagen. Es war die höchste Strafe, die es im Palast von Dariana gab, seit Hinrichtungen lange vor ihrer Geburt verboten worden waren. Und vermutlich ebenso lange war es her, dass es eine unehrenhafte Entlassung gegeben hatte.

»Aber keine Frau weiß, um wen es sich handelt«, berichtete Circe weiter, während sich Malena vom Sofa erhob und nach dem zur Seite gelegten Stoffband griff und es um ihre Taille knotete. Danach zupfte sie – dank Nimh verlief dieser Prozess vollkommen von selbst – den Stoff der Tunika so weit über den Gürtel, dass dieser nicht mehr zu sehen war. »Selbst diejenigen, die Kontakt zur Seite der Männer haben, sagen, dass sich alle darüber ausschweigen. Ist das nicht aufregend!«

Es hatte eine unehrenhafte Entlassung gegeben. Etwas, das noch nie in Malenas Leben vorgekommen war. Doch anstatt Circes Neugier zu teilen, um wen es sich dabei handelte, gärte in Malena ein ganz anderer Plan: Es war ihre Chance, dem Palast zu entkommen und jenseits der Mauern, die sie ihr Leben lang eingeschränkt hatten, etwas zu finden, das Valerian vom falschen Spiel des Priesters überzeugen würde. Sie besann sich auf alles, was sie im Unterricht über den Ablauf gehört hatte, und schützte vor, sich von Circes Begeisterung anstecken zu lassen. Gemeinsam huschten sie bis zur Empfangshalle des Palastes, dessen imposante Türflügel bereits weit offen standen und das letzte Licht des Tages einließen.

Die beiden traten an dem von zahlreichen metallenen Intarsien geschmückten dunklen Holz vorbei nach draußen, einer Menschenmenge entgegen, die der am Krönungstag nahe kam. Das Spektakel hatte sich offenbar unter der Dienerschaft herumgesprochen. Natürlich hatte es das. Schließlich war es ja auch bis zu Malena gelangt.

Fackeln erleuchteten die beiden hohen Mauern rechts und links, die den Garten des Palastes in der Mitte teilten und bis zur Außenmauer führten. Malena und Circe schoben sich zwischen all den Wartenden hindurch. Circe traf nach einigen Schritten auf Mameida, die sie in ein Gespräch – oder besser den Austausch der neuesten Gerüchte – verwickelte. Malena eilte weiter, verlor Circe schnell aus den Augen, während sie sich zwischen der hohen Mauer und den Dienstbotinnen und Gardistinnen voranschob, deren erwartungsvolle Gesichter bereits alle auf den von Säulen flankierten Eingang des Palastes gerichtet waren. Niemand schenkte ihr Beachtung. Alle wollten sehen, wer denn unehrenhaft entlassen wurde. Zahlreiche Namen wurden gemurmelt, etliche Gerüchte von Mund zu Mund weitergetragen und immer weiter. An der anderen Mauer, der Seite der Männer, sah Malena teils enttäuschte Mienen und Gesichter, in denen der Schock noch festsaß. Hin und wieder blickte Malena jedoch auch in ein Gesicht, das regelrecht zufrieden wirkte – was sie hastig nach vorne schauen ließ.

Was auch immer sich in der anderen Hälfte des Palastes zugetragen hatte, musste gravierend gewesen sein. Malenas Unterarme waren von einer Gänsehaut überzogen, während eine innere Unruhe ihre Füße zum Kribbeln brachte. Es war ein Geschenk Meridias, die Antwort auf ihre Gebete, der perfekte Moment.

Malena passte ihn ab, in den Schatten jenseits der letzten Fackel lauernd, während sie das Tuch um ihre Hüfte lockerte und zuletzt über ihr Haar legte, es dann versuchte, so zu binden, wie sie es bei Dienerinnen der östlichen Provinz gesehen hatte. Sie scheiterte und warf sich dann lediglich das eine Ende über die Schulter und hoffte, dass ihr Gesicht gut genug verborgen war und sie im sanften Licht der Fackeln nicht als Princepa erkannt werden würde.

So verharrte sie und wartete auf den schnellen misstönenden Hornstoß, das Gegenteil der freudigen Töne zum Morgenappell. Das Geräusch klang eher nach einer leidenden Katze. Kurz darauf erhob sich ein Rumoren – aber nur auf der Seite der Frauen. Doch auch sie drehten sich sogleich der hohen Mauer zu, wandten sich vor Schande ab wie die Männer ihnen gegenüber – einer nach dem anderen. Dienstboten wie Dienerinnen, Centurionen, Legionäre und Gardistinnen jeden Ranges, ja selbst der wachhabende Offizier und sein weibliches Pendant auf der rechten Seite, nur eine Armlänge von Malena entfernt, die jeweils ihren Flügel des Tores zum Forum öffneten und sich beschämt wegdrehten. Lange schon bevor derjenige, der des Palastes verwiesen wurde, auch nur zu sehen war.

Malena nutzte die Gelegenheit und rannte los. Durch das Haupttor des Palastes, unter den Arkaden hindurch die breite Marmortreppe hinab, die von Feuerschalen an den Seiten erhellt zum Forum hinabführte.

Sie zog damit alle Aufmerksamkeit auf sich, wurde ihr in dem Moment bewusst, als eine Frau in aufwendig bestickter fliederfarbener Tunika und einer beigefarbenen Hose, wie auch Circe sie trug, stehen blieb, ihren männlichen Begleiter, bei dem sie untergehakt war, anstupste und auf Malena deutete.

Malena verlangsamte ihre Schritte, zupfte sich das Tuch vor ihrem Gesicht wieder zurecht. Ihr Blick glitt über das Forum, in das sie niemals zuvor einen Fuß gesetzt hatte. Sie befand sich nun mitten auf einem Platz, der von zahlreichen in weiße Togen oder geschnürte Hosen gekleideten Städtern – Männer, Frauen, Jungen und Mädchen gemischt – bevölkert war, die in kleinen Grüppchen plauderten, einander hinterherrannten oder gemütlich dahinschlenderten.

Sie wusste, dass sich hier am Platz die Gerichtsstatt befand, weiter hinten das öffentliche Badehaus und natürlich mehrere Tempel – unter anderem die Wirkstätte von Lothair. Große und kleine Gassen gingen vom Forum ab und führten zu den Straßen der Händler und der Handwerker der Stadt. Das wusste Malena einzig durch Erzählungen und Berichte anderer, weshalb es ihr schwerfiel, sich zu orientieren.

Das offen stehende Palasttor zog mehr und mehr Menschen an, sie drängten Malena entgegen, die noch immer unschlüssig vor den breiten Stufen verharrte und darüber nachdachte, welchen Weg sie einschlagen sollte. Diese Aufmerksamkeit war das Gegenteil dessen, was sie geplant hatte.

Schnell senkte sie den Kopf und ging mit hastigen Schritten in die nächstgelegene Straße und wartete unter einem Säulengang, bis sich der Tumult auf dem Hauptplatz des Forums beruhigt hatte, bis nicht länger Rufe über den Platz hallten und auch die letzten Gruppen wildeste Gerüchte streuender Darianer an ihr vorbeigegangen waren.

Inzwischen war es so dunkel geworden, dass Malena kaum die eigenen Füße sehen konnte, während sie sich weiter durch die schmale Gasse drängte, in der sie verharrt hatte. Ihr Magen knurrte immer lauter und rebellierte regelrecht, als der Geruch frischer Backwaren ihre Nase erreichte. Sie folgte ihm und landete in einer spärlich beleuchteten etwas breiteren Gasse, in der Händler letzte Aufräumarbeiten an den Marktständen durchführten oder Dienstboten letzte Besorgungen machten.

Malena nahm einen glänzenden Laib Brot von einem der Wagen mit Broten, die das darianische Siegel – die Tafel der Wünsche mit unleserlicher Schrift, darauf ein stilisierter Kelch, über dem der Kristall brannte, der in Vals und ihrer Krone ruhte – trugen und die sie bereits vom Palast her kannte.

»Was erlaubst du dir da?«, hallte eine Stimme durch die

Gasse. Unheilvoll wie ein Gewitter. Ihr Besitzer trat aus dem Eingang des Gebäudes hinter dem Wagen, schwer beladen mit weiteren Waren für den Palast.

Kurz erwog Malena, welche Möglichkeiten sie hatte. Sollte sie sich erklären? Diesem finsteren Mann mit aufgedunsenen Wangen, dessen wohlgenährter Bauch selbst durch die weite Tunika zu sehen war, offenbaren, dass sie die Princepa war und Hunger hatte? Dann wäre alles umsonst gewesen. Sie würde sofort in den Palast zurückkehren müssen, um ihre Behauptung zu beweisen. Was hatte sie überhaupt zu dieser voreiligen Entscheidung getrieben? Was genau hatte sie zu finden gehofft, hier draußen, jenseits der Mauern, die ihr bisheriges Leben begrenzt hatten? Sie wusste es nicht. Noch nicht. Aber wenn sie sich von diesem Mann erwischen ließ, würde sie es nie herausfinden. Daher entschied sie sich für die Flucht vor dem Händler. Sie ließ den Laib Brot zurück auf den Wagen fallen und rannte los.

Bis zur nächsten Einbiegung in eine weitere Gasse folgten ihr noch die schweren Schritte des Händlers. Doch Malena war klar, dass er ihrer durch tägliches Training erworbenen Ausdauer nichts entgegenzusetzen hatte. Dennoch rannte sie durch Licht und Dunkel bis zum Ende der nächsten Gasse und bog scharf ab, um sich in den Schatten eines Arkadenganges zu verbergen. Doch kaum dass sie sich der Gasse wieder zugewandt hatte, um zu beobachten, ob sie weiter verfolgt wurde, griffen starke Arme nach ihr, zerrten sie rückwärts, bis sie ins Stolpern geriet. Eine raue Hand verschloss Malenas Mund und erstickte den Schrei, der gerade nach außen dringen wollte.

Was hatte sie sich nur dabei gedacht, kopflos aus dem Palast zu fliehen?

12
Malena

Der Moment einer echten Bedrohung glich nicht ansatzweise dem, was Malena beim Training im Gymnasium der Frauen gelehrt worden war. Es gab keinen Plan, wer wie angreifen würde. Es gab keine Abfolge an Bewegungen, mit denen sie reagieren konnte. Nein. Die Situation war eine komplett andere. Dennoch versuchte Malena, alles aus ihrem Kopf zu ziehen, was ihr in diesem Moment hilfreich erschien.

Die Hand eines Mannes – vermutete Malena anhand der ungewohnten Größe – lag noch immer schwer über ihren Lippen, verhinderte, dass sie richtig atmen konnte. Der andere Arm war fest um ihren Bauch geschlungen. Ihr gesamter Rücken wurde gegen einen warmen Körper gepresst. Eine solche Situation hatte sie nie erlebt. Niemals hätten Circe oder die anderen Gardistinnen zugelassen, dass sie derart in Bedrängnis geraten würde. Warum hätten sie etwas trainieren sollen, das so abwegig war wie die Rückkehr der alten Gottheiten?

Malena schwor sich, sollte sie in den Palast zurückkehren können, würde sie das ändern. So konnte sie nur ihr Bestmögliches tun.

Sie ließ sich fallen wie ein schwerer Sack Getreide. Ihr Angreifer hatte keine andere Möglichkeit, als seinen Griff einen Moment lang zu lockern, um sie wieder tiefer greifen und festhalten zu können. Diesen Augenblick nutzte Malena, stieß den Arm beiseite, rollte sich über den Boden und sprang wieder auf die Beine wie im Schwerttraining mit Circe. Ohne auch nur über ihre nächsten Bewegungen nachzudenken, rammte Malena ihrem Gegner das Bein mit voller Wucht in den Bauch und erntete dafür ein fast verblüfft klingendes Stöhnen. Der Mann klappte keuchend vornüber und stützte sich auf seinen Oberschenkeln ab. Malena rannte los. Über ihre stampfenden Schritte hinweg hörte sie eine Stimme rufen: »Lena, warte!«

Der Mann hatte sie erkannt und rief sie mit – Vals Kosenamen? Ihre Beine gerieten aus dem Takt, während sie ihn von hinten näher kommen hörte. Noch im Laufen drehte sie sich um und sah über ihre Schulter hinweg, wer ihr folgte. Der Mann war in Lumpen gekleidet, zog soeben ein Tuch vom Kopf, wie auch sie es noch immer trug. Und dann sah sie sein Gesicht. Die Erkenntnis traf sie wie ein Schlag, und sie geriet beinahe ins Stolpern.

»Aries?«, fragte Malena zutiefst erschrocken und blieb stehen, wartete, bis er zu ihr aufschloss.

»Was tust du hier?«, erklang ihrer beider Frage erneut im selben Augenblick. In einer anderen Situation, in einem anderen Leben, wäre dieser Moment, die Erkenntnis, dass sie stets dasselbe sagten, amüsant gewesen, hätte das Gespräch aufgelockert, wie Nimh es immer genannt hatte.

Nicht jedoch hier. Nicht mit *ihm*. Malenas Innerstes geriet in Aufruhr, ein Schauer jagte durch ihren Körper, und sie sah sich hastig um. War ihr Verschwinden bereits entdeckt worden? Malena verbrachte die Abende oft bis spät in die Nacht in der Bibliothek oder im Gymnasium, um an ihren Kampftechniken zu feilen. Ihre Dienerinnen waren angewiesen, nicht auf sie zu warten, falls es spät wurde. Daher hatte sie nicht erwartet, dass ihre Abwesenheit bereits vor dem Morgengrauen auffallen würde. Sie brauchte mehr Zeit, um sich nach ihrem überstürzten Verlassen des Palastes einen Plan zurechtzulegen oder wenigstens darüber nachdenken zu können, wo sie nach Antworten suchen könnte – ehe man *sie* suchte. Hatte Val Soldaten und Gardistinnen ausgesandt, um sie zurückzubringen? War es Aries, weil er ja der oberste Centurio war, in dieser besonderen Situation erlaubt worden, hier draußen nach ihr zu suchen?

Sie musterte Aries erneut. Ihr Blick streifte über ihn wie die Berührung, die sie niemals gewagt hätte. Strich von dem dunklen Haar, das ihm in Strähnen ins Gesicht fiel und Schatten auf die selbst im Halbdunkel strahlend blauen Augen warf, weiter über die vollen Lippen inmitten des dunklen Bartschattens, der seine Wangen modellierte, dann über seine Kleidung. Lumpen, wie Malena sie noch nie gesehen hatte. Die fadenscheinige Tunika wölbte sich über seiner beeindruckenden Brustmuskulatur, aus dem löchrigen Beinkleid lugten bloße Füße hervor.

Aries schien Malenas Musterung unangenehm. Seine Erscheinung war ihm offenbar peinlich. Er strich sich sorgsam durch die dunklen Haare, um sie ebenso unordentlich zu hinterlassen, wie sie zuvor gewesen waren. Er vermied es, Malena direkt anzusehen, schaute an ihrem Gesicht vorbei über ihre Schulter hinweg, betrachtete dann den Boden, anschließend die Säule des Bogengangs neben ihrem Körper. Es dauerte entsetzlich viele Herzschläge, bis sich ihre Blicke erneut trafen.

Malena sprach es aus, flüsterte die Worte in die Dunkelheit. »Du wurdest aus dem Palast verbannt.«

Das Gesagte umkreiste sie beide. Waberte hin und her wie etwas Lebendiges, Unheilvolles. Mit seinem Nicken verlieh Aries ihm noch mehr Gestalt.

Aries war Valerians bester Freund, oberster Centurio, der Kandidat, den Val ihr als Gemahl vorgeschlagen hatte. Wie …

»Was ist geschehen?«

»Val hat erfahren, dass wir uns getroffen haben.«

»Und dafür wirft er dich aus dem Palast? Er hat … Vor der Krönung …« Malena konnte es nicht aussprechen, konnte ihm nicht direkt ins Gesicht sagen, dass sich Valerian gewünscht hatte, dass sie mit Aries vermählt werden und Nachkommen zeugen sollte, um ihre Herrscherlinie überdauern zu lassen. Die Worte lagen auf ihrer Zunge, wurden dann jedoch jäh von den Illustrationen, die Circe ihr zur körperlichen Vereinigung gezeigt hatte, zurückgehalten. Malena wich einen Schritt zurück und sah zu Boden, verwirrt von den widersprüchlichen Gefühlen, die durch sie hindurchrauschten. Erwartungsvolles Kribbeln, wo sie doch eher Scham und Abstoßung beim Gedanken an den Akt empfinden sollte.

Aries reagierte anders, als sie erwartet hatte, und machte einen vorsichtigen Schritt auf sie zu. Seine vom Training und von den Schwertkämpfen rauen Hände griffen nach ihr. Berührten so sanft, wie sie eine Berührung nie zuvor empfunden hatte, ihren bloßen Unterarm, und doch fühlte es sich an wie ein Blitzeinschlag. Sie erschauderte. War sich nicht sicher, ob seine Finger brennend heiß oder kalt wie Eis waren, ob sie seufzen oder zurückweichen sollte. Erneut fand sie sich auf dem Höhepunkt der Schaukel im Spielgarten wieder. Blieb in der Luft hängen, als würde die Zeit stillstehen. Doch sie wusste genau, dass es nur einen Weg gab, den sie einschlagen konnte.

»Was ist nur mit Valerian nach der Krönung passiert?« Sie wollte nicht verzweifelt klingen, doch sie scheiterte.

Aries schnaubte verächtlich, nahm zu Malenas Segen – oder Leid? – seine Hand von ihrem Unterarm und trat einen Schritt zurück. »Lothair hat ihn vollkommen im Griff. Ich weiß nicht, wie er das angestellt hat, aber er hat ihm etwas erzählt, das ihn völlig aus der Bahn geworfen hat. Er hat mir nicht gesagt, um was es ging, aber er hat mich nach der Krönungszeremonie seltsame Dinge gefragt.«

»Welche Dinge?«

Aries rieb sich die Schläfe. »Er wollte wissen, ob ich mich noch an deine Mutter erinnere.«

Malena zog die Stirn in Falten. Das war nicht das, was sie zu hören erwartet hatte.

»Ich bin im Palast aufgewachsen, wir haben so vieles zusammen erlebt, aber dass er seine Meinung über alles, das ihm wichtig ist, binnen kürzester Zeit ändert, sieht ihm nicht ähnlich. Er steht seither neben sich, lächelt nicht mehr, schläft nicht mehr. Und es wird immer schlimmer.« Aries' Gesicht zeugte von der Sorge, die er sich um Valerian machte. »Ich habe versucht, ihm zu helfen, aber er hat es nicht zugelassen. Und als ich ihm dann berichtete, dass auch du dich sorgst«, Aries schüttelte den Kopf, als könnte er es selbst nicht glauben, »hat er mich aus dem Palast geworfen.«

Malena überlegte nur ganz kurz. Dann zog sie ihre eigenen Schlüsse. »Also ist nur Lothair daran schuld, dass Valerian sich verändert hat?«

Aries zog kurz die Unterlippe zwischen die Zähne, dann nickte er.

»Wie können wir ihn aufhalten?«, fragte sie dann und erntete dafür einen entsetzten Blick.

»Wir?«, hakte er nach.

»Wir«, bestätigte Malena mit einem Nicken. Ihre Welt hatte sich verändert. Sie hatte sich gewünscht, dass Männer und Frauen auch im Palast künftig zusammenarbeiten konnten. Genau dafür wollte sie ihren Wunsch verwenden – den Wunsch, den Val nun nicht mehr schreiben wollte. Warum sollten sie beide, Aries und die Princepa, nicht schon jetzt damit beginnen und gemeinsam ihren Bruder aus den Fängen des finsteren Priesters befreien? Aries schien sich genauso Sorgen um Valerian zu machen wie sie selbst. Inzwischen hatte er offensichtlich seine tiefen Vorbehalte ihr gegenüber zurückgedrängt, vielleicht sogar überwunden. Und ebenso wie er gierte sie danach, zu wissen, warum Val sich verändert hatte. Also bat sie ihn, ihr alles zu erzählen, was seit jenem Tag der Krönung geschehen war.

13
Valerian

Valerian war mit schmerzender Brust in seine Gemächer zurückgekehrt. Er hätte nicht mit ansehen können, wie Aries den Palast verließ. Auf seinen Befehl hin. Wie hatte er diesen nur aussprechen können? Val hätte seine Worte sofort zurücknehmen können, hätte Aries aufhalten können. Bei Meridia, er war so kurz davor gewesen und hatte doch gezögert. Stattdessen war er wie ein Feigling hierhergekommen. Was war er nur für ein Princeps?

Seither hatte er in seinem Zimmer gesessen, zum Fenster hinausgestarrt und mit sich gehadert, bis die Sonne immer weiter dem Horizont entgegengewandert war. Entsetzlich viele Fragen geisterten durch seinen Kopf. Ein unüberwindbarer Berg, den er bezwingen musste, wenn er sein Versprechen Malena gegenüber würde einhalten wollen. Doch bislang hatte ihm keins der vielen Bücher, die er von Dienstboten aus der Bibliothek angefordert hatte, auch nur ein Stück weitergeholfen. Es war zum Verzweifeln. Nirgendwo war auch nur beiläufig erwähnt worden, welche Folgen das Schreiben der Wünsche für Dariana und das Imperium hatte. Einzig Lothair war eingeweiht. Und er geizte mit Informationen, drängte nur dazu, dass Valerian seinen Wunsch endlich schreiben sollte, ehe die Gefahr nicht mehr einzudämmen war. Er fürchtete den »Zorn der Götter«, wie es niemand sonst tat, der die alten Erzählungen kannte. Nach dem Schreiben seines unsäglichen Wunsches wollte er ihm alle Antworten geben, die er besaß, hatte ihm bei den Gottheiten versprochen, dass er ihm wirklich alles erklären würde.

Valerian hatte sich geweigert, seiner Aufforderung nachzukommen, ohne alle Möglichkeiten zu kennen. Sie waren sich zu Beginn uneins gewesen und auch während der langen Diskussionen geblieben. Lothair wollte, dass er seinen Wunsch schrieb, ehe Val Antworten bekam, Valerian wollte Antworten, ehe er seinen Wunsch mit Blut auf die Tontafel notierte. Sie kamen nicht zusammen.

Aber wie könnte Valerian Malena, seine Malena, so hintergehen? Es musste eine andere Lösung geben. So konnte es nicht enden. So *durfte* es nicht enden, schwor sich Valerian. Er wollte Malena beschützen. Die einzige Familie, die ihm noch geblieben war. Doch Lothair verstand es, seine Angst immer weiter zu schüren, ihm die Verantwortung aufzudrängen, an allem Unheil im Imperium schuld zu sein, sollte er das Unvermeidbare weiterhin hinauszögern.

Als Aries ihm dann berichtet hatte, dass sich ausgerechnet Malena sorgte, war er in Panik verfallen. Nicht aufgrund von Malenas Sorge, Meridia bewahre, sondern wegen der Tatsache, dass sie sich getroffen hatten. Valerian war nichts weiter übrig geblieben, als Aries zu verbannen. Ein Teil von ihm war sich dessen gewiss, ein anderer jedoch – der Teil, den er lieber mochte, der er tief im Herzen war und nicht durch Unterricht und Gerüchte geworden war – verabscheute sich selbst dafür.

Der Himmel hatte sich inzwischen verfärbt. Das strahlende Blau war in leuchtendes Orange übergegangen. Die roten Ziegel der Dächer von Dariana ruhten vor dem flammenden Hintergrund des Sonnenuntergangs. Ein Schwarm schwarzer Vögel, Valerian konnte nicht sagen, um welche Art es sich handelte, war plötzlich aus den Flammen emporgestiegen, aufgeschreckt von der Tatsache, dass Valerian seinen besten Freund und einzigen Vertrauten fortgeschickt hatte.

Valerian sprang von dem Polster auf, in das er den grüblerischen Tag lang eine tiefe Mulde gegraben hatte. Er zog sich nicht einmal eine Toga über, sondern stürmte in seiner einfachen Tunika aus den Räumen hinaus.

Nirgendwo waren Wachen zu sehen, der Platz vor seinen Gemächern war ebenso verwaist wie die langen Flure der Palastseite der Männer. Wollten sie alle verfolgen, wie einer der ihren, der Oberste von ihnen, aus dem Palast geschickt wurde? Valerian hatte niemals gedacht, dass eine solche Schande Männer wie Frauen aus dem ganzen Palast herbeilocken würde.

Er hörte sie bereits von Weitem, als er dem Gesellschaftsraum näher kam, jenem gebäudebreiten und ebenso hohen Eingangsbereich zum Palast, von dem aus beide Gebäudeflügel abgingen, die Männer und Frauen trennten. Die über zwei Mann hohen Türflügel, deren Kanten er schon sehen konnte, waren bereits geöffnet. Beschimpfungen krochen Valerian entgegen wie verpestete Luft. Was sie alle wohl von Aries dachten? Niemand wusste, warum er verbannt worden war. Bei den vier Gottheiten! Nicht einmal Valerian wusste es wirklich.

Jenseits der Fenster, an denen er vorbeieilte, erlag das Rot des Sonnenuntergangs immer mehr der Dunkelheit der Nacht. Val beschleunigte seine Schritte. Er musste Aries aufhalten, konnte ihn nicht einfach gehen lassen. Er würde ihn einweihen – in alles –, vielleicht wusste Aries eine Lösung, auf die Valerian nicht gekommen war. Er war ein Narr gewesen, ihn fortzuschicken. Angst, Wut und Eifersucht waren schreckliche Berater. Seine Beine trugen ihn schneller voran als im Training in den Gärten. Er hastete auf das Geländer der Galerie zu, blickte nach unten und sah durch die breiten Türflügel, wie ein Mann zwischen all den Menschen hindurchtrat, die sich allesamt in Schande abwendeten.

Die Stimmen der Palastbewohner schwollen an, jede Beschimpfung stach Valerian direkt ins Herz. Jeder Fluch traf ihn, als würde er ihm unmittelbar ins Gesicht geschleudert werden.

Wie konnten Männer, Männer, mit denen er aufgewachsen war, die ihm gesagt hatten, dass ein derartiges Verhalten eine Untugend der Frauen wäre, ihren obersten Centurio, ihren einstigen Befehlshaber und Freund, so behandeln? Es war Valerian unbegreiflich, zeigte ihm jedoch wieder einmal, dass sich die Geschlechter ähnlicher waren, als sie behaupteten.

Er hatte sich gerade aus dem Schock geschält, aus der Erkenntnis, dass er in einer Scheinwelt gelebt hatte, wollte eben den Mund öffnen, um Aries' Namen zu rufen, da wurden seine Worte erstickt. Er riss den Mund auf, Luft entwich seiner Kehle, aber seine Stimme war verschwunden. Seinem Mund war nicht mehr als ein heiseres Krächzen zu entlocken. Er griff sich an die Kehle, wollte das, was auch immer seinen Kehlkopf fest im Griff hielt, von sich reißen, sich befreien, damit er Aries zurückhalten konnte.

Je länger er gegen die unsichtbare Kraft ankämpfte, desto knapper wurde die Luft in seiner Lunge. Die Kehle brannte von dem Druck, sein Puls raste schneller als je zuvor. Er wollte Luft holen, einatmen, fühlte sich wie damals, als er zu lange im See getaucht hatte. Bei dieser wahnwitzigen Mutprobe der Soldaten, der er sich freiwillig gestellt hatte. Er sehnte sich nach jenem ersten keuchenden Atemzug wie damals – und wie damals schien sich jeder Augenblick in Unendlichkeit auszudehnen.

Kurz bevor seine Sinne komplett vernebelten, er sich bereits auf dem glatten Marmor des Galeriegeländers abstützen musste, um nicht zusammenzubrechen, ließ der Druck endlich nach. Luft in der Lunge hatte sich noch nie so gut angefühlt, die Strömung des Atemzugs war ihm nie zuvor wie eine Streicheleinheit vorgekommen. Valerian genoss die Berührung, sog die Luft begierig ein, mehrere zischende Atemzüge lang, und erlebte bewusst mit, wie sich sein Brustkorb weitete, wie sein Körper wieder zu Kräften kam, auflebte, als erwachte er aus tiefem Schlaf.

»Aries!« Anstelle eines Schreis stieß er nur ein leises Flüstern aus, das in dem dröhnenden Echo des Tumults von unten verloren ging, der vom hohen Deckengewölbe widerhallte. Die Menschenmenge schloss sich hinter Aries, entzog Valerian die Sicht auf seinen Freund, riss ihn von ihm fort.

Valerian verstärkte seinen Griff um den kühlen Marmor des Geländers, seine Knie zitterten noch immer, dennoch hangelte er sich die Galerie entlang, die ihm breiter vorkam als je zuvor. Er musste zur Treppe gelangen, musste nach unten – selbst wenn er dazu den Handlauf hinabrutschen musste. Noch immer zogen schwarze Schlieren durch sein Sichtfeld, tanzten wie finstere Schatten vor ihm, entrissen ihm immer wieder kurz die Sicht und brachten ihn dadurch noch mehr ins Taumeln. Valerian kniff die Augen zusammen, fokussierte sein Ziel, den breiten Eingang zum Palast, durch den nicht länger Abendrot eindrang. Nur noch der sanfte Schein von Fackeln und Feuerschalen schlich sich zuckend in den Palast.

Valerian tat einen schweren Schritt nach dem anderen. Er war fast bei der Treppe angekommen, als er gegen einen Körper prallte.

»Wo willst du denn hin?«, fragte ihn Lothair, während er sich Valerian breitbeinig in den Weg stellte. Der Priester wirkte mit einem Mal viel größer, breiter, obwohl deutlich zu sehen war, dass sein Körper vom Alter gebeugt war, gezeichnet von den etlichen Jahren als Diener der Göttin. Seine Kutte hing ihm locker über die schmalen Schultern, die zahlreichen Lebensjahre hatten tiefe Furchen in sein Gesicht gegraben, die Haut am Hals besaß ebenso viele Falten wie eine geraffte Toga. Im Zwielicht des Gesellschaftsraumes, ehe die Fackeln an den Wänden entzündet wurden, waren sie tiefer und zeichneten unheilvolle Schatten auf Lothairs Gesicht.

»Ich habe einen Fehler gemacht«, brachte Valerian hervor. »Aries darf den Palast nicht verlassen.«

»Du hattest sicher einen guten Grund für diese Strafe, Princeps.« Lothairs wässrig blaue Augen schienen jeden Gedanken zu erraten, der durch Valerians Geist irrte.

»Ich dachte, den hätte ich. Aber ich habe zu voreilig gehandelt. Aries darf nicht gehen.«

»Es wäre ein Zeichen von Schwäche, deinen Befehl rückgängig zu machen. Du bist jetzt der neue Princeps. Du kannst es dir nicht leisten, Schwäche zu zeigen. Nicht bevor eure Wünsche geschrieben sind.«

Zuletzt in Malenas und Valerians Kindheit hatte Lothair solche Autorität ausgestrahlt. Valerian stand seit der Krönung über dem obersten Priester, und dennoch fühlte er sich wie ein Junge von sechs Jahren, den die machtvolle Aura des göttlichen Dieners niederdrückte und mit jedem Wort kleiner werden ließ. Valerian und Malena hatten immer Angst vor dem obersten Geistlichen gehabt. Angst, nicht Respekt. Lothair war eher der Mensch, der einschüchterte, als sich etwas zu verdienen. Selbst Sargon, Valerians Vater, hatte sich ihm gegenüber immer anders als den anderen Männern gegenüber verhalten, was Val stets verwundert hatte. Nun wusste er, dass Lothair seinen Vater zu etwas Unaussprechlichem gezwungen hatte, was Sargon sicher ein jedes Mal vor Augen stand, wenn er Lothair begegnete.

»Es ist keine Schwäche, einen Fehler einzugestehen«, erwiderte Valerian.

»Dann nenn mir den Grund, weshalb du ihn überhaupt wegschicken wolltest.« Kurz schien echtes Interesse in den kleinen wässrigen Augen aufzublitzen.

»Erst, wenn ich ihn aufgehalten habe.« Valerian wollte Lothair beiseiteschieben, doch der Priester schien mit einem Mal schwerer als die gebäudehohen Skulpturen, die den Eingang zum Palastgarten flankierten. Weil er keine Zeit verlieren wollte, umrundete Valerian ihn, doch Lothair stellte sich ihm erneut in den Weg und legte Valerian die faltige Hand auf die Brust. Valerian spürte jeden seiner knorrigen Finger durch den dünnen Stoff der Tunika. Es schien, als greife ein Skelett nach ihm.

»Ich weiß, wie schwer deine Bürde auf dir lastet.« Lothairs Stimme klang sanft, beinahe mitfühlend. In seinen blassen Augen jedoch stand kein Funke Mitleid, eher Resignation. Als hätte er sich seinem Schicksal des dunklen Boten vor langer Zeit ergeben. »Die Dienerschaft hat mir berichtet, dass sich Aries und Malena getroffen haben. Du weißt, wie gefährlich es sein kann. Du hast richtig entschieden.«

»Wie kann es richtig sein, meinen besten Freund aus dem Palast zu jagen, nur weil er mit meiner besten Freundin gesprochen hat? Du hast mich paranoid werden lassen!«

»Es ist keine Paranoia, wenn die Gefahr real ist.«

»Das behauptest *du!* Weshalb steht nirgendwo etwas über die Wünsche? Ich möchte meinen Vater sprechen.«

»Das ist unmöglich, das weißt du ganz genau. Sargon ist schon längst auf dem Alterssitz angekommen. Es wäre ungehörig, ihn von dort zurückzuholen.«

»Dann wird Aries zurückkommen. Das ist ein Befehl!« Valerian schob den Priester mit aller Kraft zur Seite, hielt sich am Geländer der Galerie fest, das in den Handlauf der Treppe überging, und stürmte los. Doch noch ehe er auch nur einen Fuß auf die oberste Stufe gestellt hatte, erstarrte sein ganzer Körper. Er war eingefroren in seiner Bewegung, die Hand um den Granit geschlungen, das eine Bein in der Luft, bereit, hinabzutreten. Doch es war ihm nicht möglich.

Ebenso wenig war er dazu fähig, sich zu Lothair umzudrehen, ihm direkt in die Augen zu sehen und zu fragen, ob er dafür verantwortlich war.

In einer Welt, in der eine Tonscheibe existierte, die Wünsche wahr werden ließ, geisterten allerhand Gerüchte um Magie. Aber bislang hatte Valerian nie jemanden sprechen können, der selbst Zeuge von Magie geworden war, geschweige denn, dass er sie am eigenen Leib erlebt hatte. Das Geschwätz der Dienerschaft reichte von unheilbringenden Blicken in die Gesichter eines aus der östlichen Provinz stammenden Ifrits, der daraufhin den Körper besetzte, bis zu unter den Lebenden existierenden Naturgeistern des Westens. Selbst die unsichtbare Hand, die seine Kehle umschlungen hatte, wäre mit einer Panikattacke zu erklären gewesen. Sein Gehirn hatte ihn noch während des Mangels an lebenswichtigem Atem darauf aufmerksam gemacht, doch auf das Erstarren, auf die absolute Bewegungsunfähigkeit hatte es auch keine Antwort.

Reglos wie eine der Kriegerstatuen am Rande des Brunnens im Garten verharrte er, musste mit ansehen, wie es draußen immer weiter dämmerte, wie die Menschen unten sich umdrehten und in den Palast zurückkehrten, ihrer Arbeit weiter nachgingen, als wäre nichts geschehen. Niemand sah zu Valerian hinauf, niemand wurde Zeuge davon, dass er von Magie festgehalten wurde.

Selbst als die Wachposten die Treppe emporkamen, an ihm vorbeigingen, sodass er die Bewegung in der Luft wahrnehmen konnte, bemerkte ihn niemand. Sie eilten ihrem Posten entgegen, ohne auch nur zu spüren, dass ihr Princeps ihre Hilfe benötigte. Wäre er nicht erstarrt gewesen, hätte ihn vielleicht die Angst gelähmt, um zu verhindern, dass er vor Furcht zitterte.

Erst als beide Flügel der Tür verschlossen und auch die

letzten Bediensteten in ihre Flügel zurückgekehrt waren, stolperte Valerian nach vorn. Im letzten Moment krallte er sich – seinen Muskeln und Bewegungen wieder mächtig – am Geländer fest, um nicht die lange Treppe hinabzustürzen. Er sah sich um, ob jemand hinter ihm war, aber er war allein. Auch Lothair war verschwunden. Auf der Galerie der anderen Palasthälfte konnte er gerade noch erkennen, wie eine Frau in schlichter Tunika und mit dunklen Haaren, die ihr weit über den Rücken reichten, in der Dunkelheit verschwand.

Valerian taumelte den Flur entlang, der zu seinen Gemächern führte. Noch immer von Entsetzen und nackter Panik umgriffen, stützte er sich an der Wand ab, riss dabei eines der Gemälde seines Ahnen, Princeps Marcellus, mit sich. Es fiel mit einem lauten Poltern zu Boden, der mit Goldornamenten verzierte Holzrahmen splitterte. Sofort hallten Schritte den Flur entlang. Als die Wachen ihn erkannten, blieben sie abrupt stehen, unschlüssig, was sie tun sollten, wie sie sich zu verhalten hatten. Der Jüngste von ihnen, er konnte noch nicht lange im Dienst sein, trat entschlossen nach vorne.

»Kann ich Ihnen behilflich sein, Princeps Valerian?«

Valerian sah zum ersten Mal etwas in den Augen eines Mannes, das er als Mitleid interpretierte. Hatte Lothair recht? War es gefährlich, wenn er seinen Wunsch nicht schreiben würde? War er eben Zeuge geworden, welche Folgen sein Zögern hatte? War Valerian tatsächlich schwach?

Der blonde junge Wachposten lächelte freundlich – dennoch beschrieb der Teil, der Lothair und seinen Geschichten glaubte, das Lächeln als abfälliges Grinsen und riet Valerian, keine Schwäche zu zeigen.

Valerian straffte seinen Körper, stellte sich dem jungen Wachmann aufrecht entgegen und sagte: »Ich benötige keine Hilfe von einem einfachen Legionär.«

Mit diesen Worten ging er davon, hoffte, niemanden erkennen zu lassen, dass die großen Schritte, die er tat, nur dazu da waren, sein Gleichgewicht zu halten, um nicht ins Taumeln zu geraten. Niedergedrückt von dem schweren Gewicht der Bürde auf seinen Schultern.

Erst hinter geschlossenen Türen ergab er sich und brach zusammen. Obenauf thronte das schlechte Gewissen über sein schreckliches Verhalten gegenüber dem Jungen.

14
Taipa

Mit einem Mal verstummten sämtliche Geräusche rund um Taipa. Das Kreischen der Vögel, die donnernden Hufschläge des Wildes, ja selbst der Wind schien seinen Atem anzuhalten. Taipa stand da wie erstarrt, ein erneutes lautes Knacken ertönte. Anschließend ging alles viel zu schnell, als dass sie irgendwie hätte bewusst reagieren können. Die Büsche zu ihrer Linken bewegten sich, rissen auseinander, und ein Monster brach hindurch.

Taipa wich hastig zurück, stolperte und landete unsanft auf dem Hintern. In ihrem Lederbeutel knirschte es, doch darum konnte sie sich später kümmern – wenn sie noch Gelegenheit dazu bekam. Ganz langsam schob sie sich ein Stück zurück, das Tier im Blick, ohne die Augen direkt auf es zu richten. Es war größer als die Bären, die in der nahrungsärmeren Jahreszeit immer wieder eine Gefahr für den Stamm darstellten. Das Monster hatte nicht nur eine imposante Größe und ein rot schimmerndes braunes Fell, wie Taipa mit Erschrecken feststellte, während sie langsam die Beine an sich zog und in die Hocke ging. Es waren die Augen des Tieres, die Taipa Gänsehaut verursachten. Sie leuchteten rötlich, die Spiegelung eines unsichtbaren Feuers. Speichel troff von seinen Lefzen, die spitzen Reißzähne machten deutlich, dass es sie in Stücke reißen könnte.

Der gigantische Bär stellte sich auf die Hinterbeine, maß nun mindestens die zweifache Höhe von Taipa. Sein lautes Brüllen vibrierte durch ihren Körper. Sie stand noch immer reglos da, unfähig, auch nur den kleinsten Schritt zu tun. Ihr Blick traf den des Monsters, und sie sah die animalische Wut in seinen Augen lodern. Es war bereit zum Angriff.

Die Zeit schien einen Moment innezuhalten. Dann strich ein warmer Luftzug durch die Schneise, die die Via Occidens in den Wald geschlagen hatte, streifte über das Fell des Bären und löste eine Art rötlichen Nebel daraus, der ihn für einen Moment umgab, ehe er sich auflöste. Der Bär hob die Schnauze in die Luft, schnupperte und witterte etwas, das ihn mehr zu locken schien als Taipa. Der massige Oberkörper senkte sich wieder nach unten, das zuvor wutverzerrte Gesicht des Tieres entspannte sich, und der Bär trottete, ohne sich auch nur ein weiteres Mal nach Taipa umzusehen, zurück ins Gebüsch, aus dem er gekommen war.

Sämtliche Anspannung verließ Taipas Körper, und sie ließ sich nach vorne fallen. Mitten auf jene Straße, die schon so viele Tribute auf die Knie gezwungen hatte, um den Soldaten aus Dariana zuvorzukommen.

Taipa starrte auf die Lücke im Gebüsch, in die der Bär verschwunden war, und sog tief den Atem ein. Ein bitterer Geschmack lag in der Luft und legte sich auf ihre Zunge. Sie lauschte den immer leiser werdenden Geräuschen, die das Tier verursachte. Je weiter es sich entfernte, desto freier konnte Taipa atmen. Pure Erleichterung durchflutete ihre Adern, während sich ihr Griff um das knöcherne Messer an ihrem Gürtel lockerte. Sie war sich nicht bewusst gewesen, dass sich ihre Finger um das feste Leder des Hefts geschlungen hatten.

Ein Schrei aus dem Wald schreckte erneut die Vögel auf. Nicht das Brüllen des Tieres, sondern der Ruf eines Menschen. Ein Hilferuf, den Taipa zuletzt an jenem Tag gehört hatte, als sich Cheveyo seine Beinverletzung zugezogen hatte.

Ohne auch nur einen Gedanken an die möglichen Konsequenzen zu verschwenden, riss Taipa ihr Messer wieder aus der Scheide und stürzte sich ins Gebüsch. Es war nicht schwer, dem Pfad des Bären zu folgen. Er hatte eine schmale Schneise ins Unterholz gehauen, und so dauerte es nicht lange – und doch viel zu lange –, bis Taipa den Rücken des Tieres vor sich sah. Das Monster hatte sich erneut aufgerichtet, den Kopf in den Nacken gelegt und stieß ein Brüllen aus, das Cheveyos Kampfesschrei wie ein Flüstern wirken ließ. Die Erde, ja der ganze Wald, erbebte unter dem Dröhnen, während Taipa blinzelte, um den seltsamen roten Schimmer um das Tier zu vertreiben.

»Verschwinde, Taipa!«, rief Cheveyo ihr zu.

Was glaubte er, an wessen Seite er sein ganzes Leben verbracht hatte? Sie verkniff sich eine Antwort, näherte sich stattdessen dem Rücken des Untiers, bemüht darum, auf keinen knackenden Ast zu treten. Anstatt der Angst, die sie zuvor hatte erstarren lassen, brannte nun etwas anderes durch ihre Adern, entzündete sich immer weiter und weiter wie die Signalfeuer, die den selten notwendigen Treffen aller Häuptlinge des Westens vorangingen. Sie musste Cheveyo retten!

Ihr Blick schärfte sich. Sie sah die Adern jedes Blattes, das sich über Cheveyo an die Äste klammerte, roch die Mischung aus der vom gestrigen Regen feuchten Erde und den Flechten der Bäume, die Yanma als Tee gegen Fieber aufbrühte. Und Taipa glaubte, allen Naturgesetzen zuwider, dass sich Angst daruntergemischt hatte. Angst, wie sie doch nur Tiere witterten.

Und dann sah sie etwas: Rund um Cheveyo breitete sich bläulicher Rauch aus, der in die hochgereckte Nase des Untiers stieg, woraufhin die Glut in dessen Augen aufglomm, als hätte man das Feuer darin geschürt. Es stieß erneut ein ohrenbetäubendes Brüllen aus, und roter Nebel erhob sich vom Fell, ehe er seine mächtige Pranke auf Cheveyo niedersausen ließ. Sein Schmerzensschrei zerriss die Luft. Cheveyo war im letzten Moment einen Schritt zurückgewichen, bis er gegen den Baumstamm hinter sich prallte, hatte dann die Arme hochgerissen und schützend vor sein Gesicht gehalten. Aus fünf tiefen Furchen auf seinem Unterarm rann Blut hervor. Der Bär brüllte erneut, witterte seine Beute, den Schmerz. Auch Taipa glaubte, ihn auf der Zunge zu schmecken. Ihr Blick fiel auf das im Vergleich winzige Messer in ihrer Hand, das vermutlich nicht einmal das zottelige lange Fell des Tieres durchdringen würde, das sich nun für die nächste Attacke aufrichtete. Nichtsdestotrotz musste sie es versuchen.

Sie sandte ein Flehen zur großen Erdenmutter, sie möge doch sie und ihren besten Freund beschützen, und setzte mit erhobenem Arm zum Sprung an, um den Bären so weit oben wie möglich zu verletzen.

Als hätte die große Göttin Taipas Gebet erhört, rauschten die Blätter über ihren Köpfen. Äste knackten, kleine Zweige und die Früchte des Waldes, Nüsse und Samen prasselten auf sie nieder. Erneut fuhr der Wind durch das Fell des Bären. Taipa erkannte, wie nun auch blauer Nebel von dem Tier ausging und das Rot ersetzte, das es zuvor umgeben hatte. Es ließ sich auf die Vorderpfoten fallen und rannte davon. Angst. Der Bär hatte Angst bekommen. Sofort sah sich Taipa um, suchte nach der Gefahr, die ein solch imposantes Tier fliehen ließ, fand jedoch nichts als einen kleinen Vogel im Geäst hinter ihr, der sie und Cheveyo neugierig musterte, ehe er mit schnellen Flügelschlägen davonflog.

Cheveyo rutschte an dem rauen Stamm entlang, gegen den der Bär ihn gedrängt hatte, und setzte sich auf den Boden.

»Was bei allen Spirits tust du hier?«, stieß Taipa hervor, während sie zu ihm trat.

Cheveyo hielt sich mit der rechten Hand die Wunde am

linken Unterarm und verzog vor Schmerzen das Gesicht. »Ich folge dir unauffällig und rette dich, wenn du in Gefahr gerätst«, sagte er dann selbstbewusst, als würde er nicht noch immer von der Begegnung zittern und die Hand voller Blut haben. Die Worte, gepaart mit seinem Anblick, waren so abstrus, dass Taipa auflachte. All die ausgestandene Angst bahnte sich so einen Weg nach außen.

Bis sie sich wieder gefasst hatte, war Cheveyo aufgestanden, wühlte in seiner Umhängetasche und zog ein weiches Leder hervor.

Taipa schüttelte noch immer fassungslos den Kopf. »Lass mich die Wunde versorgen.« Sie suchte in ihrer eigenen Tasche nach dem kleinen Lederschlauch mit Heilwasser und nahm ihn an sich. Yanma hatte die Essenz noch hergestellt, erinnerte sich Taipa, während sie die Flüssigkeit über Cheveyos Arm goss. Er sog zischend die Luft ein, verkniff sich aber sonst jeglichen Schmerzenslaut. Taipa wusste nur allzu gut, dass sich das Heilwasser wie reines Feuer anfühlte. Die Blutung ließ sofort nach, dennoch bat sie ihn, das weiche Leder auf die fünf beieinanderliegenden Wunden zu drücken, während sie begann, den kleinen Beutel, den sie in Yanmas Höhle gefunden hatte, aufzuknoten und den Inhalt darauf auszubreiten. Einer der tönernen Tiegel, deren Füllung sie nicht gekannt hatte, war bei ihrem Sturz auf die Straße zu Bruch gegangen. Überall lag rotes Pulver und stob auf, während sie nach dem Beutelchen mit den entzündungshemmenden Blüten suchte. Diese rieb sie anschließend zwischen ihren Handflächen, legte sie auf Cheveyos Wunden, bedeckte diese mit Cheveyos Verbandsleder und schlang lange Lederstreifen darum, die sie vom Saum ihres Oberteils riss, um alles an Ort und Stelle zu halten. »Der Bär muss von irgendetwas besessen gewesen sein!«, dachte sie laut vor sich hin, verknotete die Enden und trat zurück. Ihre Arbeit war getan.

Nun konnten sie beide nur hoffen, dass sich die Wunde nicht entzündete.

Cheveyo runzelte die Stirn. »Was meinst du? Er war nicht gerade klein, aber … Die Jäger haben von den alten Legenden erzählt, dass sich die großen Bären in die Wälder rund um die Via Occidens zurückgezogen haben. Hast du nie davon gehört?«

»Ich habe nie von rot glühenden Augen gehört – außer in den Geschichten von Yanma über die bösen Geister des Ostens. Hast du es etwa nicht bemerkt?«

»Deine Augen müssen dich getäuscht haben. Ich habe nichts Ungewöhnliches feststellen können – abgesehen davon, dass es mit Abstand das größte Tier war, das ich je gesehen habe.« Nahezu ehrfürchtig sah er in die Richtung, in die der Bär verschwunden war. »Mit Pranken, die ich lieber nicht zu spüren bekommen hätte.« Als er sich wieder ihr zuwandte, suchte Taipa in seinem Gesicht nach einem Zeichen, wartete auf das Zucken eines Lids, das ihr verriet, dass er sie nur beruhigen wollte. Doch sie fand nichts dergleichen. Cheveyo schien tatsächlich nichts bemerkt zu haben. Er klopfte sich den Schmutz von der Hose, und die letzten Reste dieses bläulichen Nebels, den sie schon zuvor gesehen hatte, stiegen auf.

»Was ist das?«, fragte sie und deutete auf das Blau, das sich im selben Moment in Luft auflöste.

Cheveyo sah verwundert an sich hinab. »Das nennt man wohl feuchte Erde. Eine sehr anhängliche Sache.« Das Heilwasser schien seine Wirkung zu tun. Er konnte bereits wieder schmunzeln, in seinen Augen jedoch stand Sorge. Sie kannte diesen Blick nur allzu gut. Es war der, mit dem er sie bedachte, wenn sie über die Ausbildung bei den Schamanen sprach, Geschichten weitertrug, die von alten übernatürlichen Fähigkeiten berichteten. Immer wieder hatte Cheveyo um Beweise gebeten, die sie selbst nie von den Schamanen oder Yanma erhalten hatte. Nun zweifelte sie sogar daran, was sie gesehen hatte. Vielleicht hatte sie Beeren gegessen, die nur jenen ähnelten, die im Territorium ihres Stammes wuchsen? Sie entschied sich, es dabei zu belassen, und lenkte stattdessen vom Thema ab.

»Weiß dein Vater, dass du hier bist?«

Cheveyo senkte den Blick, der feuchte Waldboden schien sein Interesse zu wecken. »Nicht ganz«, gab er zaghaft zu und malte mit seiner Fußspitze kleine Kreise in den Boden.

»Du solltest nach Hause gehen«, sagte Taipa entgegen dem, was sich ihr Herz wünschte. An Cheveyos Seite schienen selbst die größten Bären weniger imposant. Hürden, ganz gleich, wie himmelhoch sie sich vor ihr aufbauten – mit ihm gemeinsam waren sie leichter zu überwinden.

»Als würde ich dich jemals alleine lassen, Vögelchen.«

Taipa drehte sich ganz schnell weg und raffte die Heilkräuter mitsamt dem roten Staub zusammen, um ihn nicht sehen zu lassen, wie viel ihr diese Aussage bedeutete. Sonst würde sie sich das noch bis in ihr Nachleben anhören müssen.

15
Malena

Aries veränderte binnen weniger Nächte Malenas gesamtes Weltbild. Sie hatte so lange auf das blühende Leben in den Straßen Darianas hinabgesehen und wurde mit seiner Hilfe nun zu einem Teil davon.

Ihre Tage verbrachte Malena mit vergeblichen Kontaktversuchen zu Valerian und anschließenden Sitzungen mit den Senatoren, die allesamt an deren fehlender Mitwirkung scheiterten. Sie weigerten sich, in Abwesenheit des Princeps Beschlüsse zu fassen, die Dariana nach dem Beben so dringend brauchte. Malena war ohne Vals Mithilfe nicht einmal in der Lage, die Senatsmitglieder von der Bereitstellung notwendiger Hilfsgüter und Reparaturarbeiten in der Stadt zu überzeugen. Ihr Volk litt, und aufgrund der Verbrechen ihrer Ahninnen wurde ihr stets das Schlimmste unterstellt. Umso dringender war es, herauszufinden, warum sich Val abschottete, nur den obersten Priester zu sich ließ – der seinerseits dafür verantwortlich war, dass der Senat lieber ohne die Princepa tagen wollte, was Malena täglich wütender machte. Die Protokolle sahen vor, dass Valerian und sie nach der Krönung und dem Schreiben der Wünsche an den Sitzungen teilnehmen durften. Doch ehe Val seinen Wunsch nicht geschrieben hatte, konnte sie es nicht tun, und die Senatoren würden weiterhin darauf beharren, dass sie der Verfassung nach nicht zur Teilnahme an Senatssitzungen berechtigt war. Sie verabscheute die alten Männer, die allesamt von Lothair aufgehetzt waren, dessen war Malena sich sicher.

Nach einem weiteren gescheiterten Versuch, den Senat mit Circes Hilfe zu überzeugen, die jedoch nicht einmal Einlass erhielt, sehnte sie auch heute die Abendstunden herbei, um sich aus dem Palast zu schleichen und jenseits ihres goldenen Käfigs an der Seite von Aries herauszufinden, warum sich Val nach der Krönung so verändert hatte.

Aries war ganz anders, als sie ihn sich vorgestellt hatte. Besser. Freundlicher. Wie sie selbst voller Sorge um Valerian. Noch in der Nacht seiner Verbannung – und ihres spontanen und vollkommen gedankenlosen Aufbruchs – hatte er Malena zurück zum Palast geführt. Über einen geheimen, von ihren Gemächern oder dem Wehrgang aus nicht einsehbaren ehemaligen Fluchtweg, wie er auch auf der Seite der Männer existierte. Dieser wurde laut seiner Aussage – begleitet von einer zarten Röte auf seinen gebräunten Wangen – hin und wieder auch genutzt. Wie naiv war sie gewesen, zu glauben, dass sich alle in den Palast einsperren lassen würden wie sie? Aber Aries hatte bei seinem Leben geschworen, dass Valerian ebenso wenig von diesem geheimen Zugang wusste, hinter dem er sie gleich empfangen würde.

Malenas Herz hämmerte noch immer gegen ihren Brustkorb, während sie die zur Tarnung aufgetürmten Steinplatten zur Seite schob und die hölzerne alte Tür zum Vorschein brachte. Wie die vergangenen beiden Nächte hatte sie abgewartet, bis Circe in ihrem Dormus neben dem von Malena eingeschlafen war. Dann hatte sie sich eine unscheinbare Tunika übergeworfen, ein Tuch um ihr Gesicht geschlungen und war schneller als in jedem Training durch den Palastgarten gerannt.

Sie drückte die rostige alte Klinke der Tür, und ihr Herzschlag beschleunigte sich, weil Aries bereits dahinter stand und ihr ein sanftes Lächeln schenkte, das Malena all das gab, was sie den Tag über im Palast vermisst hatte. Ein Gefühl des Ankommens, der Geborgenheit. Malena atmete tief durch und genoss für einen Moment die wohltuende Gegenwart

Aries', die sich wie ein wärmender Umhang in kalten Nächten um sie legte.

»Wir sollten losgehen. Es gibt da etwas, das ich heute erst entdeckt habe und dir zeigen möchte.« Seine Augen leuchteten von kindlicher Vorfreude, die Malena ansteckte. Wie in der Nacht zuvor schlichen sie unterhalb der Palastmauer hinab in die Stadt. Während die Häuser anwuchsen, erzählte sie von ihrem heutigen gescheiterten Versuch im Senat und fragte, was sie denn falsch machte.

»Es liegt nicht an dir, Lena«, antwortete Aries ohne zu überlegen und hielt im Schatten der ersten Olivenbäume am Ende des Pfades inne und wandte sich ihr zu. »Sie kennen dich alle nicht, wie ich dich kenne.«

Malena spürte seinen aufrichtigen Blick, der über ihr Gesicht glitt, mehr, als dass sie ihn im Schatten des Tuches auf seinem Kopf sehen konnte. Das Pochen in ihrer Brust beschleunigte sich. Ihre Kehle war so trocken, dass sie ihren Dank für die lieben Worte nur flüstern konnte. Aries sah sie noch mehrere rasende Herzschläge lang an, sein Körper strebte ihrem entgegen, ihr eigener spiegelte die Bewegung. Die Zeit schien sich zu dehnen, Malena stellte sich vor, wie der funkelnde weiße Sand in der Uhr, die sie in ihren Gemächern hatte, nur noch träge nach unten glitt. Körnchen für Körnchen, wie Staubpartikel im Sonnenlicht. Die Luft zwischen ihnen war dicker, ließ sich kaum einatmen und sorgte nicht annähernd für ein befreiendes Gefühl, im Gegenteil. Der Instinkt sagte ihr, dass es nicht die Luft war, nach der sie sich sehnte.

Aries schluckte hörbar, richtete sich wieder auf und zerstörte damit die schier magische Atmosphäre. Er nickte kurz in Richtung des Pfades, wandte sich dann ab und verschwand zwischen den Bäumen.

Malena blinzelte benommen, wartete einen Moment, bis

sie wieder zu Atem kam, ehe sie ihm durch die Gassen von Dariana folgte, in denen es trotz der nächtlichen Stunde noch von Bewohnern wimmelte. Paare wurden von Kindern begleitet, die über das Pflaster hüpften, rund um das Badehaus im Forum waren so viele Menschen, wie Malena sie nie an einem Ort gesehen hatte. Männer und Frauen, Seite an Seite. Tiefes Sehnen erfüllte Malena, zerrte an ihrer Brust. Genauso hatten sie und Val es sich auch für den Palast vorgestellt. Es schien, als wäre dies nicht nur Tage, sondern Jahre her.

Drei Mädchen jagten einem Jungen in bestickter Tunika hinterher, etwas weiter ihres Weges balancierten zwei Jungen und ein Mädchen über ein am Boden liegendes Seil, ehe sie von einem der Straßenhändler kandierte Früchte erhielten. Sie alle lebten zusammen. Ohne finstere Blicke der Männer und Jungen, die Malena ihr Leben lang begleitet hatten.

Die Gebäude wurden kleiner, drängten sich enger beisammen, während sie den abfallenden Gassen weiter folgten, den Randbezirken entgegen. Die Kleidung wurde einfacher, doch die ausgelassene Stimmung herrschte auch hier. Das war es, was Malena sich immer gewünscht hatte. Ihr Herz schien vor Sehnsucht aus der Brust springen zu wollen. Aber vielleicht lag es auch an der kurzen Berührung von Aries, der sie anwies, weiterzugehen. Sie folgten einer schmalen Gasse, kaum breiter als der Flur zu ihrem Flügel des Palastes. Hier gab es keinerlei Fackeln und Feuerschalen an den gedrungenen Eingängen mehr, die Schatten zogen sich über ihnen zusammen, und Malena schauderte.

»Los, weiter«, forderte Aries, weil Malena stehen geblieben war und nach dem Dolch tastete, den sie in den Falten ihrer schlichten Toga versteckt hatte.

»Wohin gehen wir? Hier gibt es nicht einmal Feuer, und

keine Seele ist unterwegs.« Sie versuchte, in Aries' Gesicht zu sehen, doch konnte nichts erkennen.

»Warte es ab«, sagte er, und sie glaubte, ein Lächeln zu hören. Er drückte ihre Hand, was die Wirkung eines Paukenschlags hatte, der tief in ihr widerhallte. Malena gab nach und ging an seiner Seite weiter durch die Dunkelheit. Jenseits der nächsten Biegung konnte sie bereits die Stadtmauer erahnen – zumindest sah sie hoch über ihnen die Fackeln der Gardistinnen oder Legionäre.

Kurz darauf hörte sie statt der nur von ihren Atemzügen und leisen Schritten gefüllten Stille vollkommen fremde Klänge. Die Musik wurde immer lauter, Stimmen und Lachen mischten sich darunter, ehe sie auf einen kleinen Platz umringt von dicht gedrängten Häusern einbogen, auf dem ein großes Feuer die Nacht durchschnitt.

Malena hielt erneut inne. »Was ist das?«

»Das ist die Überraschung.« Aries machte eine ausladende Geste zu dem blendenden Feuer. »Willkommen auf dem Nachtbasar.«

In diesem Moment schoss eine Feuerzunge in die Höhe, und Malena schrak zusammen. Aries drückte erneut ihre Hand, lautes Klatschen hallte über den Platz. Gemeinsam umrundeten sie das große Feuer, und dahinter eröffnete sich Malena eine fremde Welt.

Ohne Aries' Hand in ihrer wäre Malena keinen Schritt vorangekommen, zu fasziniert war sie von der Frau, die Flammen in den nächtlichen Himmel spuckte, und dem Jungen, der Feuerkugeln um seinen Körper tanzen ließ wie ein östlicher Dämon. Die Luft war erfüllt vom Rauch des Feuers, doch je weiter sie sich zwischen all den Menschen hindurchschlängelten, die dem Schauspiel folgten, desto mehr fremde Gerüche mischten sich darunter. Händler boten ihre Waren an, aber nicht von Ständen, wie Malena es in den vergangenen Nächten rund um das Forum gesehen hatte, sondern von Tüchern auf dem Boden, die man eilig zusammenschnüren konnte, um zu verschwinden.

»Was … was tun sie alle hier?«, fragte Malena und beobachtete eine junge Frau und ihren Mann – der Kleidung nach mindestens ein Prätor – dabei, wie sie das Angebot aus kunstvoll gefertigten gläsernen daumengroßen Fläschchen durchsuchten.

»Hier kann jeder sein, was er will«, sagte Aries geheimnisvoll und schob Malena weiter voran. »Der Nachtbasar verspricht, jeglichen Wunsch zu erfüllen.« Aries' Aufregung schwang in jeder Silbe mit. »Und ich wünsche mir Antworten.«

»Du glaubst, jemand kann uns sagen, was mit Val –«

Aries drehte sich blitzschnell um und legte sich den Zeigefinger an die Lippen. »Scht! Wir wissen nicht, wer hier alles zu Gast ist.« Seine dunklen Augen hielten Malena gefangen, bis ihr Herz gar nicht mehr schneller schlagen konnte und sie endlich blinzelte, um den Bann, den er ihr offenbar auferlegte, zu brechen. Ein Blick in das Antlitz eines Ifrits könnte sie nicht mehr erstarren lassen.

»Dort hinten gibt es eine Frau.« Er deutete auf ein schlichtes Gebilde aus bunten Tuchbahnen, die zwischen zwei Häusern gespannt waren. »Ihr sagt man nach, dass in ihrem Beutel mit magischen Steinen die Antworten auf alle Fragen liegen.«

Malena kannte Geschichten von Wahrsagern und Propheten, hatte jedoch im Gegensatz zu Val nie darauf gedrängt, selbst einen Blick in die Zukunft zu werfen. Viel lieber hatte sie sich ihre Zukunft selbst ausgemalt, wollte sie aktiv gestalten – angefangen damit, ihren Wunsch nach Einheit des gesamten Palastes auf die Tontafel zu schreiben.

»Du glaubst doch nicht, dass diese Frau uns tatsächlich

sagen kann, was mit Val geschehen ist?« Malena zweifelte an Aries' Verstand. »Nimh hat immer gesagt, dass es nur allzu viele Scharlatane unter diesen Wahrsagern gibt und nur die Gottheiten selbst die Antwort auf alles kennen.«

»Nicht sie«, sagte Aries vollkommen überzeugt. »Sie hat all jene vor dem Beben gewarnt, die am Abend davor hier waren. So habe ich vom Nachtbasar erfahren, als ich heute den ganzen Tag durch die Stadt gelaufen bin und herumgefragt habe. Alle schwören, dass sie glaubhaft ist, dass sie ein Artefakt von uralter Magie besitzt.« Ein Schaudern zeugte von Aries' Aufregung, die auf Malena überging.

Dennoch zögerte sie. In ihr rang der Wunsch, Aries von der nüchternen Realität längst verflogener Magie – abgesehen von den Göttergaben – überzeugen zu wollen, mit der Angst, etwas gesagt zu bekommen, das sie nicht hören wollte. Beschämenderweise war Letztere übermächtig. Was, wenn diese Frau ihr eine Zukunft weissagte, die der Vergangenheit ihrer Ahninnen glich? Eine Zukunft voller Zerstörung, Unglück und einem frühen Tod?

Sie weigerte sich, weiterzugehen, starrte auf die bunten Tuchbahnen, hinter denen zwei Schatten im Schein von Kerzen zuckten, die immer weiter anwuchsen und an Kontur gewannen, ehe ein junger Mann zwischen den Stoffen hervortrat. Er bedankte sich überschwänglich bei der weißhaarigen Frau, die im Eingang des Zeltes stehen blieb und sich kurz umsah, ehe sie in ihre Behausung zurückkehrte.

»Los, komm!«, sagte Aries und riss Malena mit sich, weiter auf das Zelt zu.

Sie waren nur noch wenige Schritte entfernt, als ein Ruf aus dem Inneren ertönte: »Einzeln eintreten!« Die Stimme war so kratzig, dass Malena noch einen Moment überlegen musste, ob sie tatsächlich Worte oder das Krächzen eines Vogels gehört hatte.

Dann sahen sich Aries und Malena an und verständigten sich ohne Worte. Er drückte noch kurz ihren Oberarm und flüsterte ein »Bleib hier und ruf mich, falls Gefahr droht«, ehe er den Stoff zur Seite schob und das Zelt betrat.

Malena wurde sofort unangenehm kalt. Sie beobachtete, wie sich Aries vom Eingang entfernte, sein Schatten immer mehr im Licht dahinschmolz.

»Setz dich, Sohn des Südens«, krächzte die Seherin. Woher wusste sie, dass Aries aus der südlichen Provinz stammte? Er war seit seiner Kindheit im Palast, und es gab keinen Unterschied zwischen ihm und den anderen Bewohnern Darianas.

Gänsehaut kroch über Malenas Arme, während sie einen weiteren Schritt auf den trennenden Stoff zuging, der muffig und uralt roch, dem aber eine ihr unbekannte Note mitschwang. Doch so sehr sie sich auch anstrengte, sie konnte rein gar nichts mehr hören. Schwiegen sich Aries und die Frau im Inneren des Zeltes etwa an? Oder war ihm etwas zugestoßen? Hatte die Alte dämonische Kräfte und …

Malena zögerte nicht lange, legte ihre Rechte um das Heft ihres Dolches und schob hastig den Stoff beiseite.

Aus ihrer Kehle löste sich ein Schrei. Sie machte einen kleinen Schritt nach vorne, hob die Hand, um die Sinnestäuschung, der sie offenbar unterliegen musste, zu durchbrechen. Doch ganz gleich, wie fiebrig sie es versuchte: Ihre Finger kratzten rau über den unebenen Stein der Mauer des Gebäudes, von dem sie dachte, es gäbe jenseits der Zeltbahnen einen Arkaden- oder anderweitigen Durchgang. Doch da war nichts.

Nichts.

Es gab weder ein Feuer noch das Innere eines Zeltes. Die Stoffbahnen, die den vorderen Teil der Behausung und den Eingang bildeten, hingen direkt vor einer Mauer, wie sie auch auf dem Platz und dem Rest der Straße hinter den ausgebreiteten Auslagen der Händler aufragte. Die Alte und Aries waren verschwunden.

Malena sah die Gasse in beide Richtungen hinab, krallte sich in den Stoff, bis ihre Finger verkrampften. Magie. Die Frau besaß wahrhaftig Magie.

Malena trat einen Schritt zurück, ließ den Stoff los, der sogleich wieder die Mauer bedeckte. Sofort konnte sie den Tanz der Fackel im Inneren eines Zeltes wieder erkennen. Und einen Schemen, der immer weiter anwuchs und an Kontur gewann, während er auf den Eingang zuhielt. Aries.

Malena wagte es nicht, zu atmen, stand mit der Hand an der Waffe da und wartete. Aries' Stimme klang leise bis zu ihr durch.

»Ich danke dir für deinen Rat.«

Dann bewegte sich der Stoff, der zuvor direkt an der Mauer befestigt war, und wurde zur Seite geschoben. Das Licht aus dem Inneren blendete Malena. Erst als sich Aries' Gestalt vor ihr aufbaute und einen Teil davon verdeckte, konnte Malena einen kurzen Blick ins Innere erhaschen. Auf ein geräumiges Zelt mit etlichen Sitzpolstern, unzähligen Kissen und Räuchergefäßen, die von der Decke baumelten. Es war schlichtweg unmöglich! Malena verlor offenbar ihren Verstand.

»Was ist los, Lena?«, fragte Aries sofort besorgt. Sein Blick glitt über ihr Gesicht, dem vermutlich jede Farbe entwichen war, weiter ihren Arm entlang bis zu ihren Fingern, die sich um den Griff ihres Dolches krallten.

»W… Was hat sie gesagt?«, stammelte Malena, unfähig, das Zittern ihrer Stimme zu verbergen. Nicht einmal Aries, dessen Körperwärme versuchte, durch die eisige Kälte zu dringen, die Malena umhüllte, schaffte es, sie aus ihrem Schock zu reißen. Er legte seine warme Hand auf Malenas

Schulter, sein Daumen streifte sanft über den Stoff ihrer Tunika.

»Das können wir später besprechen. Die Seherin will gleich aufbrechen, du musst dich beeilen, wenn du ihr ebenfalls eine Frage stellen willst.«

Aries nickte ihr aufmunternd zu und hob den schweren Stoff zur Seite, wodurch Malena erneut einen Einblick in das Zelt der Seherin erhielt. War sie kurz zuvor einer Sinnestäuschung unterlegen, als sie die kahle Mauer erblickt hatte? Oder war sie verrückt geworden? War dies das Schicksal, das sie mit ihren Ahninnen teilte? Wahnsinn? Kalter Schweiß bildete sich auf ihrer Stirn. Ihr Herz pochte so schnell, dass Malena die einzelnen Schläge nicht mehr unterscheiden konnte.

Wenn dies ihr Schicksal war, würde die Alte Kenntnis davon haben? Sie warnen können?

Aries drückte noch kurz Malenas Schulter, riss sie in die Gegenwart zurück, in der die Seherin am Ende des gigantischen Zeltes die Utensilien auf dem Tisch vor sich begutachtete. Sie hantierte mit einem Beutel, in den sie gerade kleine weiße Steine – oder Knochen? – hineinpackte. Die Flammen der Kerzen auf dem leicht schrägen Tisch tanzten wild umher und ließen den Schatten der Alten auf der hinteren Zeltwand zu dämonischer Größe anwachsen. Ein Dämon, der rastlos hin und her sprang.

Malena hatte nicht bemerkt, dass sie einen Schritt ins Zelt gemacht hatte. Sie spürte, wie Aries hinter ihr den Stoff des Eingangs losließ und dieser über ihre Tunika schabte. Vor Anspannung und Furcht keuchte Malena auf und zog so die Aufmerksamkeit der Seherin auf sich.

Sie hob den Kopf. Inmitten des von Falten durchzogenen Gesichts, das von einem langen Leben zeugte, ruhten weiße Augen, die auf Malena gerichtet waren. Die Alte regte sich nicht, starrte Malena an, als würde sie ihrer Geschichte und ihrer Zukunft lauschen. Eine uralte Legende über die Dämonen des Ostens, die Nimh ihr und Val in ihrer Kindheit erzählt hatte, kam Malena in den Sinn.

»Erblickt dich ein Ifrit, sieh ihm niemals in die leeren Augen!«, wiederholte Malena flüsternd Nimhs Worte. Ein plötzlicher Windstoß brachte eine sengende Hitze mit sich, die Malena beinahe verbrannte. Die Hitze der unendlichen Wüste, in die alle Dämonen vertrieben wurden? Die Zeltwände erzitterten, der Schatten der Seherin schwoll an, tauchte den gesamten hinteren Bereich der Behausung in lebendige Finsternis. Malena wich auf zitternden Beinen zurück. Die Stoffbahn war so fest wie eine massive Mauer, Malena rang nach Atem, doch die Hitze versengte ihre Brust von innen.

Die wabernde Dunkelheit kroch weiter auf sie zu, verhüllte die Alte – den Dämon? – und war nun nur noch wenige Schritte von Malena entfernt. Sie zog ihre Waffe, richtete sie mit zitternden Händen gegen die Finsternis und presste sich mit ihrem gesamten Rücken an die Wand hinter ihr.

»Es ist noch nicht an der Zeit.« Die Worte schlangen sich um Malena wie Seile. Ein Schrei zerriss die Stille, als die Dunkelheit sie erreichte. Ihr Schrei.

Sie fiel nach hinten. Starke Hände fingen sie auf.

»Lena, was ist passiert?«, fragte Aries, doch Malena war nicht in der Lage zu antworten. Sie lehnte sich gegen Aries' Körper, der im Vergleich zur Hitze im Inneren des Zeltes kühl war, und rang nach Luft, die nicht ihren Mund, die Kehle und ihren Brustkorb versengte. Langsam löste sich Malena aus ihrer Erstarrung.

Auch hier draußen spielte der heiße Wind mit den Stoffen. Ringsum fingen Händler an, ihre Tücher festzuhalten, damit die Waren nicht beschädigt wurden.

Aries, gegen dessen Körper Malena noch immer lehnte, umgriff sie und drehte sie zu sich um. »Was hat sie dir gesagt?«, fragte er.

»Ein Ifrit«, flüsterte Malena. »Die Seherin ist ein Ifrit. Die weißen, leeren Augen …«

Aries runzelte die Stirn, ehe er den Kopf schüttelte. »Sie hat blassblaue Augen. Fühlst du dich nicht wohl?« Seine Finger schoben eine Strähne aus Malenas Stirn, die vom Schweiß dort festklebte. »Du hast … Fieber.«

Malena wusste nicht, warum, aber der Gedanke, dass sie verrückt wurde, brannte die Angst vor dem Dämon weg.

»Sieh genau hin!« Ihre Stimme klang so fest, dass sie sich selbst darüber wunderte. Von dieser Tatsache bestärkt, wandte sie sich wieder dem Zelt der Seherin zu und schob die Stoffbahn beiseite.

»Was bei der Göttin …« Aries starrte fassungslos auf die unebenen Mauersteine, die Malena zuvor schon gesehen hatte, während Aries im Zelt verschwunden war. Ebenso wie sie trat er näher und tastete den rauen Stein ab. Er ließ den Stoff kurz fallen, schob ihn erneut beiseite, glaubte wie sie, einer Sinnestäuschung zu erliegen. Doch dahinter befand sich noch immer nichts als die blanke Mauer des Gebäudes, das sich nahtlos in den Ring rund um den Nachtbasar fügte. Weder Kerzen noch Feuer, ja nicht einmal Platz, an dem sich eine Seherin, er selbst oder Malena hätten befinden können.

»Was bei Meridia …« Aries rieb sich die Augen, und Malena griff nach seiner Hand, die noch immer ungläubig über die raue Mauer glitt. »Sie war dort, ich habe mit ihr gesprochen!« Kopfschüttelnd rieb er sich den Nacken.

Magie. Sie beide waren gerade Zeugen echter Magie geworden. Waren die Legenden allesamt doch nicht nur Legenden, Geschichten für das Volk, wie es ihre Lehrer immer behauptet hatten?

»Sie ist kein Dämon«, fuhr Aries fort. »Sie ist … Ich weiß nicht, was sie ist, aber kein Dämon, da bin ich mir sicher.«

»Was hat sie dir gesagt?«, fragte Malena, ehe sie von der Mauer wegtrat. »Kann sie Val helfen?«

Aries presste die Lippen fest aufeinander und schluckte. »Sie hat mir nur von meiner Zukunft berichtet.« Er trat ebenfalls weg von der Mauer. Der Stoff glitt zurück an seinen Platz, und dahinter flackerte wieder ein Licht. Doch Malena wusste mit absoluter Sicherheit, dass sie dieses Zelt nicht noch einmal betreten könnten. Zumindest nicht in der heutigen Nacht. Doch sie würde wiederkommen, schwor sie sich.

Sie wandte sich wieder an Aries, der mit gesenktem Kopf und gebeugtem Rücken dastand. Er hatte sich mehr erhofft, das war ihm deutlich anzusehen. Wo Malena die wahr gewordene Legende für eine unerwartete Wendung hielt, sah Aries offenbar nur die nicht erhaltene Antwort, die er sich ersehnt hatte.

Malena verspürte den Drang, ihn aufzumuntern wie früher Val, wenn er von Nimh oder Lothair gerügt worden war. Sie trat zu ihm und hob wie bei Val immer ihre Hand, um ihn an der Schulter zu berühren. Kurz davor jedoch hielt sie inne, zögerte, weil es falsch war, weil sie ihr Leben lang gelehrt worden war, dass sie ein solches Verhältnis nur zu Val haben durfte.

Und zu ihrem nach dem Schreiben ihres Wunsches gewählten Gefährten. Sie schluckte. Die Erinnerung an Val, der ihr Aries *empfohlen* hatte, kehrte mit einem Schlag zurück.

Wollte Aries überhaupt ihr Gemahl sein, sich ihr wie in einem Kampf ergeben? Spürte auch er die unsichtbaren Funken, die von ihrer Hand zu dem verschlissenen Stoff seiner Tunika schossen und umgekehrt? Funken, die ihre Haut versengten und ihr Innerstes erhitzten? Die Zeit stand still, drehte sich in die andere Richtung und zeigte ihr Aries im Kampf mit Val, seine schweißglänzende Haut, die sich über die Muskeln seines nackten Oberkörpers spannte.

»Die körperliche Vereinigung ist ein notwendiges Übel.« Circes Worte löschten die Erinnerung an Aries' Kampf aus ihrem Geist, machten daraus jenes abstoßende Bild der Vereinigung, wie sie ihr von Circe sehr detailliert beschrieben worden war.

Malena wich einen Schritt zurück und drehte sich mit hitzigen Wangen um. Es widersprach doch allem, was sie gelehrt worden war. Wie konnte sie – allein angesichts des eben Erlebten – auch nur so denken? Ihr Blick traf ausgerechnet auf eine rot gelockte junge Frau, die sich an einen adretten Legionär schmiegte, ehe sie sich küssten, als würden sie sich gegenseitig verschlingen wollen. Die Frau gab sich auf, wie Circe es genannt hatte, gab dem Mann Macht über sie. Oder war es genau das, was Nimh immer beschrieben hatte? Die Einheit von Körper und Geist?

Malena wusste nicht mehr, was sie glauben, denken oder gar fühlen sollte. Sie sah nur, dass die Rothaarige und der Legionär nicht die Einzigen waren. Malena hatte ihre ganze Aufmerksamkeit den Auslagen und dem Zelt der Alten geschenkt. Nicht den Paaren, die sich im Takt der fremdartigen Musik wiegten, die Körper so eng umschlungen, dass Malena schnell zu Boden sah und das Ziehen in ihrem Inneren mit einer dagegen gepressten Hand zum Verstummen brachte.

Im Gegensatz zu Circe, die bei der Beschreibung der Vereinigung – oder selbst bei der Vorstellung einer Berührung von einem Mann – aussah, als müsste sie die bitterste Medizin ihres Lebens schlucken, wirkten diese Männer und Frauen allesamt glücklich. Selbst in ihren Träumen und Vorstellungen des Lebens außerhalb des Palastes hatte Malena so etwas nicht für möglich gehalten.

Warum war dieses Glück Valerian und ihr und all den Bewohnern des Palastes nicht vergönnt? Wieso hatte man sie und Val angelogen und erzählt, dass die Wahl der Gefährten ein notwendiges Übel war, wenn es offenbar doch so viel mehr sein konnte? Der Rhythmus der eingängigen Musik ging in ihr Blut über und ergriff Besitz von ihr. Umrundet von einem süßen Geruch aus Räucherschalen ertappte sie sich dabei, wie sie den Bewegungen der Tanzenden folgte, sich dem Takt ergab. All das Glück, das sie empfand, obwohl sie doch anders empfinden sollte, zerriss sie und gab ihr das Gefühl, ihr und Valerian wäre etwas genommen worden, ehe sie es hatten kosten können.

Sie fühlte die Hitze von Aries' Körper an ihrem Rücken, obgleich er sie nicht berührte, sein warmer Atem aber streifte ihren Nacken. »Wir sollten gehen«, sagte er mit rauer Stimme. »Ich werde morgen wieder herkommen und noch mal nach der Alten suchen.«

Die unerwartete sanfte Berührung seiner Hand auf ihrem unteren Rücken sorgte dafür, dass sich Malenas Körper ihm instinktiv entgegenwölbte – und sich direkt verkrampfte. Sie sollte nicht so empfinden. Warum tat sie es dennoch?

Ihre Schritte waren wackelig, und obwohl sie sich auf die Waren der Händler zu beiden Seiten der Wege konzentrierte, sah sie nichts davon wirklich. All ihre Sinne waren auf Aries gerichtet, während hin und wieder fremde Gerüche ihre Nase streiften.

»Diese Früchte der Wüste sind süßer als der Kuss zweier Liebender«, rief ein Händler direkt neben Malena so laut, dass sie erschrak und ihre Hand zu ihrem verborgenen Dolch zuckte. Aries' Finger streiften die Anspannung ab, lenkte sie auf ihren rasenden Puls, das Beben in ihrer Brust, das seine Berührung immer auslöste, ehe er auf die entgegengestreckte Hand des Händlers deutete. Der Mann trug eine bunte, bestickte knöchellange Tunika mit weiten Ärmeln, wie Malena sie von Abbildungen der östlichen Provinz kannte.

Die Frucht, die er ihnen anpries, glich einer geöffneten weißen Blüte, beinahe so groß wie seine Handfläche, und verströmte einen süß würzigen Geruch. »Oder wollt ihr etwas Feuriges kosten, um eure innere Hitze zu entflammen?«, ging der Händler mit derselben Hautfarbe wie Malena auf ihr vermeintliches Interesse ein. Auf seiner zweiten Hand lagen blutrote Tropfen, die er Malena nun unter die Nase hielt. Ein scharfer Geruch stieg von ihnen auf.

Aries wollte sie weiterschieben, doch der Händler stellte sich ihnen in den Weg. »Kostet ein Blatt und lasst euch überzeugen.« Seine dichten Augenbrauen sprangen herausfordernd auf und ab.

»Ein Kuss von zarter Süße.« Er riss eins der weißen Blütenblätter ab und reichte es Malena. »Am besten ist es, die Frucht der Wüste zu zweit zu genießen.« Er teilte es und bot Aries die andere Hälfte an. »Kostet. Und wenn ihr mir beschwören könnt, dass sie nicht besser schmeckt als ein Kuss, erhaltet ihr auf ewig meine Waren gratis.«

Malena und Aries sahen sich an. Malena fürchtete, der Mann würde ihnen keine Ruhe lassen, ehe sie nicht kosteten. Auch Aries zuckte mit den Schultern und griff ergeben zu, Malena tat es ihm gleich. Unter Beobachtung des Händlers legte Malena das Blatt auf die Zunge, und ihr Mund explodierte förmlich von Empfindungen. Die Süße, gepaart mit der sanften, weichen Konsistenz, ließ sie die Augen schließen und entlockte ihr ein Seufzen. Der Händler klatschte in die Hände und schreckte sie aus ihrem Genuss. Malena sah verstohlen von ihm zu Aries, dessen Blick eindeutig auf ihren Lippen ruhte. Sie widerstand dem Drang, nach der Stelle zu tasten.

Sie konnte nicht beschwören, dass die Wüstenfrucht besser war als ein Kuss, wenn sie nie zuvor jemanden geküsst hatte. Die Vorstellung, die Circe ihr in den Kopf gezeichnet hatte, lag irgendwo zwischen dem Verzehr von Nacktschnecken und Nimhs Fiebertrank. Im Vergleich dazu wäre selbst eine geschmacklose trockene Wurzel appetitlicher gewesen. Die Wüstenblume hingegen war besser als alles, das Malena je gekostet hatte. War sie einem Kuss wirklich ähnlich? Oder tatsächlich besser?

Wie stand es um Aries? Konnte er einen Vergleich ziehen? Hatte er bereits jemanden geküsst? Malena musterte ihn genauer. Er hob weder den Blick, noch bewegte er sich, starrte einfach nur auf ihren Mund. Sein Kehlkopf hob und senkte sich schnell, seine vollen Lippen waren leicht geöffnet. Ob er darüber nachdachte, sie zu küssen? Allein der Gedanke daran beschleunigte ihren Herzschlag, sandte einen Schauer durch ihren Körper, der ihre Fingerspitzen zittern ließ.

Sie waren sich so nah, dass Malena nur die Hand heben musste, um ihn zu berühren – das Flattern in ihrem Bauch wurde stärker, und ihr wurde klar, dass sie sich genau das wünschte. Obwohl es doch so falsch war.

Es war der Händler, der den Bann zwischen ihnen brach.

»Seid ihr überzeugt?«

Malena löste sich blinzelnd aus der Trance, in die sie gefallen war, und wandte sich an den Mann.

»Gib uns weitere Blätter.«

Aries neben ihr rieb sich übers Gesicht, als müsse er den Schlaf vertreiben, während Malena in dem kleinen Beutel an ihrem Gürtel nach einer Münze fischte und dem zufriedenen Händler reichte. Zum Dank schenkte er Aries einen abfälligen Blick, und erst im Weitergehen konnte Malena ihn deuten.

»Danke, Lena«, beschwerte sich Aries, kaum dass sie ein paar Schritte gegangen waren. »Er denkt nun, dass meine Küsse nicht gut sind.«

»Sind sie es denn?«, drang es unerwartet aus ihrem Mund. Aries' Beschwerde hatte etwas in ihr angestoßen, in Schwingung gesetzt, das sie sonst nur von Val her kannte. Die neckische Erwiderung war wie von selbst gekommen.

Aries öffnete den Mund, Malena blieb stehen, neugierig auf die Antwort. Doch es kamen keine Worte. Sein Blick schoss immer wieder zu ihren Lippen, sandte erneut ein Kribbeln durch ihren Körper, der in ihr den Wunsch, nein, die Sehnsucht schürte, er möge sie küssen, damit sie selbst herausfinden konnte, ob Circe oder der Händler richtiglag. Doch er tat nichts dergleichen, sondern räusperte sich, straffte seinen Körper und griff nach einem Blütenblatt, ehe er sie beinahe barsch zum Weitergehen aufforderte, um den Nachtbasar zu verlassen.

16
Taipa

Taipa und Cheveyo folgten der Via Occidens, immer weiter der aufgehenden Sonne entgegen. Sie ernährten sich anfangs von Beeren und Wurzeln, die sie am Waldrand fanden, später, als sich der Wald immer mehr lichtete und zu einer schier endlosen Ebene weitete, gelang es Cheveyo sogar hin und wieder, ein kleines Tier zu fangen, das sie abends auf einem Feuer brieten.

»Weißt du inzwischen, wie du vorgehen willst, wenn wir in Dariana ankommen?«, fragte Cheveyo an einem Abend und stocherte dabei mit einem Ast im Feuer. »Es kann nicht mehr weit sein.«

Dessen war sich Taipa bewusst. Während der endlosen Wanderung die Via Occidens entlang hatte sie stets auf ein Zeichen der großen Erdenmutter gewartet. Gehofft, dass sie ihr sagen würde, wie sie ihrem wahren Namen folgen und ihre Bestimmung finden konnte. Doch die Göttin hatte sich nie geäußert.

»Ich weiß es nicht«, gab sie zu. Als sie den Stamm verlassen hatte, war sie voller Euphorie gewesen, erfüllt vom Glauben an die große Erdenmutter. Sie hatte sich ausgemalt, dass sie ihre Bestimmung erkannte, wenn die Zeit reif wäre, dass sie aufleuchtete wie ein Blitz in der Dunkelheit und ihr den weiteren Weg wies. Wieder und wieder hatte Taipa sie angefleht – die einzige Reaktion jedoch war Stille gewesen.

Sie hatten ihr Lager bei einem kleinen Hügel aufgeschlagen, an dessen Fuß sich große Felsbrocken gesammelt hatten, als wären sie aus der Erde gewachsen.

Seit sie den Wald verlassen hatten, waren sie nicht mehr

auf der großen Straße gegangen, sondern so weit entfernt wie möglich, ohne sie aus den Augen zu lassen. Immer öfter entdeckten sie darauf Reiter in seltsamer Kleidung, Frauen wie Männer. Oder Händlerinnen und Händler, die mit ihren Karren in Richtung Hauptstadt zogen. Jene wandernden Handeltreibenden reisten auch bis zu ihrem Stamm, tauschten fremde Gewürze aus den anderen Provinzen oder Stoffe, die weich wie Haut waren. Sie erhielten dafür besondere Heilmittel der Schamaninnen wie die getrockneten Blüten, die Taipa noch immer jeden Abend auf Cheveyos gut heilende Wunde rieb.

»Zeig mir deinen Arm«, forderte sie und rutschte näher an ihn heran. Cheveyo warf den Ast zur Seite, nachdem er mit ihm noch ein letztes Mal das Feuer belebt hatte. Während sie den Beutel ihrer Großmutter neben sich öffnete, löste Cheveyo den Verband. Sie hatten das Leder gewaschen, wann immer sie an einem Bach angekommen waren, das Blut hatte sich jedoch nicht vollständig herausgelöst.

Ganz die Heilerin, die Yanma in ihr gesehen hatte, begutachtete sie die fünf kaum mehr sichtbaren Striemen. Die Wunden hatten sich komplett geschlossen, nur blassrosa Streifen, die auf Cheveyos Haut leuchteten wie die weiße Bemalung zu rituellen Anlässen, waren übrig geblieben.

Taipa fuhr mit den Fingern darüber. Cheveyo erschauderte und zog blitzschnell seinen Arm zurück. Etwas hatte sich zwischen ihnen verändert. Hatte sich herangeschlichen, kaum bemerkbar eingenistet. Wann immer Taipa nicht in einen traumlosen Schlaf der Erschöpfung fiel, träumte sie von Cheveyo. Und sobald sie am Tag an diese Träume zurückdachte, griff eine Befangenheit nach ihr, die sie so nicht kannte. Nicht in Gegenwart von Cheveyo. Ihm ging es offenbar nicht anders. Er blickte auf das Mal des Bären hinab, das sich für immer von seiner gebräunten Haut abheben würde, dann zu ihr nach oben. Für einen kurzen Moment verschränkten sich ihre Blicke.

Cheveyos Gesicht wirkte ausgezehrt, älter noch, als an dem Tag, an dem Taipa ihn in ihrem Zelt verabschiedet hatte. Auch ihr Abbild in dem ruhigen Teich, an dem sie sich am Vortag gewaschen hatten, zeigte, wie sehr sie sich verändert hatte.

»Lass uns schlafen gehen«, sagte Cheveyo in die unangenehme Stille hinein, die sich zwischen sie gedrängt hatte. »Vielleicht erreichen wir Dariana schon morgen. Dann sollte unser Geist ausgeruht sein.«

Taipa nickte, die Trauer, dass sich tatsächlich etwas zwischen sie und Cheveyo gestellt hatte, lastete schwer auf ihren Schultern. Sie raffte Yanmas Kräuter zusammen, fuhr wie in den letzten Tagen mit den Fingerspitzen durch das rote Pulver, das noch immer an der Innenseite haftete, und überlegte fieberhaft, wie sie den Graben zwischen sich und ihm überwinden könnte. Ihr Vorhaben schien unmöglich. Sie hatte mehrere Male angesetzt, ein klärendes Gespräch gefordert, doch Cheveyo war immer ausgewichen. Er sagte nicht, was ihn belastete, gab nicht zu, dass er, wie Taipa vermutete, den Stamm vermisste. Er sprach nie aus, dass er eigentlich nicht hatte mitkommen wollen. Zumindest nicht so weit. Er war der künftige Häuptling ihres Stammes, verantwortlich für all die Männer, Frauen und Kinder dort, sollte Häuptling Akecheta etwas zustoßen. Diese Verantwortung lastete schon immer auf ihm, jedoch hatte sie es nie geschafft, seine gesamte Haltung zu verändern. Es tat Taipa im Herzen weh, ihn so zerrissen zu sehen. Sie hatte nie gewollt, dass er sich aufgrund ihrer Freundschaft zwischen ihr und dem Stamm entscheiden musste. Und doch hatte er es getan. Was er inzwischen offensichtlich bereute.

Ohne weitere Worte legten sie sich beide so nah an das

Feuer, wie sie es wagten, und Taipa gab sich erneut abstrusen Bildern hin, in denen natürlich Cheveyo an ihrer Seite weilte. Zumindest im Traum war er ganz der Alte, neckte sie wie eh und je und forderte sie heraus. Taipa hieß die unbeschwerte Zeit willkommen.

* * *

Es dauerte noch eine ganze Tagesreise, bis sie am Abend fern am Horizont die Lichter von Dariana entdeckten. Wie ein Signalfeuer von Dutzenden Stämmen drängte es die Nacht am Ende der Via Occidens zurück. Sie beschlossen, noch ein weiteres Mal ein Lager zu errichten, und das erste Mal, seit sie Seite an Seite gewandert waren, tauchte Cheveyo nicht in Taipas Traum auf. Der Schlaf war erholsam wie lange nicht, und doch fühlte sich Taipa, als hätte man ihr etwas genommen. Sie erwachte noch vor Morgengrauen, räumte weitestgehend ihr Lager zusammen und suchte in der Umgebung nach Wurzeln und Beeren, die sie essen konnten. Nur zu gern würde sie wissen, wie es um Lana stand, ob die Heilerinnen noch in der Lage waren, ihr Fieber in Zaum zu halten. Cheveyo und sie waren so weit von ihrem Stamm entfernt, dass sie nicht einmal mehr den Rauch der rituellen Flammen eines Scheiterhaufens über dem Wald aufsteigen sehen würden. Noch weniger natürlich, wessen Körper in den Kreislauf zurückkehrte. Hatte sie den richtigen Weg eingeschlagen? War es tatsächlich der Ruf der Erdenmutter gewesen, der sie nach Dariana gelockt hatte? Oder war sie nach Yanmas Tod zu verwirrt gewesen, um eine richtige Entscheidung zu treffen? Seit Tagen hatte sie nicht mehr das Gefühl gehabt, dass die große Mutter ihre schützende Hand über sie legte. Nicht seit Cheveyo in Erscheinung getreten war. Hatte sie ihn ausgesandt, um über sie zu wachen, wie er es ja vorgab zu tun? So viele Fragen türmten sich in ihrem Kopf, höher als die höchste Schlucht im Territorium ihres Stammes.

Als sie zurückkehrte, war Cheveyo ebenfalls wach und sah erholt aus wie lange nicht. Hatte ihnen die Aufregung, heute in Dariana einzutreffen, zu besserem Schlaf geholfen? Oder hatte ihnen die Erdenmutter eine letzte Erholung gegönnt?

Nach einer Morgenmahlzeit, die schon fast so entspannt war wie zwischen den Zelten des Stammes, machten sie sich auf, und am späten Vormittag schälten sich die ersten Details aus dem groben Bild der gigantischen Hauptstadt.

Ganz oben, am höchsten Punkt einer großen Anhebung, die von der Stadt komplett eingenommen wurde, stand der Palast von Dariana, umgeben von einer unnatürlich weißen Mauer, wie Taipa Gestein nie gesehen hatte. Rund um diesen obersten Kreis waren etliche helle Bauwerke angeordnet, deren rote Dächer wie blutende Wunden wirkten. Eine zweite hohe Mauer am Fuß des Hügels trennte jene blutbedeckten Gebäude von den farblosen Hütten, die sich Hunderte Schritte darum in alle Richtungen ausdehnen mussten.

Krankes Fleisch, kamen Taipa sofort Yanmas Worte in den Sinn. Beschreibungen der Wunden von Infizierten einer Seuche, die vor langer Zeit im Westen gewütet hatte.

Wie jener Wundbrand breiteten sich die dunklen, schäbigen Baracken und Zelte rund um die äußere Mauer von Dariana aus. Hier und da stieg Rauch auf, noch etwas außerhalb erhob sich ein Schwarm kreischender Krähen.

Beim Näherkommen erkannte Taipa, dass sie von einem Berg lebloser Körper aufgestoben waren. Der Wind drehte sich und brachte den unerträglichen Gestank des Todes mit sich. So schnell wie möglich griff Taipa in ihre Tasche und riss irgendeines der Kräuterbeutelchen heraus und presste es gegen die Nase, damit ihr reichliches Frühstück nicht wieder aus ihr hervorbrach.

Sie hörte Cheveyos kräftige Schluckgeräusche, auch er war kurz davor, sich zu übergeben, konnte sich jedoch zügeln. Sie beide standen entsetzt da und starrten auf die teils aufgeplatzten, von Schnäbeln, Krallen und Mäulern aufgebrochenen Körper mit den leeren Augenhöhlen, die direkt aus den finstersten Albträumen hätten stammen können.

Instinktiv griff Taipa nach Cheveyos Hand, zu ihrer Erleichterung drückte er sie kurz. Auf der nicht weit entfernten Via Occidens ratterten Karren entlang, reihten sich auf bis direkt vor das Tor zur Stadt.

»Ich schätze, wir müssen dorthin«, sagte Taipa und deutete auf das Ende der Schlange. Froh darüber, ihren Geist von dem schrecklichen Anblick vor ihr zu erlösen. Cheveyo strebte zur großen Straße, hielt Taipa noch immer an der Hand und zog sie mit sich.

Während sie auf Einlass nach Dariana warteten, bekamen sie etliche Gespräche von Händlern, Boten und Menschen aller Himmelsrichtungen mit. So erfuhren sie, dass der Berg an Leichen, den Taipa nun für immer als ersten Eindruck von Dariana in ihren Erinnerungen tragen würde, erst in den letzten Tagen so angewachsen war. Das Beben der Erde hatte zahlreiche Baracken rund um Dariana einstürzen lassen, die Leichen, die nicht geborgen worden und in der Hitze vor sich hin gedorrt waren, hatten Ratten und anderes Ungetier angelockt. Krankheiten breiteten sich aus. Daher hatte man alle sterblichen Überreste weggeschafft, und damit war auch das Ungeziefer aus der Unterstadt verschwunden, wie jener Teil außerhalb der Stadtmauer genannt wurde.

Je höher besagte Mauer vor ihnen anwuchs, desto häufiger wurde die Via Occidens von Kriegerinnen und Kriegern flankiert. Ihr Augenmerk lag jedoch nicht auf der Schlange an Menschen auf der breiten Straße. Sie trennten die Unterstadt von dem gepflasterten Weg, um ihn passierbar zu halten.

Taipa musterte ihre Umgebung ganz genau. Selbst die ärmsten Stämme im Westen besaßen mehr als die Menschen hier, in der Hauptstadt. Zu ihrem Erschrecken erkannte sie inmitten der fremdländischen Behausungen Zelte, wie sie auch ihr Stamm aufschlug. Taipa wollte sofort zwischen den Kriegern hindurch, musste nachsehen, ob darin jemand lebte, den sie kannte. Cheveyo jedoch hielt sie fest wie schon die ganze Zeit.

Die Luft war erfüllt von einem Gemisch aus Gewürzen und Verbranntem, beides lag über dem Gestank des Unrats und der vor sich hin schwelenden Krankheit, dem nahenden Tod, vor dem keine Schamanin die Augen verschließen konnte. Ein Gedanke durchzuckte sie wie ein Blitz, erleuchtete ihren Geist und schälte aus dem Dunkel der Unsicherheit ein Bild, das sie längst hätte erkennen können.

»Wir müssen dort hinein«, forderte Taipa und wandte sich bereits den Kriegerinnen in ihren bronzefarbenen Brustharnischen zu.

Cheveyo sah sie entsetzt an, daher erklärte sie sich: »*Hier* liegt meine Bestimmung, Chev. Ich bin Heilerin und kann helfen. Nein, ich *muss* helfen.« Ohne auf seine Erwiderung zu warten, drückte sie sich zwischen zwei Frauen hindurch, die die linke Seite der Via Occidens inzwischen Schulter an Schulter bewachten, und stürzte sich zusammen mit Cheveyo in die kaum erkennbaren Gassen der Unterstadt. Sie wusste, dass dies der für sie bestimmte Weg war, den sie gehen musste, ehe die Erdenmutter ihr half, ihre Schwester zu retten.

17
Taipa

Die Unterstadt, jener rund um die Stadtmauer wuchernde Teil Darianas, der aus zusammengezimmertem Altholz, angehäuften Steinen, gespannten Fellen oder alten Stoffresten bestand, war ein brodelnder Kessel, der an jeder Ecke Krankheiten ausspuckte. Taipa und Cheveyo brauchten etliche Tage, um sich einen Überblick zu verschaffen, weil sie aufgrund der vielen Verletzten, deren Wunden schon die ersten Zeichen des Brands zeigten, nur in geringem Maße vorankamen.

Die Heilkräuter in Taipas Beutel wurden immer weniger, während sie gen Süden den verschlungenen, kaum erkennbaren Gassen folgten, von einem Verletzten zum nächsten Erkrankten, als würde die große Erdenmutter selbst ihre Schritte lenken.

Hinter Taipas geschlossenen Lidern zeigte sich immer öfter Lanas Gesicht. Sie fühlte sich von der Sorge um ihre Schwester und ihrer Bestimmung, hier helfen zu müssen, entzweigerissen. Doch lange könnte sie die Verletzten gar nicht mehr versorgen. Das Heilwasser war bereits verbraucht, und Taipa wagte es nicht, neues anzusetzen, da das Wasser in den wenigen Brunnen trüb war und schon aus zehn Schritten Entfernung stank. Stoff- und Lederreste für Verbände kochten Cheveyo und sie notdürftig über einem der Feuer aus, die es überall gab, um die immer kühler werdenden Nächte zu überstehen. Zum Dank für ihre Hilfe teilten die Familien das wenige Essen, das sie hatten, mit Cheveyo und ihr.

»Und wohin führt uns der Weg nun?«, fragte Cheveyo, nachdem er das Bündel mit Verbänden geschultert hatte.

Taipa wandte sich noch einmal zu der Mutter um, die sie auf Knien um Hilfe angefleht hatte, weil der Arm ihrer Tochter auf doppelten Umfang angeschwollen gewesen war. Die Frau in ihren ehemals bunten leichten Kleidern des Ostens saß mitten im Schmutz, den Kopf des Mädchens auf den Schoß gebettet. Tränen der Dankbarkeit quollen noch immer aus ihren Augen. Taipa lächelte ihr ein letztes Mal aufmunternd zu, dann setzte sie einen Fuß vor den anderen, vorbei am Gestank von Unrat, Urin und Tod. Über einem vor sich hin schwelenden Feuer brieten zwei Kinder Ratten an Stöcken. So verkehrt der Gedanke für Taipa anfangs war – nun knurrte ihr Magen bei dem Anblick von Essen. Sie legte sich die Hand auf den Bauch und ging weiter, wartete auf ein nächstes Zeichen der Erdenmutter, das sie der Rettung ihrer Schwester, ihres ganzen Volkes, näher bringen würde.

»Du musst etwas essen«, forderte Cheveyo, nachdem Taipas Körper immer lauter nach Nahrung rief. »Du kannst niemandem mehr helfen, wenn du selbst zusammenbrichst.«

Taipa atmete tief durch. Sie waren im Schatten der Stadtmauer angekommen, der Gestank war hier auf gut erträgliches Maß gesunken. Taipa sehnte sich nach einem ruhigen Fleck, um ein wenig auszuruhen. Ein Baby weinte irgendwo in einem der Verschläge, hinter locker gespannten Tuchbahnen rannten Kinder hervor, ungewohnt ausgelassen in Anbetracht dessen, was Taipa in den vergangenen Tagen gesehen hatte. Sie steuerte eine Lücke zwischen einem zerfallenen Händlerkarren und einem Zelt an, das denen ähnelte, die auch ihr Stamm bewohnte. Dahinter sah sie den Fuß der hohen Stadtmauer, die aus der Entfernung so gestrahlt hatte – von Nahem jedoch erkannte sie die Risse und das bröckelnde Gestein.

»Ihr seid die göttliche Heilerin«, sagte da eine Stimme und brachte Taipas taumelnde Schritte ihrem Schattenfleck entgegen aus dem Takt. Sie geriet ins Stolpern. Cheveyo stützte sie und half ihr, sich zu der Stimme umzudrehen.

Taipa schluckte, verdrängte ihren Wunsch nach etwas Ruhe und setzte ein Lächeln auf, ehe sie fragte: »Brauchst du Hilfe?«

Taipa musterte die Frau, deren Kleidung eine Mischung aus allen Provinzen war. Ein buntes Tuch bändigte ihr gelocktes dunkles Haar, ihre Stirn zierte eine Kette mit baumelnden Ornamenten. Sie trug eine bestickte orangefarbene Toga, wie Taipa sie bereits an reichen Darianern gesehen hatte. Die der Frau war aber so kurz, dass sie ihr nur bis knapp über die Hüfte reichte. Den Rest ihres Körpers bedeckte ein Beinkleid aus blauem Stoff, das mit den Bändern ihrer Sandalen bis zu den Knien enger geschnürt war.

»Ich glaube, *du* brauchst *meine* Hilfe, Heilerin«, erwiderte die Frau mit einem warmen Lächeln.

Taipas Magen antwortete, ehe sie etwas sagen konnte.

Die Frau trat einen Schritt zur Seite und deutete auf einen gemauerten Verschlag hinter ihr, der aus der Stadtmauer herausgewachsen schien. »Ich bin Jamahi und organisiere die Verteilung der nun knappen Nahrungsmittel. Ihr müsst etwas essen, um bei Kräften zu bleiben.«

Cheveyo zog an Taipas Arm, und gemeinsam traten sie näher. Taipa roch den Duft von mit Kräutern gebratenem Fleisch, und ihr Magen knurrte noch lauter, was die Frau zum Lächeln brachte.

»Kommt mit. Ihr seid uns keine Hilfe, wenn ihr zusammenbrecht«, wiederholte die Frau Cheveyos Worte.

Taipa und Cheveyo folgten Jamahi durch eine hölzerne Tür ins Innere der Baracke. Zahlreiche Bänke standen eng aufgereiht, und der herrliche Geruch von Essen, gebackenem Fladenbrot und gegrilltem Gemüse stieg ihr in die Nase.

»Woher kommen die Nahrungsmittel?«, fragte Taipa mit

Blick auf kleine Brotlaibe in den Händen der Menschen an den Tischen.

Jamahi sah ihr nicht direkt ins Gesicht, sondern auf ein paar Kinder in zerrissener Kleidung, die gerade gierig an einem Stück Brot nagten. »Wir bekommen … Unterstützung aus dem Palast.«

Taipa beschloss, das besser nicht weiter zu hinterfragen, und sie beide nahmen das Angebot an, sich eine Ration zu holen. Jamahis Helfer drückten ihr und Cheveyo jeweils ein Stück Fladenbrot gefüllt mit einer Masse in die Hand, die nach starken Gewürzen roch und ansonsten nicht näher zu bestimmen war. Skeptisch folgte Taipa Jamahi und Cheveyo zu einem freien Tisch, auf dem Becher mit Wasser standen. Doch ganz gleich, um was es sich handelte: Für Taipa schmeckte es sogar besser als die wilden Steppenläufer zum Fest der rituellen Namensvergabe. Auch Cheveyo stieß ein zufriedenes Seufzen aus, als er den ersten vorsichtigen Bissen genommen hatte und anschließend gierig trank.

»Woher habt ihr das saubere Wasser?«, fragte Taipa, nachdem auch sie zögernd gekostet hatte.

»Wir holen es aus dem Brunnen, filtern es und kochen es in einem großen Kessel ab, damit es nicht krank macht.«

»Wir müssen neues Heilwasser aufsetzen, haben aber keine großen Tiegel, die wir in die Flammen stellen können. Vielleicht kannst du uns zeigen, wo ihr das Wasser kocht, damit wir …«

Jamahi hob die Hand, um Taipa zu unterbrechen. »Deine Heilkünste haben sich herumgesprochen, und es wäre mir eine Ehre, dich zu unterstützen. Du musst mir nur sagen, was du benötigst, und ich werde es besorgen lassen – sofern es möglich ist.«

* * *

In den nachfolgenden Tagen dankte Taipa der großen Erdenmutter immer wieder für die Begegnung mit Jamahi. Sie hatte gute Kontakte zur Oberstadt und zu den Wachposten und Gardistinnen. Für die Behandlung kleinerer Erkrankungen der Bewohner, die Jamahi dafür ausgiebig mit Getreide und Taipas benötigten Kräutern bezahlten, konnte sie mehr und mehr Erkrankte der Unterstadt heilen. Jamahi sorgte derweil dafür, dass die Nahrungsmittel gerecht verteilt wurden. Die Geheilten halfen dabei, auch jene Unterversorgten aufzuspüren, die in anderen Bezirken der Unterstadt lebten. Gemeinsam erbauten sie aus gesammelten Stoffbahnen und Fellen ein großes Zelt, in dem Taipa die Kranken heilte und pflegte, bis diese ihrerseits Taipa weiter unterstützen konnten.

Taipa hatte ihre Bestimmung gefunden, den Pfad, den die Erdenmutter für sie bereitet hatte. Sie glaubte mit ihrem ganzen Wesen, dass die Göttin Lana vor dem Fieber beschützte, bis Taipas Aufgabe hier vollendet war. Sie musste einfach darauf vertrauen, um sich auf die Heilung konzentrieren zu können und mit ihren Gedanken nicht immer bei Lana zu sein. Sie betete mehrmals täglich zur Göttin und flehte sie um den Schutz ihrer Schwester an.

Jamahi geleitete immer weniger Bewohner der Oberstadt zu ihr, weshalb Cheveyo und sie befürchteten, dass die Nahrungsversorgung nicht länger gewährleistet war, doch täglich gab es neue Rationen. Weil Jamahi ihre Quelle nicht preisgeben wollte, beschlossen Cheveyo und Taipa, Jamahi in der darauffolgenden Nacht zu beobachten.

»Konntest du die Samen für Taipa besorgen?«, begrüßte Jamahi den fremden Mann mit einem Lächeln. Im Schein des stetigen Feuers vor der Baracke übergab der Mann Jamahi ein großes Bündel.

»Niemand im Palast kennt die Pflanze«, entschuldigte sich

der Mann. »Vielleicht trägt sie im Westen einen anderen Namen.«

Taipa trat aus den Schatten, Cheveyo wollte sie zurückhalten, aber seine Hand streifte ihren Arm nur.

»Du besorgst die Heilkräuter und -pflanzen?«, fragte sie schon und ging direkt auf Jamahi und den Fremden zu. Beide zuckten zusammen, der Mann drehte sich mit argwöhnisch zusammengekniffenen Augen zu ihr um.

»Aries, das ist Taipa, die viel zu neugierige Heilerin«, sagte Jamahi dann nach einem tiefen Atemzug, aber mit einem Schmunzeln auf den Lippen. »Taipa, das ist Aries, unser … Bote.«

Aries' Augenbraue hob sich, ehe er Taipa und Cheveyo zunickte. »Wir sind euch dankbar für das, was ihr hier tut.« Ein Lächeln erhellte sein Gesicht, das binnen eines Augenblicks von misstrauisch zu freundlich gewechselt hatte.

»Ihr konntet die Samen nicht auftreiben?«, wollte Taipa wissen.

»Hast du uns belauscht?«, fragte Jamahi amüsiert.

Taipa schuldete ihr keine Erklärung dafür, sie benötigte die Samen schlicht und einfach zur Herstellung eines Trankes gegen Übelkeit und Erbrechen.

»Ich glaube, bei euch heißen die blauen Sicheln Nachtviolen«, kramte sie tief in ihren Erinnerungen. »Vielleicht hilft dir das.«

»Ich tue mein Bestes«, erwiderte Aries mit einem Nicken, ehe er sich den Nacken massierte, unschlüssig, ob er mehr sagen sollte oder nicht. Taipa glaubte, dass er etwas anderes herausließ, als er ursprünglich überlegt hatte. »Rund ums Forum stecken sich mehr und mehr Menschen mit einem Fieber an«, begann er, Taipa unterbrach ihn sofort.

»Fieber ist nicht die Krankheit, sondern der Versuch des Geistes, eine Erkrankung zu vertreiben.«

Darüber dachte Aries einen Moment lang nach, während Jamahi ein wissendes Lächeln aufsetzte.

»Und wie können wir die Ausbreitung verhindern?«, fragte Aries dann.

»Bringt die Kranken – oder zumindest einen davon – zu uns, damit ich sehen kann, was ich tun kann«, schlug sie vor, und Aries versprach, dafür zu sorgen und auch nach den Samen einer Pflanze namens Nachtviole zu suchen.

Als er sich verabschiedet hatte, blieben Cheveyo und Taipa bei Jamahi, die auch, ohne dass Taipa es aussprach, die Frage nach Aries beantwortete.

»Aries ist der ehemalige erste Centurio des Princeps«, erklärte Jamahi. »Er wurde aus dem Palast verbannt, hat aber nach wie vor Kontakte dort, die unserer Sache helfen.«

»Warum wurde er verbannt?«, fragte Cheveyo.

Jamahi zuckte mit den Schultern. »Das konnte selbst ich nicht herausfinden. Aber solange er uns hilft, ist es mir auch einerlei.«

18
Malena

Malenas Welt war erschüttert worden. Nicht von dem Beben der Erde, das mittlerweile einen halben Mondlauf zurücklag, sondern von dem, was sich ihr seither offenbart hatte. Den guten wie den schlechten Seiten. Sie hatte gedacht, dass jenseits des Palastes Freiheit und Glück zu finden waren – eine Welt voller Abenteuer und der Magie des Fremden wie auf dem Nachtbasar –, doch in jenen Gegenden, die sie von ihrem Balkon nicht einsehen konnte, herrschten vielerorts Armut und Verderben.

»Bist du sicher, dass das eine gute Idee ist?« Circe musterte Malena aufmerksam, die eifrig dabei war, die losen Steine beiseitezuschaffen, um die schmucklose, schiefe hölzerne Tür freizulegen, die Aries ihr gezeigt hatte. »Ich sollte dich begleiten«, sagte die Gardistin in eindringlichem Ton und sah sich dabei unentwegt um, ob ihnen jemand gefolgt war. »Du kannst nicht jede Nacht aus dem Palast schleichen und allein in Dariana oder gar der Unterstadt herumrennen.«

Wie oft hatten sie in den vergangenen Nächten diese Diskussion geführt, nachdem Circe einmal nicht, wie von Malena angenommen, in tiefem Schlaf versunken war, als Malena ihre Gemächer nebenan verlassen hatte. Woraufhin Circe ihr gefolgt war und sie direkt an dem verborgenen Palastzugang erwischt hatte. Malena beharrte jedoch darauf, dass Circe sie decken müsse, sollte jemand – Lothair oder vielleicht sogar Val – ihr Fehlen bemerken. Für den Fall, dass Val sich endlich mal aus seinen Gemächern heraustraute. Ihre oberste Gardistin war alles andere als begeistert von dieser Aufgabe.

»Ich renne nicht alleine durch die Stadt«, wiederholte Malena wie die Male zuvor. Sie war froh, trotz Circes Vorbehalte auf ihr Stillschweigen zählen zu können. Die oberste Gardistin hatte Malena bei ihrem Leben geschworen, Mameida und Vilana nichts von den nächtlichen Ausflügen zu erzählen. Insbesondere Vilana war zu pflichtbewusst, um sich gegen die obersten Gebote des Palastes aufzulehnen. Außerdem war Circe die Einzige, die nicht vor Furcht erzitterte, wenn Lothairs Name fiel. Obgleich sie Abstand zum Priester wahrte – wie vermutlich zu jedem Mann.

»Aries ist bei mir«, fuhr Malena zur Verteidigung fort. »Und gemeinsam finden wir heraus, wie wir Lothair aufhalten können.«

»Ja, ja, ich weiß, dass er dich begleitet. Dass du meine Anwesenheit verschmähst, liegt nicht zufällig daran, dass du Zeit mit ihm allein verbringen willst?« Circes Gesichtsausdruck lag irgendwo zwischen einem Grinsen und einer starken Magenverstimmung. Ihre Augen funkelten jedoch wie nach einem Sieg über eine starke Gegnerin. Unwillkürlich dachte Malena an die Früchte der Wüste auf dem Nachtbasar zurück. Schnell schluckte sie die Befangenheit hinunter, die bei jedem Gedanken an Aries nach ihr griff, seit sie sich eingestanden hatte, dass sie sich in jener Nacht danach gesehnt hatte, Aries' Lippen zu kosten und einen Vergleich ziehen zu können. Und sich noch immer danach sehnte. Doch Circe gegenüber konnte sie dies nicht zugeben.

»Nein«, beharrte Malena und verschränkte die Arme vor der Brust. Sie waren kein weiteres Mal gemeinsam auf dem Nachtbasar gewesen, und wann immer sie Aries nach der Alten gefragt hatte, erzählte er, dass sie seit jener Nacht nicht mehr gesehen worden war. Viele sahen in ihrem Verschwinden ein schreckliches Omen, das sich wie eine schleichende Seuche durch die Stadt grub. Die Angst war allgegenwärtig. Vergangen waren die ausgelassenen Feierlichkeiten dort. Immer weniger Bewohner wagten sich auf den Nachtbasar, es gab keine Musik und keine Tänze mehr, nur noch den schnellen Tausch von dringend benötigten Waren. Malena war sich so sicher, dass die Alte ihnen hätte helfen können – doch sie war wie der letzte Sonnenstrahl am Abend verschwunden, und inzwischen hatte es Malena aufgegeben, sich bei Aries nach ihr zu erkundigen. »Ich will nur Valerian helfen. Ich muss wissen, womit Lothair ihn unter Druck setzt. Wir vermuten –«

»Ihr?« Nur ein kleines Wort, und doch schaffte es Circe, ihm so viel Nachdruck zu verleihen, dass sich Malena innerlich wand. Dann hob sie ihre hellbraune Braue, stieß ein kurzes Seufzen aus und trat zur Seite. »Nun geh schon, bevor ich es mir anders überlege.«

Das ließ sich Malena kein zweites Mal sagen. Sie schlüpfte aus ihrer langen Toga, die die wollene knielange Tunika mit dem um die Hüfte gegürteten schmucklosen Tuch und das einfache Beinkleid gegen die nächtliche Kälte verbarg, und reichte Circe den schweren purpurfarbenen Stoff mit der bestickten goldenen Bordüre. »Ich bin vor Sonnenaufgang zurück.« Sie lächelte ihre Freundin noch einmal an, die zur Antwort nur mit den Augen rollte, dann griff Malena zu dem vorbereiteten Bündel auf dem Boden und drückte die eiserne Klinke. Das Holz schabte über den Untergrund, und Malena schlüpfte in die Freiheit.

Ihr Herz pochte, ihr Inneres war erfüllt von einer Mischung aus Spannung und Aufregung, einem Reiz, den sie früher so nie verspürt hatte. Obwohl sie und Val schon öfter Unerlaubtes getan hatten, war doch nichts so verboten wie das, was Malena tat, wann immer Aries ihr das Signal zukommen ließ.

Er hatte es geschafft, einen ehemaligen Legionär des Palastes – der inzwischen zum Centurio aufgestiegen war, geheiratet und eine Unterkunft nahe dem Forum bezogen hatte – dazu zu überreden, wann immer es nötig war, die darianische Flagge an einem Dachfirst zu befestigen, den Malena von ihrem Balkon aus sehen konnte. Auch heute hatte der Wind bei Sonnenaufgang am Wappen ihrer Familie gezerrt. Ein jedes Mal, wenn Malena zum Fenster hinausgesehen hatte, hatte sie ihr zugewunken, sie gelockt wie die Unwesen, die in den Gewässern rund um die zahlreichen Inseln der nördlichen Provinz hausten und den Legenden zufolge Menschen in den Tod rissen.

»Du bist spät dran«, raunte eine Malena inzwischen so vertraute tiefe Stimme, ehe sich Aries aus dem Schatten der hohen Mauer löste, die über ihnen beiden aufragte. »Gab es irgendwelche Probleme? Ist dir jemand gefolgt?« Aries sah sich sofort aufmerksam um, festigte seinen Stand, als würde er sich für einen Angriff bereit machen.

»Nein, mir ist niemand gefolgt«, sagte Malena leise, verschwieg wie bei den geheimen Treffen zuvor, dass Circe eingeweiht war, während sie den kaum sichtbaren fußbreiten Pfad zwischen den knöchelhohen trockenen Gräsern betrat, die den Hügel zierten, auf dem der Palast stand. Er führte in Serpentinen den steilen Abhang hinunter, sodass er vom Wehrgang aus nur zu sehen wäre, wenn sich einer der Wachposten weit über die Brüstung lehnen würde.

Aries nahm ihr das Bündel mit Nahrungsmitteln ab, die sie die vergangenen Tage seit ihrem letzten Treffen gesammelt hatte, und sie ging los. Aries war dicht hinter ihr, sie brauchte sich nicht umzudrehen, um es zu wissen, obwohl seine Schritte ebenso lautlos waren wie ihre. Es war ein seltsames Gefühl der Verbundenheit, wie sie es nie für möglich gehalten hatte. Nicht bei einem Mann, der nicht Valerian war.

»Es ist so viel mehr als die körperliche Nähe«, hatte Nimh

damals versucht, Malena die Sorge zu nehmen, nachdem Circe ihr das erste Mal unverblümt erzählt hatte, wie Nachkommen gezeugt wurden. »Es ist eine Verschmelzung des Geistes, ein intuitives Bewusstsein für den anderen, das man sonst zu niemandem verspürt.« Je mehr Zeit Malena mit Aries verbrachte, je mehr Kleinigkeiten sie feststellte, die eigentlich zu belanglos waren, um sie überhaupt zu bemerken – wie die Tatsache, dass er eine kleine Narbe an der Halsbeuge hatte oder immer wieder an der Innenseite seiner Unterlippe kaute, wenn er nachdachte –, desto mehr Erinnerungen an Nimhs Aussagen glitten aus den Tiefen von Malenas Geist. Aussagen, die das verzerrte düstere Bild, das Circe gemalt hatte, immer heller färbten.

Kaum dass sie beide den Fuß des steilen Abhangs erreicht hatten und unter den Olivenbäumen hindurch in die Schatten der ersten Häuser der Oberstadt eintauchten, entspannte sich Malena. Aries trat neben sie und brachte sie flüsternd auf den neuesten Stand, während sie zahlreichen kleinen Gassen der Oberstadt folgten. Er berichtete davon, dass sich die Unruhen seit dem Beben auf die gesamte Unterstadt ausgeweitet hatten. Eine neu angereiste Heilerin aus dem Westen tat ihr Bestmögliches, um unter den gegebenen Umständen Infektionen im Zaum zu halten. Bei dem Beben war die Wasserversorgung zusammengebrochen, die meisten Brunnen in der Unterstadt waren zerstört oder das Wasser darin ungenießbar, und nun drängten die Menschen in die Oberstadt, weshalb überall Patrouillen unterwegs waren, um sie zurückzudrängen.

»Circe hat mir davon berichtet, dass die Nahrungsmittel immer knapper werden, weil die Händler es nicht länger wagen, Dariana zu betreten, da es zu Überfällen gekommen ist. Ich habe den Händlern eine Garde als Geleitschutz zugesagt und Circe befohlen, die Reparaturarbeiten an den Brunnen zu organisieren, weil sich der Senat ohne Val noch immer nicht zu einer Entscheidung drängen lässt. Solange ihre Häuser noch mit Nahrung versorgt werden, scheinen sie zu keinem logischen Denken fähig.« Erst am Vortag waren Malena während ihrer Überzeugungsversuche beinahe Tränen in die Augen gestiegen. Am liebsten hätte sie die Männer in ihren feinen Roben mit dunkelroten und purpurfarbenen Bordüren angebrüllt, sie sollten sich mit eigenen Augen von dem Leid in der Unterstadt überzeugen. Aber dann hätte sie ihnen gestehen müssen, dass sie jede Nacht gegen die oberste Regel des Palastes verstieß. Daher konnte sie nur Essen aus der Speisekammer des Palastes stehlen und mitnehmen.

Aries schien in Gedanken weit entfernt. »Ich hatte Valerian von den anfänglichen Unruhen berichtet, er war jedoch so in seine Bücher vertieft, dass er …« Er verwarf die Worte, die im Palast Hochverrat bedeutet hätten.

»Wenn es etwas zu tun gibt, sag es mir. Die Stadt braucht uns jetzt mehr denn je.«

Ein schwaches Lächeln erhellte Aries' Gesicht. »Konntest du diese Nachtviolen ausfindig machen?«

Malena nickte und deutete auf das Bündel. »Ich kannte sie sogar selbst.« Seit sie kurz zuvor im Halbdunkel mehrere Pflanzen samt Wurzeln ausgegraben hatte, begleitete sie der süße Duft der Blumen. Zusammen mit der Erinnerung an ihren ersten nächtlichen Ausflug gemeinsam mit Circe in den Palastgarten. Der Duft der Blüten hatte sie auf den Weg zu dem Loch in der trennenden Palastmauer geführt. Zu den kämpfenden Männern in der Nacht des ersten Bebens. Dabei stieg ein jedes Mal Hitze in ihre Wangen, sobald ihr Geist die Bilder von Aries mit bloßem Oberkörper ausgrub wie auch jetzt. Befangen sah sie zu Boden, froh darüber, dass Aries sie in der Dunkelheit nicht allzu deutlich sehen konnte.

»Weißt du inzwischen, warum dich die Patrouillen suchen?«, fragte Malena, als sie von ihrem Pfad bei den ersten Gärten der Centurionen ankamen und in die Schatten der Bäume tauchen konnten. Die vergangenen Nächte hatte Aries darüber Erkundigungen einziehen wollen, nachdem sich in der Unterstadt, wo er Unterschlupf gefunden hatte, herumgesprochen hatte, dass auf das Aufgreifen eines ausgeschiedenen Centurios ein Kopfgeld ausgesetzt wäre.

Aries schüttelte den Kopf. »Vielleicht hat der Priester Val dazu gebracht, die Verbannung zu überdenken und zu alten Maßnahmen zu greifen.« Er sprach die Worte mit so neutraler Stimme, dass sich Malena schockiert zu ihm umdrehte. Die von ihm so schnell dahingesagte *alte Maßnahme* war die Anordnung seines Todes.

Aries zuckte schwach mit den Mundwinkeln. »Es ist nicht Val, sondern Lothair. Da bin ich mir sicher. Und niemand wird mich verraten«, setzte er voller Zuversicht hinzu, ehe sie durch die kleinen gepflegten Gärten mit knorrigen Olivenbäumen und palisadenähnlichen Zypressen schlichen. Sie bewegten sich wie eine Einheit, der Austausch mit Aries war so einfach, und Malena wünschte sich, Val wäre noch immer so zugänglich wie früher. Im Stillen verfluchte sie wieder einmal den Priester.

Endlich kamen sie bei der breiten Gasse an, die zum Forum und von dort aus in die anderen Gegenden von Dariana führte. Im zarten Schein von kleinen Feuerschalen neben den Eingängen der Villen bewegten sie sich voran. Aus den Gebäuden waren Stimmen zu hören, hier und da wurde Musik gespielt, die gedämpft an ihre Ohren drang. Auf den Straßen waren noch einige Darianer unterwegs, genossen die heute laue Nacht unter dem Sternenhimmel.

»Ich habe einen der Legionäre auf Lothair angesetzt, wie wir es vereinbart hatten. Er steht nun zu Diensten des Priesters, ersetzt einen Jungen, der Zugang zum Tempel hat und derzeit bei der Heilerin der Unterstadt ist, um die Ursache für das Fieber, das die Oberstadt heimsucht, zu ergründen. Der Legionär beschwört, dass sich die Tontafel noch immer in Lothairs Refugium im Tempel befindet. Lothair macht den ganzen Tag nichts anderes, als zu beten und sich kurz mit Val zu besprechen, aber selbst diese Besuche sind immer sehr kurz, und wir haben keine Möglichkeit, uns bei ihm umzuseh…«

Malena wartete auf mehr, doch Aries erstarrte, als das rhythmische metallische Klirren der Uniformen einer Patrouille zu hören war. Malena stieß einen leisen Schrei aus, weil Aries sie kurzerhand unter den Säulengang einer Centurionenvilla zog, sie in seinem Umhang halb verbarg und beide gemeinsam mit den Schatten verschmolzen. Malenas Herz hämmerte gegen ihre Brust, wollte ihr Brustbein sprengen. Ihr erster Instinkt sagte ihr, dass es verboten war, sich einem Mann so dicht zu nähern, ganz gleich, was sie inzwischen in der Stadt mit eigenen Augen gesehen hatte. Doch dann fluteten die Erinnerungen an ihren gemeinsamen Ausflug zum Nachtbasar ihren Geist. Sie dachte an die feiernden und tanzenden Männer und Frauen, die sich gegenseitig ihre Zuneigung mit verflochtenen Händen, engen Tänzen oder Küssen gezeigt hatten. Die Befangenheit aufgrund ihres Wunsches, Aries ebenfalls zu küssen, griff nun erneut nach ihr, während sie die Worte des Händlers aus ihrem Kopf zu verbannen versuchte. Sie presste ihre Hände gegen Aries' starke Brust, um sich von ihm zu schieben, doch er verstärkte seine Umarmung nur. Die Patrouille kam näher, das Klirren wurde lauter und war dennoch über das Rauschen in ihren Ohren kaum zu hören. Sie holte stockend Luft, atmete direkt in Aries' Umhang. Aries roch anders. Schwerer. Ein Duft, der etwas in ihrem Körper veränderte. Sie war wie in einem Zustand zwischen Traum und Wachen gefangen, von

Wärme eingehüllt, umringt vom Gefühl der Geborgenheit und Sicherheit. Und das ausgerechnet hier. Ihre Hände lagen noch immer an Aries' Brust, sie spürte seinen pochenden Herzschlag unter ihren Fingerspitzen. Es schlug ebenso schnell wie ihr eigenes. Die Patrouille war bei ihnen angekommen und riss Malena aus ihrer Trance. Sie schreckte zusammen, Aries' flinke Bewegung folgte ihr wie ein Echo und verursachte ein schabendes Geräusch, das durch den Säulengang hallte. Sie hörten das Signal der Patrouille zum Halt.

Leise, kaum hörbare Schritte näherten sich ihnen. Wenn sie Malena hier entdeckten und erkannten, wäre alles umsonst gewesen! Sie würde nie herausfinden, was der Priester mit Valerian vorhatte. Fieberhaft überlegte sie, was sie nun tun könnte. Doch es war Aries, der die Initiative ergriff. Einer der Arme, die Malena fest an seinen Körper pressten, löste sich, und im ersten Moment dachte sie, er würde sie von sich stoßen, fliehen, um sich selbst zu schützen. Doch er tat nichts dergleichen. Seine Hand fuhr sanft ihren Arm entlang nach oben, strich leicht über ihre Schulter, ihren Hals und hob, einer zaghaften Bitte gleich, ihr Kinn an. All das geschah so schnell, dass Malena ihn gewähren ließ, vollkommen gebannt von der Berührung, die jedoch nichts im Vergleich zu dem Funkenschlag war, der dem Senken seiner Lippen auf ihre folgte. Die Zeit stand still. Die Patrouille war meilenweit entfernt, vielleicht am Rande der ihr bekannten Welt. Eine flammende Hitze schoss durch ihren Körper. Instinktiv öffnete sie ihre Lippen, atmete Aries ein, berauschender als jeder Wein, den sie jemals gekostet hatte und süßer als die Wüstenblume des Händlers vom Nachtbasar.

Wie durch dicke Mauern hörte sie die Worte des Soldaten, der begleitet von einem Lachen sagte, dass es nur ein Paar sei, das die noch laue Nacht genieße. Malena blieb an diesem »nur« hängen. Wie konnte dieser Mann nicht erkennen, was hier gerade vor sich ging? Wie sich ganz Dariana, nein, die gesamte Welt drehte, sie ins Wanken brachte, mehr noch als das Beben in jener Nacht? Wie hatte Malena Circes Übertreibungen nur jemals Glauben schenken können? Sie erinnerte sich nicht einmal mehr an die Vergleiche, so sehr umgab pures Glück ihren Geist.

Die Patrouille setzte ihren Weg fort. Irgendwann waren die Schritte verklungen, aber Aries' Mund lag weiterhin auf ihrem. Noch immer teilten sie den Atem des anderen, ließen ihre Zungen tanzen. Malenas Körper erzitterte und schmolz gleichzeitig unter seinen Berührungen dahin. Aries hielt sie in den starken Armen, brauchte den Halt ebenso wie sie.

»Aries?«, zischte eine Stimme, und die beiden fuhren auseinander, als wäre ein Blitz zwischen sie gefahren. »Aries, bist du hier?«

Aries strich sich hektisch die Haare aus dem Gesicht. In seinen dunklen Augen lag ein Glanz, den Malena bislang nie gesehen hatte. »Wer ist das?«, flüsterte sie.

Aries legte ihr in beruhigender Geste die Hand auf den unteren Rücken. Sie war sich der beiläufigen Berührung mehr als bewusst, ihr antrainierter Instinkt wehrte sich nicht länger dagegen. Sie genoss den körperlichen Kontakt, wie sich ihr gesamtes Bewusstsein auf diesen einen Punkt zu fokussieren schien, während er sie aus dem Schatten hinaus auf die Gasse schob. Dort wartete ein junger Mann, den Malena nie zuvor gesehen hatte. Seiner ledernen hellen Kleidung und den Bändern mit den unzähligen dekorativen Perlen nach stammte er aus der westlichen Provinz.

»Wo bei der großen Erdenmutter hast du gesteckt?«, fragte der Junge und schenkte Aries einen vorwurfsvollen Blick.

Entgegen allem, was Malena als Reaktion erwartet hatte, röteten sich Aries' Wangen deutlich im schwachen Schein des Mondes. Auch der Junge bemerkte es, und ein breites

Grinsen weitete sein Gesicht. Er warf sich die langen schwarzen Haare über die Schulter, ehe er sagte: »Wir haben keine Zeit für so etwas! Marius, der Junge aus dem Tempel, ist wieder bei Bewusstsein. Taipa konnte ihn heilen, und er will uns helfen.«

Malena war froh, dass der Junge – es musste Cheveyo sein, von dem Aries ihr bereits erzählt hatte – mit schnellen Schritten davonging und Aries ihm auf dem Fuße folgte. Sie eilte hinterher, dankbar über den Schal, hinter dem sie ihre heißen Wangen verbergen konnte. Die Gasse führte zum Wächterhaus zwischen dem östlichen und südlichen Tor in der Mauer rund um Dariana, das mit Aries' treu ergebenen Soldaten besetzt war. Das Wachhaus verbarg einen Tunnel unter der Stadtmauer, der außerhalb hinter einer ehemaligen Soldatenbaracke endete. Diese war vor langer Zeit aufgegeben worden, als immer mehr Menschen in Dariana ihr Glück suchten und sich so vor den Toren der Stadt eine zweite Stadt begründet hatte. Kaum dass sie die Baracke verlassen hatten, nahmen sie die Geräusche und Gerüche der Unterstadt deutlich wahr, und Malena wurde von dem betäubenden Gefühl der Hilflosigkeit übermannt.

19
Valerian

Ihr habt ihn nirgendwo gefunden?« Der Mann, der den gesamten Durchgang zu Vals Studierzimmer ausfüllte, regte sich nicht. Val umgriff fest die Stuhllehne, um sich die Enttäuschung nicht anmerken zu lassen. »Du kannst gehen.«

Maximus jedoch tat nichts dergleichen. Der Hüne von einem Mann, vermutlich haariger und bärtiger als alle Menschen, die je den Palast betreten hatten, war das von Lothair bestimmte Surrogat für Aries. Als könnte man Aries ersetzen! Maximus hatte Val wortlos eine Nachricht der Patrouille jenseits der Palastmauern überreicht und verstopfte seither den Durchgang.

Trotz aller Geschehnisse des vergangenen halben Mondlaufs, obgleich es so viele Dinge gab, die sich Val im Namen seiner Ahnen vorwerfen sollte, bedauerte er am meisten, Aries aus dem Palast geworfen zu haben. Er hatte seinen einzigen wahren Freund und Vertrauten zu einem Leben in Schande verdammt – oder gar zum Tod? Bei Meridia! Wie hatte er es so weit kommen lassen können?

»Du sollst gehen. Das ist ein Befehl!«, bellte er Maximus an, doch der bewegte sich noch immer keinen Hauch, verschränkte stattdessen seine Arme vor der breiten Brust, sodass Val wieder die beiden Armschienen bemerkte, deren Metall bei der Bewegung im Licht aufschimmerte.

»Ich habe die Anweisung, Sie nicht aus den Augen zu lassen, Princeps.« Seine Stimme war ruhig, monoton. Er hatte nicht einen Funken Ehrfurcht vor Valerian.

»Ich bin dein Princeps, und du hast allein mir zu gehorchen.«

»Ich habe die Anweisung, Sie nicht aus den Augen zu lassen, Princeps«, wiederholte er.

Val gab auf. Er konnte seine Energien anderweitig besser nutzen als für ein sinnloses Streitgespräch mit einem offenkundig starr Lothairs Anweisungen folgenden Soldaten. Maximus' Fähigkeiten lagen in seiner Stärke und seiner Loyalität, hatte Lothair behauptet, als er ihn vorgestellt hatte. Nur galt diese Loyalität ihm, nicht Val.

»Hol Lothair, ich habe etwas mit ihm zu besprechen«, wies ihn Val nun an, erhielt jedoch wieder dieselbe Antwort von Maximus: »Ich habe die Anweisung, Sie nicht aus den Augen zu lassen, Princeps.«

Val war kurz davor, seine Stirn gegen den aus dunklem Holz des Westens gefertigten Schreibtisch zu schlagen, besann sich dann jedoch auf Nimhs Worte, dass dies zu geistigen Einschränkungen führen würde, stöhnte nur laut auf und widmete sich wieder der Hundertschaft an Büchern, die er hatte herbeischaffen lassen.

Wieso konnte er nirgendwo etwas über die ersten Wünsche seiner Familie nachlesen? Wieso hatten alle Chronisten nur Vermutungen angestellt, anstatt herauszufinden, was damals geschehen war, als Malenas Ahnin Daria in den Osten gereist war, um die Tafel der Wünsche an sich zu bringen? Warum hatte nicht einmal Decimus, Vals Urahne und Darias Bruder, etwas darüber geschrieben, obwohl er seine Schwester begleitet hatte?

Der vorletzte Eintrag in Decimus' Tagebuch war ein Bericht über die ersten Tage im Sultanat.

Daria hatte dem Herrscher von den Bräuchen des Südens berichtet und einen gemeinsamen Umtrunk initiiert – auf Anraten ihrer liebsten Freundin Cassiopeia, die Decimus zufolge viel zu viel Einfluss auf seine Schwester hatte. Für jenen Umtrunk benutzte Daria den Kelch der Einheit, aus dem noch heute jeder Neuankömmling des Palastes trank, um die Loyalität der Bediensteten zu sichern, wenn sie ihren darianischen Namen erhielten. Val warf einen Blick auf Maximus und eruierte, dass es wohl besser wäre, wenn nicht Lothair, sondern er selbst künftig diesem traditionellen Umtrunk beiwohnen würde. Oder Lena.

Sein Körper versteifte sich beim Gedanken an sie. Er hatte sie seit dem Beben nicht mehr gesehen, hatte sich wie ein Feigling in seinen Räumlichkeiten vor ihr versteckt und sich von Lothair verleumden lassen. Ausgerechnet von ihm! Er konnte ihr nicht ins Gesicht sehen. Nicht nach dem, was er wusste.

Die Zeit war seit der Krönungszeremonie so schnell vergangen, als hätten sich die Gestirne selbst gegen ihn verschworen. Die Sonne wanderte nicht länger gemächlich über das Firmament, sondern galoppierte schneller vor dem Blau über Dariana als die großen Hengste der südlichen Provinz.

Val blätterte zum letzten Eintrag des Tagebuchs. Die Zeilen hier waren nicht in derselben sorgfältigen Schrift verfasst wie auf den vorherigen Seiten, wo regelmäßig und nahezu ohne Korrekturen, demnach offensichtlich vorher gut durchdacht, geschrieben worden war. Die Seiten des letzten Eintrags dagegen glichen einem chaotischen Entwurf, den Val kaum entziffern konnte. Decimus hatte im Nachhinein die anschließenden verheerenden Geschehnisse geschildert.

Nach dem Umtrunk mit dem Kelch der Einheit verstanden sich Daria und der Sultan sehr gut, und ich verspürte zum ersten Mal trotz unserer Lage Hoffnung. Einer Vermählung stand nichts im Wege, und meine Schwester war überglücklich mit der anfangs politisch motivierten Vereinigung. Niemals hätte ich gedacht, dass sie sich und unsere ganze Familie damit verfluchen würde.

Mehr stand nicht im Tagebuch, obgleich noch viele leere Seiten vorhanden waren. Wer auch immer die Informationen weitergegeben hatte – offenbar von Priester zu Priester –, hatte diese nicht von Decimus. Oder er hatte nie gewagt, das grausame Schicksal, das seine Schwester und ihn verband, schriftlich festzuhalten. Und somit gab es auch keinen Beweis, dass Lothair Val die Wahrheit sagte.

»Du hast nach mir schicken lassen?« Wie durch Gedankenkraft gerufen, trat Lothair durch den runden Durchgang, den Maximus für ihn offenbar freiräumte. Einer der Legionäre jenseits des Studierzimmers musste Vals Aufforderung an Maximus mitgehört und seinen Befehl erfüllt haben. Wenigstens einer entsprach den Wünschen des Princeps.

Lothair trat näher, in den Händen hielt er etwas, das in feinste purpurfarbene Seide gehüllt war, aus der auch Vals Toga bestand, die er seit der Krönungszeremonie nicht mehr getragen hatte. Er verband nun schon die Farbe mit der verabscheuungswürdigen Rolle seiner Familie, die mit dem Amt des Princeps einherging. Seither verweigerte er sogar das Tragen der alten Magistertoga mit der purpurfarbenen Bordüre und hielt sich an die schmucklosen Kleidungsstücke, die seine Dienerschaft kurzfristig herbeigeschafft hatte, nachdem Val tagelang nur in seiner Tunika anzutreffen gewesen war.

Val erhob sich und trat näher. Ein kleiner Funke Hoffnung entzündete sich in seiner Brust, dass Lothair in einem der heiligen Bücher des Tempels vielleicht die lang ersehnte Antwort gefunden hatte.

»Was ist das?«, fragte Val und deutete mit einer Kopfbewegung auf das Purpurbündel hinab, weil Lothair offensichtlich nicht gewillt war, das Gespräch zu beginnen.

Lothair schlug den Stoff beiseite und offenbarte einen zartgelben unebenen Stein mit senfgelben bis orangefarbenen Flecken. Unscheinbar ruhte er auf der Seide in seinen Händen, und doch fuhr eine Eiseskälte durch Vals Körper und ließ ihn ebenso erstarren wie in jenem inzwischen von ihm angezweifelten und auf die Erschöpfung zurückgeführten Moment am Abend von Aries' Verbannung.

Als er die Macht über seine Glieder zurückerhalten hatte, wich er hastig einen Schritt zurück und prallte gegen seinen Schreibtisch. Ein Bücherturm geriet ins Wanken, ein dumpfer Aufprall irgendwo hinter ihm. Auch wenn die Schriften uralt waren, sorgte er sich in diesem Moment nicht um sie. Sein Blick haftete an dem Stein, nein, der *Tontafel,* die seines Wissens nach zuletzt den Tempel des Priesters verlassen hatte, als zuerst sein Vater Sargon und nach ihm Lenas Mutter Anthea ihre Wünsche geschrieben hatten.

»Schaff sie fort!«, sagte er barsch, seine Stimme zitterte vor Unsicherheit. Er hatte so viel recherchiert und doch keine eindeutige Antwort auf die Frage gefunden, ob das, was Lothair von ihm verlangte, die einzige Chance für eine Zukunft Alanias bedeutete.

»Dariana ist in Aufruhr, die Gerüchte kochen über. Der Senat weigert sich, Beschlüsse zu fassen. Die Bewohner der Unterstadt rebellieren und drohen, die Oberstadt zu überrennen. Du musst es beenden, Valerian, ehe es schlimmer wird. Es ist deine Bestimmung.«

»Diese Bestimmung habe ich nie gewollt!«, brüllte Val zurück, seine Stimme nun wieder fest, wie es sich für einen Princeps gehörte.

»Auch dein Vater wollte sie nicht, ebenso wenig wie dein Großvater und Urgroßvater und all die Männer deiner Ahnenlinie zuvor. Doch je länger sie sich ihrer heiligen Pflicht entzogen haben, desto grausamer wurden sie von den Göttern dafür bestraft.« In Lothairs blassen Augen blitzte etwas auf, das Val nicht greifen konnte, das er jedoch am ehesten mit Wahn verglichen hätte. Zumindest war es in den Lehrbüchern so beschrieben worden. »Ich habe dir gesagt, was geschehen wird, wenn du deinen Wunsch nicht schreibst.«

»Dass ich Lena mit dem Wunsch verdamme?« Val fuhr sich durch die blonden Locken, rieb sich die Schläfen, als könnte er die Lösung aus seinem Kopf reiben, wie Heiler die Verspannungen nach ausdauerndem Training lösten.

»Entweder sie oder ganz Dariana. Die Welt, wie du sie kennst, wird enden, wenn du den Wunsch nicht schreibst.« Lothairs Ton war nun beinahe sanft, jedoch eindringlich wie immer, schuf damit Bilder in Vals Geist, eine Mischung aus den ersten Erklärungsversuchen von Lothair und seinen eigenen verzweifelten Träumen.

Ein gewöhnlicher sonniger Tag in Dariana, ehe die Welt erzitterte. Der mit Steinen gebändigte Wasserlauf, der einer Quelle unterhalb des Palastes entsprang und durch die Gärten des Palastes und die Oberstadt bis jenseits der Stadtmauern hinab die Brunnen der Unterstadt versorgte, brach auf, überflutete die Gassen. Die massiven Mauern des Palastes bröckelten erst, bekamen tiefe Risse, die sich mehr und mehr ausbreiteten. Wände brachen ein und zerrten etliche schreiende Menschen in den Tod. Die Palastmauer folgte, stürzte den Abhang hinab auf die Gebäude der Oberstadt, vernichtete binnen kürzester Zeit die prächtigen Villen der Centurionen und Handeltreibenden. Die Erde brach weit über die Stadtgrenze hinaus auseinander. Valerian blickte wie ein Vogel auf die Welt hinab, sah die sich in alle vier Himmelsrichtungen ausbreitenden Risse, folgte ihrem Verlauf und beobachtete, wie die Welt im Norden zerbarst und sich ausdehnte, bis die schäumenden Wellen nur noch an zerklüfteten Inseln rissen. In der westlichen Provinz durchschnitten etliche tiefe Gräben das Land, in die Menschen und Tiere stürzten und darin den Tod fanden. Im Süden bäumte sich die Erde auf und senkte sich unentwegt, scheuchte damit die großen Herden auf, unter deren Hufe Männer und Frauen, Familien und ganze Horden zu Tode kamen. Im Osten verschwanden die Gewässer. Flüsse und ganze Seen versickerten in den vielen kleinen Ritzen, die das Beben geschaffen hatte, ehe der Wind sie mit Sand verschloss.

Blinzelnd kehrte Val in die Realität zurück. Lothair beobachtete ihn aufmerksam, ehe er sprach: »Ich habe dir Zeit gelassen, weil du geschworen hast, dass Malena abgeschirmt ist. Doch es ist nicht der Fall, wie du bemerkt hast. Sie wird immer einen Weg finden. Nun ist der Moment gekommen, in dem du dich deinem Schicksal ergeben musst, oder wir werden alle für die Folgen deines Zögerns büßen.«

Tränen brannten in Valerians Augen. Tränen der Wut, der Verzweiflung, aber auch der Trauer um Malena. Er schluckte sie hinunter, räusperte sich, richtete sich auf und hoffte, dem Bild des machtvollen Princeps zu entsprechen.

»Lass die Tafel hier, ich werde mich darum kümmern.« Lothair öffnete den Mund für Widerworte, doch Val wollte sie nicht hören und hob die Hand. Tatsächlich hielt der Priester sofort inne. »Ich weiß, dass ich mit meinem Blut schreiben muss. Du kannst gehen.«

Mit pochendem Herzen, das bewies, wie unsicher er sich entgegen seinem Auftreten fühlte, wandte er sich von Lothair ab und las das hinabgefallene Tagebuch vom Boden auf – wobei er sich Zeit ließ, damit er nicht verpasste, wie Lothair die Tafel auf den Beistelltisch legte und den Raum mit zögernden Schritten verließ.

Als er endlich außer Sicht- und Hörweite war, notierte Val eine Nachricht auf einem Stück Pergament, versiegelte das Schriftstück und wartete, bis der einzige Dienstbote, den Lothair zu ihm ließ, das Tablett mit den Resten seiner letzten Mahlzeit abholte. Die Botschaft versteckte er sorgfältig unter einer der goldenen behauenen Schalen aus der östlichen Provinz. Nun konnte er nur noch abwarten und hoffen. Es musste einen Weg geben, Malenas grausames Schicksal zu verhindern. Val würde jeden Pfad beschreiten, ganz gleich, wie unwegsam er wäre.

20
Malena

Die Zustände in der Unterstadt hatten sich seit ihrem letzten Besuch noch weiter verschlimmert. Malena schaute fassungslos auf die schäbigen Baracken, während Aries und sie dem ihr unbekannten Jungen Cheveyo die schmalen Pfade zwischen den Behausungen folgten. Hier und da entdeckte sie schmutzige, von Hunger und Angst gezeichnete Gesichter, die Rufe von Kindern schwebten über der gesamten Unterstadt. Aber es war nicht das fröhliche Lachen einer unbeschwerten Kindheit, wie Malena sie mit Val erlebt hatte, sondern es waren Schmerzensschreie oder das kraftlose Wimmern der vom Hunger geplagten kleinen Körper, weil die Nahrung so stark rationiert war. Malena presste das Tuch mit den Nachtviolen an ihre Brust und ging mit schnellen Schritten voran. Die Nahrungsmittel hatte sie bei Jamahi gelassen, die dafür sorgte, dass sie auf alle verteilt wurden. Die Heilpflanzen jedoch hatte sie bei sich behalten, um sie der Heilerin persönlich zu überbringen und sie kennenzulernen.

»Wir sind da«, sagte Cheveyo und schob ein aus etlichen kleinen Stücken zusammengenähtes Tierfell zur Seite, das eine schmale Lücke zwischen zwei Behausungen verbarg.

Aries ließ Malena den Vortritt, und sie sah sich erstaunt um. Hier, inmitten der Unterstadt, war es Aries und den anderen gelungen, eine Art Heilzentrum aufzubauen. Etliche Schlafstätten säumten die Seiten des von Feuerschalen in der Mitte erleuchteten Zeltes. Auch das Dach und die seitlichen Wände bestanden aus einem Flickenteppich von Tierhäuten und verschiedenen Stoffen, denen noch Schmutz anhaftete und die teils rote Flecken trugen, die eindeutig nach Blut aussahen.

Malena schluckte, was Aries nicht entging. Er trat neben sie in das Zelt und sagte dicht an ihrem Ohr: »Seit du das letzte Mal hier warst, hat sich einiges getan.«

Er erklärte ihr, dass die zwei Bewohner aus der westlichen Provinz viele Menschen hatten heilen können, die schon kurz davor waren, ihre Familien mit ihrem Verlassen zu schützen. Er deutete auf Cheveyo, mit dem sie ja bereits bekannt gemacht worden war, dann ans andere Ende des Zeltes, wo sich eine junge Frau mit schwarzen Haaren über ein Mädchen beugte, das auf einer der Lagerstätten ruhte. »Das ist Taipa, eine Heilerin und Schamanin aus dem Westen.«

Taipa sah auf, als sie ihren Namen hörte. Malena lächelte, aber in den Augen der Frau sah sie keinerlei Erwiderung ihrer Freundlichkeit. Im Gegenteil. Taipa sah sie an, wie Aries es früher getan hatte.

»Vögelchen!«, durchschnitt Cheveyos Wort die drückende Luft des Zeltes. Taipa rollte mit den dunklen Augen, ehe sie sich erhob und auf Malena und Aries zukam.

»Verzeiht mir, Eure Hoheit«, sagte Taipa, und die Worte troffen vor Spott.

Cheveyo zischte erneut irgendetwas, das Malena nicht verstand. Es war offensichtlich, dass Taipa jene Vorurteile gegen ihre Ahnenreihe hegte, die auch im Palast vonseiten der Männer allgegenwärtig war. Malena kannte das Gefühl, nichts als Abscheu auszulösen, nur allzu gut.

»Es tut mir leid«, grummelte Taipa. »Ich habe nur – ach, vergesst es.«

Cheveyo mischte sich ein. »Taipa ist verzweifelt, weil sie ohne die blaue Sichel nicht bei allen das Fieber senken kann, das durch das trübe Wasser hervorgerufen wird. Ich hoffe, du trägst es ihr nicht nach.« Er sah Malena hoffnungsvoll an.

Malena jedoch sprach direkt Taipa an: »Ich habe, was du brauchst.« Sie hielt ihr das helle Tuch mit den Pflanzen entgegen. »Brauchst du sonst noch etwas? Vielleicht kann ich es dir aus dem Palast besorgen«, bot sie an.

Taipa strich sich die langen, verschwitzten Haarsträhnen aus dem Gesicht, sah von Malena zu Aries und wieder zu ihr zurück. »Sauberes Wasser für alle würde schon einiges verbessern. Wir müssen jegliches Wasser aus den provisorischen Brunnen abkochen, damit es nicht krank macht. Öffnet die Tore zur Stadt wieder.«

»Das … kann ich nicht«, gestand Malena. »Die Bewohner der Oberstadt fürchten sich, der Priester hat … Sie sind zum Schutz der Bewohner Darianas, aber es wird Einlass gewährt, wer immer …«

»Ihr seid die Princepa, die Herrscherin. Ihr könnt alles.« Aus Taipas Stimme sprach angestaute Wut, scharf wie ein frisch geschliffenes Schwert.

»Du glaubst, ich hätte nicht schon längst etwas unternommen, wenn es so einfach wäre? Vielleicht willst du ja mit den Senatoren sprechen, die dich für die Taten deiner Ahninnen verurteilen, während derjenige, der dir helfen und dich bei der Regentschaft unterstützen soll, wie vom Erdboden verschwunden ist.« Nun war Malena ihrerseits außer sich vor Wut. Dieses Mädchen, nein, diese junge Frau, war seit ein paar Tagen in der Stadt und glaubte, es besser machen zu können? Sie funkelten sich gegenseitig an, bis Aries Malena die Hand auf den Unterarm legte und sie aus dem Blickduell riss.

»Val ist verschwunden?« Sein Ton war voller Sorge, die Malena ihm sofort nehmen musste.

»Nein, aber er verkriecht sich in seinen Gemächern wie in einer Grabkammer, lässt sich verleumden. Selbst die Wachposten tratschen schon.« Ihre Augen brannten. Was war nur geschehen? Hielt ihn der Priester gefangen? »Circe hat erzählt, dass nur ein einziger Diener, dazu noch der von Lothair bestimmte Ersatz für dich, und er selbst direkten Zugang zu Val haben. Wir müssen ihn aufhalten, wenn wir Val nicht verlieren wollen.« Ihre Stimme brach, was Taipa offenbar berührte. Sie ließ ihre sture Haltung fallen und tat ein paar Schritte in Malenas Richtung. Cheveyo eilte an ihre Seite und sah aus, als wäre er notfalls bereit, sie vor ihrem eigenen Dickkopf zu schützen.

»Es tut mir leid, was deinem Bruder zugestoßen ist«, sagte Taipa dann in schon fast freundlichem Ton und nahm ihr die Nachtviolen ab, deren süßer Duft bereits das Innere des Zeltes erfüllte. »Aber vielleicht haben wir ja die Lösung für dein Problem.«

Malena versuchte, etwas aus dem ebenmäßigen Gesicht und den aufmerksamen dunklen Augen herauszulesen, scheiterte jedoch.

Taipa deutete auf eines der Krankenlager, auf einen blonden Jungen in eines der Gewänder der Diener der Göttin gehüllt. »Marius hat sich freiwillig für weitere Untersuchungen gemeldet und hat sich aufgrund der möglichen Ansteckungsgefahr aus dem Tempel zurückgezogen. Ich konnte sein Fieber senken und die Ursache finden, damit auch die anderen geheilt werden können.« Sie hob die Nachtviolen hoch. »Er kann seinen Dienst im Tempel wieder aufnehmen und will uns helfen.«

»Wie kann er uns helfen?«, fragten Aries und Malena zur selben Zeit, sahen sich kurz an, und trotz allem zupfte ein Lächeln an Malenas Mundwinkel. Es war schockierend, wie sehr ihre Gedankengänge einander ähnelten, wie in Nimhs Beschreibungen. Ihr Blick fiel auf seine vollen Lippen, und sie dachte unwillkürlich an den zuvor geteilten Kuss zurück. Eine Hitze brannte durch ihren Körper bis zu ihren Wangen, sodass sie schnell wegsehen musste.

Cheveyo antwortete statt Taipa: »Er ist der Diener eures Priesters, hat Zugang zu seinen privaten Gemächern und serviert ihm das Essen.« Er ließ die Worte im Raum schweben, auf Malena einwirken, bis sie die ungesagte Bedeutung dahinter wahrnahm.

»Wollt ihr ihn vergiften?«, rief sie schockiert aus. Sie mochte Lothair nicht sonderlich, aber ihn töten? So weit hatte sie nie gedacht. Sie hatte das Volk des Westens auch für friedliebender gehalten.

»Bei der Erdenmutter, nein!«, rief Cheveyo entsetzt. »Wir würden doch niemanden töten! Hältst du uns für Wilde?«

Malena schüttelte schnell den Kopf, und Cheveyo entspannte sich. »Es gibt einen Kräutersud, der einen in tiefen Schlaf sinken lässt, sodass ihr Zeit habt, euch in den privaten Gemächern des Priesters umzusehen. Aries meinte, er bräuchte Zeit, um dort nach einer Lösung zu suchen.«

»So einen Trank gibt es?« Aries kam Malena mit der Frage zuvor, und Taipa nickte.

Malena hatte von Nimh von solchen Tränken und Tinkturen der Westländer gehört, aber sie hielt es für Geschichten. Legenden wie diejenige von dem seltsamen Gestein, mit dem die dortigen Bewohner früher mit Tieren kommunizieren und in den Geist anderer eindringen konnten.

»Und was denkst du, werden wir dort finden?«, fragte Malena nun Aries, der in Gedanken weit entfernt schien. Es dauerte, bis ihre Stimme zu ihm durchdrang.

»Ich werde so lange suchen, bis ich eine Erklärung dafür finde, warum Lothair Val einsperrt. Das Wissen des Priesters muss vom einen zum nächsten weitergegeben werden. Irgendwo gibt es sicherlich Aufzeichnungen. Val sucht seit der Krönung nach etwas – das garantiert nicht im Palast aufbewahrt wird.«

Malena nickte gedankenverloren. Wenn Val doch nur mit

ihr reden würde! Sie würde ihm helfen, würde sich an seiner Seite gegen den Geistlichen stellen. Warum vertraute er ihr nur nicht mehr?

Die letzte Frage hatte sie offenbar laut gestellt, denn Aries' Hand hob sich, und er drückte sanft ihren Arm.

»Wir werden Val zurück auf unsere Seite holen. Ich werde den Beweis finden, dass Lothair ihn manipuliert.«

Malena und Taipa fertigten im Anschluss eine Liste dringend benötigter Dinge an, die Malena beim nächsten Mal mitbringen sollte. Dann war es bereits wieder an der Zeit, zurückzukehren. Aries begleitete sie wie immer.

Er hielt den Stoff zur Seite, und gemeinsam verließen sie das beeindruckende Heilzelt von Taipa und traten ins Dunkel der Nacht. Bilder ihres Weges in die Unterstadt holten Malena ein. Wie eine Welle schlug die Verlegenheit über ihr zusammen. Sie hatte … Aries hatte sie …

»Ist alles in Ordnung, Lena?«, fragte Aries besorgt. Seine Stimme war kaum mehr als ein Hauch, um keine unnötige Aufmerksamkeit auf sie zu ziehen. Sie folgten den schmalen Wegen zwischen Zelten und aus Schutt erbauten Behausungen bis zur Baracke, durch den Tunnel in die Oberstadt und weiter zur Palastmauer. Malena dachte in all der Zeit über die richtige Formulierung nach, fand sie jedoch erst am Ende der Serpentinen zu ihrem geheimen Zugang zum Palast. Dort fasste sie all ihren Mut zusammen und sprach es aus, die Worte jedoch klangen wirr, nicht annähernd so gut kombiniert wie in ihrem Kopf, und sie musste mehrmals ansetzen.

»Ich bin … Am Abend … Die Patrouille auf dem Weg zur Unterstadt …« Wie sollte sie nur die richtigen Worte finden? Sie schüttelte über sich selbst den Kopf und ging schnell auf die hölzerne Tür zu, strebte in Richtung dessen, was sie kannte. Aries jedoch hielt sie auf, indem er ihre Hand nahm.

Sie standen nun so dicht voreinander, dass sie die Wärme seines Körpers spüren konnte – beinahe wie zuvor, als sich seine starken Arme um sie gelegt und sie an seine Brust gedrückt hatten. Erneut hob er ihr Kinn an, um ihr tief in die Augen zu sehen. Ihre Lippen waren plötzlich wie ausgetrocknet, sie befeuchtete sie mit der Zungenspitze, was Aries nicht entging. Sie hörte, wie er hinabsah, schluckte, dann den Blick wieder hob. Ohne sie zu küssen. Sah er nicht, wie ihre Lippen darauf warteten, wie sich Malena danach sehnte, seinen Mund erneut zu spüren und sich fallen zu lassen?

»Lena, sprich mit mir. Zieh dich nicht zurück wie … Val.« Seine Stimme stockte, und etwas zerbrach in ihr.

»Du hast mich … geküsst«, flüsterte sie und hoffte in diesem Moment nichts mehr, als erneut mit einem Kuss die Zeit anzuhalten.

Binnen eines Wimpernschlags war Aries zurückgewichen, und Kälte drang in die unüberwindbare Weite zwischen ihnen. »Es tut mir leid, Lena«, brachte er mit rauer Stimme hervor, sah ihr dabei nicht in die Augen. »Ich hätte dich nicht küssen dürfen. Es wird nie wieder vorkommen.«

Ehe das letzte Wort in ihr Bewusstsein eingesickert war, hatte sich Aries bereits abgewandt und stürmte wie von Legionen verfolgt den Pfad zwischen den trockenen Gräsern entlang. Malena blieb mit der klaffenden Wunde in der Brust zurück, die er dort hinterlassen hatte.

Sie schluchzte unkontrolliert. So laut, dass im nächsten Moment vermutlich jemand über den Wehrgang blicken würde. Doch stattdessen wurde die hölzerne Tür aufgerissen und Malena ins Innere der Palastgärten gezogen.

Sie holte stockend Luft, versuchte, zu Atem zu kommen, während Circe auf sie einredete und die Mauersteine vor dem geheimen Zugang aufstapelte. Zuletzt erwähnte sie, dass sie Malena doch gewarnt hatte, was einem erneuten

Stich in die klaffende Wunde glich, die Aries mit so wenigen Worten geschlagen hatte. »So sind die Männer. Du schenkst ihnen dein Herz, und sie reißen es dir aus der Brust. Du hättest ihm nie vertrauen dürfen. Der Schmerz wird noch ewig andauern.«

Tränen rannen Malenas Wangen hinab. Hatte sie ernsthaft ihr Herz verschenkt? Sie dachte an all die gemeinsamen Nächte mit Aries zurück, die Geborgenheit, die sie in seiner Gegenwart empfand, das pure Glück, das sie an seiner Seite spürte – dann den Schmerz, den er ihr damit verursacht hatte. Sie war unachtsam gewesen, hatte ihm, einem Mann, den sie kaum kannte, ihr Herz geschenkt, und er hatte es entzweigerissen.

Sie begann, unkontrolliert zu zittern. Ihres Körpers nicht mehr mächtig, stolperte sie an Circes Seite entlang zwischen den Blumenrabatten hindurch, bis ihre Beine sie nicht länger trugen und sie bei den Nachviolen zusammenbrach, dicht neben der aufgewühlten Erde, die sie nur Stunden zuvor hinterlassen hatte. Alles an ihr bebte, zitterte, Schwindel packte sie, und zu dem süßen Duft der sich schließenden Blüten der Nachtviolen mischte sich der Geruch von Staub und Blut.

21
Valerian

Du hast nach deinem Vater geschickt?« Lothairs Ton ließ keinen Zweifel daran, wie wütend er darüber war, dass Val mit seinem Tablett eine Botschaft an den ehemaligen Princeps aus seinen Gemächern geschmuggelt hatte. Der Priester brauste in Vals private Räumlichkeiten wie ein Sommersturm und brachte die zahlreichen Kerzen zum Tanzen und die losen Schriftstücke auf dem Schreibtisch zum Flattern. Einige von ihnen schwebten daraufhin lautlos zu Boden.

»Ich brauche seinen Rat«, erwiderte Valerian mit fester Stimme – zumindest versuchte er es. Er war mit seinem Wissen am Ende, so viele Tage und so viele Stunden hatte er über den Tagebüchern seines Ahnen Decimus gebrütet und doch nichts herausgefunden. Sein Vater jedoch stand damals vor derselben Entscheidung wie Val heute. Er würde ihm erklären können, wie er Malenas Mutter so etwas hatte antun können.

»Du hast *meinen* Rat. Ich habe auch Sargon zur Seite gestanden, ihn beraten – und doch konnte er nichts ändern.« Lothairs wässrig blaue Augen waren heute klarer als sonst, sein Tonfall war ebenfalls anders, von einer Schicksalsergebenheit erfüllt, die Val wütend machte. »Die Zeit drängt, Valerian. Die Götter fordern ihren Tribut für vergangene Taten oder …«

»… die Welt, wie ich sie kenne, wird enden. Ich weiß. Du hast es mir öfter gesagt, als es Bücher in der Palastbibliothek gibt. Aber als du mich vor den Beben gewarnt hast, hatte ich … Größeres erwartet. Etwas Staub und herabgefallener Putz ist es nicht wert, Malena zu verdammen.«

»Das war erst der Anfang, Valerian. Je heftiger ihre Gefühle werden …« Er brach ab und hob ruckartig den Kopf, sah zum Fenster hinaus in die sternenklare Nacht. Seine Augen trübten sich, und eine tiefe Furche grub sich von Braue zu Braue, dann senkte er den Kopf.

Val wurde unruhig. »Was ist los?« Er sah sich um, hinüber zu Maximus, der noch immer reglos im Durchgang stand und nicht einmal blinzelte. Ein Schwarm Vögel stob wild mit den Flügeln schlagend von den im Licht des vollen Mondes gut zu erkennenden Dächern der Oberstadt auf, ihre Rufe klangen wie eine Warnung.

Eine Warnung vor dem tiefen Dröhnen, das nun von allen Seiten auf Valerian eindrang und selbst die Härchen auf seinen Unterarmen zum Vibrieren brachte. Seine Zähne schlugen aufeinander, ein Gefühl von tausend Ameisen breitete sich von seinen Füßen aus durch seinen Körper nach oben. Das tiefe Grollen schien direkt aus dem Inneren der Welt zu kommen, weit mächtiger als das kurze Schaudern der Erde vor einem halben Mondlauf. Mit einem Mal glaubte Val Lothairs Worten. Die Bilder der Zerstörung drängten sich wieder in seinen Geist, doch er schob sie beiseite, sah hoffnungsvoll zu seinem Berater.

»Es ist zu spät«, flüsterte Lothair. Val kamen die Worte dennoch vor wie laute Schreie.

Es konnte nicht zu spät sein!

Auf wackeligen Beinen sprang Val zu dem kleinen Beistelltisch, auf dem sich die Tontafel noch immer vom purpurfarbenen Stoff darunter abhob. Er griff danach und wusste nicht, was er nun tun sollte.

Flehend sah er Lothair an, dessen Augen zum ersten Mal in Vals Leben traurig wirkten. Enttäuscht. Einer Hoffnung beraubt, die der Priester nie mit ihm geteilt hatte. Die Furchen um seine Mundwinkel hatte Val bisher nicht derart ausgeprägt gesehen. Es schien, als wäre Lothairs einziger Antrieb in jenem Moment verloren gegangen.

Zu spät.

Nein, er würde es nicht zulassen! Val sprang zum Schreibtisch und riss ein kleines Messer an sich, um sich damit in den Handballen zu schneiden. Blut quoll daraus hervor. Valerian presste die Hand zur Faust und ließ das Rot die Tontafel färben, ehe sie aufleuchtete wie eine Flamme. Die Oberfläche schien vor Hunger zu erschaudern. Nein, es war die Erde, die erbebte und Vals Blick verschwimmen ließ. Seine Knie konnten die Bewegung nicht länger ausgleichen, er geriet ins Wanken und taumelte rückwärts. Mühsam kämpfte er sich über den lebendigen Untergrund zum Schreibtisch zurück, griff nach einer Feder und tauchte sie in die Blutstropfen auf der Tontafel, die er fest mit dem linken Arm umklammerte.

»Was genau muss ich notieren? Muss ich den Wunsch irgendwie speziell beginnen, damit er wirkt?« Seine Stimme klang panisch. Seine Augen huschten wild umher, als er sich umdrehte und nach Lothair suchte. Der Priester war nicht zu sehen.

»Maximus, wo ist Lothair?« Selbst das Beben schien den Hünen in keiner Weise zu beeindrucken. Er stand da wie ein Fels in der rauen Brandung der nördlichen Provinz.

»Ich habe die Anweisung, Sie nicht aus den Augen zu lassen, Princeps.«

Wenn Lothair lieber verschwand, als Val in seiner dunkelsten Stunde beizustehen, würde er es allein schaffen. Er holte ein letztes Mal tief Atem. Der Staub in der Luft kratzte in seinem Hals, trocknete Mund und Rachen aus, sodass sich Val nach etwas Wasser sehnte. Doch zuerst hatte er etwas zu tun. Ganz gleich, wie schmerzhaft der Gedanke war, er musste seiner Bestimmung folgen, musste sein Volk vor dem Zorn der Götter bewahren.

Tränen benetzten seine Wangen, wieder und wieder verschwamm die Sicht vor ihm, tropfte das salzige Nass auf die Tontafel und verwässerte das Blut, mit dem er vorsichtig einen Buchstaben seines Wunsches – nein, seiner grausamen Bestimmung – nach dem anderen notierte.

Er rieb sich gerade erneut die Tränen am Stoff der Toga über seiner Schulter ab, als das Dröhnen zu seinem Höhepunkt anschwoll und von einem Donnerhall begleitet der Boden unten Vals Füßen barst.

Er stürzte.

Hielt dabei die Tafel umklammert, als könnte sie seinen Sturz abbremsen.

Er spürte den Aufprall in jedem erdenklichen Körperteil, hörte die Knochen splittern, der metallische Geruch nach Blut kroch in seine Nase, ein brennender Schmerz jagte durch seinen Kopf und vertrieb Vals letzten Gedanken: *zu spät.*

Valerian, Princeps des Imperiums, ließ sich in die Umarmung der Dunkelheit fallen und betete dafür, dass die Welt ihm verzeihen möge. Oder zumindest das, was von ihr übrig bleiben würde.

22
Taipa

Taipa brach vor Erschöpfung beinahe zusammen. Mit fahrigen Bewegungen streifte sie eine lose Haarsträhne aus ihrem Gesicht, während sie fieberhaft die Tränke und Kräuter von Yanma durchsuchte. Sie lockerte das Band des Beutels, breitete das Leder weiter aus und schob dabei ein Kräuterbeutelchen nach dem anderen beiseite. Sie schwitzte. Das rote Pulver, das noch immer wie feiner Staub in den Poren des Leders haftete, blieb an ihren Fingerkuppen hängen. Sie hatte bislang nicht herausfinden können, wofür Yanma es benutzt hatte. Es schmeckte leicht salzig, aber vor allem bitter.

Eine Hand legte sich auf ihre Schulter, und Taipa schreckte zusammen.

»Du solltest schlafen gehen.« Cheveyos Stimme war sanft wie das zarte Licht der Glut in der Schale, die Taipa mitten in ihrem Heilzelt aufgestellt hatte, um Kräuter darauf zu verbrennen. Der Geruch nach weißem Salbei erfüllte das Innere des Zeltes. Cheveyo setzte sich neben Taipa auf den Boden. Er saß reglos da, bis die Perlen an seinem Gewand nicht mehr gegeneinanderklimperten.

»Ich kann nicht, dieses Mädchen … die junge Frau. Sie wacht einfach nicht auf.«

»Vielleicht benötigt ihr Geist Ruhe«, sagte Cheveyo und sah auf das bleiche Gesicht hinab, das zwischen langen roten Haaren lag, die auch an der schweißnassen Stirn klebten. Berichten zufolge war die Frau beim Beben, das vor zwei Tagen einen Teil des Palastes zerstört und nahezu die gesamte Unterstadt in Schutt und Asche gelegt hatte, von der einstürzenden Stadtmauer am Kopf getroffen worden. Während die Bewohner der Unterstadt versucht hatten, ihre Behausungen wieder zu errichten, hatte Taipa alles in ihrer Macht Stehende dafür getan, der Rothaarigen zu helfen.

Cheveyo strich ihr sanft die Haare aus dem Gesicht, und in Taipa entfachte sich ein plötzliches Sehnen. Sie wünschte sich, dass er sie auf dieselbe Weise berührte. Unter größter Anstrengung schob sie diesen absurden Wunsch beiseite. Sie hatte kein Recht dazu. Hier und heute war der letzte Moment, an dem man über ihre gemeinsame Zukunft nachdenken sollte. Früher hatten Yanmas Bemerkungen über Cheveyo Taipa zum Naserümpfen gebracht. Cheveyo sei ein exzellenter Jäger, künftiger Häuptling des Stammes, definitiv stattlich anzusehen und in keinem Fall eine schlechte Wahl, wenn es um die Gründung einer Familie gehe. Cheveyo hatte ebenso angewidert geschaut, nachdem sie ihm Yanmas Worte weitergetragen hatte. Doch jetzt würde sie bei dem Gedanken an eine geteilte Zukunft die Nase nicht mehr rümpfen. Ihre gemeinsame Reise hatte Taipa verändert, sie beide ihrer Meinung nach im Geiste weiter vereint. Doch wie stand es um Cheveyo? Sie sah von seinen geschäftigen Händen den Arm entlang in sein Gesicht, ließ ihren Blick über die hohen Wangenknochen gleiten, die wie fast immer von dicken Strähnen schwarzen Haares bedeckt wurden, bis sie seinen Blick auffing. Cheveyo legte die Stirn in Falten und wartete ab, was sie zu sagen hatte.

Nicht der richtige Zeitpunkt, verdrängte sie jegliche Überlegung darüber. Taipa hatte eine Aufgabe von der Erdenmutter bekommen, hatte ihre göttliche Bestimmung gefunden – und zu dieser gehörte, dass sie die hier liegende, in fremdartige Felle gekleidete Frau rettete. Allen anderen hatte sie bereits helfen können, weshalb die übrigen Krankenlager verwaist waren. Alle Genesenen halfen dabei, die

Hütten wiederaufzubauen und die zahlreichen Toten wegzuschaffen. War diese Rothaarige die letzte Hürde, die ihr die Göttin in den Weg stellte? Würde sie dann dafür belohnt werden und könnte zu ihrer ursprünglichen Aufgabe zurückkehren – nach dem Naturstein zu suchen, um Lana zu retten? Wann immer sich die Sorgen um Lana zu schwer auf Taipas Schultern legten, geschah etwas, das Taipa wieder an den Schutz der Erdenmutter und an den von ihr bereiteten Weg glauben ließ. Ihre Hoffnung war beinahe verglommen gewesen, als sie Jamahi kennengelernt hatten. Als eine Übelkeitswelle grassierte, der sie unmöglich Herrin werden konnte, hatte ihnen die Erdenmutter Aries gesandt, der die Dunkelblüher, die hier den Namen Nachtviolen trugen, für sie besorgen konnte. Zuletzt kam das Zeichen der Erdenmutter in Form einer Horde Wildvögel, die im Moment größten Hungers direkt neben den Baracken der Jäger ausgeruht hatten. Ihr Fleisch versorgte die fleißigen Helfer seit Tagen.

Doch auf ein Zeichen, wie sie die junge Kriegerin retten könnte, wartete Taipa bisher vergebens.

»Hast du inzwischen herausgefunden, wofür Yanma dieses Pulver genutzt hat?« Cheveyo rutschte von der Bettstatt der Rothaarigen weg und betrachtete wie Taipa zuvor die Utensilien auf dem ausgebreiteten Lederbeutel. Dann strich er mit dem Finger darüber und löste so den darin gefangenen roten Staub. Taipa schüttelte den Kopf.

»Hast du es schon probiert?«

Noch ehe Taipa ihm den Geschmack beschreiben konnte, hatte er seine Fingerkuppe befeuchtet, den Staub damit aufgenommen und in den Mund gesteckt. Er verzog das Gesicht.

»Ich hätte dir sagen können, dass es bitter schmeckt.« Taipa schüttelte über seine Ungeduld den Kopf und warf ihm einen vorwurfsvollen Blick zu. Cheveyo reagierte jedoch nicht wie sonst. Er schnappte nach Luft. Seine Augenlider begannen zu flackern. Er schwankte, kippte vornüber und stürzte mit keuchendem Atem auf das Krankenlager der rothaarigen Frau vor ihnen.

Taipas Herzschlag setzte aus.

Dann riss Cheveyo die Augen weit auf. Sie waren weiß wie die Wolken vor einem strahlend blauen Himmel.

»Die Vögel«, Cheveyo sah sich hektisch mit seinen farblosen Augen um, »sie erheben sich erneut!« Seine Stimme besaß ein Echo, wie es im Inneren eines Zeltes nicht hätte existieren dürfen. »Wir müssen uns in Sicherheit bringen!« Er blinzelte mehrmals, bis das dunkle Braun wieder in seine Augen zurückkehrte.

Taipa sah ihn noch immer fassungslos an. »Was ist da eben mit dir passiert?«

Cheveyo schüttelte den Kopf, erhob sich bereits und zerrte auch Taipa auf die Beine. »Wir müssen raus hier, die Vögel haben mich gewarnt!«

Vollkommen überrumpelt raffte Taipa das Band von Yanmas Beutel zusammen, und der rote Staub stob auf. Cheveyo griff unter die Arme der Frau und zog sie mit sich nach draußen. Im zarten Lichtschein schien er wie von einem bläulich weißen Licht eingehüllt.

Taipa schulterte Yanmas Beutel und half ihm mit der Frau. Sie hob gerade die Beine an, als der Untergrund zu zittern begann. Auch die anderen Bewohner der Unterstadt eilten aus ihren frisch errichteten Verschlägen und Baracken, schlugen die Zelteingänge beiseite und traten ins Freie.

All ihre Blicke richteten sich auf die Oberstadt und die strahlende Sonne dahinter, vor dessen Licht erneut eine dunkle Masse aus Hunderten von Vögeln auf und ab schwebte. Alle vom selben unheilvollen Schimmer umgeben wie

Cheveyo. Das Leuchten erinnerte Taipa an Cheveyo während des Bärenangriffs.

Taipa betete zur großen Erdenmutter, die sich zur Antwort brüllend erhob. Einem ohrenbetäubenden Schlag folgten Knirschen und Knacken, Schreie und Wimmern.

Während Dariana weiter auseinanderbrach, verdichtete sich das blaue Leuchten und legte sich über die Unterstadt wie die Ausdünstungen einer Krankheit.

23
Malena

Malena sah hinab auf die Bettstatt, von der sie sich in den vergangenen beiden Tagen, seit der Nacht des großen Bebens, kaum entfernt hatte.

Als sich die Erde endlich beruhigt hatte, war Malena an Circes Seite durch die Gärten zurück zum Palast gerannt. Kaum dass sie ihn erblickt hatte, war sie stehen geblieben und hatte fassungslos auf den Berg aus Trümmern gestarrt, der einmal Valerians Seite des Palastes gewesen war. Jedem ihrer Atemzüge war ein Husten gefolgt. Die Luft hatte nur noch aus Staub bestanden, der sich auch auf Malenas schweißnasse Haut gelegt hatte und dort kleben geblieben war. Malena hatte den Stoff um ihre Hüfte gelöst und ihn vor Mund und Nase gebunden, um wieder atmen zu können. Vor ihr ein Bild des Grauens. Palastdienerinnen und -diener, Legionäre und Gardistinnen waren umhergerannt, um ihre Freundinnen und Kameraden aus den Trümmern zu bergen.

Die einst trennende Mauer zwischen den Palasthälften war zerborsten und hatte umgeben von gebrochenen Säulen und stuckverzierten Mauerresten auf dem Boden gelegen. Die leblosen Gesichter dazwischen noch immer vom Schreck gezeichnet. Direkt neben der Leiche einer Palastdienerin in schlichter Tunika hatte Malena das eindrucksvolle Porträt eines grauhaarigen Mannes entdeckt. Einer von Valerians Ahnen, dessen Bild sie am Tag der Krönungszeremonie in dem langen Flur der Ahnengalerie gesehen hatte.

Ein Mann hatte eine Frau gestützt, die er aus den Trümmern befreit hatte. Sie beide waren achtlos über das Porträt hinweggestapft.

Der Palast ist geeint, hatte eine finstere, zynische Stimme in Malenas Kopf bemerkt. Männer und Frauen hatten begonnen, Seite an Seite zu arbeiten, wie Val und sie es sich immer erträumt hatten.

Hatte Valerian seinen Wunsch geschrieben? War dies das Ergebnis gewesen? Nimh hatte sie stets davor gewarnt, allzu sorglos mit Wünschen umzugehen. Denn nicht jeder Wunsch war uneigennützig genug, um erfüllt zu werden.

Wünsche bargen immer Risiken.

Malena war losgerannt, selbst durch ihren Schal hindurch hatte sie den Tod gerochen, der allgegenwärtig war.

»Wo ist Valerian?«, hatte sie wieder und wieder den schreckgezeichneten Gesichtern von Männern und Frauen entgegengebrüllt. Niemand hatte auf sie reagiert, nicht einmal, als sie an ihren Schultern gerüttelt hatte. Sämtliche Befangenheit, jemanden des anderen Geschlechts zu berühren, war verschwunden gewesen. Niemand hatte sie mit dem Schal vor dem Gesicht und in das schlichte Unterkleid gehüllt erkannt, das sie zur Tarnung außerhalb des Palastes getragen hatte.

Malena hatte sich noch nie so hilflos gefühlt, ohnmächtig im Angesicht dessen, was geschehen war und was sie tun sollte. Bis Circe sie eingeholt, sie festgehalten hatte. Erst da hatte Malena bemerkt, dass sie so stark gezittert hatte, als bebte die Erde noch immer.

Wann immer sie nun die Augen schloss, holten sie diese grausamen Augenblicke wieder ein. Sie wollte nicht mehr einschlafen, doch ihr Körper gehorchte ihr nicht länger.

Malena sah auf den bleichen, reglosen Princeps hinab, der nun wie für eine Trauerzeremonie aufgebahrt in ihrem Bett lag, umrundet von purpurnen Kissen und Decken. Noch immer lösten sich Tränen aus ihren Augenwinkeln, folgten dem Pfad getrockneten Salzes auf ihren Wangen bis zum Kiefer hinab. Auch nach zwei Tagen konnte sie nicht glauben, was geschehen war und welches Wissen Lothair ihr in der Zwischenzeit offenbart hatte.

Die Sonne stand bereits hoch am Himmel, lächelte grausam auf das zerstörte Dariana hinab, verhöhnte Malena in ihrer Trauer um ihren geliebten Bruder. Alle unverletzten Heilerinnen und Heiler des Palastes waren gekommen, hatten die oberflächlichen Wunden gewaschen und versorgt. Abgesehen davon, dass seine Haut von schon fast durchschimmerndem Weiß war, sah er nahezu unverletzt aus. Doch der Schein trog. Valerian hatte in all der Zeit kein einziges Mal die Augen geöffnet. An den Blicken, die sich die Heilerinnen und Heiler zugeworfen hatten, hatte Malena erkannt, dass sie für Valerian keine Aussicht auf Heilung sahen. Die Gottheiten hatten ihr die letzte Familie genommen, die sie noch besaß.

Doch Malena war nicht bereit dazu, ihn aufzugeben. Er hätte es an ihrer Stelle auch nicht getan. Oder besser gesagt, er *hatte* es nicht getan. Laut Lothair war er nur in diesem Zustand, weil er Malena hatte beschützen wollen. Lothair hatte ihr die ganze grausame Wahrheit über ihre Bestimmung erzählt. Über ihren *Fluch.*

Pure Verzweiflung packte Malena an den Schultern, schüttelte unkontrolliertes Schluchzen aus ihr heraus. Sie konnte nicht glauben, zu was sie bestimmt war; dass sie ebenso kalt und gefühllos hätte werden sollen wie ihre Ahninnen. Jene, vom Volk verabscheute Princepas, die allesamt so jung gestorben waren. Jetzt, da Malena die Wahrheit kannte, konnte sie ihre Vorfahrinnen verstehen. Konnte nachvollziehen, warum die Stärksten unter ihnen den Mut gefunden hatten, ihrem Leben selbst ein Ende zu bereiten. Auch Malena war mutig. Doch zuvor galt es, ihren Bruder zu retten, selbst wenn sie dafür das ganze Imperium auf den Kopf stellen musste. Sie würde ihn retten, damit ihr Volk einen Herrscher hatte, ehe sie ihren Ahninnen folgen würde.

»Du bist immer noch hier«, stellte Circe fest, nachdem sie den Koloss von einem Mann beiseitegeschoben hatte, der den Zugang zu ihrem Dormus, ihrem Schlafgemach, bewachte und seine Augen unentwegt auf Valerian gerichtet hielt. Circe rümpfte ihre zierliche Nase, warf dann einen Blick zurück auf den Mann, den Lothair Malena als Maximus vorgestellt hatte, und kniff die Augen zusammen.

»Natürlich bin ich noch hier«, erwiderte Malena mit erstickter Stimme. »Ich muss ihm irgendwie helfen!«

»Ihm ist nicht damit geholfen, wenn du vor Erschöpfung zusammenbrichst.« Circe trat näher und legte Malena die Hand auf die Schulter. »Du musst etwas essen.«

»Ich habe keinen Hunger.« Malena holte tief Luft, ehe sie Circe von ihrem Vorhaben unterrichtete: »Ich muss in die Unterstadt. Diese Heilerin aus dem Westen, von der ich dir erzählt habe, vielleicht kann sie …«

»Du willst am helllichten Tag raus aus dem Palast?« Circe starrte Malena fassungslos an. »Die Stadt hat ebenso große Zerstörung erfahren wie wir hier. Vielleicht sogar noch mehr. Die Bewohner sind verängstigt, die Tore zur Oberstadt sind gefallen, überall wird geplündert. Es ist zu gefährlich, Malena. Du bist im Moment die einzige Herrscherin, die Dariana, nein, das ganze Imperium, hat. Ich kann dich nicht gehen lassen.«

Malena wollte sich erheben, doch Circes Finger, die eben noch sanft auf ihrer Schulter geruht hatten, gruben sich nun fest in ihre Haut und hielten Malena unten.

Sie befreite sich aus dem schmerzhaften Griff, stellte Circe jedoch nicht zur Rede, wie sie es wagen konnte, Hand an sie zu legen. Malena war entschlossen, sich nicht von einer Diskussion ablenken zu lassen, was Circe mit ihrem Verhalten mit Sicherheit bezweckt hatte. Malena kannte ihre beste Freundin. Aber wenn Circe sie nicht dabei unterstützte, würde sie alleine gehen.

Vom Flur aus drang ein lauter Ruf zu ihnen. »Halt!«, befahl der Stimme nach Vilana. Sie und Mameida hatten draußen Stellung bezogen, nachdem sie ebenfalls vergeblich versucht hatten, Malena von Vals Seite zu reißen. Circe richtete sich auf und griff zum Schwert an ihrer Seite. Schritte ertönten, Schläge und das Klappern von Schwertern.

Auch Malena sah sich nach ihrer Waffe um. Sie trug noch immer eine einfache Tunika. Welchen Nutzen brachte ihr die Zurschaustellung ihres Standes, wenn sie nicht einmal ihrem eigenen Bruder helfen konnte? Ihr Schwert ruhte in der Halterung an der Wand. Sie eilte darauf zu, griff danach und zog es aus der Scheide.

Malena und Circe warteten angespannt, ob Maximus, der ja einem Wachposten gleichkam, dem Eindringling Einhalt gebieten würde. Er machte jedoch keine Anstalten, etwas zu unternehmen. Sein Blick war starr auf Valerian gerichtet.

»Was ist da draußen los?«, fragte Malena.

Maximus rührte sich nicht ein Haarbreit, richtete an niemand Bestimmtes die Antwort: »Ich habe die Anweisung, Sie nicht aus den Augen zu lassen, Princeps.«

Ehe Malena etwas erwidern konnte, wurde Maximus beiseitegeschoben, als wäre er ein Möbelstück. Wie ein solches blieb er darüber hinaus auch an seinem neuen Platz stehen. Vollkommen unbeeindruckt, das Gesicht weiter auf Valerian gerichtet.

Malena erkannte, wer nun mitten in ihrem Schlafgemach stand, und ein Sturm tobte in ihrem Inneren. Es schien, als könnte sie erneut Aries' Lippen auf ihren spüren, erleben, wie seine Berührung ihren Körper erschaudern ließ – ehe die Realität sie einholte. Sie durfte ihm nicht noch einmal so nahekommen, musste ihre Gefühle verbergen. Nein, nicht nur verbergen. Sie musste sich komplett vor ihnen verschließen, durfte sie nicht zulassen. Sie war zu unbedarft, was die Interaktion mit Männern anging, ihre Empfindungen entglitten ihr schneller, als sie ihr Herz davor schützen konnte – was ihrer aller Untergang bedeuten würde, wie sie inzwischen von Lothair erfahren hatte. Niemand konnte Gefühle unter Kontrolle behalten. Darias Bruder Decimus hatte dies auch einsehen müssen.

Aries durchquerte mit hastigen Schritten den Raum, blickte auf Valerian hinab und schüttelte fassungslos den Kopf. »Ich habe den Gerüchten nicht glauben wollen.«

Dann richtete sich sein Blick auf Malena. Der Schock über Vals Zustand verschwand aus seinen Augen, wurde ersetzt durch eine Wärme, die Malena so sehr herbeigesehnt hatte. Er kam näher, sie erschauderte, war nicht länger in der Lage, zurückzuweichen, wie sie es sollte. Seine Umarmung fühlte sich so gut an, als könnte das Imperium noch gerettet werden, als könnte *sie* noch gerettet werden, obgleich sie wusste, dass es keine Hoffnung für sie gab.

Circe räusperte sich, und Aries wich zurück. Zu tief saß ihre Erziehung, die oberste Regel des Palastes, keinen Kontakt mit dem anderen Geschlecht zu haben.

Doch das war nun offensichtlich vorbei. Überlebende Männer wie Frauen hatten sich in Malenas Palasthälfte eingefunden.

»Du musst Taipa holen«, flehte Malena, während sie den Aufruhr in ihrem Inneren bändigte.

»Sie heilt all die Verletzten aus der Unterstadt«, sagte Aries mit Bedauern.

»Val ist der Princeps, er hat absolute Priorität!«, schrie Malena nun. Ihre Verzweiflung schwang mit jeder Silbe mit, weshalb sich Aries an einer Erklärung versuchte.

»Val und du genießt nicht gerade hohes Ansehen unter dem Volk, insbesondere nach den Ereignissen seit der Krönung.«

»Aber genau deshalb brauchen wir Valerian! Um sie alle zu retten!«

Während sich Aries' Brauen zusammenzogen, wollte Circe einschreiten. »Du kannst nicht –«

»O doch! Ich kann und ich werde! Wohin hat uns all die Heimlichtuerei geführt?«

Darauf hatte Circe keine Antwort, und so zuckte sie nur missmutig mit den Schultern, empfahl Aries, sich besser zu setzen, ehe sie den Raum verließ.

Mit Zweifeln im Gesicht folgte Aries Circes Aufforderung und ließ sich auf dem Liegesofa nieder. Malena setzte sich auf einen der gepolsterten Hocker ihm gegenüber und berichtete, was der oberste Priester ihr mitgeteilt hatte:

»Endlich hat Lothair auch mir erzählt, was vor so langer Zeit geschehen ist: Meine Urahnin Daria hat ihre ganze Ahnenlinie verflucht, weil sie das Richtige tun wollte«, begann sie mit zitternder Stimme. »Es schien so weit alles perfekt. Daria war mit ihrem Bruder Decimus ausgezogen, um ihre Horde mit dem Volk des Ostens zu verbünden. Sie trank mit dem Sultan aus dem Kelch der Einheit, und der Grundstein war gelegt. Sie verliebten sich ineinander, doch er brach ihr das Herz, weil er seine anderen Frauen und Männer nicht verlassen wollte.«

Aries saß reglos da, darauf brennend, worauf Malenas Geschichte hinauslief. Sie holte tief Luft, schöpfte neue Kraft und fuhr fort. Der Schmerz der Enttäuschung, der Daria zu jener Zeit motiviert hatte, schwang in ihren Worten mit.

»Daria war daraufhin nicht nur in ihrem Stolz verletzt, sondern hatte als die Auserwählte ihrer Horde darin versagt, den Süden und den Osten anzunähern, und wollte sich das Leben nehmen.«

Aries' Augen weiteten sich, sein Blick huschte umher, vielleicht las er in Malenas Gedanken, dass auch sie sich dem stellen würde. Später.

»Die Tontafel, die Göttergabe des Ostens, als Vermählungsgeschenk in den Händen, richtete sie ihre Waffe gegen sich selbst und ging zu Boden.« Malena konnte all das Blut sehen, konnte spüren, wie die Essenz des Lebens aus dem Körper ihrer Ahnin wich. »Das Blut jedoch aktivierte die Tontafel, und Daria griff nach ihrem Dolch, um ihren Wunsch zu schreiben.« Und sie damit alle zu verdammen, griff Malena in Gedanken vor, ehe sie sich dazu zwang, eins nach dem anderen zu berichten wie Lothair am gestrigen Tag.

»Daria bat um Gesundheit und Stärke für ihr ganzes Volk, um die Welt zu einen und zu triumphieren, auf dass ihre Horde – ihre Familie – auf ewig siege, wie es ihre Göttin Meridia mit dem Krug der Einheit vorgesehen hatte.« Es war so still im Dormus, dass Malenas Schlucken zu hören war. »Ihre Worte sickerten in die Tafel ein, die Blutung stoppte, weil ihr der Wunsch gewährt wurde, woraufhin Daria erkannte, dass ihr Leben nicht an dieser Stelle enden würde. So notierte sie mit Blick auf die sich schließende Wunde, die sie sich aufgrund ihres gebrochenen Herzens zugefügte hatte, ihren egoistischen zweiten Wunsch, den verbotenen Wunsch: Sollte es je ein Mann wagen, ihr das Herz zu brechen, solle dies sein Untergang sein.«

Aries holte zischend Luft, wollte etwas sagen, doch Malena fuhr direkt fort.

»Damit ihren Wünschen nichts im Wege stand, notierte sie sofort den nächsten: Die Tontafel solle von nun an nur noch auf ihr Blut reagieren und ihre Wünsche erfüllen.«

Selbst die Sonne spürte, welch fatale Folgen dieser Wunsch hatte. Sie verschwand hinter einer Wolke, und Schatten krochen in den Raum. Aries' Gesicht wirkte vollkommen verändert, obwohl er sich nicht geregt hatte, starr vor Schock in die Ferne blickte.

Malena holte ein letztes Mal tief Luft, um den Rest der Geschichte zu erzählen: »Der Sultan fand Daria, sah, was sie auf der Tontafel notiert hatte, und noch ehe ihr dritter Wunsch einsickerte, schrieb er seinen verbliebenen letzten Wunsch und schränkte so Darias Macht ein, soweit es ihm möglich war: Von nun an solle jeder nur noch einen Wunsch schreiben können. Doch erst viel später fand Darias Bruder Decimus heraus, dass Darias egoistischer Wunsch zum Fluch wurde, etwas das nie zuvor geschehen war, obgleich Orientis sein Volk einst vor den verbotenen Wünschen gewarnt hatte. Denn wann immer Daria oder ihre Tochter unter dem Schmerz ihrer Gefühle litten, bebte die Erde mit ihnen. Darias beste Freundin Cassiopeia, die Daria nachgeeilt war, berichtete Decimus, dass die Worte auf der Tontafel sich veränderten, ehe sie einsickerten. Denn mit einem Mal stand dort: Sollte es je ein Mann wagen, ihr oder ihren weiblichen Nachkommen das Herz zu brechen, sollte dies ihrer aller Untergang sein. Die Welt, wie Daria sie kannte, würde enden.«

Malena blickte auf ihren Schoß hinab, auf ihre Hände, die sich verzweifelt ineinander verknotet hatten.

»Lena, es …«

Sie sah nach oben, tief in Aries' dunkelblaue Augen, in denen pure Verzweiflung stand. Er rang nach den richtigen Worten. Nach Worten, die nicht existierten.

»Das Beben … War es, weil …«

Malena schluckte, nickte dann.

Aries sprang auf und kniete sich vor Malena, nahm ihre eiskalten Finger zwischen seine Hände und rieb sie sachte.

»Ich … Ich wollte dir nicht das Herz brechen, Lena. So war es nicht gemeint«, flüsterte er. »Ich wollte nicht –«

»Du hast gesagt, dass du mich nicht hättest küssen sollen.« Malena presste fest die Lippen aufeinander, blinzelte die Tränen weg und atmete gegen den Schmerz an, der erneut an ihrem Herzen riss, ehe die Erde beben würde.

»Ich hätte dich nicht *ohne deine Erlaubnis* küssen sollen. Ich habe dich dazu gedrängt, was ich mir nie verzeihen werde. Mein Stolz war die Quelle der Worte. Ich wollte dir zuvorkommen, wollte nicht, dass du mich abweist oder mir sagst, dass du den Kuss nie gewollt hattest.« Seine Stimme wurde zu einer sanften Melodie, die über ihre Haut strich und jeden ihrer Knochen zum Schwingen brachte. »Den Kuss, der meine Welt auf den Kopf gestellt hat. Das war es, was die Seherin auf dem Nachtbasar mir prophezeit hatte: dass meine Liebe unerwidert bliebe.«

Malenas Herzschlag setzte aus. Für eine kleine Unendlichkeit stand die Zeit still, verharrte selbst der Staub in der Luft, tanzte nicht länger funkelnd im Sonnenlicht, das nun wieder zum Fenster hereinfiel. Malena war nicht mehr in der Lage zu atmen, unfähig, all die Gedanken, die in ihrem Kopf kreisten, zu Worten zu formen. Hoffnung legte sich wie eine wärmende Decke über sie.

Aries blickte zu ihr auf, das Blau seiner Augen hatte noch nie zuvor so geleuchtet. Er hatte sie noch nie auf diese Weise angesehen. Selbst durch die dichten langen Wimpern hindurch konnte sie seine Gefühle zum ersten Mal deutlich erkennen. Zuneigung.

Sympathie für sie. Für das Monster, das die Schuld an all der Zerstörung trug. Ihr Körper begann unkontrolliert zu zittern. Schaffte es nicht länger, die Last der Verantwortung zu schultern, die ihr Daria vor so vielen Jahrhunderten aufgebürdet hatte.

Aries hielt sie, presste sie an seine Brust wie in der Nacht des Bebens. Dieselbe Berührung – und doch so anders. Malena hörte das rhythmische Pochen seines Herzens, als schlüge es nur für sie. Um ihr laut zuzurufen, sie zu locken wie in den Legenden der wilden See des Nordens. Seine Lippen berührten ihren Scheitel, sein Atem strich über ihre Wangen. Sie war trunken von seiner Nähe, seinem Geruch, seiner Wärme und wollte so viel mehr von allem. Doch sie durfte es nicht haben. Nicht, wenn jedes kleinste Missverständnis dazu führen könnte, dass ihre Welt weiter auseinanderbrach.

Mit Händen, die ihr kaum gehorchten, schob sie ihn von sich, ließ sich von der beißenden Kälte, die nun zwischen sie beide drang, aus ihrem süßen Traum schälen. Sie musste ihr Herz beschützen – und damit ihr Volk. Es gab keinen anderen Weg. Der Schmerz war allgegenwärtig, pulsierte mit jedem Schlag in ihrer Brust weiter durch ihren Körper. Tränen benetzten ihre Wangen, und der Palast weinte zitternd mit ihr.

Aries schwieg trotz der aufstiebenden Vögel, trotz der einsetzenden Schreie, trotz des Staubs, der von der Decke rieselte, sah sie nur an, keinerlei Vorwurf im Blick, als wüsste er genau, was in ihr vorging. Sie beide waren im Auge eines Sturms gefangen. Wenn ihr Leben endete, endete auch der Tod um sie herum.

»Mein Schicksal ist es nicht, glücklich zu werden.« Eine letzte einsame Träne kroch über ihre Wange.

Aries fing sie mit der Fingerspitze auf, ehe er ihr tief in die Augen sah und flüsterte: »Vielleicht ist es an der Zeit, dass eine Tochter der Daria ihr Schicksal in die eigenen Hände nimmt.«

Die Worte richteten Malena auf, ließen sie wieder an ihr Ziel denken, Val zu retten. Für ihr Volk.

»Begleitest du mich in die Unterstadt?«

24
Taipa

Erst nachdem sich der Staub des dritten Bebens gelegt hatte, das Knirschen und Dröhnen geendet und die Schreie zu Wimmern geworden waren, sah sich Taipa wieder um. Cheveyo kauerte direkt neben ihr, seinen Körper schützend über Taipa und die rothaarige Frau aus der südlichen Provinz gebeugt. Vor ihnen nichts als Zerstörung. All die Arbeit der vergangenen beiden Tage, das Errichten neuer Behausungen, war umsonst gewesen.

Cheveyo sah sich nun ebenfalls um und keuchte auf, die dunklen Pupillen vom Weiß seiner weit aufgerissenen Augen umrahmt, sein Gesicht schmutzig vom Staub. Taipa folgte seinem Blick, und fassungslos starrte sie auf ihr Heilzelt, hinter dessen flatterndem Zugang sich der Rauch der schwelenden Kräuter in der Schale vergnügt kräuselte. Taipa dankte der Erdenmutter für ihre Hilfe.

»Bring die Frau wieder ins Zelt«, befahl sie Cheveyo, der erst jetzt zu realisieren schien, dass er noch immer halb über der Rothaarigen kauerte. »Ich hoffe, sie wacht bald auf oder wird von ihrer Familie gesucht. Wir müssen wissen, wer sie ist und warum die Erdenmutter sie beschützt hat.«

Cheveyo sah auf die bleiche Frau hinab, Taipa konnte seinen Ausdruck nicht deuten und glaubte seine gemurmelten Worte falsch verstanden zu haben.

»Ich weiß, wer sie ist«, wiederholte er und sah Taipa daraufhin direkt ins Gesicht. »Als ich sie aus dem Zelt getragen habe, ist … etwas mit mir geschehen. Ich konnte für einen Moment in ihren Geist eintauchen.« Er massierte mit einem Finger den Punkt zwischen den Augenbrauen.

Taipa war nicht in der Lage, etwas zu erwidern. Zu Hause bei ihrem Stamm hätte sie ihn ausgelacht oder ihn beschuldigt, sie auf den Arm zu nehmen – aber war sie nicht bereits Zeuge von Magie geworden? Hatte nicht Yanmas Geist selbst dabei geholfen, ihr Versteck zu finden, oder war es nicht eindeutig auf den Schutz der Erdenmutter zurückzuführen, dass ihr Zelt noch stand? Weil Taipa über all die wirbelnden Gedanken hinweg schwieg, sprach Cheveyo weiter.

»Ihr Name ist Caldea. Sie ist eine Hordenfürstin aus der südlichen Provinz, und ich glaube, sie ist eine Gefahr für den Princeps und die Princepa.« Während Taipa auf eine weitere Erklärung wartete, die nicht kam, sah sie auf die Frau hinab, auf die definierte Muskulatur ihrer Arme, die aus den Fellen hervorlugten, wie Südländer sie trugen. Sie hatte den Weg in ihr Heilzelt gefunden. Die Göttin glaubte, diese Frau beschützen zu müssen, obgleich sie nicht zu ihrem Volk gehörte. Die Erdenmutter hatte einen Plan für sie.

Ein zarter Windhauch bestätigte Taipas Gedanken, und erst danach begriff sie, was dies bedeutete. Sie blickte auf und sah Cheveyo, ihren Begleiter, ihren besten Freund, plötzlich mit anderen Augen. Ein einziges Wort entfloh ihren Lippen: »Geistkrieger.«

Ein nur zu bekanntes Funkeln trat in Cheveyos Augen, seine Mundwinkel zuckten, als zupfte eine unverschämte Antwort an seinen Lippen. Doch wider Erwarten erhob er sich mit der Rothaarigen auf dem Arm, deren langes Haar bis zu seinen Knien reichte, und brachte sie zurück ins Zelt. Die Ereignisse der letzten Tage hatten ihn offenbar erwachsen gemacht.

»Wo bleibst du denn, Vögelchen?«, erklang es dann von jenseits der Zeltbahnen, und Taipa fühlte sich seltsam erleichtert, dass sich doch nicht alles verändert hatte.

Noch ehe sie ihm folgen konnte, bahnten sich drei Personen einen Weg zwischen dem sinkenden Staub der Trümmer hindurch und blieben vor Taipa stehen.

Sie musterte die Ankömmlinge. Eine Frau mit braunen Locken, in denen ein Hauch von Rot schimmerte, wann immer das Sonnenlicht sie streifte, stand in der Mitte. Unter ihrem knöchellangen Kleid aus edelsten Stoffen und mit zahlreichen dekorativen Bändern versehen, lugten nackte, blutige Füße hervor. Sie wurde auf der einen Seite von einem dunkel gelockten Mann mit Bart gestützt, der Aries auf erschreckende Weise ähnelte und eine weite Tunika über dem Beinkleid trug. Auf der linken Seite stützte sie sich auf einen Jungen, dessen leuchtend grüne Augen jegliches andere Merkmal an ihm verblassen ließen.

»Wir sind auf der Suche nach jemandem«, sagte die Frau, wollte Taipa offenbar entgegenkommen, verzerrte beim Auftreten aber das Gesicht voller Schmerzen.

Taipa sah erneut auf die blutigen, nackten Füße der Frau hinab, deutete darauf und sagte: »Ich kann dir mit deiner Verletzung helfen, dir einen Verband mit Kräutern anlegen.«

Die Frau strahlte pure Dankbarkeit aus, während der braun gelockte Mann nur einwarf: »Sie ist selbst schuld. Das, was sie Schuhe nennt, hat die Bezeichnung gar nicht verdient.«

Der Junge mit den grünen Augen lachte, die Frau konterte: »Ohne mich und meine Schuhe wären wir nicht an die Information gekommen, wo wir noch suchen könnten, und würden noch immer um die Stadtmauer herumkreisen.«

Der Mann gab sich geschlagen und zuckte mit den Schultern.

»Agrippa, Pallas, Lucan«, hörte Taipa Cheveyo neben sich sagen, und mit jedem Namen zuckte eins ihrer Gegenüber wie von einem Schlag getroffen.

»Woher kennst du unsere Namen?«, fragte der Mann, der

auf den Namen Pallas reagiert hatte, und kniff misstrauisch die Augen zusammen. Seine Hand wanderte zu seinem Waffengurt.

»Ist Caldea hier?«, fragte Agrippa und humpelte umständlich auf Cheveyo zu, obwohl der grünäugige Lucan sie zurückhalten wollte. Kaum dass sie bei Cheveyo am Eingang des Heilzelts angekommen war, rief sie: »Was hast du mit ihr gemacht?« Pallas und Lucan stürmten an Taipa vorbei und ins Zelt hinein. Bis Taipa ihnen folgte, hatten sich alle drei bereits schützend um die rothaarige Stammesfürstin versammelt.

»Sie wurde beim Beben vor zwei Tagen verletzt und ist seither nicht aufgewacht«, erklärte Taipa ruhig, während Agrippa auf dem Boden kniete und Caldea abtastete.

»Das erklärt, warum wir sie nicht finden konnten.« Agrippa verzog erneut das Gesicht vor Schmerzen. Irrten sie seit dem Beben umher und suchten nach der jungen Stammesfürstin?

»Woher kennt er dann unsere Namen?« Pallas warf einen finsteren Blick auf Cheveyo, den er an den vor der Brust verschränkten Armen abprallen ließ.

»Vielleicht hat sie uns ja davor von euch erzählt«, konterte er in ebenso abschätzendem Ton.

»Sie ist während des Bebens in die Stadt gerannt. Wenn sie dort verletzt wurde, kann sie nicht …« Agrippas Ton war voller Sorge, sodass Cheveyos Blick gleich weich wurde.

»Es ist etwas kompliziert, aber ich konnte euch durch ihre Augen sehen.« Ein Lächeln schlich sich auf seine Lippen, als würde er sich an eine schöne Zeit erinnern. Der Ausdruck wirkte falsch, gehörte nicht zu ihm, sondern zu jemand anderem.

»Wie?«, fragte Pallas.

»Wenn ich das nur wüsste.« Cheveyo fing Taipas Blick auf,

dann schüttelte er kaum sichtbar den Kopf. Sie würden das Wissen bewahren, sehen, ob sie den Neuankömmlingen vertrauen konnten. »Weshalb seid ihr nach Dariana gekommen?«

Die Antwort ging leider in der Ankunft weiterer Personen unter.

»Meridia sei Dank! Euch ist nichts passiert!« Die Princepa stürmte in das inzwischen gut gefüllte Heilzelt, an der Seite Aries, der sich sofort zwischen Malena und die Neuankömmlinge stellte. Mit genügend Abstand, was Taipa wieder einmal auffiel, obgleich die beiden etwas verband, das auch ohne große Beobachtungsgabe klar zu erkennen war. Jeder im Westen kannte die Gerüchte über den Palast, über den Hass zwischen Männern und Frauen – aber das war es nicht, das die beiden trennte, da war sich Taipa sicher.

»Wer seid ihr?«, fragten Aries und Agrippa zeitgleich, während Pallas' Augen zu leuchten begannen, als er Aries sowie die Princepa von oben bis unten musterte. Beide trugen wie bei jedem Besuch hier unauffällige Kleidung und waren nicht dem Palast zuzuordnen, aber ihrer beider natürlicher Schönheit, der Symmetrie ihrer Gesichter und der stolzen Haltung tat dies keinen Abbruch. Nach dem, was Cheveyo im Geist der Südländerin gesehen hatte, war es jedoch insbesondere für die Princepa wichtig, unerkannt zu bleiben. Daher antwortete Taipa auf die Frage.

»Das sind Agrippa, Pallas und Lucan, die sich um ihre Freundin sorgen, die beim Beben vor zwei Tagen verletzt wurde«, sie deutete kurz auf das Lager hinter den dreien. »Das sind Aries und Lena. Sie besorgen Heilmittel für uns.« Der von Aries genutzte Name für die Princepa kam ihr nur schwer über die Lippen. Doch Taipa trotzte ihrem Widerwillen und fing den Blick der Princepa ein, bat sie mitzuspielen. Wenn die Kriegerin tatsächlich eine Bedrohung für Princeps und Princepa war, wären auch die anderen eine Gefahr für sie. Doch Taipa brauchte die Princepa noch. Die Erdenmutter hatte ihr eine Bestimmung gegeben, und das zufällige Aufeinandertreffen mit ihr war Teil des großen Plans der Göttin, davon war Taipa überzeugt. Sie wurde an diesen Ort geführt, um die Princepa kennenzulernen und durch sie herauszufinden, wo sich die Göttergabe der Erdenmutter befand. Malenas Ahninnen hatten sie vor langer Zeit von Taipas Volk geraubt. Er musste sich im Palast befinden. Erst wenn der Naturstein zu ihrem Stamm zurückkehrte, könnte sie ihre Schwester Lana retten.

»Was ist mit eurer Freundin geschehen?«, fragte Aries, sah auf die Rothaarige hinab, und Erkennen stand in seinem Gesicht. Dann fuhr er herum, begutachtete Caldeas Begleiter und fragte stattdessen: »Ihr kommt aus der südlichen Provinz?«

Agrippa richtete sich auf, legte ein strahlendes Lächeln auf und trat auf Aries zu, der ihre für die südliche Provinz untypische Kleidung musterte. »Ich bin Agrippa von der Horde der Valenti. Das ist Lucan, Vertreter der Teren … und das ist Pallas.« In einer Geste machte sie deutlich, dass Letzterer nicht zu beachten sei, und bemühte sich, nicht auf seinen vorwurfsvollen Blick hin loszulachen. Dann legte sie ihre Hand auf die Schulter von Aries, was der Princepa sehr zu missfallen schien. Malena sah zwischen den Unbekannten hin und her und versuchte offenbar, die bunte Truppe einzuschätzen. Auch Taipa war sich nicht sicher, was sie von der Gruppe aus dem Süden halten sollte. Doch solange sie hier im Zelt waren, konnte sie weder offen mit Cheveyo noch mit Aries sprechen. Sollten sie die Princepa warnen? Sofern sie ihre Identität nicht preisgab, drohte keinerlei Gefahr, oder?

»Was führt euch nach Dariana?«, fragte Aries. »Insbesondere in dieser Zeit?«

»Wir wollten zum Palast und unsere Dienste anbieten.« Die offensichtliche Lüge ging Agrippa so klar über die Lippen wie ein Gebirgsbach.

Ehe Aries etwas erwidern konnte, warf Cheveyo ein: »Der denkbar schlechteste Moment. Die Tore zur Oberstadt sind gefallen, es herrschen beinahe dieselben Zustände wie hier. Alle verbarrikadieren sich in ihren Häusern.« Er schüttelte langsam den Kopf. »Und so wird man euch niemals in den Palast lassen.« Er musterte insbesondere Agrippas schlanke Beine und die verletzten Füße. »Taipa sollte zuerst deine Wunden versorgen, dann könnt ihr bei Jamahi vorbeischauen, um euch zu waschen und etwas zu essen. Wenn ihr dann noch etwas zum Tausch anbieten könnt, schafft ihr es vielleicht sogar an den Soldaten und Gardistinnen vorbei bis zum Palast.«

Die Princepa verspannte sich, wollte etwas gegen die Bestechungsvorwürfe ihrer Gardistinnen sagen, doch Aries hielt sie zurück.

Taipa rieb Agrippas Füße mit derselben Tinktur ein, mit der sie Cheveyos Verletzung geheilt hatte und die sie dank Jamahi wieder hatte herstellen können. Anschließend wickelte sie mehrere Lagen Tuch und weiches Leder darüber, während Cheveyo Pallas und Lucan den Weg zur Palastmauer und dem hoffentlich noch immer unzerstörten Ziegelbau von Jamahi wies. Letztendlich begleitete er die Gruppe und flüsterte Taipa beim Gehen zu, dass sie nicht lange dort verweilen würden.

Die Zeit drängte. »Die junge Kriegerin ist eine Gefahr für euch, für den Princeps und die Princepa«, sagte Taipa, sobald Cheveyo mit den anderen das Heilzelt verlassen hatte. Aries zog seine Waffe, doch Taipa trat sofort zwischen ihn und Caldea.

»In meinem Beisein wird niemand getötet, erst recht nicht,

wenn diejenige sich nicht wehren kann.« Taipa horchte in sich, und die Göttin stimmte ihr zu. »Die Kriegerin ist nicht bei Bewusstsein, aber Cheveyo hat … Während des Bebens konnte er in ihren Geist eindringen und hat alles gesehen, aber es könnte auch nur ein flüchtiger Gedanke gewesen sein. Wir sollten nicht vorschnell handeln, ihr solltet ihren Freunden aber besser nicht sagen, wer ihr seid.« Taipa sah die Princepa auffordernd an, doch diese schien die Gefahr nicht sehen zu wollen, denn sie beachtete die Rothaarige auf der Liege nicht und trat stattdessen auf Taipa zu, die instinktiv zurückwich.

»Wie konnte er in ihren Geist eindringen? Ist es eine besondere Form der alten Magie? Wir …« Sie sah hinüber zu Aries, der unentwegt auf die junge Kriegerin starrte, sein Blick trüb, als sähe er durch ihre traditionelle Kleidung in ein anderes Leben. Die Princepa zerrte ihn zurück in die Gegenwart.

»Wir benötigen deine Hilfe. Und wie es aussieht, auch die von Cheveyo. Ihr müsst uns in den Palast begleiten und den Princeps retten.«

Taipa dankte still der Erdenmutter, die ihren Weg immer deutlicher vor ihr ausbreitete. Wenn sie der Princepa half, kam sie dem Wissen über den Verbleib des Natursteins und der Rettung ihres Volkes immer näher. Sie würde Lana retten können!

»Wir kommen heute Nacht in den Palast. Cheveyo kennt euren geheimen Weg. Wir treffen uns am Zugang. Zuvor müssen wir jedoch versuchen, die Kriegerin zu heilen.«

»Wir sollten sie in den Kerker werfen«, brummte Aries. »Ich kenne Soldaten, die mir noch immer treu ergeben sind. Sie werden sie abholen lassen.«

Taipa ersuchte die Göttin um ein Zeichen, doch leider erhielt sie nicht den Hauch einer Antwort. Daher presste sie die Lippen zusammen und nickte. Vielleicht war dies der von der Erdenmutter vorgesehene Weg für die junge Kriegerin.

Die Princepa und der gefallene Soldat verließen das Zelt, aber erst als Cheveyo zurückkehrte, konnte Taipa wieder frei atmen. Ein nicht zu greifender Teil von ihr hatte an seiner Rückkehr gezweifelt. Sie berichtete ihm von dem Wunsch der Princepa und der Bestimmung, die ihnen die Erdenmutter gewiesen hatte. Sie waren vielleicht die Einzigen, die der Princepa helfen konnten. Noch ehe sie ihm von ihrem wahren Ziel, dem Aufspüren des Natursteins, erzählen konnte, stürmten Legionäre das Zelt und nahmen die Kriegerin mit sich. Der Wunsch ihrer Göttin war es offenbar, Stillschweigen über ihre Pläne zu bewahren. Und so schwieg Taipa, obwohl sie kein Geheimnis vor Cheveyo haben wollte.

25
Taipa

Taipa und Cheveyo wurden bereits am Ende des verschlungenen emporsteigenden Fußweges zum Palast von einer Gruppe Gardistinnen in Empfang genommen. Die Anführerin, Circe, wies ihre Kriegerinnen an, sie sollten Taipa und Cheveyo durchsuchen. Ihr Blick schien Taipa zu durchbohren, und eine unbestimmte Angst fraß sich durch ihr Innerstes, während Circe immer wieder die Luft einsog. Sie witterte wie ein Tier und war gerade im Begriff, Taipa Yanmas Bündel abzunehmen, als die Princepa zu ihnen trat.

Taipa hätte sie beinahe nicht wiedererkannt. In eine schwere purpurfarbene Toga gehüllt und ein funkelndes Diadem mit roten Kristallsplittern in den dunklen hochgesteckten Haaren war sie wahrlich gekleidet wie eine Herrscherin. Eine Herrscherin wie die, die ihrem Volk das Allerheiligste genommen hatte. Taipa hielt sich gerade noch zurück, mit den Zähnen zu knirschen.

Die Gardistinnen traten auf den Befehl der Princepa hin sofort zurück, nur Circe, eine rot gelockte Frau namens Vilana und Mameida, eine Kriegerin mit von der Sonne geküsster Haut, blieben an ihrer Seite. Taipa glaubte, die Verbundenheit der drei Gardistinnen zur Princepa sehen zu können.

»Ich danke euch, dass ihr gekommen seid.« Das Lächeln der Princepa war ehrlich.

»Wo ist Aries?«, wollte Cheveyo wissen und sah sich suchend um. Taipa hätte beinahe über ihn gelacht. Er fühlte sich zwischen all den Frauen in funkelnden Harnischen offenbar noch unwohler als sie selbst.

»Er nimmt gerade Kontakt zu dem von Taipa geheilten Tempeldiener auf und wird später zu uns stoßen. Vorher haben wir jedoch etwas viel Dringenderes zu erledigen. Und ich bitte euch, mich Malena zu nennen – oder Lena.«

Taipa und Cheveyo nickten, folgten dann der Princepa durch den weitläufigen, von Feuerschalen erhellten Palastgarten. Taipas Augen leuchteten auf, als sie die zahlreichen Heilpflanzen erkannte. Blumen und Kräuter, die ihr Stamm immer mit fahrenden Händlern tauschen musste, schmiegten sich hier in gepflegten Beeten aneinander, die größtenteils verschont worden waren von der Zerstörung, welche sich am Ende des Weges zwischen den Rabatten hindurch abzeichnete. Sie erkannte die Nachtviole, die erst nach Sonnenuntergang ihre Blüten zeigte, sofort – ebenso die Stelle, an der Malena die Pflanzen für sie ausgegraben hatte.

Dahinter waren Berge aus Trümmern zusammengekarrt worden. Der Palast endete auf einer Seite im Nichts, als hätte man eine der alten in Leder gebrannten Zeichnungen ihres Stammes einfach entzweigerissen. Taipas Kehle wurde eng. Sie dachte an all das Leid, das die Erdenmutter mit ihrem Aufbäumen hier verursacht hatte. Doch manchmal war ein höheres Ziel all die erduldete Pein wert. Hoffentlich galt dies auch für Lügen und Auslassungen gegenüber ihrem besten Freund. Sie warf einen Blick auf Cheveyo, der offensichtlich mit den Zähnen knirschte. Seine Kiefermuskulatur arbeitete unentwegt, sein Blick huschte umher wie ein angriffslustiges Insekt.

Während der noch intakte Teil des Palastes von zahlreichen Fackeln und Feuerrinnen erhellt vor ihnen emporwuchs, berichtete die Princepa leise, was in der Nacht des großen Bebens geschehen war.

»Valerian befand sich in seinen Gemächern, als der Palast entzweibrach. Sein Leibwächter Maximus hat ihn aus den

Trümmern gezerrt. Er wurde sofort von den überlebenden Heilerinnen und Heilern versorgt, die äußeren Wunden sind verheilt, aber …« Sie machte eine Pause, ein schmales Rinnsal auf ihrer Wange spiegelte die eben passierten Feuerschalen neben dem Eingang des Palastes. »Valerian scheint in seinem Schlaf gefangen. Aries und ich wollten dich ohnehin um Hilfe bitten, Taipa, deine Heilkünste stellen alles Wissen unserer Dienerschaft in den Schatten, aber als du mir von dieser Kriegerin berichtet und mich gewarnt hast, wusste ich mit Gewissheit, dass Meridia dich uns gesandt hat.«

Malenas Stimme wurde von ihrer Verzweiflung gebrochen. Taipa hielt ihre Gedanken zurück, dass es ganz sicher nicht *Meridia* war, die hier die Geschicke ihres Volkes lenkte.

Sie ließen die Gardistinnen hinter sich, nachdem sie eine geschwungene Treppe emporgestiegen waren. In dem langen Flur, der ihr folgte, war die Zerstörung des Palastes kaum mehr zu erkennen. Feine Risse im Gemäuer waren die einzigen noch sichtbaren Folgen. Aber die Luft war unnatürlich trocken, es roch nach Staub, durchwirkt mit dem charakteristischen metallenen Geruch von Blut. Sie passierten einen so großen Raum, wie Taipa ihn nie zuvor gesehen hatte. An den Wänden hingen allerlei Waffen, auf dem Boden lagen etliche Männer und Frauen auf Matten. Zwischen ihnen huschten Heilerinnen und Heiler umher, die dabei halfen, die Verletzten zu versorgen. Der Gestank nach Blut und Tod kroch aus diesem Raum.

»Was geschieht, wenn der Princeps nicht wieder aufwacht?«, wollte Cheveyo wissen, nachdem auch er kurz in den Raum gesehen hatte.

Malena wechselte einen schnellen Blick mit Circe, die den Kopf schüttelte. Malena antwortete trotzdem. »Wenn er nicht wieder erwacht und seinen Wunsch schreibt, sind wir alle verloren.«

»Was wird gesch...« Taipas restliche Worte wurden von einem Keuchen erstickt, weil sie ins Stolpern geriet und sich gerade noch mit den Händen auffangen konnte. Das Klatschen hallte durch den langen Flur. Cheveyo reichte ihr die Hand, unterdrückte ganz eindeutig eine herausfordernde Bemerkung, während Circe Yanmas Beutel vom Boden hob, ihn kurz skeptisch musterte, ehe sie ihn Taipa zurückgab.

»Ist alles in Ordnung?«, fragte die Princepa besorgt, ihr Blick glitt über den komplett ebenen Boden, der Taipa dennoch ins Stolpern gebracht hatte. Sie versicherte ihr, dass sie unverletzt war und es ihr gut ging. Nach einem gedankenverlorenen Nicken wandte sich Malena an ihre oberste Gardistin.

»Kannst du Maximus beschäftigen, damit wir Ruhe haben?«

Circes Begeisterung über die Aufgabe war in etwa so groß wie Cheveyos Wunsch, die höchsten Felsen zu erklimmen. Dennoch gab sie dem Befehl nach, und wenig später lernte Taipa den nur aus Muskeln bestehenden Riesen kennen. Cheveyos schmale Statur könnte sich zweimal hinter Maximus' Rücken verstecken. Auch der zukünftige Häuptling ihres Stammes musterte den Giganten mit großen Augen, während die im Vergleich zu ihm zerbrechlich wirkende Circe auf ihn zuging und ihn zur Seite schob wie einen störrischen Esel. Der Koloss reagierte nicht, blinzelte nicht einmal. Ein Gefühl von Dutzenden Dornen im Nacken verriet Taipa, dass mit ihm etwas nicht stimmte.

»Ich werde auch noch im Verlies vorbeischauen. Vals Soldaten haben eine neue Gefangene gebracht.« Taipa und Cheveyo sahen sich an. Bei dieser Gefangenen musste es sich um Caldea, die Fürstin aus dem Süden, handeln. Taipa horchte in sich hinein, wartete auf ein Zeichen der Erdenmutter, doch diese schwieg weiterhin.

Die Princepa nickte und trat durch einen mit hölzernen Ornamenten geschmückten Rundbogenzugang in den weitläufigen Raum dahinter. Taipa und Cheveyo folgten ihr zu einem großen Bett, an dessen Seiten weiße Tücher in der Brise flatterten und das beinahe größer war als Taipas Heilzelt in der Unterstadt.

Die Princepa schob den Vorhang beiseite, und dahinter lag ein gelockter junger Mann vollkommen reglos da. Nicht einmal seine Brust schien sich zu heben. Er war so bleich wie der Mond. Taipa wurde der Unterschied zwischen der Princepa, deren Ahnenlinie auf eine Verbindung mit den Ostlanden zurückging, und dem hellhäutigen Princeps mehr als deutlich bewusst. Die beiden könnten nicht verschiedener sein. Wo Malenas Haar dem von Taipa glich, waren die Locken von Princeps Valerian schon beinahe weiß. Seine scharf konturierten Gesichtszüge unterstrichen die herrschaftliche Herkunft.

»Würdest du deine Magie wirken?«, bat Malena Cheveyo, der sich daraufhin an der Schläfe kratzte. Von jenseits des Durchganges, durch den sie den Raum betreten hatten, waren Stimmen zu hören. Eine dunkle männliche Stimme wiederholte stets denselben Satz, während Circe darauf antwortete. Immer wieder erklang ein Rumpeln. Maximus und Circe schienen nicht gerade beste Freunde zu sein.

»Ich … Ich weiß nicht, was ich machen muss«, gestand Cheveyo, ging dann jedoch auf die Bettstatt zu und streckte die Arme mit den Handflächen nach unten über den Princeps. Taipa unterdrückte ein Lachen. Auf diese Weise hatten sie sich in ihrer Kindheit immer die früheren Schamanen beim Wirken ihrer Heilmagie vorgestellt. Nur dass es kindliche Vorstellungen waren, die ganz offenbar nicht der Realität entsprachen. Später hatte Taipa gelernt, dass diese *Magie* lediglich aus der richtigen Kombination von Pflanzen bestand.

»Du hast die Kriegerin getragen, als du Kontakt zu ihrem Geist aufgenommen hast«, half ihm Taipa auf die Sprünge.

Cheveyo zögerte, straffte dann die Schultern und strich sich die langen Haare aus dem Gesicht. Mit viel zu skeptischer Miene schob er seine Arme unter den Körper des Princeps. Maximus trat näher, damit er Val weiterhin »nicht aus den Augen ließ«. Malena richtete sich neben Taipa auf, bereit, den Princeps zu verteidigen – oder ihn notfalls aufzufangen, sollte Cheveyo ihn fallen lassen.

Doch der hielt den bleichen Valerian auf dem Arm wie eine hölzerne Statue, kein Muskel zeigte Überanstrengung. Sein Gesicht wirkte dennoch verkniffen, er schloss die Augen und bemühte sich sichtlich um eine Kontaktaufnahme. Doch nichts geschah.

»Es tut mir leid«, sagte er, nachdem er die Augen wieder geöffnet hatte. »Ich weiß nicht, wie ich mit dieser Kraft umgehen muss, wie ich sie rufen kann.«

Malenas Lippen zitterten. Ihr Blick war voller Verzweiflung. »Wir müssen ihn aufwecken, es ist –«

»Ich werde ihn noch untersuchen«, kam Taipa das Angebot über die Lippen, ohne dass sie sich die Worte zurechtgelegt hatte.

Cheveyo legte den Princeps wieder ab, und Taipa breitete auf der Bettstatt neben seinem Körper Yanmas Bündel aus. Wieder stiegen Reste des roten Pulvers, das noch immer am weichen Leder haftete, wie Staub auf. Cheveyo musste niesen, und auf Taipas Zunge legte sich ein bitterer Geschmack, ehe sich das Rot um sie herum auf das strahlend weiße Laken senkte wie vernebeltes Blut. Dann kippte Cheveyo vornüber, die Augen weit aufgerissen – und vollkommen weiß wie kurz vor dem letzten Beben. Seine langen dunklen Haare waren von einem weißen Schimmer umgeben. Ein Schauder raste über Taipas Rücken, ihr Instinkt, ihn zu beschützen, reichte jedoch nicht aus, um ihn vor dem Sturz zu bewahren, er war zu schwer.

Malena sprang ebenfalls zu ihm, wollte ihn stützen, blieb jedoch entweder aus dieser falschen Scham, dieser Angst vor Männern, oder angesichts seiner geweiteten pupillenlosen Augen taumelnd stehen.

»Was … Was hat er?«, fragte sie flüsternd.

Cheveyo stemmte sich stöhnend vom Boden auf, stützte sich auf der Bettstatt ab und kroch langsam auf den Princeps zu. Malena griff nach seinem Arm und hielt ihn zurück, was sie angesichts ihrer zu einem Strich verzogenen Lippen große Überwindung zu kosten schien, ein blaues Leuchten ging von ihr aus. Cheveyo brüllte auf wie ein verletztes Tier, wehrte sich, bis er sich so weit aus ihrer Umklammerung reißen konnte, dass er Valerians nackten Arm berührte.

Der Schmerz von Hunderten Seelen hallte in seinem Schrei mit, ehe er schweißbedeckt über dem Princeps zusammensackte. Sein Atem ging hektisch, Taipa fühlte das Flattern seines Herzschlags an seinem Handgelenk.

»Was hast du dieses Mal gesehen?«, flüsterte sie dicht an seinem Ohr, während seine Lider zuckten. Der weiße Schein um sein Haupt verblasste, sein Brustkorb hob und senkte sich in hektischem Rhythmus. Unter sichtlicher Anstrengung öffnete er die Lider. Taipa war ihm so nah, dass sie seine stockenden Atemzüge auf ihrer Haut spüren konnte. Ihr Herz trommelte, und sie wich schnell zurück.

Cheveyo setzte sich auf. Sein fassungsloser Blick richtete sich auf die Princepa, obwohl er Taipa ansprach. »Sie hat die Wahrheit gesagt, Vögelchen. Wenn wir den Princeps nicht retten, sind wir alle verloren.«

»Was hast du gesehen?«, wiederholte Taipa im selben Moment, in dem Malena fragte: »Wie können wir ihn retten?« Malenas Stimme klang gepresst, erfüllt von Angst vor dem, was Cheveyo nicht aussprach. Taipa fragte sich, welches Geheimnis in diesem prachtvollen Leben so grausam sein könnte, dass die Princepa, deren Herrscherlinie ihrer aller Welt seit Dekaden ins Unglück stürzte, vor ihren Augen zusammenbrach.

»Ich habe ihn gesehen«, Cheveyo deutete auf den Princeps. »Aber nur sehr weit entfernt. Er hat mir zugerufen, dass wir …« Cheveyo schluckte, sah zur Princepa auf, in deren Augen Tränen schimmerten. »Er hat mir gesagt, dass nur er dich aufhalten kann. Dann kamen die Bilder der Beben.« Cheveyos Stimme klang so rau, als hätte er tagelang geschrien. Seine Worte trugen so viel Schmerz in sich, dass sie den gesamten Raum einnahmen, zwischen ihnen waberten und Taipa zu ersticken drohten.

»Wie will er das bewerkstelligen?«, fragte Taipa, und Malena erzählte ihr mit gesenktem Blick vom Fluch der Princepas, und mit jedem grausamen Detail erkannte Taipa ihre wahre Bestimmung. Sie konnte ihre Schwester, ihr Volk und alle Bewohner ihrer Welt nur retten, wenn sie ihr folgte.

Cheveyo ergriff zuerst das Wort. »Wieso kannst du diesen Wunsch nicht selbst schreiben?«

Malena schluckte, und Taipa erwartete beinahe, dass sie sich in Ausflüchte stürzen würde. Doch dafür war ihr Gesicht zu ernst. »Ich werde tun, was viele meiner Ahninnen getan haben.« Sie schluckte erneut hart, senkte die Lider. »Ich werde ihrem Mut folgen – sobald ich Val gerettet habe. Das Volk braucht jemanden wie ihn, er ist gutherzig, freundlich, will das Beste für alle …« Malena sah in eine längst vergangene Zeit, und ein trauriges Lächeln schlich sich auf ihre Lippen, ehe ihr Ausdruck erhärtete und sämtliches Glück im Raum mit sich riss. »Ich kann mir nicht selbst die Gefühle nehmen. Als ich die Wahrheit erfahren habe, war dies auch mein erster Gedanke, aber Lothair hält es für einen egoistischen Wunsch, der unabsehbare Folgen haben könnte.«

»Wer bei der großen Weite ist Lothair?«, fragte Cheveyo.

»Der oberste Priester Darianas, zu dessen Aufgabe es gehört, das Geheimnis um den verbotenen Wunsch zu wahren und Princeps und Princepa ihrer Bestimmung zuzuführen.« Malenas Stimme klang unnatürlich monoton, als ratterte sie eine Erklärung herunter, die sie schon Tausende Male ausgesprochen hatte. Dann zögerte sie, sah zur Tür und wieder zu Taipa und Cheveyo. »Aries und ich glauben, dass er etwas verbirgt. Deshalb war es so wichtig, dass der Tempeldiener uns Zugang verschafft. Ich hoffe, er ist erfolgreich.«

Taipa nickte, wartete auf eine Eingebung der großen Erdenmutter, die doch sicherlich eine Meinung zu dieser grausamen Wahrheit hatte, die Generationen von Princepas als Opfer forderte. Die Göttin schwieg.

Daher war Taipa froh, dass Cheveyos Stimme die zehrende Stille zwischen ihnen füllte.

»Ich brauche mehr von diesem Pulver.« Mit bedeutungsschwerem Blick wandte er sich an Taipa, deutete auf die Überreste des roten Pulvers auf dem weißen Laken. »Ich habe davon gekostet, ehe ich den Geist der Kriegerin berühren konnte. Jetzt habe ich es eingeatmet und hatte erneut Kontakt.«

»Wo finden wir dieses Pulver?«, wollte Malena von neuer Energie erfüllt wissen. »Aus was besteht es?« Noch während sie fragte, fegte sie mit der Hand vorsichtig das zarte Rot auf dem Laken zusammen. Es war ein karger Rest, weniger als eine Fingerspitze.

Taipa wiegte langsam den Kopf, betrachtete das ausgebreitete Bündel neben sich. Yanma hatte nur ihr diese Sammlung anvertraut, sie von ihrem Sterbebett aus davon unterrichtet. Sie hob ein Behältnis nach dem anderen an und stellte es auf den hölzernen Beistelltisch, den Cheveyo auf ihre Aufforderung hin herbeischaffte. Sie sortierte die Tiegel und die kleinen Beutel mit Kräutern nach ihr bekannten und unbekannten Inhalten, ehe sie das zusammengerollte Leder mit der Abbildung des Natursteins dazwischen legte. Ein feiner Rest des Pulvers hing noch an der Innenseite des Bündels, und Taipa schüttete es mit größter Vorsicht zu dem winzigen roten Fleck, den Malena zusammengeschoben hatte. Es war noch immer weniger als das, was Cheveyo kurz vor dem dritten Beben mit seiner Fingerspitze gekostet hatte, aber vielleicht würde es ausreichen.

»Du musst es noch einmal versuchen«, bat sie ihn, und Cheveyo trat skeptisch näher.

»Wir passen auf dich auf«, versicherte Malena. »Ich werde dich nicht mehr aufhalten – bei was auch immer du da genau tust.«

Auch Taipa nickte ihrem Freund aufmunternd zu und stand von der Bettstatt auf.

Draußen zog lautstark ein Schwarm Vögel vorbei, als Cheveyo ihren Platz einnahm und nach der Hand des Princeps griff. Vor Schreck ließ er sie wieder fallen. Taipa wurde von einer Energie erfasst, die auch nach Malena zu greifen schien. Sie trat nervös von einem Bein aufs andere, verschränkte ihre Finger, ehe sie sie wieder lockerte und äußerst bemüht um Ruhe rang.

Cheveyo hielt nun die Hand des Princeps fest umschlungen, leckte einen Finger der anderen Hand ab und näherte sich dem Überrest des Pulvers. Der allerletzten Möglichkeit, Kontakt herzustellen. Taipas Gedanken rasten, kreisten mit der Geschwindigkeit eines Sturms um diesen schwarzen Fleck im Gesamtbild. Yanmas ruhige Stimme erklang in ihrem Kopf.

»Eines Tages wird Occidenta mit all ihrer Macht und ihrer Großzügigkeit zurückkehren, Taipa. Wenn es nur jemand

schafft, seine Flügel auszubreiten und Kontakt herzustellen, um ihr zu sagen, dass sie nicht vergessen wurde.«

Taipa schreckte aus ihren Gedanken auf. Cheveyo leckte gerade die mit dem letzten Pulver benetzte Fingerspitze ab und senkte bereits die Lider. Taipa warf sich auf ihn, entriss ihm die Hand des Princeps und beendete so den Kontakt zu dessen Geist. Cheveyo blinzelte mit bereits zur Hälfte weißen Pupillen, Malena schrie, stieß Taipa von Cheveyo weg, doch diese rief nur: »Nimm Kontakt zur Erdenmutter auf!«

Dann kam sie hart auf dem Boden auf, die gesamte Luft wich aus ihrem Körper. Die Princepa ragte mit wutverzerrtem Gesicht über ihr auf. In den Schatten der Bettstatt wurde sie noch immer von einem zarten bläulichen Schimmer umhüllt, durch den sich nun rote Schlieren zogen.

Taipa wollte sich aufrichten, doch Malena hielt sie fest am Boden, in ihrem Gesicht blankes Entsetzen.

»Was hast du getan? Du hast uns alle verdammt!«, schrie sie, und von jenseits des Raumes erklangen Schritte.

»Nicht, wenn wir dem ein Ende bereiten«, presste Taipa hervor. »Meine Bestimmung ist es, den Kontakt zu unserer Göttin herzustellen und ihr den Weg für ihre Rückkehr zu bereiten. Und der Einzige, der Kontakt aufnehmen kann, ist Cheveyo.«

»Was ist mit mir?« Cheveyos Gesicht erschien hinter dem von Malena. Binnen eines Wimpernschlags hatte er die Princepa von Taipa heruntergerissen und hielt sie an beiden Armen fest. Malena schluchzte. »Was ist hier los?«, wollte er wissen, als Taipa gerade fragte: »Hast du die Erdenmutter gesehen?« Ihre Stimme klang flehend. Schnell stemmte sie sich auf die Unterarme und erhob sich.

All ihre Hoffnung, ihre Bestimmung richtig gedeutet zu haben, wurde von Cheveyos Kopfschütteln weggewischt. Tränen brannten in Taipas Augen, ihre Lippen zitterten.

Mit ihrer Fehldeutung hatte sie Princeps Valerian vielleicht die einzige Möglichkeit genommen, zu erwachen und seinen Wunsch zu schreiben. Wenn Malena die Wahrheit gesprochen hatte, gab es nur eine Lösung, dem ein Ende zu bereiten.

Taipa tastete nach dem Messer, das sie seit dem Erhalt ihres wahren Namens tragen durfte. Sie war eine geschulte Jägerin wie alle in ihrem Stamm. Sie würde die Princepa überrumpeln und töten. Danach konnten Cheveyo und sie überlegen, was sie mit dem Princeps taten und wie sie ihn aufwecken konnten, um zu erfahren, wo sich der Naturstein befand, um endlich zu ihrem Stamm zurückzukehren und Lana zu heilen.

Mit einem Schrei stürzte sich Taipa auf die Princepa.

Der Angriff war vorbei, ehe er wirklich begonnen hatte. Eine starke Hand hielt ihren ausgestreckten Arm mit dem Messer auf, dessen Spitze nur noch eine Handbreit von Malenas purpurfarbener Toga über der Brust entfernt war.

Aries schien sich nicht sonderlich anstrengen zu müssen, ihren Arm nach unten zu drücken und die Finger zu lockern, obwohl Taipa in ihrer puren Verzweiflung die Kräfte eines Bären in sich spürte. Das Messer, ihre letzte Chance, fiel zu Boden. Aries schob es mit dem Fuß weit unter Valerians Bett.

»Was bei Meridia ist hier los?«, bellte Aries, hielt Taipas Arm noch immer in eisernem Griff.

»Wolltest du eben die Princepa töten?«, fragte Cheveyo. Die Enttäuschung auf seinem Gesicht ließ die Bärenkräfte schwinden. Taipas Knie gaben nach, und sie fiel zu Boden, ein Schmerz durchzuckte ihren Arm, weil Aries sie weiter festhielt.

»Ich habe versagt.« Die Wahrheit schmerzte nicht nur in ihrer Brust, sondern hallte in ihrem ganzen Körper wider.

Sie brach zusammen, Aries ließ ihr Handgelenk los und trat auf Cheveyo zu, der Malena noch immer festhielt. In ihren Augen stand jene Verzweiflung, die Taipa bis auf die Knochen hinab spürte. »Ich habe unsere letzte Chance vertan. Verzeih mir, große Erdenmutter.« Taipa vergrub ihr Gesicht in den Händen. Sie hatte alle enttäuscht. Ihren Stamm, Lana, Yanma, ja selbst die große Göttin. Sie hatte ihre Bestimmung missverstanden und alles falsch gemacht.

»Du hast das Richtige getan«, sagte Cheveyo, während er die Princepa freigab und sich beide vom Boden erhoben. Taipa wagte es wieder, aufzusehen, ein zarter Hoffnungsschimmer flackerte in ihrer Brust. Aries hatte sich inzwischen neben Malena gestellt, mit genug Abstand, die Hand an seinem Schwertgriff. Beiden war anzusehen, dass sie sich schon beim kleinsten Verdacht verteidigen würden.

»Ich habe sie zwar nicht gesehen, aber *ihre* Stimme gehört, Taipa.« Ihr Name aus seinem Mund klang vollkommen fremd, Taipa wusste nicht, wann er sie zuletzt nicht *Vögelchen* genannt hatte, weshalb sich allein dadurch eine Gänsehaut auf ihren Armen abzeichnete. Taipa wagte es kaum, nachzufragen.

Mit ernster Stimme erklärte Cheveyo: »Das Pulver stammt vom Naturstein.«

»Der Göttergabe von Occidenta?«, fragte Malena dazwischen und durchschnitt damit die erwartungsvolle Spannung.

Cheveyo nickte, während Taipas Geist erneut feuerte, bis sie zu verstehen begann. Sie rutschte auf Knien zum Bett, griff nach dem Bündel und entrollte die Zeichnung des Natursteins. Sie betrachtete das Bild des Steins in der gezeichneten Hand noch einmal genau. Die dunklen Stellen auf der Handfläche … Sie mussten dieses rote Pulver sein, kein Schmutz.

Yanma hatte ihr einen Teil des Natursteins, der Göttergabe der Erdenmutter, überlassen, um ihrer Bestimmung zu folgen – und sie hatte dieses wertvolle Geschenk zerstört, als sie von dem Bären angegriffen wurde. Das Knirschen des Tiegels hallte erneut durch ihren Geist, sie erinnerte sich an das leuchtende Rot, in das der wütende Bär eingehüllt war, an den bläulichen Schimmer, der kurz darauf von dem ängstlichen Cheveyo ausging. Mithilfe des Pulvers konnte sie Gefühle lesen, hinter die Fassade eines jeden Menschen sehen. Ihr Blick huschte zur Princepa, um die der bläuliche Schein inzwischen verblasst war. Furcht. Malena hatte schreckliche Angst gehabt. Nicht um sich selbst, sondern um den Princeps.

»Du hast auch schon Kontakt zu mir aufgenommen«, murmelte sie vor sich hin, konnte dabei Cheveyo nicht in die Augen sehen, daher richtete sie sich langsam auf und kam auf die Beine. »Auf dem Weg nach Dariana warst du jede Nacht in meinen Träumen.« Sie rieb sich die Stirn, überlegte fieberhaft, warum. Dann glaubte sie zu verstehen. »Das Pulver war auf deinem Verband.« Sie sah auf, wollte seinen Blick einfangen, doch Cheveyo sah mit geröteten Wangen direkt an ihr vorbei. All das war nun nicht wichtig.

Sie drehte sich zu Malena und Aries um. »Wo befindet sich der Naturstein jetzt? Er ist die einzige Möglichkeit für Cheveyo, direkt in den Geist von Princeps Valerian einzutauchen und ihn zurückzuholen.« Das musste Occidentas großer Plan gewesen sein. Taipas Körper vibrierte vor Anspannung. Cheveyo würde den Princeps retten, der wiederum das Imperium schützen würde, indem er Malena die Kraft raubte, mit ihrem gebrochenen Herzen alles zu zerstören, während Taipa mit der Göttergabe zu ihrem Volk zurückkehren und alle retten konnte. Doch natürlich waren göttliche Pläne nicht einfach.

Malena zuckte mit den Schultern. »Ich … Tut mir leid, ich weiß nicht, wo sich der Stein befindet.«

Taipas Blick fiel auf das goldene Diadem in Malenas Haar, auf die roten Splitter darin. Hatten die Nachkommen von Daria und Decimus es etwa gewagt, ihr Heiligtum zu zerstören?

»Was für ein Stein ist in deinem Schmuck?«, fragte Taipa und deutete mit der Hand auf Malenas Haar.

Einen Moment später berührten sie und Cheveyo den gläsernen roten Stein in der schimmernden Fassung. Cheveyo hatte vor Konzentration die Augen geschlossen, als er sie wieder öffnete, schüttelte er den Kopf.

»Vals Krone hat einen größeren Stein!«, sagte Malena und ging bereits zu einem Schrank unter den mit goldenen Gittern geschmückten Fenstern. »Hier.« Sie kehrte mit der schweren Krone des Princeps zurück und drückte sie Cheveyo achtlos in die Hand. Doch auch der große funkelnde Stein darin war nicht das Geschenk der Erdenmutter. Cheveyo senkte enttäuscht den Kopf.

»Vielleicht finden wir im Tempel etwas über den Aufenthaltsort dieses Steins«, schlug Aries vor. »Der junge Tempeldiener sollte Lothair deinen Trank mit dem Abendmahl servieren.«

Und so schmiedete Taipa gemeinsam mit der Princepa des Imperiums einen neuen Plan, und wenig später machten sie sich, in einfache Umhänge und den Schutz der Nacht gehüllt, auf den Weg zum größten Tempel von Dariana.

26
Malena

Malena zog den einfachen, fadenscheinigen Umhang enger um sich. Sie hätte sich der purpurfarbenen Toga entledigen sollen, die sie selbst im zarten Licht der Fackeln in den Fluren als Princepa auswies. Doch alles war so schnell gegangen. Sie mussten Lothairs hervorgerufenen Schlaf ausnutzen – nicht nur, um vielleicht die Lösung für Malena zu finden, nach der Val gesucht hatte, sondern auch, um Val selbst zu retten. Dazu mussten sie erfahren, wo sich der Naturstein befand. Nun eilte sie an der Seite von Aries, Taipa und Cheveyo geduckt durch die unzerstörte Eingangshalle des Palastes, durch den Garten zum geheimen Tor an der hohen Mauer. Taipa klärte Cheveyo im Vorbeigehen über die Verwendung der einzelnen Blumen und Kräuter auf, die Malena bislang einfach nur für hübsch gehalten hatte, die aber offenbar mehr konnten als das. Ebenso wie Malena mehr für ihr Volk tun konnte, als es zu verdammen.

Sie würde Valerian aufwecken! Sie würde ihr Volk retten. Bis dahin musste sie ihre Gefühle sorgsam unter Kontrolle halten – was in Aries' Gegenwart nicht gerade leicht war. Sie spürte seine Wärme, obwohl sie sich nicht berührten, ihre gesamte Seite schien zu prickeln. Und wann immer sie kurz zu ihm sah, sich ihre Blicke trafen, beschleunigte sich ihr Herzschlag. Doch die Angst, etwas Falsches zu tun, war schier übermächtig. Sollte sie jemals enttäuscht werden, waren die Konsequenzen zu katastrophal.

Im Schutz der Dunkelheit eilten sie die Serpentinen hinab und bahnten sich ihren Weg durch die Oberstadt. Überall waren Türen und Fenster verbarrikadiert, nirgendwo trafen sie auch nur auf eine Menschenseele. Es waren nicht einmal stampfende Schritte von Patrouillen zu hören. Und doch fühlte sich Malena beobachtet, sah sich immer wieder um und fürchtete, dass Circe, Mameida oder Vilana ihr folgen und sie aufhalten würden. Malena hatte die beiden Letzteren auf die Suche nach Circe ausgesandt, und glücklicherweise hatten ihre Freundinnen sie nicht schnell genug gefunden, um Malena in die Quere zu kommen.

Selbst das Forum, der Hauptplatz von Dariana, auf dem sonst bis in die Nacht Bewohner gefeiert und Handel betrieben hatten, war verwaist. Malena hatte ihre Stadt zur Geisterstadt gemacht. Die Last lag schwer auf ihren Schultern, ihre Schritte wurden immer kraftloser. Aries ergriff ihre Hand, und ein Funke Hoffnung sprang auf sie über und ließ Malena weitergehen, direkt auf den hell erleuchteten Tempel zu. Die Lektionen ihrer Lehrmeisterinnen, dass es sich nicht schickte, körperlichen Kontakt zu Männern zu haben, wurde immer mehr zu einem entfernten Flüstern. Es fühlte sich richtig an. Zu richtig. Und es könnte sie alle ins Verderben stürzen.

Eine Gestalt löste sich aus den Schatten der Säulen und trat direkt vor ihnen ins Licht der Feuerrinnen auf der Treppe. Malena erschrak, doch Aries begrüßte den Fremden und stellte ihn vor.

»Das ist Marius, der erste Tempeldiener von Lothair. Er hat uns geholfen.«

Malena grüßte den Jungen mit den blonden Haaren und der schmucklosen Tunika. Sie glaubte, ihn bei der Krönungszeremonie an der Seite von Lothair gesehen zu haben, war sich aber nicht sicher.

»Ich glaube an den Weg, den die Göttin mir gewiesen hat«, erklärte er. »Taipa hat mich geheilt, und somit stehe ich in der Schuld der Göttin.« Er nickte Taipa zu, was Cheveyo unruhig werden ließ.

»Es ist meine Bestimmung, zu heilen«, erwiderte Taipa nur.

»Hast du Lothair den Schlaftrunk verabreichen können?«, fragte Aries nun geschäftig. Marius nickte.

»Wir sollten uns aber beeilen. Ich weiß nicht, wie lange die Wirkung anhält.«

So folgten sie dem Jungen in den Tempel, passierten etliche in Nischen stehende und von Fackeln erleuchtete Statuen von Meridia, wie so oft als imposante Kriegerin dargestellt, bis zum hinteren Bereich der Säulenhalle. Die bunten Bilder an den Wänden des Tempels zeigten Darias Weg bis zur Entstehung des Imperiums und dem Aufstieg Darianas. Malena kannte die Illustrationen aus Büchern, sie selbst hatte nie einen Schritt in den Tempel machen dürfen. Auf den deckenhohen Gemälden jedoch zeigte sich das wahre Talent des Künstlers, Daria und die Göttin erstrahlen zu lassen. Doch nun, da Malena die Wahrheit kannte, lag eine Düsternis und Schwere über allen Bildern. Schnell wandte sie sich ab.

»Wir müssen herausfinden, welche Aufzeichnungen es über den zweiten Wunsch Darias gibt und ob Lothair weiß, wo der Naturstein aufbewahrt wird«, fasste Aries noch einmal zusammen. »Und wir müssen leise und schnell sein.«

Durch einen schmalen Durchgang gelangten sie in die Wohnräume des Priesters und der anderen Diener der Göttin. Nach der Weite der großen Tempelhalle kam es Malena vor, als stürzte sich die niedrige Decke in diesem Bereich auf die Eindringlinge. Mit einem Gefühl von Beklemmung drückte Malena Aries' Hand, die noch immer in ihrer lag, und sie ließen sich von Marius in Lothairs Dormus führen.

Der Raum war schmucklos und nur schwach beleuchtet. Er wurde von dem großen Schreibtisch und zahlreichen hölzernen Regalen dominiert. So fiel Malena erst beim zweiten Umsehen die schmale Bettstatt in der Ecke auf. Dort lag, wie von Marius angekündigt, Lothair und schlief.

Malenas Respekt – oder die Angst – vor dem Priester ergriff selbst trotz dessen Schlafs Besitz von ihr, und sie verharrte am Eingang des Raumes, als könnte Lothair jeden Moment die runzligen Lider heben und sich in seinem Nachtgewand auf sie stürzen.

Aries ließ ihre Hand los und machte sich auf die Suche. Taipa und Cheveyo folgten seinem Beispiel absolut furchtlos. Malena stellte sich ihrer Angst, und nach einem schnellen Blick zu Marius, der kurz vor Lothair kniete, betrat sie ebenfalls den Raum und öffnete die Truhe, die am Fußende von Lothairs Lager stand. Darin fand sie Decken und unzählige schwarze Tuniken und Umhänge. Sie zog sie achtlos heraus und warf sie neben sich. Doch auch darunter war nichts verborgen. Taipa und Cheveyo standen vor einem Regal mit etlichen kleinen Fächern, in denen je eine Schriftrolle lag. Sie zogen eine nach der anderen hervor, entrollten und überflogen sie. Mit jeder weiteren verdüsterte sich Taipas Blick. Auch Aries' Bestrebungen, in den Büchern im Regal neben der Tür Antworten zu finden, waren nicht von Erfolg gekrönt. Er zog immer schneller schwere lederne Bände hervor, ließ die Seiten durch die Finger gleiten, ehe er sie zurück an ihren Platz schob.

Im Raum war es stickig. Bevor sich Malena dem Regal neben sich zuwandte, entledigte sie sich ihres Umhangs und wischte sich den Schweiß von der Stirn. Die Regalfächer am Fuße von Lothairs Bettstatt enthielten weitere Bücher und offenbar die Korrespondenz des Priesters.

»Vielleicht gibt es irgendeinen verborgenen Raum, den nur Lothair betritt?«, fragte Malena angesichts der Hoffnungslosigkeit, die sich im Raum ausbreitete. Lothair zuckte auf das Geräusch ihrer Stimme hin zusammen, und sie alle hielten den Atem an und verharrten, bis seine rasselnden Atemzüge wieder gleichmäßig erklangen.

Im selben Augenblick hörte Malena schnelle Schritte hinter sich, und nach der absoluten Stille glich das Aufeinanderprallen zweier Schwerter einem Donnerschlag.

27
Malena

Das Klirren war so entsetzlich laut, dass es durch Malenas Körper vibrierte wie das Beben, das den Palast zum Einsturz gebracht hatte. Aries hatte schnell genug gehandelt, schneller noch, als sie in der Lage gewesen wäre. Dennoch schien er nicht die geringste Chance gegen den Giganten zu haben, der sich nun immer weiter in den Dormus vorarbeitete und ihn mit seiner bloßen Masse schrumpfen ließ. Er verdunkelte den Raum, hielt unbeeindruckt von Aries' Schwerthieben weiter auf sein Ziel zu: Malena. Sie wich vor ihm zurück, stieß mit den Waden an die Bettstatt des Priesters. Ein kaum verständliches Grunzen drang aus dem Mund des Eindringlings, während er seinen Arm hob, dessen Umfang Malenas Oberschenkel weit übertraf, und erneut mit dem Schwert Aries' Angriffe konterte.

»Sch…zen.«

Es kostete ihn kein bisschen Mühe, Aries' Attacken abzuwehren. Des Weiteren schien er keinerlei Schmerzen zu empfinden. Wann immer Aries ihn traf, gab er nicht den geringsten Laut von sich. Er drängte ihren Beschützer mehr und mehr zur Seite. Malena löste sich endlich aus ihrem Schock und griff ebenfalls zu ihrer Waffe. Mit vom Training mit Circe eingebläuten Bewegungsabläufen hieb sie auf den Koloss ein, der eine gewisse Ähnlichkeit mit Maximus hatte. Seine Haut war ebenso fahl wie die von Valerians Leibwache. Aber wo Maximus' Gestalt noch einigermaßen einem Menschen glich, war die Tempelwache schauderhaft entstellt. An einer Seite des Kopfes spross der Ansatz strähniger Haare, während die andere kahl war, der ganze Schädel wirkte regelrecht deformiert wie auch sein Gesicht.

»Be-schützen«, brachte er mit dem nächsten schweren Schritt aus dem schiefen Mund hervor, ebenso wortkarg wie Maximus. Nicht einmal zu zweit hatten sie dem Koloss etwas entgegenzusetzen. Er ließ, ohne mit der Wimper zu zucken, jegliche Verletzung über sich ergehen.

»Priester beschützen.«

Auf Aries' Schläfen glänzte der Schweiß. Doch keine seiner vor roher Kraft strotzenden Bewegungen zeigte Auswirkungen. Er wirbelte herum, versuchte, die Aufmerksamkeit auf sich zu lenken, attackierte den Giganten an allen möglichen Körperstellen, doch der rückte weiter auf Malena zu und nahm inzwischen ihr gesamtes Sichtfeld ein. Gemächlich hob er sein Schwert, um es gegen Malena zu richten. Aries' klirrender Schlag auf den Unterarm lenkte es nicht einmal einen Fingerbreit ab.

Ihr lief die Zeit davon. Sie brauchte mehr Kraft, als ihr Körper allein zur Verfügung stellte. Daher sprang sie hoch, schwang ihre Waffe über dem Kopf, um genug Schwung zu holen. Ein hohes Sirren erfüllte den Raum, als die Schneide die Luft teilte. Mit aller Kraft ließ Malena das Metall auf den Schwertarm des Wächters niedersausen, um den Koloss endlich zu entwaffnen.

Sie erwartete einen Schmerzenslaut, sah für den Bruchteil einer Sekunde zu Lothair, musste wissen, ob er reagieren, ob er erwachen würde, daher begriff sie nicht, warum Aries ihren Namen brüllte. Sein »Lena, pass auf!« hallte von den Wänden wider, und bis Malena sich umgedreht hatte, war es zu spät. Ohne das geringste Zeichen von Schmerz hielt der Koloss weiter auf sie zu, bis sie jedes Detail seines aufgedunsenen Gesichts erkennen konnte. Die teigklumpenartige Haut mit den tiefen Scharten erinnerte sie an ihren einzigen gemeinsamen Backversuch mit Valerian. Das Erschreckendste jedoch war die Tatsache, dass an der Stelle, an der sie seinen Arm vom Körper getrennt hatte, weder Blut noch Knochen oder Fleisch zu sehen waren. Malena war wie erstarrt, ihr Blick flog über die zahlreichen Schrammen, die Aries dem Koloss zugefügt hatte. Nirgendwo war Blut zu sehen, obgleich die sackgleiche Kleidung, die der Tempelwächter trug, von so vielen Schlitzen übersät war.

»Was bei Meridia ist er?«, fragte Aries.

Malena wagte es nicht, sich zu Lothair umzudrehen. Aber war es nun nicht einerlei, ob er aus seinem Schlaf gerissen wurde? Sie hatten weit größere Probleme als den Zorn des Priesters.

Vollkommen ungerührt sah der Koloss seinem über den blanken Boden rutschenden Arm hinterher, machte zwei gemächliche dumpfe Schritte darauf zu und bückte sich nach ihm. Fassungslos beobachtete Malena, wie er seinen abgetrennten Arm aufhob, der noch immer das Schwert hielt, und ihn sich anlegte wie eine Rüstung. Im nächsten Moment war er wieder in der Lage, ihn zu heben und das Schwert gegen Malena zu richten.

Das Monster versuchte erneut, klare Worte zu artikulieren: »Pr… er beschützen.« Dann war er wieder in Reichweite von Malena und hielt die Waffe erhoben.

Was konnte man einem Angreifer entgegensetzen, der zu keinerlei Schmerzempfinden fähig war und den man nicht einmal entwaffnen konnte?

Rein gar nichts. Malena senkte den Kopf und bat in Gedanken um Verzeihung, während Taipa brüllte: »Ihr müsst weg vom Priester! Er folgt nur einem Befehl. Er beschützt seinen Meister.«

Zu spät.

28
Malena

Das von Aries' Blut benetzte Schwert fing das Licht der Kerze ein und schimmerte in einem flammengleichen roten Ton auf, als es auf Malena zusauste. All ihre Sinne waren auf das Wunder vor ihr gerichtet, den erneuten Beweis, dass Magie jenseits der Göttergaben existierte. Wie das Verschwinden der Seherin auf dem Nachtbasar. Erstarrt vor Ehrfurcht spürte sie einen dumpfen Aufprall an ihrer Seite, und Malena wurde von den Beinen gerissen. Wie die Jahre der Kämpfe mit Circe und den anderen sie gelehrt hatten, rollte sie sich zusammen, um sich beim Sturz nicht zu verletzen. Vom Boden aus sah sie, wer sie gerettet hatte. Aries hatte sie beiseitegestoßen und nun ihren Platz eingenommen. Ihr lautes »Nein!« riss die Zeit entzwei. Wenn sie Aries verlor, dessen war sie sich mehr als bewusst, würden sie alle den Preis dafür bezahlen müssen.

So wirbelte sie auf dem Boden herum, stützte sich dabei auf beiden Händen ab und ließ mit aller verfügbaren Kraft ihre Beine nach vorne schnellen. So brachte sie Aries zu Fall. Mit einem gepressten Schrei entwich der Atem seiner Lunge, als er auf dem kühlen Stein landete. Die Klinge des Giganten durchschnitt lediglich die Luft. Aries war dem sicheren Tod durch die Waffe des Monsters entkommen.

»Wir müssen raus hier!«, schrie Cheveyo. »Ein Erdgeborener folgt blind seiner Aufgabe.«

Das Monster beachtete weder Taipa noch Cheveyo, sondern stellte sich nur vor den schlafenden Lothair und murmelte, wie Maximus, immer denselben Satz vor sich hin. Ohne dass er sich rühren musste, kamen die Worte klarer aus seinem deformierten Mund.

»Ich muss den Priester beschützen.«

Er machte keine weiteren Anstalten, sie anzugreifen, selbst dann nicht, als sich Malena langsam erhob und Aries sich aufsetzte, die weite Hose nach oben schob, um seine Verletzung zu begutachten. Vorsichtig belastete er das Bein, gegen das Malena mit so viel Wucht getreten hatte. Er verzog schmerzhaft sein Gesicht, sein Atemzug glich einem Zischen, ehe er sich mit stoischer Miene erhob und sich trotz allem zwischen Malena und die Kreatur stellte.

»Was, wenn Lothair den Stein bei sich trägt?« Malena betrachtete den Priester, der noch immer in seligem Schlaf lag. Seine schlichte Tunika über der faltigen Haut, ein schmuckloses Laken über dem darunter vermutlich entblößten Körper. Nicht nur Malena erschauderte beim Gedanken daran, dort nach Informationen zu suchen.

»Wir werden nicht an ihn herankommen«, sprach Aries ihren Gedanken aus.

»Es sei denn, wir nehmen ihm seinen Befehl.« Mit diesen Worten zog Taipa alle Aufmerksamkeit auf sich. Sie und Cheveyo hatten sich zum Durchgang zurückgezogen.

»Das kannst du?«, fragte Aries und machte einen Schritt auf Taipa zu. Das gepresste Zischen beim Aufsetzen seines verletzten Beins versuchte er, in einem Hüsteln zu tarnen.

»Er ist ein Erdgeborener«, erklärte Taipa. »Aus den Geistern der Erde erschaffen, um Befehlen zu folgen.«

»Und wie können wir ihn aufhalten?«, fragte Malena.

»Laut den alten Geschichten unseres Volkes werden ihre Befehle in ihre Armschienen geritzt.«

Sie alle sahen zu den funkelnden Metallschienen an den breiten Handgelenken des Erdgeborenen. Cheveyo verzog das Gesicht. »Und wie sollen wir da herankommen?«

»Wir müssen ihm erneut den Arm abschlagen«, schlug Aries vor und hob bereits wieder die Waffe.

Malena suchte nach einer Möglichkeit, die Aries nicht das Leben kosten würde. Er konnte kaum auftreten, das war eindeutig.

»Irgendwo an seinem Rücken muss ein Mal zu finden sein«, erklang eine Stimme jenseits des Durchgangs zum Dormus. Malena hatte nicht bemerkt, dass Marius den Raum verlassen hatte. Nun trat er auf wackeligen Beinen näher.

»Hättest du uns nicht warnen können?« Aries' Groll ließ den Tempeldiener kleiner werden. Er wich zurück, Aries folgte ihm, obwohl Malena ihn zurückhielt.

»Ich habe versucht, ihn aufzuhalten.« Marius senkte seinen Arm und legte den Blick auf eine Wunde an seiner Schläfe frei, aus der Blut quoll, ehe er sich mit dem Rücken an die Wand des Flurs lehnte. »Er kommt jede Nacht zur selben Zeit aus seinem Versteck, um den Priester zu bewachen, wenn er sich schlafen legt. Ich … ich wusste nicht, dass er euch angreifen würde. Bislang hat er keinerlei Anstalten gemacht, aber ich bin dem Priester auch nie zu nahe gekommen.« Betreten sah er zu Boden, seine Stimme war ein einziges Flehen.

»Du hast getan, was du konntest«, sagte Malena in bemüht sanftem Ton und erinnerte sich wieder an die Frage, die sie ihm hatte stellen wollen, ehe der Wächter aufgetaucht war. »Hat Lothair irgendeine verborgene Kammer, die nur er betritt?«

Marius schüttelte den Kopf, was der Pein in seinen Augen nach offenbar Schmerzen verursachte. Sofort griff er sich wieder an die Schläfe und presste den Ärmel seiner Tunika dagegen.

»Könnte es sein, dass er etwas bei sich trägt, das uns weiterhelfen könnte? Eine … Kette, einen Beutel … irgendetwas?«

»Ich … ich weiß es nicht.« Marius schloss die Augen, seine

Schultern bebten unter dem Druck der an ihn gerichteten Erwartung.

»Wo genau befindet sich dieses Mal des Erdgeborenen?« Malena bemühte sich um einen nicht allzu drängenden Ton, auch wenn sie die Antwort am liebsten aus dem Jungen herausgeschüttelt hätte. »Wenn wir ihn nicht ausschalten, können wir Lothairs Körper nicht untersuchen.« Sie schauderte allein beim Gedanken daran, den Priester zu berühren.

»In seinem Nacken. Ich habe gesehen, wie sich Lothair an dem Wächter zu schaffen gemacht hat, nachdem er die Stelle mit einem Tuch bedeckt hatte. Er stand mit dem Rücken zu mir, deshalb kann ich nicht sagen, was genau er mit ihm getan hat.«

29
Malena

Sie brauchten länger für den Plan, wie man dem Wächter Malenas Umhang überwerfen konnte, als es tatsächlich dauerte, den Koloss damit zu bedecken. Er stand seelenruhig neben der Bettstatt, solange niemand von ihnen Lothair zu nahe kam.

Nachdem sein Nacken von Malenas Umhang bedeckt war, näherte sich Cheveyo vorsichtig, zappelte vor dem Erdgeborenen herum, ging auf Lothair zu – doch der Wächter regte sich nicht. Also griff Cheveyo beherzt nach dem einen Handgelenk, Aries nach dem anderen. Sie lösten das Band, das die Metallschienen an Ort und Stelle hielt, und nahmen die Schienen zeitgleich ab. Malena hielt ihre Finger um den Knauf ihres Schwerts verkrampft. Sie rechnete jeden Moment damit, dass der Wächter wieder zum Leben erwachte und Aries töten wollte. Doch alles ging glatt, und wenig später wedelte Aries mit dem Metall und übergab es Malena, während Cheveyo enttäuscht den Kopf senkte.

Aries stand hinter ihr, als sie die beschlagene Innenseite des Metalls im Licht der Kerze hin und her wiegte, um die Inschrift zu lesen. Er berührte sie nicht, war aber so nah, dass all ihre Sinne sich auf ihn anstatt auf das Metall konzentrierten. Es war schier unmöglich, die Buchstaben vor sich zusammenzusetzen. Aries hatte das Problem offensichtlich nicht. Er stieß die Luft aus, nachdem er leise vorgelesen hatte: »Ich muss den Priester beschützen.« Der Windhauch streifte Malenas Nacken wie eine Liebkosung, und sie schloss mit bebenden Lippen die Augen, kämpfte gegen den Schmerz an, der sie zu zerreißen drohte. Sie hatte ihr Herz Aries geschenkt, und allein der Gedanke, das wundervoll belebende Gefühl zu verlieren, schmerzte schlimmer als der Knochenbruch nach einem Sturz von einem Baum in ihrer Kindheit.

»Lena!«, rief er. Erst nachdem sie blinzelnd aus dem Sumpf an Selbstmitleid auftauchte, registrierte sie, dass der Boden unter ihr leicht vibrierte, sodass Staub aufwirbelte und Steinchen klimpernd umhersprangen. Aries' Blick war trotz ihres dämonischen Wesens, der Schuld, die auf ihren Schultern lastete, so voller Liebe und Güte, ließ den Druck auf ihre Brust so weit anschwellen, dass sie nicht einmal mehr atmen konnte. Der Boden bebte immer stärker – bis ein kurzer sengender Schmerz an ihrem Oberarm sie ablenkte.

»Bist du verrückt?« Aries funkelte Taipa an, die noch immer mit ihrem erhobenen Dolch dastand und Malena beobachtete. Die Erde stand wieder still, als wäre nie etwas geschehen. Sie sagte kein Wort, und doch wusste Malena, welche Frage sie sich stellte.

»Es hat funktioniert.« Sie horchte in sich hinein, suchte nach dem Herzschmerz, der die Welt zum Erzittern brachte, doch da waren nur das Brennen des Schnitts und das feuchte Gefühl des austretenden Blutes, das auch an Taipas Klinge funkelte.

»Was hat funktioniert?«, fragte Aries, die Stimme nun besorgt. Er zog ein Tuch aus der Tasche und tupfte das Blut vorsichtig ab. Taipa säuberte ihre Klinge an ihrem Beinkleid, steckte sie aber noch nicht zurück in die Scheide.

»Taipa hat mich von meinem … Schmerz abgelenkt.« Sie griff zur Verdeutlichung an ihre Brust. »Mit anderem Schmerz.« Sie presste nun ihre Hand auf die von Aries, die das Tuch auf ihrer Wunde hielt. Die Erkenntnis leuchtete in seinen dunklen Augen.

»Das bedeutet, wir können …«, setzte er an, aber Taipa ging dazwischen. Malena ließ ihre Hand fallen, spürte jeden einzelnen von Aries' Fingern, der noch immer das Blut zurückhielt.

»Es ist nur eine kurzfristige Lösung. Irgendwann wird sie für diese Art Ablenkung gewappnet sein.« Sie rieb sich die Schläfe, während ihre andere Hand den Dolch zurück in seine Scheide steckte. Ihr Blick glitt zu Cheveyo, der die Stirn runzelte. »Vielleicht kann Cheveyo mithilfe des Natursteins dafür sorgen, dass du den Schmerz, der die Erde zittern lässt, nicht mehr fühlst.«

Binnen eines Herzschlags breitete sich eine unmöglich geglaubte Zukunft vor Malena aus. Sie sah sich und Aries Seite an Seite im Palastgarten. Sie beobachteten Kinder, die herumtollten wie Valerian und sie vor so vielen Jahren. Ihr fiel sofort auf, dass es keine trennende Mauer mehr gab, dass weibliche und männliche Bedienstete umherschwirrten und ihrer Arbeit nachgingen, während ihrer beider Haare immer mehr ergrauten und sich Lachfältchen in die Gesichter gruben. Die Kinder wuchsen mit jedem Herzschlag weiter heran, wurden zu adretten jungen Frauen und Männern. Ihr Traum lag in greifbarer Zukunft.

»Du glaubst, Cheveyo könnte mir helfen?« Malena traute sich kaum, die Worte auszusprechen, sah dann zu Cheveyo, der zögerte.

»Vielleicht?«, sagte er wenig überzeugt, zog die dichten Brauen zusammen und sah zu Taipa hinüber, die auffordernd nickte. »Es könnte aber durchaus möglich sein.«

Malena tat einen tiefen Atemzug, vielleicht den ersten, seit Lothair ihr die Wahrheit über ihre grausame Bestimmung gesagt hatte.

Marius trat zu ihnen und räusperte sich.

»Hast du noch einen Hinweis gefunden?« Die Hoffnung, die in ihrer Stimme mitschwang, wurde von Marius' Kopfschütteln zerschmettert.

»Ich habe wie gewünscht auch an Lothairs Körper nachgesehen, aber er trägt weder einen Hinweis noch den Stein bei sich.«

Taipa strich in einer verzweifelten Geste, die schon fast Wut glich, ihre Haare aus dem Gesicht.

»Es scheint, als existierten keine Aufzeichnungen darüber.« Malenas Verzweiflung wob sich in ihre Worte. »Wenn nicht einmal Marius weiß, wo sonst noch Geheimnisse aufbewahrt sein könnten, gibt es vermutlich keine.«

Cheveyo rieb Taipa mit der Hand über den Rücken. Eine einfache Berührung, doch Malena bemerkte, wie sich Taipa entspannte. Malena sah zu Aries, der ihr ein kurzes Lächeln schenkte. Die beiden Westländer verband etwas Ähnliches wie Aries und sie, das würde Malena auf ihr Blut beschwören. Und doch verhielten sie sich so anders. Taipa und Cheveyo verstanden sich ohne Worte, schienen immer zu wissen, was der andere brauchte. Eine Sehnsucht riss an Malena, der Wunsch nach etwas, das sie nicht haben konnte, nie würde ergründen können. Es sei denn, Cheveyo könnte ihr wirklich helfen und die Auswirkungen des Fluchs eindämmen.

»Wir sollten zum Palast zurückkehren«, schlug Aries vor, die Stimme so leise, als gestände er eine Niederlage ein.

»Ich werde dem Wächter die Schienen wieder anlegen, damit der Priester keinen Verdacht schöpft, und dann die Morgenandacht vorbereiten«, sagte Marius und entfernte sich von ihnen, ehe Malena, Cheveyo, Taipa und Aries in die bereits vom Morgenrot geküsste Tempelhalle traten. Eine Frau in Umhang und Kapuze verließ den Tempel mit schnellen Schritten. Malena hoffte, dass sie nichts von dem Kampf gegen den Erdgeborenen mitbekommen hatte und Lothair davon berichten würde.

Im einfallenden Licht wirkten die bunten Bilder an den

Wänden viel lebendiger, und Malena kam nicht umhin, der Begabung des Künstlers zu huldigen, indem sie stehen blieb und das Bild auf sich wirken ließ. Darias Triumphzug durch Dariana. Die Kriegerin ritt auf einem weißen Hengst, ihre blonden Locken wehten im Wind, dem auch die Flaggen mit dem darianischen Siegel folgten. Eine steinerne Tafel mit Inschrift, darüber ein Kelch, über dem ein brennender Stein schwebte.

Auf dem nächsten Bild lag Dariana als Beispiel für den Frieden des Imperiums im Sonnenlicht da. Daria war von der Seite zu sehen, wie sie vom Palast aus auf ihre Stadt hinabsah, in den Händen einen Kelch, der dem auf den wehenden Bannern über den Dächern der Stadt unter ihr glich.

Malena trat näher, suchte im Bild nach weiteren Hinweisen auf die anderen Göttergaben – und fand sie. Auf einem kleinen runden Tisch neben Daria lag die Tontafel, die Göttergabe von Orientis, Gott des Ostens, neben einer Schale, in der eine Flamme ohne jeglichen Brennstoff tanzte. Malenas Finger fuhren über die Darstellung der ewigen Flamme des Nordens, Arktus' Geschenk an seine Kinder. Nun berührte Malena das Abbild des Steines direkt daneben. Er fing das Leuchten der ewigen Flamme ein, schien in seinem Licht von innen heraus zu glühen.

»Sucht auf den Bildern nach Hinweisen!«, rief Malena, und ihre Stimme hallte bis zum Dach des Tempels empor. Sie erklärte, was sie auf dem Kunstwerk gefunden hatte, und die anderen stellten sich vor den Tempelwänden auf, fuhren die Gemälde mit den Händen entlang, um keine Stelle zu verpassen, mochte sie auch noch so unscheinbar sein.

Malena kniete kurz vor der größten Statue von Meridia nieder und dankte der Göttin für die Eingebung, ehe sie dem Beispiel der anderen folgte und auf jedem der deckenhohen Bilder nach den vier Göttergaben suchte.

Die Sonne kroch immer weiter in den Tempel hinein. Erst wirkten Meridias Statuen, als würden sie in Flammen stehen, dann wich das Rot des Morgens dem Goldgelb eines strahlenden neuen Tages.

Malena stand neben Aries wieder vor dem Bild von Daria vor der Kulisse ihrer Stadt. Erneut sah sie auf die vier Göttergaben, bat Meridia um ein weiteres Zeichen, doch alles, was sie spürte, war ihre Reaktion auf Aries' Anwesenheit. Er stand rund einen Schritt von ihr entfernt und betrachtete das Gemälde ausgiebig – und doch kam es ihr so vor, als würde seine Wärme ein Kribbeln auf ihrem bloßen Arm verursachen. Schnell sah sie zurück auf das Bild, weg von Aries' Profil, seinem übermüdeten Gesicht, das von immer längeren Haaren und Bartstoppeln eingerahmt war. Sie mussten hier verschwinden, ehe der Priester den Tempel betrat.

Taipa atmete scharf ein und lenkte damit Malenas Aufmerksamkeit auf sich. Sie sah zu, wie die Westländerin ein paar Schritte zurücktrat und die Augen zusammenkniff, was Malena sofort an ihre erste Begegnung mit Aries am Tag der Krönung erinnerte.

»Hast du etwas entdeckt?«, fragte sie schnell, um die Zusammenfassung der grausamen Geschehnisse seither zu unterbinden, die ihr Geist ihr aufzwingen wollte.

»Dort oben, siehst du das?«, antwortete Taipa aufgeregt – und so laut, dass auch Cheveyo herbeieilte. »Das hier ist Dariana vom Palast aus, oder?«, fragte sie Malena, die sofort nickte. »Dort im Hintergrund sind Anhebungen zu sehen.« Sie deutete mit einer schnellen Armbewegung, die die Perlen an den ledernen bunten Bändern vor ihrer Brust zum Klimpern brachte, auf eine Felsansammlung vor dem Horizont.

»Die Berge dort?«, fragte Aries, aber Taipa schüttelte vehement den Kopf.

»Berge?«, gab sie schockiert zurück. »Das sind höchstens kleine Felsen.«

Malena lachte angesichts der Unterschiede der Provinzen. Was für den aus der großen Ebene der südlichen Lande stammenden Aries schon als Berg bezeichnet wurde, verdiente den Namen bei den Westländern, deren Territorium Malenas Wissen nach von gigantischen Schluchten und Bergen voller Wälder bestimmt war, offensichtlich nicht.

»Egal, wie du es nennst. Aber siehst du das rote Leuchten dazwischen?« Taipa deutete nach oben, und nun kniff auch Malena die Augen zusammen und verstand, worauf Taipa hinauswollte. Malena hätte den zarten roten Schimmer für die auf- oder untergehende Sonne gehalten, aber dem widersprach der Schatten von Darias Hand, der mitsamt des Umrisses des Kelchs auf den Boden und die Balustrade vor ihr geworfen wurde. Konnte das rote Leuchten tatsächlich ein Hinweis auf Occidentas Göttergabe sein?

»Wo ist das?«, fragte Cheveyo.

Aries und Malena sahen sich an, Malena versuchte, den Ort, an dem Daria stand, zu erkennen.

»Es ist Tag«, sagte sie. »Dem kurzen Schatten nach ist es um die Mittagsstunde«, begann sie und dachte nach.

»Was bedeutet, dass Daria nach Norden blickt«, beendete Aries ihre Überlegung.

»Norden«, sprach Malena, und sofort wurde ihr Kopf von Bildern, Legenden und Mythen über das Volk der nördlichen Provinz geflutet. Das Imperium endete an jenen Felsen auf dem Gemälde, selbst die wandhohen Karten im Lehrsaal schlossen das Imperium dort ab. Das große Beben vor einigen Generationen, das *Zorn der Götter* genannt wurde, hatte das Territorium im Norden zerklüftet. Etliche Teile davon waren in der rauen See versunken, in der Untiere lebten, die so grausam waren, dass auch Daria den Norden nie hatte erobern können. Selbst dann nicht, als das Volk des Gottes Arktus die Niederlage eingestanden und ihr die ewige Flamme überreicht hatte.

Malena kannte keine Nordländer. Sie sandten weder Tribute in den Palast, noch betrieben sie Handel mit Dariana wie die anderen Provinzen. Als sie in ihren Lehrstunden davon gehört hatten, waren Malena und Valerian dem Gedanken erlegen, dass der Norden ausgestorben war und das Volk erfroren, nachdem sie ihre Göttergabe verloren hatten. Zahlreiche Mythen von Händlern, die ausgezogen waren, um die Schätze des Nordens aufzuspüren, geisterten im Palast herum. Malena wusste nicht, was davon Getratsche war und was der Realität entsprach.

»Wir müssen dorthin«, sprach Taipa. »Dort liegt meine Bestimmung.« Die Worte kamen voller Entschlossenheit aus ihrem Mund, als hätte ihr die Göttin selbst einen Befehl gegeben.

»Ich komme mit dir«, sagte Cheveyo sofort.

Malena sah von den beiden zu Aries an ihrer Seite, der der enthusiastischen Reaktion der Westländer mit schräg geneigtem Kopf folgte. Er wandte den Blick ab und traf den von Malena. Sie wusste, dass sie dasselbe dachten. Offenbar konnte sie sich mit Aries ebenso wortlos verständigen wie Taipa und Cheveyo. Sie nickte ihm leicht zu, und Aries straffte seine Schultern. »Ich werde euch ebenfalls begleiten.«

Malena unterdrückte ein Schnauben, weil seine Zusage sie nicht einschloss. So viel zu wortloser Verständigung. Circes Warnungen vor der Bevormundung von Männern, die sie längst vergessen geglaubt hatte, drängten sich ihr auf. »Ich werde ebenso mitkommen.«

»Du kannst den Palast nicht verlassen«, kamen die Worte, die Malena von Circe erwartet hätte, aus Aries' Mund. »Es ist gefährlich – und du wirst hier im Palast gebraucht.«

»Solange Val seinen Wunsch nicht geschrieben hat, hört der Senat mich nicht an. Niemand wird mich vermissen, wenn Circe meinen Platz in meinen Gemächern einnimmt. Meine Dienerinnen sollen sie dann auch vor Lothair verleumden, wie Vals Dienerschaft es mit ihm gemacht hat.«

»Das wird nicht …«

Sie brachte Aries mit dem antrainierten Blick einer Principa zum Verstummen, sah ihm aber an, dass hier seiner Meinung nach das letzte Wort noch nicht gesprochen war. Sie würde ihn eines Besseren belehren müssen.

Doch zuvor musste sie ihre Dienerinnen Proviant und warme Felle für die Reise in den Norden zusammensuchen lassen.

30
Malena

Ich werde dich retten«, versprach Malena und strich Val sanft über die blasse Wange. Selbst die Abendsonne, die ihn gerade küsste, konnte kaum Farbe auf sein Gesicht zaubern. Malena betete schon den ganzen Tag zu Meridia und hoffte, dass die Göttin sie aufhalten würde, wenn es die falsche Entscheidung war. Doch bislang hatte sie ihrem Vorhaben nicht widersprochen.

Malena streifte die geöffneten Vorhänge rund um Valerian mit ihren Fingern, ehe sie hinüber zu dem kniehohen Tisch neben dem Liegesofa trat. Sie sah hinab auf das große Tuch, auf das sie getrocknetes Fleisch und Früchte, in Leinen geschlagenes Brot und warme Felle zum Schutz vor der Kälte des Nordens gelegt hatte. Aries würde sie gleich abholen, nachdem er und die anderen ebenfalls letzte Vorbereitungen getroffen hatten.

Malena schnürte gerade das Bündel zusammen, als ein Brummen an der Tür verlauten ließ: »Ich habe die Anweisung, Sie nicht aus den Augen zu lassen, Princeps. Lothair darf nicht zu ihm.«

»Das weiß ich doch, du hirnloser Riese!«, beschimpfte Circe Maximus und schob ihn zur Seite, ehe sich ihr Ausdruck bei Malenas Anblick verfinsterte: »Du kannst nicht ernsthaft darüber nachdenken, mit ihnen zu gehen.«

Malena straffte die Schultern und ging zielstrebig zum Regal mit ihren Waffen. Sie band sich den Gurt mit ihrem Schwert über die schlichte Toga aus dicken Stoffen, die sie für die Reise ausgewählt hatte, und schob noch zwei Dolche zwischen die Bänder, die ihre Schuhe hielten. Malenas Füße schwitzten, aber sie vertraute auf das Wissen aus ihrem Unterricht, dass es im Norden spätestens in der Nacht so kalt werden würde, dass ihre Zehen abfallen könnten.

»Ich muss gehen, das weißt du«, antwortete sie und ignorierte Circes Schnauben. »Woher weißt du überhaupt davon?« Natürlich hatte Malena darauf gesetzt, dass Circe es erfahren würde. Sie wusste immer, was im Palast vor sich ging.

Circe sah auffällig zu Boden, zupfte dann an ihrer Gardistinnenuniform herum. »Dieser Westländer, Cheveyo, ist so leicht aus der Fassung zu bringen«, brachte sie schmunzelnd hervor. »Ich konnte mir die Gelegenheit nicht entgehen lassen und habe meine gesamte Aufmerksamkeit ihm geschenkt, ihn umschmeichelt, dass er mir vermutlich seine gesamte Lebensgeschichte erzählt hätte, nur um mich loszuwerden. So war es ein Leichtes, zu erfahren, was ihr vorhabt.«

Malena stöhnte auf. Ihr war in den wenigen Stunden, in denen sie in der Bibliothek zusammengesessen, Karten verglichen und Pläne geschmiedet hatten, bereits aufgefallen, wie unsicher Cheveyo im Palast war. Als würden die hohen Mauern ihn in seinem Sein einschränken. Bei Taipa fiel es Malena nicht ganz so stark auf. Doch auch sie schien nur aufatmen zu können und sich wohlzufühlen, wenn er an ihrer Seite war. Wann immer Taipa in den Raum zurückkehrte, wurde Cheveyos Blick hoffnungsvoll. Ganz, als sähe er Bilder in einer fernen Zukunft, die ihm zu gefallen schienen.

Circe wusste immer, wie sie die ihr zur Verfügung stehenden Mittel einsetzen musste. Wie oft tändelte sie mit Palastdienerinnen – oder neuerdings Vals Soldaten – herum, machte ihnen schöne Augen und hatte binnen kürzester Zeit mehr erfahren, als Malena in Wochen hätte erzählen können.

»Du hast seine Schwäche gegen ihn verwendet«, erwiderte

Malena mit einer Mischung aus Ermahnung und einem Hauch Anerkennung. Schwächen zu finden, war Circes Spezialgebiet.

»Im Kampf musst du alles nutzen, das du hast«, bestätigte Circe, kehrte dann jedoch zum Grund ihres Kommens zurück, ehe Malena etwas einwerfen konnte. »Ich werde euch ebenfalls begleiten.«

»Nein, du musst auf Val aufpassen und ihn vor Lothair beschützen.« Malena griff nach Circes Hand und drückte sie leicht. Ihr Ton wurde zu einem Flehen. »Du bist die einzige Person hier im Palast, der ich vertraue, der ich *Vals Leben* anvertraue.«

Circes Blick wurde weich, dennoch sagte sie streng: »Valerian hat *ihn*.« Sie deutete mit einer vagen Geste zu Vals Wächter. »Maximus hat den Princeps bereits einmal gerettet. Und seit ihr ihm den Auftrag gegeben habt, dass er Lothair fernhalten soll, ist er der beste hirnlose Beschützer, den man sich vorstellen kann.«

Nachdem sie den Wächter im Tempel ruhiggestellt hatten, konnten sie auch Maximus' Aufgabe erweitern. Gemeinsam hatten sie ihm ein Tuch übergeworfen, die Armschienen abgenommen und zu seinem Auftrag notiert, er solle Lothair nicht zu Val lassen, was er nun ständig von sich gab, wann immer man ihn ansprach. Dennoch hatte Malena ein ungutes Gefühl.

»Du weißt, dass ich ihm nicht vertrauen kann. Lothair hat ihn an Vals Seite gestellt und weiß, wie er den Befehl wieder ändern kann. Bitte, Circe.« Malena nahm Circes zarte Finger nun in beide Hände. »Beschütze meinen Bruder, während ich ihn rette.«

»Und wer rettet *dich?*«, gab sie zurück und schob den Unterkiefer hin und her. »Wer schützt dich vor deinen Gefühlen, wenn du mit *ihm* durch die Lande ziehst?«

Malena schmetterte Circes Versuch, ihr ein schlechtes Gewissen einzureden, mit einem Lächeln ab. »Wir haben eine vorübergehende Lösung gefunden.«

Circes makellose Stirn legte sich in Falten, und Malena erläuterte, dass man das Gefühl eines gebrochenen Herzens manipulieren konnte, wenn man sie überraschte und ihr Schmerz zufügte. Taipa hatte sich schon fast zu überschwänglich bereit erklärt, dies jederzeit zu tun.

»Und du denkst, es fällt niemandem auf, dass du nicht im Palast bist? Ihr könntet ganze Monde unterwegs sein!«

Auf diesen Einwurf hatte Malena sich vorbereitet. Sie durchquerte den Raum, öffnete die Truhe vor dem Paravent, hinter dem ihre Badewanne stand, zog die purpurfarbene Toga hervor, die sie für ihre Reise nicht benötigte, und drückte sie Circe in die Arme. »Du wirst meinen Platz einnehmen. Der Senat weigert sich, mich anzuhören oder etwas zu beschließen, bis Val seinen Wunsch geschrieben hat – also muss ich nicht hingehen. Den Dienerinnen kannst du als oberste Gardistin befehlen, meine Räume nicht zu betreten.«

Circe wirkte noch nicht überzeugt, aber offenbar schien sie im Geiste die Idee durchzuspielen. Dann verengten sich ihre Augen.

»Und was soll ich dem Priester sagen, wenn er es herausfindet?«

Darüber hatte Malena am längsten nachgedacht. Aber sie vertraute ihm trotz allem nicht genug, als dass sie ihn um Rat oder gar Erlaubnis gebeten hätte. Sollte er tatsächlich das Beste für das Imperium wollen, würde er verstehen, dass sie Val retten musste. Egal, zu welchem Preis. Daher antwortete sie nur mit einem schlichten »die Wahrheit«.

»Und was ist, wenn dir etwas zustößt?« Circe gab nicht auf.

»Dann ist das Imperium vor dem Zorn der Götter geschützt.« Malenas Kehle wurde enger, als sie daran dachte. Sie biss sich auf die Unterlippe, ließ Circes Hand los und widmete sich wieder ihren Waffen. Ihre Kehle wurde so trocken, dass sie mehrmals schlucken musste.

»Malena, was ist los?« Circe griff an ihre Schulter und drehte Malena wieder zu sich.

»Ich … ich möchte dich um noch etwas bitten«, begann sie, und ihre Stimme brach.

»Ich würde alles für dich tun, das weißt du. Ich bleibe bei ihm und passe auf ihn auf.«

»Nicht das … aber danke.« Malena holte tief Luft, ehe sie ihre wahre Absicht kundtat. »Sollten wir den Naturstein nicht finden und dadurch keine Möglichkeit haben, dass Cheveyo versucht, meinen Geist zu manipulieren und meine Gefühle zu besänftigen, bitte versprich mir, dass du mich tötest, sollte Valerian seinen Wunsch schreiben und mich zur Gefühllosigkeit verdammen. Ohne einen weiblichen Nachkommen, der mein Schicksal teilen muss, wird auch der Fluch gebrochen sein.«

Circe zog lautstark die Luft ein, ihre Augen weiteten sich vor Unglauben. »Das … das werde ich nie tun!«, schrie sie, schüttelte so schnell den Kopf, dass ihre Haare hin und her peitschten. Die Toga glitt aus ihren Armen und landete mit leisem Rascheln auf dem Boden. »Das kannst du nicht von mir verlangen, Malena!« Sie wandte sich von Malena ab, ging mit schnellen Schritten zur Tür.

Malena rannte hinter ihr her und hielt sie fest. »Es ist mein letzter Wunsch, Circe. Ich möchte keine dieser grausamen Princepas werden, die das Volk unterdrücken und Kriege beginnen, sobald sich ihnen etwas in den Weg stellt. Das kannst du dir nicht für mich wünschen. Ich habe immer davon geträumt, unsere Welt zu verändern.« Der letzte Satz wurde von ihren Tränen erstickt.

»Aber … ich bin für deinen Schutz da, Princepa.« Circes Augen glänzten, und sie blinzelte die Flüssigkeit weg.

Malena war bewusst, was sie da von ihrer besten Freundin verlangte, aber sie wusste auch, dass es die einzige Möglichkeit war. Wie viele ihrer Ahninnen hatten ihrem Leben zu spät ein Ende bereitet? Wie viel Grausamkeit und Leid wäre ungeschehen geblieben, wenn sie dieselben Vorkehrungen getroffen hätten wie Malena? Sie konnte nur vermuten, dass keine von ihnen einen Princeps wie Valerian an der Seite gehabt hatte, der so lange gezögert hatte, sie zu verdammen, dass sie überhaupt diesen Plan hatte schmieden können. Malena wollte das Richtige tun. Für ihr Volk handeln, nicht aus egoistischen Gründen.

Circes Schultern bebten, Malena umarmte sie. »Du musst mich vor meinem eigenen Schicksal beschützen. Versprich es mir.« Tränen rannen aus ihren Augen, benetzten Circes Haare, in die Malena das Gesicht grub. »Bitte.« Das Wort glitt als Flüstern von ihren Lippen.

Ihre erste Gardistin erwiderte mit bebender Stimme: »Wenn es dein Wunsch ist, dann soll es so sein.« Sie holte zitternd Luft, ehe sie Malena an den Oberarmen festhielt und sie von sich schob. »Sollten die Versuche scheitern, dich vor deinem Schicksal zu bewahren, und muss Valerian die Konsequenzen daraus ziehen, werde ich dich töten und damit hoffentlich den Fluch brechen, der auf Darias Erbinnen liegt.« Ihr Ton war beinahe feierlich, und trotz des Todes vor ihren Augen fühlte sich Malena von einer großen Last befreit.

»Ich werde Mameida und Vilana abstellen. Sie sollen dich begleiten. Über Vals Soldaten kann ich nicht bestimmen, aber hat Aries noch jemanden gefunden, der euch begleiten kann?«

»Die Gruppe sollte nicht zu groß sein«, insistierte Malena. »Sonst fallen wir zu sehr auf.«

Circe dachte kurz darüber nach, gab sich dann jedoch geschlagen. »Aber Mameida und Vilana begleiten dich – an meiner statt. Denn ich würde es bevorzugen, wenn du am Leben bleibst und ihr eine andere Lösung findet.« Circes Lächeln war nicht echt, aber Lena dankte ihr für den Versuch.

»Das werden wir. Meridia wird uns beschützen.«

Circe neigte den Kopf. Keine Bekräftigung, aber auch nicht das Gegenteil. Das reichte Malena.

»Ich denke, es ist Zeit für den Abschied«, sagte Circe dann und sah über Malenas Schulter hinweg. Sie folgte ihrem Blick. Aries trat in den Raum, ging zielstrebig auf Val zu und drückte seine Hand. Malena konnte nicht hören, was er zu ihm sagte, war sich aber sicher, dass er ihm dasselbe versprach wie Malena zuvor. Sie würden den Princeps retten – und vielleicht ja sogar auch sie selbst.

Aries bettete Valerians Hand wieder neben seinen reglosen Körper und kam auf Malena zu. »Bist du bereit?«

Sie nickte, umarmte Circe ein letztes Mal und flüsterte ihr zu, dass sie ihr Versprechen einlösen musste.

»Das werde ich, bei meinem sterblichen Leben«, schwor Circe, und Malena konnte ihre Reise antreten.

31
Taipa

Der Weg über die Via Borealis war beschwerlich. Nach den Reiseberichten, die sie im Kartenraum des Palastes gefunden hatten, mussten sie auf Reittiere verzichten. Die Pferde der Südlande, die in den Stallungen von Dariana seit jeher für Kriegszeiten gehegt und gepflegt wurden, kamen in der immer kälteren – und kargeren – Gegend nicht zurecht. Laut Malenas Vermutung war dies einer der Gründe, warum der Norden nie kartografiert worden war. Daher blieb ihnen nur eine Reise zu Fuß in eine ihnen unbekannte Welt.

Ihre Köpfe waren unter Kapuzen verborgen, damit niemand sie erkannte. Mit mehreren Schichten Stoff und Fell am Körper, in denen es Taipa viel zu warm war, und mit gigantischen Bündeln auf den Schultern zogen sie in der Unterstadt dennoch unliebsame Aufmerksamkeit auf sich. Glücklicherweise hielt sie niemand auf, bis sie die nördlichsten Baracken hinter sich ließen und sich die Straße vor ihnen ausbreitete. Schnurgerade, ebenso unnatürlich wie die Via Occidens, die Cheveyo und Taipa nach Dariana geführt hatte. Von Tausenden Händen in den Boden gestampft durchstieß die Straße des Nordens jedoch nur eine immer kahlere Landschaft.

Am Ende des schweigsamen Tages, an dem wohl jeder von ihnen seine Gedanken sortierte, kurz vor Sonnenuntergang, schlugen sie ihr Lager zwischen ein paar knorrigen alten Nadelbäumen auf, die der unwirtlichen Umgebung trotzten wie die an der Grenze zwischen nördlicher und westlicher Provinz. Taipa hatte die Princepa den gesamten Tag über beobachtet, weil es ihr nicht gut zu gehen schien. Keinem von ihnen ging es wirklich gut, schließlich waren sie auf dem Weg zu einem unbestimmten Ziel, und überall könnten unbekannte Gefahren lauern, aber Malena hatte sich immer wieder die Hand auf den Unterleib gepresst. Da in Dariana – oder zumindest im Palast – der Segen offenbar verschwiegen wurde, anstatt die Reife zu feiern, wartete Taipa den ganzen Tag auf eine Gelegenheit, mit der Princepa allein zu sprechen.

Dabei erinnerte sie sich an ihren ersten Segen, an die Tränke und die Ruhe, an die süßen Früchte, die von den Männern des Stammes gesammelt wurden, um die Krämpfe, die der Segen mit sich brachte, erträglicher zu machen. Cheveyo war einen Tag lang unauffindbar gewesen, weil er erst weit außerhalb Taipas Lieblingsfrüchte gefunden hatte. Sie waren von der Reise zurück etwas zerdrückt gewesen, aber köstlicher als alles, das Taipa je gekostet hatte.

Mameida und Vilana, die beiden Gardistinnen, die Malena beschützen sollten, sammelten Feuerholz, während Cheveyo mit Aries die Gegend erkundete, damit sie in der Nacht keine Überraschungen erlebten.

Taipa näherte sich Malena, die auf dem Boden saß und mit einem Messer Holzspäne zum Anfeuern von einem vertrockneten Ast absäbelte.

»Kau das hier.« Taipa reichte der Princepa zwei getrocknete Steinbeeren, die sie immer mit sich trug wie jede Frau ihres Stammes von ihrem ersten Segen an.

Malena starrte auf die kleinen kugeligen Samen in Taipas Hand hinab. »Was ist das?«

»Sie werden dir helfen, die Beschwerden des Segens leichter zu ertragen.«

Entgegen jeder Erwartung lachte Malena auf. »Segen?«

Taipa war verunsichert und wusste erst nicht, was sie darauf erwidern sollte. »Die Blutung, die jede Frau einmal im Mondlauf durchlebt.« Sie zog die Brauen zusammen, irritiert darüber, dass die Princepa nicht wusste, wovon sie sprach.

Doch Malenas eindeutiger Blick sagte Taipa, dass sie sehr wohl informiert war. »Ihr nennt diese Qual Segen?«

Taipa wollte gerade nicken, da fuhr Malena fort: »Es ist ein Fluch, der Frauen Mond für Mond ereilt, nur durchbrochen, wenn sich die Frau einen Gefährten nimmt und Nachkommen zeugt. Nichts davon ist ein Segen.«

Taipa sah die Princepa an, suchte nach jener Übertreibung, die sie aus Gesprächen bei der Heilung von Palastdienerinnen und -dienern gefunden hatte. Doch da war nichts. Malenas Gesicht wirkte regelrecht angewidert, als sei die Verschmelzung das Schlimmste, das sie sich vorstellen konnte.

Ein sanfter Windstoß brachte die trockenen Äste über ihnen zum Rascheln und verteilte die Späne, die Malena nun wieder mit Feuereifer absäbelte.

»Das ist nicht wahr«, stammelte Taipa, und die Princepa hielt in ihrer Arbeit inne.

»Du hast keine Nachkommen, oder?«, fragte sie mit einer frostigen Stimme, die Taipa nur erahnen lassen konnte, welche Qual sie sich darunter vorstellte. Für die Princepa schien die körperliche Nähe zu Männern oft schon unerträglich. Taipa war aufgefallen, wie Malena immer einen Schritt zur Seite trat, wenn sich Cheveyo an Taipas Seite schob und der Princepa nahe kam.

Cheveyo und Taipa kannten die Geschichten über den Palast von Kindesbeinen an, hatten kurz vor ihrer Reise zur Hauptstadt selbst noch Witze darüber gemacht, wie übertrieben schamvoll sich Darianer ihrer Meinung nach verhielten. Taipa hatte es für Geschichten gehalten – nicht für die Realität. Eine Realität, in der Malena den Gedanken an eine körperliche Einheit, an einen verbundenen Geist und das

Gefühl von Zweisamkeit offenbar abstoßend anstatt erfüllend fand.

»Nein, ich habe keine Nachkommen, aber …«, setzte Taipa an, und Malena sah sie erwartungsvoll an.

»Aber?«

»Die Einheit ist …«, Taipa hatte bisher nur mit Frauen ihres Stammes darüber gesprochen und fühlte sich nun tatsächlich befangen. »Ich weiß von Frauen meines Stammes, dass sie die Verschmelzung auch vollziehen, wenn sie keinen Kinderwunsch haben.«

Malena starrte Taipa an, als hätte sie ihr eben eröffnet, dass sie sich bei Vollmond in einen Wolf aus den alten Legenden verwandelte. Weil sie nichts sagte, fühlte sich Taipa gezwungen, die Stille zu füllen. »Sie vereinigen sich freiwillig, weil es sie glücklich macht, sie Spaß haben. Die Verbundenheit von Körper und Geist lässt sie … aufleben.«

Malena starrte sie weiter an, und Taipa suchte in ihrem Geist, was sie noch darüber gehört hatte, was die Frauen des Stammes berichteten. Sie erinnerte sich an die jungen Frauen, die gemeinsam mit ihren Männern in Zelte gezogen waren, an ihr glückliches Strahlen, das beinahe ansteckend war. Doch sie kam nicht mehr dazu, davon zu erzählen.

»Was ist mit dir passiert?«, fragte Vilana mit sorgenvoller Stimme, während sie ein Bündel trockene Äste auf den Boden fallen ließ.

Mameida, die Gardistin mit der dunklen Haut und den krausen Haaren, die sie in etliche Zöpfe geflochten hatte, folgte ihr und stapelte ihre Hölzer vom Arm direkt über den Spänen von Malena auf. »Hast du einen Ifrit entdeckt?«, fragte sie mit einem erzwungenen Lachen, sah sich dabei aber doch aufmerksam um.

Taipa wusste nicht, ob Malena das Gespräch fortführen wollte, daher sagte sie nichts mehr und schob mit der Hand die Späne zusammen, die der Wind verteilt hatte. Die Princepa schwieg, bis Cheveyo und Aries zurückkehrten. Taipa hielt noch immer die Steinbeeren in der Hand, während die Princepa offenbar weiter litt. Immer wieder verzog sie das Gesicht, wenn ein neuer Krampf ihren Unterleib zusammenzog.

Unauffällig legte sie die Steinbeeren in Malenas Schale, als sie das Brot teilte und den anderen reichte.

Malena nahm ihr Stück heraus und beäugte die Beeren. Zwischen ihren Brauen bildete sich eine zarte Falte, als sie von den Heilfrüchten zu Taipa sah.

»Kauen«, flüsterte sie lautlos, und Malena schob die Beeren in den Mund und verzog sofort das Gesicht. Der Geschmack war widerlich, aber sie halfen Taipa und weiteren Frauen des Stammes jeden Mond. Ihr Volk glaubte an die heilsamen Kräfte der Natur. Wie zur Bekräftigung ihres Glaubens ließ ein zarter Windstoß die Flammen höher tanzen.

32
Malena

Malena hasste diesen Teil des Mondes. Hasste die Krämpfe, die ihren Körper schwächten. Sie nahm jede Kontraktion ihres Unterleibs wahr, spürte das Blut aus sich herausfließen, das von dem Vlies aufgesogen wurde, welches sie zuhauf in ihr sowieso schon prall gefülltes Bündel hatte packen müssen.

Mond für Mond war dies die Zeit des Schmerzes gewesen, seit sie vor Jahren das erste Mal geblutet hatte und sich nach dieser Erfahrung sogar gerne in einen Stein verwandelt hätte, wie es die Gerüchte im Palast der Frauen über die Männer behauptet hatten. Schon am Tag vor der Blutung kamen die Krämpfe – zusammen mit dem Neid, dass Val nicht so leiden musste. Sie wollte in diesen Tagen kein Training, sie lag nur von Pein geschüttelt in ihrem Bett, presste in Laken gehüllte heiße Steine auf ihren Bauch und ließ die Qual der Frauen, wie Circe es nannte, über sich ergehen. Die Qual, die Malena unweigerlich mit dem Akt verband, dem »notwendigen Übel«, um eine Tochter zu gebären.

»Segen« war Taipas Wort dafür. Weil es anzeigte, dass die Frau in der Lage war, für neues Leben zu sorgen. Malena sah während des zweiten Tages ihrer Reise immer wieder die abstrakten Bilder des Akts vor sich, abstoßend, aber notwendig. Ein Seitenblick zu Aries, der mit wachsamem Blick und erhobenem Kopf neben ihr herging – nicht zu nahe, aber nah genug, dass sie selbst dann wusste, dass er es war, wenn sie nicht hinschaute. Sie mochte seine Nähe, sie mochte es, wie sie sich in seiner Gegenwart fühlte, so viel leichter, freier, während sich ihre Lippen stets nach weiteren Küssen sehnten.

Sie konnte die Bilder aus den Lehrbüchern und Circes Worte nicht mit Aries in Einklang bringen. Auch passten Taipas Worte, dass es in der westlichen Provinz als schön empfunden wurde, nicht dazu. So schön wie die widerlichen Beeren, die Taipa ihr gegeben hatte?

Malena hatte direkt im Morgengrauen weitere Steinbeeren gekaut und anschließend zwei Stück Brot benötigt, um den bitteren und scharfen Geschmack loszuwerden. Die Krämpfe waren ausgeblieben, Malena fühlte sich wie jenseits des Fluchs. Ganz gleich, wie sie sich reckte oder gegen ihren Unterleib drückte – der Schmerz war vorbei. Taipa lächelte sanft, tiefes Verständnis in den Augen, als Malena ihren Blick suchte.

Am Abend, nach einem recht kargen Essen, weil sie kein Beutetier gefunden hatten, entzündeten Cheveyo und Aries Fackeln am Lagerfeuer und gingen davon, um noch einen letzten Kontrollgang zu machen, ehe sie sich mit der Nachtwache abwechseln würden.

Malena stocherte mit einem Stock im Feuer und fragte sich, warum keine der Frauen im Palast die Steinbeeren kannte. Nimh kam ebenfalls aus dem Westen, warum …

Weil sie von ihnen gegangen war, ehe Malena geblutet hatte, gab sich Malena selbst die Antwort.

Sie nutzte die Abwesenheit der Männer, um sich bei Taipa zu bedanken.

»Du solltest sie während des Segens täglich zu dir nehmen«, riet Taipa, und die Wortwahl machte Vilana neugierig.

»Welcher Segen?«, fragte sie direkt, und Malena erklärte ihr, wie sehr Taipas bittere Beeren ihr halfen.

Vilana rümpfte die Nase und griff nach Mameidas Hand, als Taipa wiederholte, warum es Segen genannt wurde – und dass ihr Volk auch ohne Wunsch auf Nachkommen verschmolz.

»Allein der Gedanke ist abstoßend.« Mameida sah aus, als hätte sie den ganzen Mund voller Steinbeeren. »Männer … die Anatomie …«, sie schüttelte sich und rückte näher zu Vilana, die ihr die Hand tätschelte. »Frauen sollen nicht umsonst auf Abstand gehen«, schloss sie.

Für Malenas Freundinnen galt das konsequent. Sie mochten nicht über die Männer herziehen, wie Circe es so oft tat und jedes aufgeschnappte Gerücht überall im Palast verteilte, aber sie hielten noch mehr Abstand zu Männern als andere Frauen im Palast. Selbst nachdem dieser geeint und eine Mischung unumgänglich war. Für die beiden existierten Männer praktisch nicht. Sie hatten ja auch sich.

Malena sah auf die verflochtenen Finger der beiden und verspürte einen Stich. Sie beobachtete, wie sich Vilana an Mameida lehnte und herzhaft gähnte, als wäre sie nicht mitten in der Wildnis, sondern geborgen in der Sicherheit des Palastes. Genau so fühlte sich Malena in Aries' Nähe. War es das, was Taipa ihr hatte klarmachen wollen, als sie von *freiwillig* gesprochen hatte, von *Vergnügen?*

Aries und Cheveyo kehrten zum Lager zurück, und Malena studierte Aries' Profil im Schein der Fackel. Als würde er ihren Blick spüren, sah er zu ihr und lächelte. Malenas Herz pochte aufgeregt, in ihrem Magen flatterte etwas, und die Abwesenheit von Krämpfen machte sie so leicht, dass sie zu fliegen glaubte.

Aries rammte die Fackel ein paar Schritte entfernt in den Boden und kam näher, setzte sich zu ihr ans Feuer, mit so viel Abstand, dass Malena ihre Hände hätte ausstrecken können, ohne ihn zu berühren. Mameida und Vilana hätten locker zwischen sie gepasst, was sich falsch anfühlte, obwohl es Malena immer als richtig beigebracht worden war.

Aber war es falsch, dem Sehnen nach Nähe nicht nachzugeben, nur weil es ihre Freundinnen nicht verstehen konnten? Malenas Blick wanderte von Mameida und Vilana zu Cheveyo und Taipa, die zusammen lachten, sich neckten und bei denen Berührungen so anders wahrgenommen wurden als im Palast. Die Sehnsucht in Taipas Blick jedoch kannte Malena nur allzu gut. Ganz gleich, wie die beiden miteinander umgingen, ob sie sich berührten oder sich gegenseitig Worte ins Ohr flüsterten. Etwas hing zwischen ihnen und blieb ungesagt – wie zwischen Aries und Malena.

Sie hatte ihren Entschluss gefasst, Circe würde sich an die Abmachung halten. War es falsch von Malena, neugierig auf all das zu sein, was sie verpassen würde, in einem Leben, das sie nicht erleben würde?

»Geht es dir nicht gut?«, drang Aries' dunkle Stimme durch die erdrückenden Gedanken. Das Feuer ließ die Sorgenfalten auf seiner Stirn tiefer erscheinen. Seine Anteilnahme wärmte Malenas Brust.

»Taipa hat mir geholfen. Jetzt geht es mir wieder gut«, sagte sie.

»Hast du dich verletzt?«, fragte Aries erschrocken und besah ihren Körper vom Kopf bis zu den Fellschuhen, als hätte er unter den vielen Lagen, die sie trug, irgendeine Wunde sehen können.

Sie schüttelte den Kopf, und aus einem inneren Drang heraus sprach sie ausgerechnet mit Aries, einem Mann, darüber, ob die Blutung Fluch oder Segen war. Zu ihrer Überraschung wusste Aries davon und hatte von Val auch das Gerücht gehört, dass sie als Männer den Schmerz nicht ertragen würden, weshalb er große Anteilnahme zeigte.

»Kann ich dir irgendwie … helfen?« Er kratzte sich im Nacken. Offen über ein Thema zu sprechen, mit dem er keine Erfahrung hatte, fiel ihm anscheinend noch schwerer als Malena. Sie zuckte unsicher mit den Schultern, konnte sich ein Schmunzeln aber nicht verkneifen. Der Moment, dieses Gespräch mit Aries, fühlte sich ernster und tiefer an als ein Kuss.

Aries rückte näher. »Es ist keine Schwäche, Hilfe anzunehmen. In keiner Lebenslage. Im Gegenteil.« Er machte eine Pause, in der er Malena direkt in die Seele zu blicken schien. Seine Augen reflektierten das Lagerfeuer. »Es ist eine Schwäche, angebotene Hilfe aus falscher Scham abzulehnen.«

Sie musste ihm versichern, sich an ihn zu wenden. Mit allem, mit dem sie sonst zu Val gegangen wäre, weil er ebenso für sie da sein wollte.

Doch Malena war sich sicher, dass sie von Aries mehr wollte als von Val. Dieser Wunsch wurde immer stärker. Doch wie hoch war der Preis dafür?

33
Taipa

Nach etlichen weiteren Sonnenaufgängen zu ihrer Rechten und den Sonnenuntergängen links ihres Weges und mit immer mehr Fellen, die sie um ihre Körper geschlungen hatten, endete die Via Borealis inmitten einer kargen Landschaft aus vertrockneten – oder erfrorenen – Gräsern und aufgeplatzter Erde. Die Bergkette, auf die sie seit Verlassen der nördlichen Bezirke der Unterstadt zuhielten und die diese Bezeichnung in der Realität tatsächlich verdiente, war noch beinahe so weit entfernt wie am ersten Tag ihrer Reise auf der Straße des Nordens. Der Mond war in jeder Nacht voller geworden, stand nun hoch über ihnen allen.

Taipa betete inzwischen unentwegt zur großen Erdenmutter, bat sie um Weisung des richtigen Weges für sich und ihre Mitreisenden. Und ein jedes Mal, wenn Cheveyo und Aries danach etwas zu essen fingen, dankte Taipa ihrer Göttin. Wann immer ihre Trinkschläuche leer waren, fanden sie eine Wasserstelle, deren Oberfläche seit dem heutigen Tag mit Eis überzogen war. Natürlich gingen ihre Reisegefährtinnen und -gefährten davon aus, dass Meridia ihnen beiseitestand – aber Taipa wusste es besser.

»Wir sollten hier unser Lager aufschlagen.« Mameida verließ die Via Borealis und hielt auf mehrere abgekippte Wagenladungen Steine für den Ausbau der Straße zu. Direkt daneben lagen gebrochene oder zurückgelassene hölzerne Karren, wie sie die fahrenden Händler besaßen, die auch Taipas Stamm besuchten. »Hier sollten wir auch etwas vor dem scheußlichen Wind geschützt sein.« Die Lippen der jungen Gardistin waren zu Beginn ihrer Reise vor Trockenheit mehrmals geplatzt, und Schorf hatte sich darauf gebildet. Sie war Taipa, der fremden Westländerin, anfangs mit Abwehrhaltung begegnet, und erst ihre Gefährtin Vilana hatte sie davon überzeugt, die ölige Tinktur anzuwenden, die Taipa zubereitet hatte. Alle anderen rieben sich von da an regelmäßig mit den zerstoßenen Kernen ein, die Taipa im Palastgarten gesammelt hatte.

Cheveyo und Aries gingen kurz darauf auf die Jagd und suchten die Umgebung nach Spuren gefährlicher Tiere ab, während die beiden Gardistinnen die Überreste der Karren zu Feuerholz verarbeiteten, das Taipa und die Princepa dann entzündeten.

Diese Arbeitsteilung hatte sich bereits an ihrem ersten gemeinsamen Abendrot ergeben. Nach Taipas und Malenas Gespräch über den Segen war es auch zu einer Art Routine zwischen ihnen geworden, sich am Abend auszutauschen, während die anderen fort waren. So hatte Taipa die Gelegenheit, die Princepa, gegen die sie vor allem vor ihrer ersten Begegnung große Vorbehalte gehegt hatte, besser kennenzulernen. Nachdem Taipa von dem Fluch der Princepa erfahren hatte, beunruhigte sie die Tatsache, dass sich Malena Aries mehr und mehr annäherte, aber ihr Dolch hing griffbereit an ihrer Seite. Taipa war bereit, einzuschreiten, wann immer es nötig war. Malena und Aries wandten sich einander zu wie Blüten der Sonne, ihre Schatten, denen sie allesamt täglich folgten, verschmolzen immer mehr, und die beiden wirkten jeden weiteren Tag vertrauter und von tieferer Verbundenheit erfüllt und rückten beim abendlichen Feuer näher zusammen. Sie verständigten sich inzwischen auch oft ohne Worte, wie Cheveyo und Taipa es bereits ihr Leben lang getan hatten.

Ein Druck legte sich auf Taipas Brust, als sie zu Cheveyo

hinübersah, der gerade mit einem Messer die Beute zerlegte. Sie sehnte sich nach der Zweisamkeit zurück, die sie während ihres Weges gen Dariana geteilt hatten. Bei Tag und bei Nacht, wenn Cheveyo sie unwissentlich in ihren Träumen besucht hatte.

»Du magst ihn«, stellte Malena mit erschreckender Direktheit fest, und Taipas Wangen erhitzten sich.

Sie wollte verneinen, wie sie es immer getan hatte, seit das erste Mal aufgekommen war, dass sie und der zukünftige Häuptling ihres Stammes mehr als Freunde sein könnten. Aber hier, am vermeintlichen Ende der Welt, an dem es nur Cheveyo gab, der sie an ihre Heimat erinnerte, war es anders.

Daher gestand sie ausgerechnet der Frau ihre Gefühle, deren Ahnen das Imperium über Generationen hinweg ins Unglück gestürzt hatten und am Fieber ihrer Schwester die Schuld trugen. Taipa hatte nichts davon vergessen.

Malena las lange Taipas Gesicht. Ehe sie etwas sagte, warf sie einen Blick zu Cheveyo. »Ihr solltet den Moment nutzen. Die Via Borealis endet hier, wir wissen nicht, was auf uns zukommt.«

Taipa flogen Dutzende von Gründen durch den Kopf, die das Gegenteil behaupteten. Allen voran Occidenta, die sie auf ihrem Weg begleitete und die sicher nicht würde sehen wollen, wie sie sich mit Cheveyo vereinte, ehe die Schamanen die Geister der Ahnen zu der Verbindung befragt hatten. Sie konzentrierte sich auf die Schale mit Kräutern und den Mörser in ihren Händen.

Die Princepa erkannte Taipas Unwohlsein sofort und bot eine Ablenkung.

»Hat dein Name eine besondere Bedeutung? Ich habe gehört, dass bei euch nicht die Mutter den Namen wählt.« Malena stocherte mit einem Holzstück, das einst vermutlich die

Deichsel eines Karrens war, im erwachenden Feuer herum. Funken stoben auf, das Knistern der Flammen untermalte Malenas Frage.

Taipa erzählte Malena, wie Angehörige ihres Volkes zu ihren Namen kamen und was es mit Cheveyos Spitznamen für sie auf sich hatte. Mit Letzterem entlockte sie der Princepa sogar ein kleines Lächeln, ehe sie kommentierte, dass dieser Rufname wohl eindeutig ein weiteres Anzeichen für ihre Vermutung auf die Gegenseitigkeit ihrer Gefühle war.

»Du hast Cheveyo gegenüber eine Schwester erwähnt«, fuhr Malena nach einer kurzen Unterbrechung fort, in der Aries einen Stapel Hölzer neben das Feuer gelegt hatte. »Hat ihr Name auch eine solche Bedeutung?«

Um den Gedanken zu verdrängen, dass Lana Yanmas Geist bereits gefolgt sein könnte, fütterte sie das Feuer mit neuem Holz. »Ihr Name bedeutet ›die Liebliche‹«, brachte Taipa gebrochen hervor, ehe sie sich an das strahlende Wesen ihrer Schwester erinnerte. »Sie ist wie die Sonne, bringt jeden zum Strahlen.« Taipa blinzelte hastig die Tränen weg, die bei den Bildern in ihrem Geist hervordrängten.

»Geht es ihr denn gut?« Malena war eine bemerkenswerte Beobachterin, weit weniger oberflächlich, als sie die Princepa anfangs eingeschätzt hatte.

Ein Ruck ging durch Taipas Körper, wie ein sanfter Stoß. Taipa fuhr herum, in Erwartung, Cheveyos Grinsen dort zu sehen, doch da war nur ein Luftzug, der an den losen Strähnen ihrer Haare zog und weit wärmer war als den ganzen Tag über trotz Sonnenscheins. Es war eine Aufforderung Occidentas, der Princepa Vertrauen zu schenken.

So erzählte Taipa der Princepa des Imperiums, deren Ahnen ihr Volk beraubt und die Kinder nach Dariana verschleppt hatten, welche Krankheit ihr Volk heimsuchte.

»Und du denkst, dass der Naturstein ihnen allen Heilung

bringen könnte?«, fragte Malena, die Taipas Erzählung ohne Unterbrechung bis zum Ende gelauscht hatte.

»Ich bin mir sicher, dass dies der Weg zur großen Erdenmutter ist.«

»Dann sollst du ihn zu deinem Volk zurückbringen und alle heilen, sobald Valerian gerettet ist.«

Taipa erstarrte mitten in ihrer Bewegung. Das Holzscheit fiel ihr aus der Hand ins Feuer, Funken stoben auf, die sie jedoch nicht beachtete. Stattdessen suchte sie in Malenas Gesicht nach einer List, einer Lüge. Doch die Princepa strahlte lediglich Vertrauen aus, so sehr sich Taipa auch vom Gegenteil überzeugen wollte. Sie glich nicht annähernd den Erzählungen über ihre Ahninnen. Doch sollte sie ihre Bestimmung nicht vereiteln können, würde sie sich in die Abfolge jener grausamen Herrscherinnen einreihen. Ein aufmunternder Windstoß strich über Taipas Wange. Erst jetzt bemerkte sie, dass ihr eine Träne aus dem Augenwinkel gerollt war. Ob vor Trauer über Malenas Schicksal oder vor Dankbarkeit, konnte Taipa nicht sagen.

»Ich danke dir«, sagte sie zur Princepa und neigte ihren Kopf, wie ihr Volk den Stammesoberhäuptern Respekt zollte. Die Geste kam von selbst, tief aus Taipas Innerem. Es überraschte sie, doch nun wurde ihr bewusst, dass die vergangenen gemeinsamen Abende tatsächlich so viel Respekt und Vertrauen zu der einst verhassten Princepa aufgebaut hatten, dass sie diesen Gruß verdiente. Und war es dann nicht ihre Pflicht, Malena von der Sorge, die sie bei jedem Blick auf die Princepa und ihren Gefährten überkam, zu berichten?

Der Windhauch glitt das Fell um ihren Rücken entlang, kitzelte sie mit ihren wehenden Haaren, was Taipas Worte beinahe von selbst hervorquellen ließ.

»Du wirkst jeden Tag vertrauter mit Aries«, begann sie,

und Malenas Augen leuchteten bei seinem Namen auf. »Der Fall wird umso größer sein, je höher du fliegst.«

Taipa verharrte in ihrer Bewegung und beobachtete die Princepa genau, um nicht die kleinste Regung ihrer Mimik zu verpassen.

Malena nickte bekümmert. »Ich bin mir der Konsequenzen bewusst und habe Vorkehrungen getroffen.«

»Ich habe dir bereits gesagt, dass wir dich nicht immer mit Schmerz werden ablenken können«, entgegnete Taipa barsch. Sie konnte nicht glauben, dass die Princepa so blind von ihren Gefühlen war.

»Das wird nicht nötig sein.« Malena starrte ins Feuer, ihre Lippen bebten, ehe sie fortfuhr. »Ich habe Circe den Eid abgenommen, dass sie mich tötet, wenn Cheveyo keinen Erfolg hat und die Verbindung meiner negativen Gefühle mit den Beben nicht trennen kann. Bitte erzähl ihm nichts davon.« Ihr Blick huschte zu ihrem Geliebten, ein trauriges Lächeln umspielte ihre Lippen, ehe sie wieder in die Flammen sah.

Taipa starrte Malena an, der Schein des Feuers tanzte auf ihrer dunklen Haut. Ihre ganze Haltung strahlte Entschlossenheit aus, und Taipa kam nicht umhin, den Mut der gebrochenen Frau zu bewundern.

»Ich bete zur Göttin, dass Cheveyo nicht nur deinen Bruder, sondern auch dich retten kann.« Erneut neigte sie den Kopf, und Malena lächelte sanft, ehe ihr Blick zur Seite huschte und das Lächeln zu einem alles erhellenden Strahlen wurde, weil Aries von seiner Arbeit aufsah, als hätte er gespürt, wie sie sich ihm zugewandt hatte. Da kam Taipa eine Idee. »Warum … reist ihr nicht irgendwohin, wo euch niemand kennt, baut euch ein neues Leben auf, fernab aller …«

In Taipas Geist zeichnete sich ein neuer Zukunftspfad ab. Die Princepa könnte mit Cheveyo und Taipa in den Westen reisen, sie könnten in den Wäldern fernab der Stämme

Schutz suchen, jagen und alt werden, während der von Cheveyo geheilte Princeps das Imperium regierte – ohne Tribute aus den Territorien, ohne …

Malenas Tränen zerstieben das Bild. Sie schüttelte traurig den Kopf. »Als ich von meiner … Bestimmung erfuhr, bin ich alle erdenklichen Auswege durchgegangen. Doch es gab nichts, was meine Ahninnen nicht bereits versucht hatten. Lothair«, sie lachte düster auf, »ausgerechnet mit ihm, vor dem ich ein Leben lang Angst gehabt habe, konnte ich sprechen, nachdem Val …«, sie schluckte mehrmals, ihre Stimme blieb dennoch heiser, »nachdem das große Beben ihn in diesen ewigen Schlaf gerissen hat. Jeder noch so kleinste Stich der Eifersucht, den ich nicht werde kontrollieren können, ganz gleich, wie sehr ich mir Aries' Liebe bewusst bin, wird zum Auseinanderbrechen der Erde führen. Ich habe Lothair auch vorgeschlagen, gemeinsam mit Aries weit weg zu reisen, wo niemand für Spannungen zwischen uns sorgen könnte. Doch der Priester hat mich ernüchtert, indem er mir prophezeit hat, dass wir unsere eigenen Konflikte finden würden, wie es in der menschlichen Natur liegt. Zwistigkeiten, die ein jedes Paar auszutragen hat, die Männer wie Frauen kurz an der Liebe zweifeln lassen, ganz gleich, wie stark das Band zwischen ihnen ist.« Taipa kam nicht umhin, zu Cheveyo zu sehen, was die Princepa mit einem kurzen Heben der Mundwinkel bemerkte. »Diese Konflikte kennt jedes Paar, sagt Lothair. Doch bei mir könnte jedes noch so kleinste Bedenken das Ende der Welt bedeuten.« Sie atmete tief ein, entließ die Luft dann in kurzen Stößen. »Vals Ahnen haben alles Erdenkliche versucht, um ihre Schwestern zu beschützen. Doch die Macht von Darias Wunsch ist stärker als alles, was danach kam. Ein Princeps hat versucht, die Tochter der Princepa zu töten, ein anderer hat sich Unfruchtbarkeit für sie gewünscht«, Malena gestikulierte wild mit den Armen, sodass die Flammen vor ihnen aufloderten, »nichts davon hat den Lauf der Dinge verändert. Wieder und wieder kamen eine Tochter zur Welt und ein Sohn, der diese aufhalten musste, als würden die Gottheiten direkt eingreifen. Ein ewiger Kreis.« Malena wurde von den Worten immer weiter niedergedrückt, saß nun gekrümmt da und starrte ins Feuer.

Taipa wusste nicht, was sie erwidern sollte, daher handelte sie instinktiv, von der Erdenmutter gelenkt, und legte ihre Hand auf die der Princepa. Ihre Haut war einander ähnlich, ihre Haare hatten dieselbe Farbe – und doch könnte ihr Leben nicht unterschiedlicher sein. Taipa folgte Malenas sehnsüchtigem Blick zu Aries, der ihr erneut ein aufrichtiges Lächeln schenkte, in dem so viel Hoffnung lag. Hoffnung auf ein gutes Ende. Malena konnte es zwar erwidern, aus der Nähe sah das Lächeln, das sie ihrem Liebsten zurückwarf, jedoch gezwungen aus. Taipa hielt ihre Berührung aufrecht, bis die Atemzüge der Princepa wieder gleichmäßiger wurden, das Beben ihrer Schultern abebbte und sie ihre Fassung wieder zurückerrungen hatte. In genau diesem Moment traten die anderen ans Feuer. Malena drehte sich um und begann erneut zu lächeln, noch ehe sie Aries hinter sich sehen konnte. Diesmal war das Lächeln echt, und ihre Augen begannen zu strahlen, als er sich neben sie setzte und seinen Arm um sie legte. Jeden Abend waren sie etwas näher zusammengerückt, und nichts war geschehen, das Taipa zum Eingreifen veranlasst hätte. Kein Beben, nicht das geringste Zittern der Erde. Weil die Princepa trotz ihres nahenden Endes glücklich war, ihr Herz nicht schmerzte, sondern lebendiger war denn je? Taipa kannte das Gefühl.

Cheveyo setzte sich zu Taipa und stupste sie an der Schulter an: »Zwischen euch hat sich etwas verändert.« Er sah kurz zur Princepa. »Habt ihr euch angefreundet?«

Taipa spürte, dass er recht hatte. Zum ersten Mal seit Antritt ihrer Reise hatte sie kein ungutes Gefühl, als Malena und Aries nach einem reichhaltigen Essen aus gehäuteten Tieren, die Taipa nicht einmal benennen konnte, gemeinsam verschwanden. Vilana gab derweil im Palast aufgeschnappte Geschichten über die Nordländer zum Besten, und das Feuer zwischen ihnen prasselte. Das klärende Gespräch war wichtig gewesen. Sie dankte der Göttin für ihren Wink.

34
Malena

Malena wollte gar nicht wissen, was genau das Tier mit den sechs Beinen war, das Aries angeschleppt hatte. Nachdem das gehäutete – oder geschälte? – Untier mit Taipas Kräutern gewürzt auf dem Feuer geröstet war und die anderen mit weit weniger Widerwillen als Malena gekostet hatten, probierte auch sie. Es schmeckte nach Taipas Gewürzen, hatte eine feste Konsistenz, und so folgte sie dem Grummeln ihres Magens und aß wie alle anderen.

»Wir haben unbekannte Spuren entdeckt«, berichtete Cheveyo der Gruppe, doch trotz der drohenden Gefahr hatte Malena Mühe, sich auf seinen Bericht zu konzentrieren. Aries saß so dicht bei ihr, dass seine Wärme die der Flammen des Feuers vor ihnen übertraf. Jede Faser ihres Körpers war auf ihn ausgerichtet. Wann immer sie sich ihm zuwandte, ganz gleich, welcher Tätigkeit er gerade nachging, sah er auf und drehte sich zu ihr um. Seit Beginn ihrer Reise hatte sich zwischen ihnen etwas verändert, war gewachsen und hatte die anerzogene Haltung von Malena, Distanz zu Männern zu wahren, überlagert. Sie genoss seine Nähe, seinen Geruch, das Kribbeln ihrer Haut, wann immer er sie flüchtig berührte. Es gab kein Zurückzucken, keine innere Abwehr mehr. Aries hatte all die Vorurteile mit seinem Wesen weggebrannt.

Malena ging das Gespräch mit Taipa zuvor nicht aus dem Kopf. Sowohl Taipas Warnung als auch Malenas Versuch, die Westländerin dazu zu bewegen, sich ihre Gefühle dem Geistkrieger gegenüber einzugestehen, weil ihre Zukunft unvorhersehbar war.

Wenn man den Abbildungen im Tempel Glauben schenken konnte, befand sich die Grotte mit dem Naturstein nicht weit hinter dem Ende der Via Borealis. Vielleicht würden sie schon am nächsten Tag am Ziel sein und den Rückweg antreten. Es könnte sich alles verändern. Niemand wusste, wie Malena auf Cheveyos Versuch, ihren Geist zu beschneiden und die dunklen Gefühle ihres Herzens zu nehmen, reagieren würde. Würde er sie ebenso verdammen, wie Valerians Wunsch es tun würde? Angst kroch Malena in den Nacken, biss sich dort fest, und ihr wurde klar, dass ein Teil dieser Furcht daher rührte, etwas genommen zu bekommen, das sie nicht komplett ausgekostet hatte.

Vielleicht war diese Nacht die letzte Nacht, in der sie beide frei sein konnten. Sie tastete nach Aries' Hand, und seine Finger schlangen sich wie von selbst um ihre. Ihr Herz galoppierte schneller als je zuvor. Ihr Entschluss festigte sich. Im Schein des Lagerfeuers leuchteten Aries' Augen unnatürlich, aber vielleicht spürte auch er die Veränderung an Malena. Er wirkte angespannt, starrte in die Flammen und lauschte Vilanas Erzählungen von den Legenden des Nordens.

»Begleitest du mich?«, fragte Malena ganz nah an seinem Ohr und lächelte, als sie sein Erschaudern bemerkte. Der Blick, den er ihr daraufhin schenkte, sandte eine nie da gewesene Hitzewelle durch Malenas Körper.

Sie standen auf, ließen das Feuer und die Gruppe hinter sich und gingen den Pfad aus trockenem Boden entlang, dem die Via Borealis hätte folgen sollen. Den Schein des Feuers noch im Rücken, passierten sie kleine scharfkantige Felsen, deren Mitte eingeebnet worden war, um den Lauf der Straße nicht zu verändern. Und doch waren die Arbeiten nie fortgeführt worden. Hinter den Felsen sah Malena den Mond tief am Firmament hängen. Er war beinahe voll. Die Zeit, die Lothair Valerian zum Schreiben seines Wunsches gegeben hatte, war längst überschritten. Der Zorn der Götter würde sie immer mehr treffen, die Beben würden das Imperium vernichten, wenn Malena nicht das, was sie ausmachte, verlor. Sie konnte sich ein Leben ohne ihre Empfindungen nicht vorstellen. Es war einfach unmöglich – weshalb sie Circe ihren Eid abgenommen hatte.

»Wie weit willst du noch gehen?«, fragte Aries leise und sah sich dabei immer wieder um. »Wir sollten uns nicht zu weit vom Lager entfernen. Cheveyo hat Spu...«

Malenas Kehle war plötzlich entsetzlich trocken. Sie wusste, was sie wollte – Aries näher sein als je zuvor –, doch sie war nicht in der Lage, es ihm zu sagen. Also zog sie ihn zu sich und küsste ihn.

Im ersten Moment war er wie erstarrt, seine Lippen pressten sich hart gegen ihre. Dann wurde er weich, stieß ein raues Brummen aus, ehe er den Kuss mit einem Hunger erwiderte, der Malenas noch weiter ansteigen ließ. Seine Hände fuhren ihren Rücken entlang, drückten ihren weichen Körper gegen die Härte seiner Muskeln, und Aries entflammte damit ein Begehren, das unstillbar schien. Das Ziehen in ihrem Unterleib wurde stärker, und sie spürte, wie sein Verlangen gleichermaßen anwuchs. Er schob sie in die Schatten der Felsen, ohne auch nur einmal von ihrem Mund abzulassen. Vielleicht schwebten sie über dem Boden, denn Malena konnte nicht sagen, wie sie in die kleine Grotte kamen, die der Mond in Silberlicht tauchte. Die Luft im Inneren schien vor Energie zu vibrieren, die zwischen ihnen pulsierte. Zu ihren Füßen breitete sich ein Teppich einer ihr unbekannten Pflanze mit winzigen weißen Blüten aus. Die kleinen Blätter fühlten sich an wie die erlesenste Seide aus der östlichen Provinz, als Malena Aries zu sich hinabzog. Während ihre Hände Aries' Körper erkundeten, reckte sie sich jeder von seinen Berührungen entgegen. Ihr Unterleib zog sich zusammen, eine Hitze bahnte sich ihren Weg durch Malenas Inneres, die nicht zu löschen war, aber die allerletzten Zweifel hinwegbrannte. Sie entledigte Aries seiner Felle, konnte nach all der Zeit auf der Reise endlich wieder einen Blick auf seine wohldefinierten Arme werfen. Die straffe Haut, die sich über seinen Muskeln wölbte, war von Gänsehaut überzogen. Malena strich darüber, was bei Aries ein Schaudern auslöste.

Ganz langsam näherte sich seine Hand dem Verschluss des dicken Fellumhangs, der sie vor der Kälte schützte. Aries verharrte zögernd, bat stumm um ihre Erlaubnis, und eine unbekannte Unsicherheit zeichnete sein in das Silber des Mondlichts getauchtes Gesicht jünger.

Malena half ihm dabei, sich auch ihrer Felle zu entledigen, die sie nun begleitet von zahlreichen Küssen unter sich ausbreiteten.

Dann lagen sie dicht beieinander, küssten sich, während sie ihre Körper erkundeten. Malenas Hand streifte am Kragen von Aries' weitem Hemd entlang, ertastete die Wölbung seiner festen Brust, was in ihr die Bilder seines nackten Oberkörpers beim Schaukampf im Garten der Männer in Erinnerung rief. Jene Nacht schien ein ganzes Leben her zu sein.

Sie war nun eine andere. Sie wusste um ihre Zukunft und wünschte, ihre gemeinsame Zeit wäre nicht so begrenzt. Sie wollte solche Momente wie diesen, Augenblicke der Zweisamkeit mit dem Menschen, den sie begehrte, nach dem ihr Herz sich sehnte, auskosten wie die einzelnen Kontraktionen von Aries' Bauchmuskulatur, als sie sanft darüberstrich. Ihre Hand fuhr weiter, streifte den Bund seiner Hose, und Aries' fester Griff hielt sie auf einmal auf.

»Wir haben Zeit, Lena«, stieß er rau hervor, einem Keuchen gleich. »Wir müssen nichts überstürzen.«

Doch Malena wusste, dass es nicht so war, und erzählte ihm von ihrer Befürchtung, was nach Cheveyos Betreten ihres Geistes passieren könnte, spätestens jedoch, wenn Val seinen Wunsch schrieb.

Sie würde dieses Sehnen in ihrem Inneren, die heiße Glut, die in ihrem Unterleib nur darauf wartete, entfacht zu werden, niemals wieder fühlen können.

Anstatt die vielleicht letzte Nacht auszukosten, wurde Aries wütend und sprang auf. Seine Stimme hallte in der Grotte wider.

»Wir werden eine Lösung finden. Unser gemeinsames Leben auskosten.« Er ging mit schnellen Schritten auf und ab, strich sich von Verzweiflung geplagt durch die Haare und schüttelte immer wieder den Kopf.

Malena tat es in der Seele weh, ihn so zu sehen. So hilflos angesichts dessen, was vor ihnen lag. Sie sehnte sich nach den Bildern, die seine Entschlossenheit in ihren Kopf gepflanzt hatten. Nach einer glücklichen, liebevollen Zukunft, gegenseitiger Zuneigung, mehr der tosenden Hitze unter seinen Berührungen. Circe hatte falschgelegen. Es konnte kein *notwendiges Übel* sein, wenn es sich so richtig anfühlte. Wenn Berührungen dafür sorgen konnten, sich lebendiger zu fühlen als je zuvor. Aber keiner von ihnen wusste, was Meridia für sie bereithielt, welches Schicksal ihr aufgezwungen wurde.

Sie erhob sich ebenfalls und legte behutsam eine Hand auf seinen Rücken. Aries spannte sich an, drehte sich jedoch nicht zu ihr um. Sein Blick war auf den Eingang der Grotte gerichtet, auf den leuchtenden Mond, der ihnen bewusst machte, wie wenig Zeit ihnen blieb. Seine Schultern bebten.

Malena strich sanft über seinen Rücken, ehe sie an seine Seite trat und erkannte, dass silberschimmernde Tränen seine Wangen benetzten.

»Ich konnte Val nicht retten«, sagte er leise. »Und nun soll ich dich verlieren, obwohl wir uns …« Die Ausbuchtung an seiner Kehle sprang auf und ab.

»Es ist mein Wunsch und meine Pflicht, mein Volk zu retten«, sagte sie leise. Ihre Worte tanzten in der Grotte umher. Sie tastete nach Aries' Hand, die er um sich selbst geschlungen hatte, und drückte sie. Er zog sie näher, legte seinen Arm um sie und küsste sie sanft auf das Haar.

»Ich … Wir … Val und ich hatten uns unsere Zukunft anders ausgemalt. Aber ich hätte nie auch nur zu träumen gewagt, einmal zu empfinden, was ich in deiner Gegenwart spüre. Es ist ein Geschenk«, flüsterte sie. »Ein Geschenk von Meridia. Wir sollten es dankend annehmen, anstatt es abzulehnen.«

Malena lauschte Aries' tiefen Atemzügen und schmiegte sich enger an ihn. Sein Herz hämmerte gegen seine Brust, schlug ebenso schnell wie ihres. Sein Griff verstärkte sich, presste sie so fest an sich, als würde er sie nie wieder loslassen wollen.

Die Küsse, die sie anschließend teilten, schmeckten nach Glück und Hoffnungslosigkeit, bitter und lieblich zugleich. In der windgeschützten Welt ihrer Höhle erkundeten sie jeden noch so kleinen Bereich ihrer Haut und sorgten für eine Wärme, auf das selbst das heißeste Feuer neidisch wäre. Sie fanden zueinander, ihre Hitze mischte sich mit der Kälte der Luft, ihre Körper erzitterten, während ihre Atemzüge immer schneller wurden.

Vollkommen erschöpft, aber von purer Glückseligkeit berauscht, schlief Malena dicht an Aries geschmiegt und von Fellen bedeckt ein. Jenseits ihrer kleinen Welt näherte sich bereits der Tag.

35
Malena

Malena wünschte sich, sie könnte den Rest ihres Lebens an der Seite von Aries erwachen. Haut an Haut, ihr Gesicht an seine Halsbeuge geschmiegt und von seiner Wärme umgeben, atmete sie die eiskalte Luft ein. Ihr Atem kondensierte zu einem weißen Dunst und legte sich auf den Fellen ab, die Aries über sie beide gelegt hatte.

Das Innere der Grotte war nicht länger in Silberlicht getaucht, sondern leuchtete im Rot der Morgensonne, das leichte Surren, das sie gestern bereits bemerkt hatte, lag noch immer in der Luft. Es dauerte mehrere Herzschläge, bis Malenas Geist ihrem Körper folgend erwachte und sie sich so abrupt aufrichtete, dass Aries' Hand, die auf ihr geruht hatte, auf die kleinen Blüten rund um ihr Nachtlager klatschte.

»Was ist los?«, murmelte er und kämpfte sich aus dem Schlaf.

Malena hatte nicht die Zeit, seinen Anblick zu genießen, obgleich Aries halb verschlafen schlicht atemberaubend war. Sie hatte auch keine Zeit, Erklärungen abzugeben, sondern suchte nach dem Grund für das Rot in der Grotte. Der Ausgang war gen Norden gerichtet, es war unmöglich, dass Sonnenlicht in die Höhle kroch.

»Da!«, rief sie und sprang auf die Beine. Sie zog ihr Unterkleid an und ging auf die Quelle des Lichts zu, das von einem Spalt in der massiven Höhlenwand etwas über ihrem Kopf ausging.

Aries' Warnung kam zu spät. Malenas Hand streckte sich bereits nach dem Stein aus, der einen einsamen Sonnenstrahl von außerhalb eingefangen und sein Licht in der Höhle verteilt hatte. Sie griff zu, die Luft knisterte vor Energie, die sich entlud, als Malena den Stein mit dem Finger berührte. Sie stieß einen kurzen Schrei aus.

Aries sprang herbei und griff nach ihrer Hand, bog sie sanft im Licht hin und her, um sie zu untersuchen.

»Nichts zu sehen«, sagte er schnell, sein Blick glitt zum Stein. Stampfende Schritte drangen durch den Höhleneingang näher, angelockt von ihrem Schrei.

Binnen kürzester Zeit war ihre kleine Höhle zum Bersten voll. Malena und Aries zogen ihre Kleidung wieder an, während die anderen den Spalt in der Höhlenwand untersuchten.

Malena spürte Taipas Aufregung, der Göttergabe ihres Volkes und der Heilung ihrer Schwester so nah zu sein. Beinahe ehrfurchtsvoll ging sie auf den Felsspalt zu und lugte hinein, ehe sie ein Stück Leder aus ihrem Beutel zog und entrollte.

Malena sah auf der Abbildung darauf eine Hand, auf der etwas lag. Taipa verglich die Größe des rot funkelnden Steins vor ihr und ihre eigene Hand damit, und ihre Augen leuchteten selbst ohne die Reflexionen der offensichtlichen Göttergabe. Langsam streckte sie die Finger danach aus. Sie zitterte, ihre Lippen bewegten sich, doch Malena konnte nicht verstehen, was sie sagte. Dann umschloss Taipas Hand das Rot, ohne dass sich irgendwelche Energie entlud wie bei Malena.

Mameida, Vilana, Aries und Malena sahen dabei zu, wie Taipa die Göttergabe des Westens ganz behutsam an sich nahm und den roten Stein auf ein Stück weiches Leder in Cheveyos Händen legte, das mit einer Kordel zu einem Beutel geschnürt werden konnte. Daraufhin waren selbst ihre Fingerspitzen von jenem roten Pulver überzogen, das Cheveyo dabei geholfen hatte, zu Vals Geist Kontakt aufzunehmen.

Malenas Puls ging immer schneller. Sie hatten den Naturstein gefunden. Sie würden Val retten!

Cheveyo fegte mit der Hand alles von dem roten Staub in der kleinen Ausbuchtung zusammen und füllte es in einen ledernen Beutel, den Taipa ihm reichte.

Keiner von ihnen sprach ein Wort, vielleicht hielt Malena sogar den Atem an, bis die beiden Westländer die Arbeit in einem schon fast feierlichen Akt beendet hatten.

»Der Stein sondert dieses Pulver ab, oder?«, stellte Mameida die Vermutung auf.

»Wir wissen es nicht«, gestand Taipa. »Wir kennen nur die Wirkung des Pulvers auf unseren Geist.«

»Auf dich hat er auch eine Wirkung?«, hakte Malena nach. Sie war davon ausgegangen, dass nur Cheveyo beim Genuss etwas spürte.

Taipa zögerte zunächst, dann nickte sie jedoch: »Nachdem ich Kontakt zum Pulver hatte, konnte ich die Gefühle anderer sehen. Meine Gabe äußert sich offenbar anders als die von Cheveyo, der in den Geist eintauchen kann.«

Cheveyo schwoll vor Stolz an und wirkte direkt größer.

»Du kannst uns dein besonderes Talent sogleich demonstrieren.« Mameida stellte sich an Cheveyos Seite, der die Lippen zwischen die Zähne zog und zu Malena sah.

»Je eher, desto besser«, stimmte Malena zu. Ihre Kehle wurde eng, und ihre Stimme brach. Sie schloss die Augen, um die Tränen zurückzuhalten, verlangte dann jedoch noch einen letzten Augenblick mit Aries. Sie drehte sich zu ihm, und er hüllte sie in eine Umarmung, strich ihr sanft über den Rücken.

»Es wird alles gut«, flüsterte er, ehe er ihr Kinn anhob und sie küsste. Sie betete zu Meridia, dass sie den Sturm an Liebe und Verlangen nicht zum letzten Mal verspürte, ehe sie sich von Aries löste.

Vilana seufzte auf und stieß Mameida an, die mit den Augen rollte, woraufhin sich Vilana über ihre grausame Art, mit Romantik umzugehen, beschwerte und darauf beharrte, dass Malena Aries offenbar nicht als Mann sah.

Malena wollte eben antworten, dass sie dasselbe für Aries empfand wie Vilana für Mameida, da fragte Cheveyo: »Bist du wirklich bereit?«

Sie schluckte, nickte dann jedoch.

Cheveyo setzte sich auf den weichen Boden und gestikulierte Malena, es ihm gleichzutun. Ihre Knie berührten sich beinahe. Aries trat hinter Malena und ging in die Hocke. Sie wusste, er würde sie auffangen, sollte sie umkippen.

Cheveyo umschloss ihre Hand und stützte ihre verschränkten Finger auf ihren Knien ab. Taipa reichte ihm den Lederbeutel mit dem Pulver. Cheveyo befeuchtete wie an Vals Bett die Fingerspitze mit der Zunge, ehe er ihn in den Beutel tauchte. Sein gesamter Finger war rot, das Befeuchten wäre nicht nötig gewesen. Cheveyo kostete das Rot, und seine Lider begannen zu flackern. Taipa schloss den Beutel und setzte sich hinter ihn, um auch ihn notfalls vor einem Sturz zu bewahren. Wann immer sich Cheveyos Augen kurz öffneten, lag darunter nichts als Weiß.

Dann durchzuckte ein grelles Licht Malenas Geist, und ein Schrei gellte durch die Höhle. Ihr Schrei. Sie schloss instinktiv die Augen, doch das Leuchten war in ihrem Kopf. Direkt daraus trat nun Cheveyo hervor und kam auf Malena zu. Sie sah an sich hinab oder, besser, sie hatte vor, an sich hinabzusehen. Doch da war nichts. Sie hatte weder einen Oberkörper noch Beine. Sie wollte die Hände heben, aber ihre Glieder folgten keinem Befehl. Malena war nichts, und doch stand sie hier, direkt gegenüber dem Mann aus der westlichen Provinz, der nun viel älter aussah als der Junge auf der Schwelle zum Erwachsenen, dem sie sich gegenübergesetzt hatte. Sein Gesicht wirkte kantiger, seine Statur imposanter, die Kleidung war von viel mehr Perlen und Bändern gesäumt, und der Blick aus seinen grell leuchtenden Augen ließ Malena im Geiste erschaudern.

»Hast du so auch Val gesehen?«, fragte Malena, und die weisere Version Cheveyos nickte.

»Ich muss deinen Geist berühren, um näheren Kontakt herzustellen«, sagte er dann und streckte Malena beide Hände entgegen. Trotz der Angst, was mit oder nach dieser Berührung geschehen könnte, wollte sie ihre Hände auf seine Handflächen legen. Sie empfand die Berührung, obwohl sie ihre Gliedmaßen nicht spürte. Cheveyo schloss die Lider, Malena sah, wie die Augen darunter hin und her huschten, als versuchte er, etwas mit seinem Blick einzufangen, das stets entwischte.

Plötzlich nahm sie die Berührung an ihrem Geist wahr. Cheveyo zupfte an einer Erinnerung. Die Nacht im Palastgarten, in der Circe Malena den Durchgang gezeigt hatte. Dann das leichte Beben danach, als Val sie von sich gestoßen hatte. Cheveyo ließ sie all den Schmerz, den sie damals empfunden hatte, noch einmal durchleben. Aber nur hier, in der sicheren Umgebung seines Geistes, völlig körperlos und umhüllt von Licht. Hoffte er so, das Gefühl aus ihr herausziehen zu können?

Malena spürte, wie ihre Brust zu zerreißen drohte, als Aries sie nach ihrem Gespräch über den Kuss zurückgewiesen hatte. Sie *gedacht* hatte, er hätte sie zurückgewiesen. Malena musste erneut mit ansehen, wie Vals Seite des Palastes einstürzte. Das Schuldgefühl zerriss auch noch den Rest von ihr.

Sie schrie. Ihr Schrei hallte wider, obwohl es um sie herum nichts als Licht gab. Dann fiel sie nach hinten.

»Ihr müsst aufwachen! Cheveyo, Lena! Schnell!« Aries rüttelte an ihrer Schulter. Malenas Kopf war auf seinen Schoß gebettet, und nackte Angst stand in seinem Gesicht.

Sobald sie bei Sinnen war, bettete er sie vorsichtig auf dem weichen Untergrund, sprang auf und zog sein Schwert aus der Scheide.

36
Malena

Nur schwerfällig erwachten Malenas Glieder, und ihr Geist kehrte zurück in die Realität. Vorerst war sie nicht in der Lage, sich zu rühren. Sie konnte nichts tun, außer zu beobachten, wie Mameida nach ihrem Kampfstab griff, der noch am Eingang der Grotte lehnte, den Verschluss des schweren Fellumhangs öffnete und ihn achtlos zu Boden gleiten ließ. Kurz versicherte Malena sich mit einem tastenden Griff, dass ihr Schwert noch an ihrem Gürtel befestigt war, und mit einem weiteren Blick, dass Vilana geschützt im hinteren Bereich der Grotte stand.

»Was ist los?«, fragte Malena und kam noch immer halb benommen auf die Knie. Sie bog ihren Kopf zu beiden Seiten. Das Knacken ihrer Halswirbel hallte von den Felswänden wider.

Während Vilana angewidert das Gesicht verzog, erklärte Aries: »Es kommt jemand.«

»Sie reiten auf gigantischen Tieren und sind komplett in weiße Felle gehüllt«, fügte Mameida hinzu.

Angst fuhr durch Malenas Glieder, sorgte für genügend Kraft, wie nach einem Schlag eines Gegners aufzuspringen und die Hand auf den Knauf ihres Schwerts zu legen. Aries wollte sie zurückhalten, doch sie strebte an ihm vorbei, dem Eingang der Höhle zu.

»Sind das Nordländer?«, fragte Aries an Malena gewandt, ehe er an ihre Seite trat. Sein Schwert ruhte noch gesenkt neben seinem Bein. Malena durchforstete ihren Geist nach Beschreibungen der Nordländer, doch außer Legenden der Ungeheuer in den Gewässern wusste sie nichts über das Volk, das sie ausgestorben geglaubt hatte. Während sie überlegte, versuchte sie, ihre Waffe zu ziehen, doch trotz Anspannung war sie noch nicht wieder Herrin über ihre Gliedmaßen. Sie wusste nicht, ob sie in der Verfassung für einen Kampf war. Das Kratzen in ihrer Kehle zeugte davon, dass sie sich während Cheveyos Kontaktaufnahme zu ihrem Geist die Seele aus dem Leib gebrüllt hatte, selbst im Stand zitterten ihre Beine.

»Ich bin die Princepa«, sagte sie mit bemüht fester Stimme und straffte ihren Körper. »Ich werde mit ihnen sprechen.«

Mameidas Lachen schwebte durch die Höhle.

»Du solltest es besser unterlassen, das zu erwähnen«, sagte Vilana schnell und warf Mameida einen kurzen Blick zu. »Ich glaube nicht, dass du hier angesehen wärst. Wenn selbst die Bewohner Darianas revoltieren, wird der Zorn auf die Hauptstadt hier oben noch größer sein.«

Hinter ihnen zog Cheveyo die Kordel um den Naturstein zusammen und schnürte ihn an seinen Gürtel, während Taipa den Beutel mit dem Pulver in ihr Bündel packte.

Stampfende Schritte näherten sich dem Höhleneingang.

»Wir müssen raus aus der Grotte. Hier sitzen wir in der Falle«, sagte Vilana, aber Mameida sah das anders. »Sie können mit diesen großen Tieren nicht hier hereinkommen. Draußen könnten sie uns leicht überrennen.«

Die beiden Reittiere waren wahrlich imposant. Ihre Beine waren etwas kurz für den massigen Körper, aber stämmig wie die Säulen des Tempels von Dariana. Geschwungene, nach vorne gerichtete Hörner ragten wie Speere aus ihren Köpfen, die von blassem langem Fell in der Farbe des Mondes bedeckt waren wie der Rest ihres Körpers. Die Reiter trugen dieselben Felle und verschmolzen so mit ihren Tieren. Obwohl es so kalt war, dass Malenas Atem vor ihrem Mund sichtbar wurde, zeigten die Arme der Nordländer bloße Haut, die aber im Sonnenlicht seltsam funkelte.

»Es sind nur zwei«, sagte Mameida überzeugt. »Wenn sie von ihren Tieren steigen müssen, können wir sie leicht besiegen.«

Nun zog auch Vilana ihre Waffe und rückte zu ihnen vor. Zusammen bildeten sie so eine Mauer vor Taipa und Cheveyo im Inneren der Höhle.

Die Nordländer sprangen von ihren Reittieren. Unter den Fellen, die sie trugen, reflektierte immer wieder etwas das Sonnenlicht, aber Malena konnte keine Waffe ausmachen, selbst als die beiden Männer nur noch wenige Schritte vor ihnen haltmachten. Es könnten jedoch auch Frauen sein. Malena konnte angesichts der von einem Tuch verhüllten Gesichter – die denen ähnelten, die von den Bewohnern der östlichen Wüste zum Schutz vor Sand getragen wurden – und der schweren Felle keinerlei Unterschied erkennen, die Arme waren gleichsam sehnig und muskulös.

»Was habt ihr auf unserem Land zu suchen?« Die tiefe Stimme eines Mannes dröhnte in Malenas Ohren, offene Feindseligkeit schwang in jeder Silbe mit. Vilanas Schwert zitterte in ihren Händen.

»Wir waren neugierig, wohin die Via Borealis führt.« Malena hätte Mameida am liebsten den Mund zugehalten. Ihre Stimme war so offen und beinahe amüsiert, sie gestikulierte ausschweifend mit den unbewaffneten Händen, was den Sprecher der Nordländer die Augen zusammenkneifen ließ.

»Niemand betritt Arktus' Pfad«, kommentierte nun eine weibliche Stimme. »Ihr könnt verschwinden oder eine Opfergabe für den Gott des Nordens werden.«

Ihre Gruppe bestand aus vier bewaffneten, für den Kampf ausgebildeten starken Kriegern, und die Nordländer beschämten sie? Malena fühlte sich wieder an ihre ersten Kämpfe mit Circe und Mameida erinnert, in denen man sie unterschätzt hatte. Ihr Blick huschte zu ihren Kampfgefährtinnen, die sie ihre gesamte Jugend begleitet und mit ihr zahlreiche Gegner im Training bezwungen hatten. Unter Circes Anleitung hatten sie einfach alle besiegt, ganz gleich, wie hoch die Zahl an Gegnerinnen gewesen war. Diese beiden Nordländer in ihren dicken Fellen und mit den ungeschützten Armen konnten nicht stärker sein als die drei geschulten Kämpferinnen und Aries.

Malena glaubte, Circes Stimme in ihrem Kopf zu hören, die ihr erklärte, dass man die Schwächen des Gegners ausnutzen musste. Und die Schwäche dieser Nordländer war, ihre Gruppe zu unterschätzen.

Die Nordländerin beugte sich zu ihrem Gefährten und sagte etwas so leise, dass es niemand von ihnen hören konnte. Der Mann verengte die blassblauen Augen.

»Ihr habt den Grenzstein gestohlen«, sagte die Frau nun und griff an ihre Seite.

Malena reagierte instinktiv. Sie hob ihr Schwert, doch Mameida war flinker. Sie rannte bereits mit erhobenem Kampfstab auf die Nordländerin zu. Alles ging viel zu schnell.

Mameida stieß einen Angriffsschrei aus, Aries und Malena riefen ein lautes »Nein!«, Vilana brüllte Mameidas Namen. Auch Taipa und Cheveyo wollten ihr mit Worten Einhalt gebieten, doch Mameida war offenbar gewillt, das Überraschungsmoment zu nutzen. Noch ehe sie die wenigen Schritte zwischen sich und den Fremden überwunden hatte, stieß sie einen Schmerzenslaut aus und hielt sich den Arm, nachdem ihr der Stab aus der Hand gerissen worden war. Von dem Ruck geriet sie ins Stolpern und kam taumelnd vor den beiden Nordländern zum Stehen.

Malena strebte nach vorne, musste ihre Kampfgefährtin beschützen. Sie entriss ihren Arm Aries' festem Griff und stellte sich an Mameidas Seite.

Die Nordländerin hatte so hellblaue Augen, dass sie schon

beinahe weiß waren. Kurz blitzte eine Erinnerung an ein uraltes Gesicht auf. Hatte die Seherin vom Nachtbasar dieselben Augen gehabt? In ihrer Hand hielt die Fremde einen metallenen Griff, ähnlich eines Schwerthefts, doch anstelle einer Waffe baumelte ein dünnes Seil herunter, das ebenso aus Metall gefertigt, aber flexibel und biegsam war.

Lachfältchen zogen sich um die Augen der Frau, als amüsierte sie sich über Mameidas deprimierende Vorstellung.

»Noch jemand?«, fragte sie, zog das Tuch vom Gesicht und sah die Reihe hinter Malena und Mameida entlang. Sie griff nicht noch einmal an, hatte sich offenbar nur verteidigt. Malenas Blick fiel auf Mameidas Kampfstab, der wie von einer Axt zerteilt zu Füßen der Nordländerin lag, während das Blut von der Wunde an Mameidas Arm inzwischen von ihren Fingern tropfte. Ohne die Frau aus den Augen zu lassen, schob Malena ihre Freundin langsam Schritt für Schritt zurück.

»Gebt den Grenzstein zurück, dann lassen wir euch umkehren«, sagte der Mann ruhig.

»Und wenn wir ihn brauchen?« Malenas Stimme war noch immer ein Krächzen, aber sie spürte, wie die Macht über ihren Körper zurückkehrte. Sie hob ihr Schwert. Aries zog sie zurück, doch Malena stellte sich den Nordländern erhobenen Hauptes entgegen.

»Wofür solltet Ihr ihn brauchen, Principa?«, sagte die Frau höhnisch, während sich Malenas Augen für einen Moment weiteten. Die Nordländerin kannte sie! Nicht einmal in Dariana wurde sie erkannt, wie bei Meridia konnte diese Frau wissen, wen sie vor sich hatte?

Das spöttische Grinsen auf ihren Lippen erzürnte Malena, und mit fester Stimme entgegnete sie: »Um ihn dorthin zu bringen, wo er hingehört. Zum Volk des Westens.« Malena deutete mit einer Geste hinter sich, wo irgendwo Taipa und

Cheveyo stehen mussten. Sie wagte es nicht, den Fremden ihren Rücken zuzukehren.

Die Sorge teilten die Nordländer nicht. Die Frau wandte sich an ihren Gefährten, und beide drehten sich so weit ab, dass Malena nicht einmal mehr die Gesichter sah. Das war ihre Gelegenheit! In einer blitzschnellen Bewegung beugte sie sich zu der zerborstenen Hälfte von Mameidas Kampfstab mit der funkelnden Metallspitze. Sie hob ihn hoch und schleuderte die Spitze auf den Rücken der Frau. Im selben Moment stürzte sich Aries mit seiner polierten Klinge auf den Mann und ließ das Schwert durch die Luft sausen.

Die Speerspitze fiel nach demselben Klirren zu Boden, das auch Aries' Waffe beim Aufprall auf dem Rücken des Nordländers auslöste. Es war das kalte Knirschen von Metall auf Metall, nicht das Eindringen einer geschliffenen Klinge durch Felle hindurch in einen Körper.

Malena erstarrte angesichts der beinahe genervt wirkenden Augen, die sie anstarrten, als sich die Nordländerin wieder umdrehte. Der Mann hingegen bebte vor Wut und knurrte.

»Gebt uns den Grenzstein, oder wir werden eure jämmerlichen Versuche, uns niederzustrecken, nicht länger tolerieren.«

Die Stimme der Frau klang noch immer amüsiert, als sie ihren Gefährten beschwichtigte und sich Malena zu erklären versuchte, was genau eben passiert war. Ihre Waffen waren von dem hellen Fell abgeprallt wie von einem festen Schild. Das war unmöglich! Die Legende von Arktus' Göttergabe, die Vilana eines Abends am Feuer erzählt hatte, kam ihr wieder in den Sinn, und Malena versuchte, all das Wissen aus ihren Unterrichtsstunden mit Val ins Gedächtnis zu rufen. In der ewigen Flamme geschmiedete Waffen waren unbesiegbar … Galt dies auch für Rüstungen? Trugen die Nordländer Harnische unter den Fellen? Und wann verloren diese Waffen ihre Magie? Die ewige Flamme war seit Darias Feldzug in der Hauptstadt …

»Daria hat die ewige Flamme nie bekommen, oder?« Malena wurde trotz der vielen Schichten an Kleidung eiskalt. Aries' Gesicht wurde bleich wie die Felle der Nordländer, um beide Augenpaare bildeten sich nun Lachfältchen.

»Warum hätten wir sie ihr geben sollen?«, verhöhnte der Mann Malena, deren Lippen bebten. »Sie ist unsere einzige Möglichkeit, hier oben zu überleben.«

Taipa trat zwischen Malena und Aries, den ledernen Beutel mit dem Stein in der Hand. Sie löste eben die Kordel.

»Nein!«, rief Malena und zog Taipa zurück. »Wir brauchen ihn.«

Taipa beugte sich zu ihr und flüsterte ihr zu, dass die Erdenmutter wünschte, dass sie überlebten, was Malena nicht wirklich überzeugte. Sie akzeptierte dann jedoch, dass Taipa den Stein ihres Volkes in die Hand nahm, und sah ihm mit Wehmut hinterher, als die Westländerin ihn den Nordländern entgegenhielt.

Die Frau legte den Kopf schief, zog ihren Handschuh aus, während sie nach vorne trat und den Naturstein entgegennahm.

Malenas Blick folgte der weißen Frau, die immer näher kam, an Taipa vorbei ganz allein auf die Höhle zutrat, wo ihre Gefährten hastig auseinanderwichen, um sie durchzulassen. Die Frau hatte keinerlei Angst, was Mameida offenbar schwer beeindruckte, wenn man ihren aufgerissenen Augen glauben konnte, mit denen sie der Frau nachsah. Der Stein ruhte auf ihren beiden Händen. Vilana stieß Mameida an, die sich daraufhin wieder ihrer Gefährtin widmete.

Malena glaubte, Vilanas Eifersucht deutlich sehen zu können. Eine solche Kleinigkeit, die in Malenas Fall vielleicht zum Einsturz dieser kleinen Höhle geführt hätte. Sie schluckte ihr Unbehagen hinunter und konzentrierte sich auf das Glücksgefühl, das sie durchflutete, wann immer sie Aries ansah. Er schenkte ihr ein schwaches Lächeln, das seine Augen nicht erreichte. Sein ganzer Körper war angespannt, als rechnete er jeden Moment mit einer Attacke.

Wenig später saß der Stein wieder in seiner Spalte und verteilte rote Sprenkel im Inneren der Höhle. Die Nordländerin kehrte zu ihrem Gefährten zurück.

»Verschwindet von hier und kommt nie wieder.«

»Wie … wie heißt du?«, fragte Mameida, ihre Stimme zitterte vor Ehrfurcht, was ihr von Vilana einen Stoß in die Rippen einbrachte.

»Ich bin Lysanne.« Ein Funkeln trat in ihre blassblauen Augen, das Malena einen Schauder über den Rücken jagte. »Und nun verschwindet.«

Sie und der Mann kehrten zu ihren Reittieren zurück, saßen auf und verschwanden binnen kürzester Zeit aus Malenas Sicht.

Erst als auch der letzte aufgewirbelte Staub in der trockenen, von Morgenfrost überzogenen Steppe zurück auf die Erde gesunken war, räusperte sich Cheveyo. »Das war … beeindruckend.«

»O ja«, seufzte Mameida mit glänzenden Augen. Mit einem leichten Nicken stimmte ihr nun, da die Gefahr der Konkurrenz gebannt war, auch Vilana zu.

Dem konnte Malena sich nur anschließen. Das Volk des Nordens hatte selbst Daria getrotzt. Die blassblauen Augen der Nordländerin gingen ihr nicht aus dem Kopf.

»Wie konntest du es erlauben, den Stein zurückzulassen?«, fragte Aries an Malena gewandt. »Wir müssen Val retten! Dafür sind wir hier.«

»Sie hätten uns alle getötet, ehe wir es gemerkt hätten«,

sagte Taipa an ihrer statt. »Zur Rettung des Princeps brauchen wir nicht den Stein, sondern dessen abgesonderten Staub.«

»Aber dein Volk, deine Schwester«, warf Malena ein. Sie hatte Taipa versprochen, dass sie die Göttergabe von Occidenta zu ihrem Volk zurückbringen konnte, und hatte vor, zu ihrem Wort zu stehen. Wie hatte Taipa den Naturstein kampflos hergeben können?

Taipa schenkte Malena ein aufrichtiges Lächeln und sagte: »Auch mein Volk wird genesen. Dies ist der Weg der Erdenmutter, und ich folge ihm ohne Zweifel.«

Malena war noch immer nicht überzeugt.

»Wusstest du, dass Daria die ewige Flamme nie erhalten hat?«, lenkte Taipa Malena von ihren Überlegungen ab.

Malena schüttelte den Kopf. »Was auch immer auf dem Banner Darianas verewigt und im Tempel überall auf den Bildern zu sehen ist, ist offenbar nicht die ewige Flamme des Nordens. Daria muss sich mit dem Norden geeinigt und ihr Volk, ja all ihre Nachkommen, belogen haben.« Sie presste die Kiefer so fest zusammen, dass ihre Zähne schmerzten. Lügen. Sie kannte nichts als Lügen. Ihr Leben lang hatte man Val und ihr nichts anderes erzählt.

»Lasst uns nach Dariana zurückkehren und Val retten.«

37
Malena

Noch am selben Tag, nachdem sie ihr abendliches Lager an einem schmalen Bach, dessen Ränder von Eis überzogen waren, zwischen hohen kahlen Bäumen aufgeschlagen hatten, saßen sich Cheveyo und Malena erneut im Schneidersitz gegenüber. Neben ihnen prasselte ein Feuer, Mameida und Vilana arbeiteten etwas abseits daran, dem erlegten Abendessen die Felle abzuziehen.

Malena lehnte mit dem Rücken gegen Aries, der ihr sanfte Kreise auf den Oberschenkel zeichnete. Jeder einzelne davon erhitzte ihren Körper weiter, ließ Bilder der vergangenen Nacht in ihrem Geist aufblitzen. Im Nachhinein könnte die gemeinsame Zeit auch einem Traum entsprungen sein. Sie griff noch einmal nach seiner Hand, drückte sie sanft, während er in ihr Ohr hauchte, dass alles gut werden würde. Wie sehr wollte sie daran glauben!

»Bist du bereit?«, fragte Cheveyo und streckte ihr seine Hand entgegen. Taipa war vorbereitet und hielt ihm den geöffneten Beutel mit dem Staub des Natursteins hin.

Malena atmete tief durch, drehte sich dann in Aries' Umarmung zur Seite und zog sein Gesicht zu sich.

»Ganz gleich, was passieren wird –«, begann sie, doch Aries erstickte die Worte mit einem Kuss, der so voller Emotionen war, dass es keiner weiteren Erklärungen bedurfte. Sie küssten sich, bis Malena das Gefühl hatte, von purem Glück durchflutet zu sein. Der Tanz ihrer Zungen sandte Wellen der Erregung durch ihren Körper, die sich in ihrer Mitte sammelten. Sie wollte mehr davon, ihn erneut spüren wie in der vergangenen Nacht. Sie wollte ihn für immer an ihrer Seite.

Dem mehrmaligen lauten Räuspern folgte ein Pfiff, den Malena nur von Mameida kannte. Keuchend ließen sie voneinander ab. Doch Malena schämte sich nicht für den Kuss. Nicht mehr. Die Röte auf ihren Wangen war allein dem Feuer in ihr geschuldet, das Aries in ihr entflammte.

Sie hauchte noch einen letzten Kuss auf seine Lippen, ehe sie sich ihrem Vorhaben widmete und Cheveyos Hand ergriff.

Dieser tauchte sofort die Fingerspitze der anderen Hand in das Pulver und führte sie zum Mund. Malena schloss die Augen und lehnte sich wieder gegen Aries' starken Körper. Im nächsten Moment sah sie Cheveyos ältere Version vor sich und musste erneut den grausamen Tag des großen Bebens miterleben. Irgendwo, weit entfernt und doch spürbar, zeichnete jemand kleine Kreise auf ihren Oberschenkel und nahm ihr einen Teil des Schmerzes. Für einen Moment verspürte Malena Hoffnung, die ihr jäh entrissen wurde, als Cheveyo sie noch mehr empfinden ließ.

Schreiend riss sie sich los und schlug benommen die Augen auf. Ihr Hals brannte, Taipa reichte ihr einen Trinkschlauch, und Malena nahm gierige Züge.

»Noch mal!«, forderte sie, obwohl sie ihre zitternde Hand Cheveyo kaum entgegenstrecken konnte.

Cheveyo schüttelte voller Bedauern den Kopf und entfernte sich wie eine Sandkrabbe der Ostlande auf Händen und Füßen rückwärts. »Du mutest dir zu viel zu. Wir begegnen uns morgen wieder.«

Taipa sah den jungen Westländer an, als hätte sie ihn nie zuvor gesehen, während dieser sich schwungvoll erhob.

»Ein weiser Rat«, brachte sie mit rauer Stimme hervor, was ein Grinsen auf Cheveyos Lippen zauberte.

»Ich folge nur deinem Beispiel, Vögelchen. Du hast unser Leben über die Göttergabe der Erdenmutter gestellt.« Kurz neigte er den Kopf und reichte Taipa die Hand, um ihr aufzuhelfen. Die Perlenbänder an seinen Handgelenken klimperten aufgeregt. »Ich kann mir vorstellen, wie schwer das für dich war.« Die Worte sorgten für ein Strahlen in Taipas Augen. Sie griff beherzt zu und ließ sich von Cheveyo nach oben ziehen. Die beiden standen sich gegenüber, und Malena konnte die Energie, die zwischen ihnen pulsierte, nahezu spüren.

Dann hob Cheveyo seine Hand und legte sie Taipa an die Wange. Sie errötete, und ihre Augen wurden immer größer.

Ihre Amme Nimh hatte Valerian und Malena von den Gebräuchen ihres Volkes erzählt, hatte ihnen berichtet, dass das Auflegen der Hand eine Geste der Zuneigung war und das Verharren des anderen die verletzliche Seite offenbarte, die man dem Partner darbot. Malena lächelte bei der Erinnerung daran, wie lange Val und sie diese Geste dann täglich genutzt hatten, um ihre Zuneigung zu zeigen, auch wenn Nimh erklärt hatte, dass diese nicht dem Gebaren für geschwisterliche Liebe entsprach. Doch Malena hatte den Gedanken wundervoll gefunden.

»Das hätte ich längst tun sollen, Taipa«, flüsterte Cheveyo, und dennoch trugen die Worte bis zum Horizont. »Schon Yanma wusste, dass die Erdenmutter uns ihren Segen geben würde.«

In Taipas Augen schimmerten Freudentränen, ehe sie auch ihre Hand hob und an Cheveyos Wange legte. Die beiden lächelten einander an, waren in eine andere, bessere Welt entschwunden, die nur für Zweisamkeit bestimmt war.

Mameidas lauter Beifall zerstörte die Atmosphäre, weshalb Vilana sie mit ihren Lippen zum Schweigen brachte. Malena beobachtete ihre besten Freundinnen, die sich nie vor anderen zueinander bekannt hatten, obgleich doch jeder in ihrer Palasthälfte seit Jahren wusste, dass sie Gefährtinnen fürs Leben waren.

»Was hältst du davon, ihrem Beispiel zu folgen?«, hauchte Aries in Malenas Ohr, und sie spürte sein Grinsen an ihrem Hals. Es folgten Küsse und Berührungen, die sie erst unterbrachen, als es verbrannt roch.

Taipa versuchte, mit ihren Kräutern noch etwas zu retten, aber Malena hatte eh wenig Hunger. Zumindest nicht auf Essen.

Ihr Verlangen war anderer Natur, und es verging kaum Zeit, bis es gestillt wurde. Aries und sie zogen sich zurück, und für eine weitere Nacht ließ er Malena vergessen, dass vielleicht auch Cheveyo nicht in der Lage war, ihr zu helfen.

38
Malena

Es wurde jeden Tag wärmer, und sie konnten immer mehr der mitgebrachten Felle zurücklassen. Die Sonnenstunden wanderten sie die Via Borealis entlang. Sobald das Feuer entzündet war, wirkte Cheveyo seine Magie – ohne Erfolg.

Anfangs brachte Aries' Gegenwart Malena noch ein paar Funken des Glücks, doch je näher sie Dariana kamen, desto düsterer wurde es in Malenas Innerem. Die finstere Zukunft legte sich wie eine schwere Decke über sie, drückte ihre Schultern nieder, und sogar das Atmen wurde mühsam. Sie konnte kaum mehr etwas zu sich nehmen, als würde selbst ihr Magen gegen das aufbegehren, was vor ihr lag.

Ihre Kräfte schwanden mit jedem Tag auf der Via Borealis weiter, ihre Beine trugen kaum mehr die Last ihres Körpers, während sie Schritt für Schritt nach Süden wanderten. Nicht einmal die Nächte an der Seite von Aries abseits der Gruppe konnten ihr mehr Kraft schenken, als würde ihre verfluchte Zukunft jegliches Licht in sich aufnehmen. Sie genoss jeden dieser begrenzten Momente, Aries wich auch tagsüber nicht von ihrer Seite, stützte sie, wenn sie zusammenzubrechen drohte und die Ängste ihren Magen umstülpten und ihr Übelkeit bescherten. Sie wurde zusehends schwächer, konnte sich nur noch schwer auf den Beinen halten.

An den ersten Abenden ihrer Rückreise hatte Cheveyo noch versucht, weiter in ihren Geist vorzudringen, er wollte sie an den Schmerz gewöhnen, ihn ihr immer wieder vor Augen führen. Damit sie mit ihm umgehen konnte, ohne dass die Welt zerbrach. Doch ein jedes Mal war sie schreiend aus dem Kontakt ausgebrochen, Aries hatte sie versorgt, sie beruhigt, sie mit seiner Nähe zum Brennen und beim Einschlafen zum Weinen gebracht. Das Eindringen in ihren Geist zehrte mehr und mehr an ihren Kräften, und Taipa hatte Cheveyo untersagt, die Behandlung fortzuführen, die augenscheinlich sowieso nichts bringen würde.

Der Mond wurde erst zur Sichel und wuchs dann wieder zur Kugel heran. Sobald die Sonne aufging, wanderten sie weiter, und Malena ergab sich immer mehr ihrem vermeintlichen Schicksal. Es war Meridias Bestimmung für sie. Sie konnte sich dieser offenbar nicht entziehen, ganz gleich, wie sehr es sie zerriss, dass die trotz ihrer derzeitigen Schwäche schönste Zeit ihres Lebens mit einer einzigen Tat Valerians abbrach. Doch sie wusste, welche Grausamkeiten ihr emotionsloses künftiges Ich über das Imperium bringen würde, sollte sie Circe bitten, ihren Eid zu brechen.

»Wenn wir die ganze Nacht weitergehen, werden wir Dariana morgen am frühen Nachmittag erreichen.« Vilana senkte die Karte, auf der sie ihren Weg täglich eingezeichnet hatte, und sah sich in der Runde um.

»Lena kann sich kaum mehr auf den Beinen halten«, sagte Aries, auf den sich Malena im Laufe des Tages immer stärker hatte stützen müssen. »Wir schlagen hier unser Lager auf.«

Er deutete auf die in der Sonne glitzernde Oberfläche eines kleinen Sees seitlich der Via Borealis, an dem sie bereits auf ihrem Weg in den Norden gerastet hatten, und sie widmeten sich wieder ihren allabendlichen Ritualen.

Allein beim Geruch des Eintopfs, den Taipa und Vilana aus gesammelten Wurzeln und von Mameida gefangenem Fisch zauberten, drehte sich Malenas Magen um. Sie setzte sich daher etwas abseits und ließ die geschundenen Füße in den kühlen See baumeln. So nah an Dariana war er nicht mit Eis überzogen, aber so klar, dass Malena die Pflanzen unter der Oberfläche in ihrem eigenen Rhythmus tanzen sehen konnte. Unentwegt spürte sie Aries' Blicke auf sich. Im Laufe des Tages war ihr sein sorgenvoller Ausdruck auf dem Gesicht immer deutlicher aufgefallen, und als sie sich ein weiteres Mal geweigert hat, sich von ihm tragen zu lassen, war er verärgert davongestapft. Sie war die Erbin Darias, sie war stark, sie würde sich nicht schleppen lassen, nur weil ihre Füße in den Fellschuhen aufquollen und Blasen warfen.

Malena war so in Gedanken versunken, dass sie Taipa erst hörte, als sie neben ihr die Beine ins Wasser baumeln ließ.

»Hier.« Sie reichte Malena einen Becher, aus dem Dampf aufstieg. »Ich habe dir etwas zusammengestellt, das dir gegen die Übelkeit helfen sollte. Und du musst etwas essen«, fügte sie hinzu und streckte ihr mit der anderen Hand eine Wurzel entgegen, die aussah, als wäre sie bereits seit etlichen Monden in Taipas Tasche vor sich hin gewelkt.

Taipa erkannte Malenas Skepsis und erklärte: »Die Knolle ist mehrere Sommer haltbar und sehr energiereich. Unser Volk sammelt sie, um die kargen Winter zu überstehen. Aber trink zuerst.«

Malena nahm den dampfenden Becher an sich und verzog bei dem bitteren Gestank, der ihr in die Nase stieg, das Gesicht.

»Nicht riechen, trinken!«, kommandierte Taipa, und Malena folgte dem Befehl und trank, ohne einzuatmen, mehrere Schlucke, ehe sie die Wurzel an sich nahm und mit Widerwillen daran kaute. Sie war zäh, aber schmeckte süßlich, wenn sie länger im Mund war, und Malenas Magen verlangte nach mehr. Taipa kehrte zurück zum Lagerfeuer und holte ihr Nachschub.

Die Sonne senkte sich hinter dem Horizont, und die vermeintlich letzte Nacht brach an. Doch entgegen ihrem Wunsch verbrachte Malena die geplanten Stunden der Zweisamkeit nicht an Aries geschmiegt auf ihren Fellen, sondern auf Knien über einen Busch gebeugt, wo sie sich immer wieder übergab.

Ihr entkräfteter Geist machte aus dem stetigen Wind, der die Oberfläche des Sees kräuselte, eine höhnende Stimme, die ihr wieder und wieder einflüsterte, dass Taipa sie vergiftet hatte, weil sie Malena nicht traute, sich von Circe töten zu lassen, um das Volk zu retten. Als Malena sich erschöpft an Ort und Stelle einrollte und die Augen schloss, war sie sich sicher, dass die Stimme Meridia gehörte und sie Malena vor Taipa warnte. Doch nach all den gemeinsamen Abenden am Feuer, dem Kennenlernen und dem wachsenden Respekt, den sie füreinander hegten, glaubte Malena der Stimme nicht, die ihrer Übelkeit und dem Unwohlsein entsprungen sein musste.

Am nächsten Morgen sah Aries sie weitaus besorgter an als die vergangenen Tage. Noch heute würden sie in Dariana ankommen, und Malena würde wieder alles essen können, auf das sie Appetit hatte – und die Stimme damit hoffentlich zum Verstummen bringen. Sie ließ es sogar zu, dass Aries sie hin und wieder trug, bis sie auf eine Gruppe Händler aus dem Osten trafen, die jenseits der Via Oriens reisten und die Malena auf ihrem Karren mitfahren ließen. Ihre Augen waren immer schwerer offen zu halten, während die Sonne über den Himmel wanderte.

* * *

Laute Stimmen rissen sie aus dem Schlaf. Aries hielt ihre Hand, verlangte gerade nach Einlass für die Principa.

Malena sah sich um. Sie standen am nördlichen Stadttor, die Zugangsstraße war von etlichen Legionären flankiert, die eine Barriere zur Unterstadt bildeten. Hinter und über ihnen loderten im Schatten der Stadt die ersten Fackeln auf, die den

Weg durch die Unterstadt zeichneten. Noch immer gab es hier zahlreiche eingestürzte Baracken, und es hing ein Gestank von Moder und Verwesung in der Luft, der Malenas Übelkeit nicht gerade zuträglich war. Sie atmete fortan nur noch durch den Mund, glaubte jedoch, die Fäulnis sogar schmecken zu können.

Der Soldat am Tor lachte Aries aus, sein Blick in Malenas Richtung war regelrecht abfällig. Malena stemmte sich schwerfällig im Karren auf.

»Die Princepa ist im Palast, wo sie immer ist. Wen glaubt ihr, hier täuschen zu können?«, sagte nun auch ein zweiter Legionär, der ihrer Gruppe in den Weg trat. Dann musterte er Aries genauer und kniff die Augen zusammen, ehe er Haltung annahm.

»Centurio.« Er senkte den Blick und schlug sich mit der Faust gegen die Brust.

»Marcellus«, grüßte Aries. »Ich bin nicht mehr dein Hauptmann, aber ich freue mich, dich wiederzusehen. Wir müssen schnellstmöglich in den Palast.«

Marcellus salutierte erneut, und der andere Wachposten tat es ihm gleich.

»Ist sie wirklich die Princepa?«, flüsterte Marcellus laut genug, dass Malena ihn hören konnte. Natürlich sah sie derzeit nicht aus wie eine Princepa, sie fühlte sich nicht einmal wie eine. Noch immer kroch Säure ihre Kehle empor und ließ sie würgen, obgleich sie nichts zu sich genommen hatte. Sie klammerte sich an Aries' Arm, den er ihr hinhielt, und schaffte es, ein Lächeln aufzulegen, weil er wusste, dass sie nicht beschämt und getragen werden wollte.

»Soll ich Euch eine Trage bringen lassen?«, fragte Marcellus, aber Malena lehnte ab. Sie wollte nur schnellstmöglich zu Val, damit Cheveyo seine Magie wirken konnte.

Circe kam ihnen schon am Palasttor entgegen, neben dem

sich Malena von Aries gestützt in einen Strauch erbrechen musste. Sie trug Malenas purpurfarbene Toga und darüber den passenden Umhang mit der bestickten Goldbordüre. Genau wie Malena es geplant hatte, hielten alle, die Malena nicht kannten, Circe allein aufgrund ihrer Kleidung für die Princepa. Circe stürzte sich in Malenas Arme, sodass sie beinahe ins Taumeln geriet und sich fast wieder übergeben hätte oder gefallen wäre. Glücklicherweise hatte ihre erste Gardistin die Arme so fest um Malenas Körper geschlungen, dass ihr Magen nicht einmal die Chance gehabt hatte, sich umzudrehen. Sie schnappte nach Luft, Circes Duftwasser ließ einen neuen Schwall Übelkeit aufkommen, und Malena schälte sich aus ihrer Umarmung.

Erst jetzt betrachtete Circe Malena genauer. »Du siehst nicht gut aus«, stellte sie mit einer Direktheit fest, die Malena tatsächlich ein mühsames Lächeln entlockte. »Du musst etwas essen, ehe du zusammenbrichst. Ich lasse sofort die Küche informieren.«

Malena schüttelte den Kopf. »Es wird schon gehen. Zuerst müssen wir zu Val und dafür sorgen, dass er geheilt wird.« Auch nach dem Beenden des Satzes sah sie Circe lange in die Augen, um ihr verständlich zu machen, dass sie noch immer an ihren Schwur gebunden war und sich nichts geändert hatte.

Circe presste die Lippen zusammen, ihr Unterkiefer bebte, ehe sie ihren Körper straffte und nickte. Gleich darauf war der finstere Moment zwar wieder verflogen, aber Malena wusste, dass sie auf Circe zählen konnte.

»Ich bin so froh, dass du wieder da bist! Lothair ist am Durchdrehen! Er hat in den vergangenen Tagen so ziemlich jeden Bewohner des Imperiums, der auch nur ansatzweise eine Idee hat, wie man den Princeps erwecken könnte, vorsprechen lassen.« Sie verzog angewidert das Gesicht. »Einmal wäre er beinahe getötet worden! Ohne Maximus wäre es sicher nicht so glimpflich ausgegangen.«

Malena wurde eiskalt, und sie holte zitternd Luft. »Val geht es aber gut?«

Circe nickte, löste die Nadel an ihrem Umhang und legte ihn dann über Malenas Schultern. »Er liegt unverändert in deinem Bett.«

Die Erleichterung schmolz die Kälte fort, die Malena in ihrem eisigen Griff hatte.

»Ich bringe dich direkt zu ihm.« Sie stützte Malena, als ahne sie, wie schlecht es ihr wirklich ging, so sehr sich Malena auch anstrengte, unter den Blicken der Palastdiener stark zu wirken. Aries hakte sich an ihrer linken Seite ein, die anderen folgten ihnen die Stufen hinauf und den langen Flur mit den Gemälden ihrer Ahninnen entlang. Nun, da Malena kurz vor dem Verlust ihrer selbst stand, sah sie in jedem der Gesichter die traurige Gewissheit, die auch auf ihr lastete. Sie drehte den Kopf und sah den Vögeln jenseits der Rundbogenfenster zu, die über Darianas Dächern tanzten. Sie waren frei. Frei, wie es sich Valerian und sie immer gewünscht hatten. Malena blinzelte die Tränen weg. Sie würde ebenfalls frei sein, sobald Circe ihr Versprechen eingelöst hatte. Sie wäre nicht länger eine Geisel des verfluchten Wunsches ihrer Ahnin.

Sie betrachtete Aries' Profil. Die untergehende Sonne küsste seine vollen Lippen, und Malena spürte ein Sehnen in ihrem Inneren, das zu purem Schmerz wurde. Ihr Unterleib verkrampfte, und sie krümmte sich zusammen.

»Lena!« Aries' Stimme war voller Panik.

»Ruft einen Heiler!«, schrie Circe. Taipa trat zu ihnen.

»Es ist alles in Ordnung mit ihr.« Ihre Stimme war so ruhig, dass Malena trotz der Krämpfe aufsah. Doch was auch immer sie sich vorgestellt hatte zu sehen oder zu hören, es entsprach nicht annähernd dem, was Cheveyo zur Antwort mit ernstem Gesicht aussprach:

»Du trägst neues Leben in dir.«

Malenas Welt verschob sich, fand einen neuen Mittelpunkt. Bilder einer Zukunft an der Seite von Aries. Ein glückliches Paar, das mit wachsamen Augen die ersten taumelnden Schritte eines dunkelhaarigen Kindes verfolgte. Das Lächeln dieser von innen heraus strahlenden Malena zeigte sich auch auf ihren Lippen. Dann kam der Sturz in die grausame Realität und der Schmerz des Verlustes einer Zukunft, die sie nie würde haben können. Ihr Lächeln fiel in sich zusammen, stattdessen verschwamm ihre Sicht, und die ersten Tränen lösten sich. Die Göttin prüfte sie, stellte ihr eine weitere Herausforderung. Eine Hürde, die größer war als alle anderen zuvor. Der Boden unter ihnen begann zu zittern.

»Geht vor zu Val. Weckt ihn«, rief sie über das dumpfe Dröhnen der Erde hinweg. »Wir …« Sie sah zu Aries, in dessen Augen sich ihre Tränen spiegelten, als hätte er dasselbe Bild ihrer unmöglichen Zukunft gesehen. »Wir kommen gleich nach.«

Nachdem die anderen endlich verschwunden waren, besiegte Malena ihre Trauer und die Erschütterung des Palastes, indem sie von ihrer Liebe zu Aries eingehüllt wurde.

»Wir werden eine Lösung finden, werden Valerian den grausamen Wunsch anders formulieren lassen. Wir werden eine Zukunft haben, Lena. Als Familie.«

Es kostete Malena ihre letzten Kräfte, ein schwaches Lächeln aufzusetzen, während sie den Gedanken an Circes Eid und die Folgen von sich schob. Sie musste es beenden, den grausamen Fluch durchbrechen, auch wenn der Preis nun um ein Vielfaches gestiegen war. Ihre Hand glitt zu ihrem

Unterleib und strich sanft darüber. Sie musste dafür Aries belügen, um ihn zu besänftigen, ehe er Val aufhalten würde.

»Cheveyo wird meine Gefühle festhalten, ehe der Fluch sie mir entreißen wird. Ich glaube an seine Stärke und an Val, aber …« Sie zögerte und verschluckte sich an ihren Tränen. »Aber falls es schiefläuft und ich dazu verdammt bin, nicht einmal Liebe für unser Kind zu empfinden, versprich mir, dass du ihm alles schenken wirst, zu dem ich nicht mehr in der Lage sein werde.« Sie schloss die Lider, legte ihre Hand flach auf den Bauch und bat ihr Ungeborenes um Verzeihung für den grausamen Raub seines Lebens, noch ehe sie es ihm schenken würde. »Versprich, dass du dich immer an die glückliche Zeit erinnern wirst.«

»Ich verspreche es.«

Mit geschwollenen Augen, aus denen immer weiter Tränen rollten, folgten sie den anderen zu Val. Malena klammerte sich wie von selbst an Aries, ein Teil von ihr wollte, dass er Val doch aufhielt. Aber das durfte er nicht. Es musste enden. Für die Zukunft des Imperiums.

39
Valerian

Seit etlichen Tagen und Nächten, Monden oder noch länger war er in dem ewigen allumfassenden Weiß gefangen. Und ebenso lange suchte er nach einem Ausweg – oder nach anderen Menschen. Von Weitem hatte er irgendwann diesen Mann aus der westlichen Provinz gesehen, dessen Züge ihn sofort an Nimh erinnert hatten, ihre frühere Kinderfrau, die ebenfalls aus dem Westen gekommen war.

Ihm hatte Val zugerufen, er solle sich um Lena kümmern, doch Val konnte nicht sicher sein, ob er ihn gehört hatte. Der Westländer war zu weit weg gewesen und dann vom Licht verschlungen worden und verschwunden.

Seither war Val in Einsamkeit und ewiger Stille gefangen. Ganz gleich, welche Richtung er einschlug – vielleicht war es auch immer dieselbe? –, sein körperloser Geist traf auf keine andere Seele, und die Vorwürfe lasteten immer schwerer auf ihm.

War sein Versuch, den Wunsch zu schreiben, wirklich zu spät gekommen und er nun bis in alle Ewigkeit in greller Vereinsamung gefangen? Oder hatte er Lena aufhalten können, ehe ihre Gefühle das Imperium vernichteten? Waren das allumfassende Licht und die Einsamkeit die Strafe der Gottheiten dafür, dass er zu lange gezögert und nicht auf den obersten Priester gehört hatte, der bereits seinen Vater dessen grausamer Bestimmung zugeführt hatte?

Val hatte genug Zeit, darüber nachzudenken, und kam zu dem Schluss, dass, könnte er die Zeit zurückdrehen, er immer wieder versuchen würde, seine Schwester zu retten. Denn indem er sie rettete, konnte auch er seiner Bestimmung entfliehen. Hatte er mit diesem Egoismus die gesamte Welt vernichtet?

»Princeps?«

Nach all den Stunden, Tagen, Monden war der Klang einer anderen Stimme das wohl schönste Geräusch, das Val je zu hören bekommen hatte.

Er drehte sich um die eigene Achse, suchte nach der Quelle der Stimme, doch da war niemand.

»Hier!«, rief er – oder sein Geist.

Dann schälte sich die Gestalt des Mannes aus den Westlanden wieder aus dem Licht. Er kam immer näher, während er die Hand hob und sie Val entgegenstreckte. Val wollte ihn berühren, wollte endlich irgendetwas wahrnehmen – und obgleich er keinen Körper hatte, spürte er den Kontakt gleich einem Blitzschlag, der ihn aus dem Licht riss.

Nach dem gleißenden Leuchten um ihn herum war es plötzlich stockfinster, und zig Geräusche prasselten auf Valerian ein. Er hatte das Krächzen der Vögel, das leise Rascheln von Roben, das Schaben von Schuhsohlen über den Boden oder Schritte auf dem Marmor noch nie als so wundervoll empfunden.

»Wieso erwacht er nicht?« Die Stimme war so gebrochen, dass er sich nicht sicher war, ob sie tatsächlich Lena gehörte.

»Lena?« Das Krächzen, das aus seinem Mund kam, klang eher nach einem Vogellaut denn einem Menschen. Seine Kehle war ausgedörrt, er konnte nicht einmal schlucken. Val versuchte, die Lider zu heben, doch sie waren so schwer, als hingen Standarten daran.

»Bringt ihm etwas zu trinken«, sagte die Stimme aus dem Licht. Val hatte kaum Kontrolle über seine Glieder, versuchte, sie zu erspüren.

Da! Endlich kribbelte es in seinen Fingerspitzen und in

den Zehen. Doch mehr als ein Zucken brachte er kaum zustande.

Jemand hob das Kissen mit seinem Kopf an und presste einen Kelch an seine Lippen. Val roch den verdünnten Wein und schluckte begierig, als dieser vorsichtig in seinen Mund gegossen wurde. Ein Teil rann seitlich hinab und befeuchtete sein Kinn. Jemand tupfte ihm mit einem feuchten Tuch über das Gesicht, und endlich konnte er langsam die Lider heben. Doch was er sah, wäre ihm lieber verborgen geblieben.

Lena saß über ihn gebeugt, ihre sonst so leuchtend dunkle Haut war fahl, ihre Wangen waren eingefallen und ihre Lippen rissig. In ihren verquollenen Augen standen Tränen.

»W… was ist passiert?«, fragte er sofort und versuchte, sich zumindest auf die Unterarme zu stemmen. Vergeblich.

»Das ist eine lange Geschichte.« Lena rannen weitere Tränen aus den Augen. Val hatte es nie ertragen, sie weinen zu sehen, und es zerriss ihm auch jetzt das Herz. Ebenso wie ihre nachfolgenden Worte. »Du musst deinen Wunsch schreiben. Am besten sofort. Wo ist die Tafel?«

»Ich … ich weiß es nicht«, antwortete Val ehrlich. »Ich war eben dabei, dich entgegen meinem Willen zu verdammen, als der Boden unter mir weggebrochen ist. Wer hat mich … gerettet?«

»Das war Maximus, hat Circe mir gesagt.«

Val drehte langsam den Kopf zur Seite. Erst jetzt bemerkte er, dass er nicht in seinem Zimmer lag.

»Wo bin ich?«

»In meinem Dormus. Männer und Frauen wohnen in dieser Hälfte des Palastes nun Seite an Seite – wie wir es uns immer gewünscht haben.« Sie stieß ein unglückliches Lachen aus, das in ein Schniefen überging. Ihre Lippen bebten, und weitere Tränen bahnten sich ihren Weg über ihre Wangen.

Val konnte sich nicht zusammenreimen, was sie alles erlebt hatte.

Mit Malenas Hilfe richtete sich Val auf und sah sich im Raum um. Eine jüngere Version des Westländers, der ihn aus dem Licht gezogen hatte, stand an seinem Fußende neben einem Mädchen, das dieselbe Kleidung trug. Dann fiel sein Blick auf Aries, der seine Hand auf Malenas Rücken legte, um sie zu stützen. Auch seine Augen waren gerötet, Tränen hatten weiße Schlieren auf der gebräunten Haut hinterlassen.

Aries schien seit seiner Verbannung aus dem Palast, die Val nicht hatte rückgängig machen können, um mehrere Sommer gealtert zu sein. Es war nichts übrig von dem schelmenhaften Lächeln, das er seit ihrer gemeinsamen Jugend auf den Lippen getragen hatte. Nur pure Trauer. Was war nur geschehen?

»Ich bin froh, dass du wieder wach bist.« Aries schlug sich schwach mit der Faust auf die Brust, verbrauchte dafür offenbar seine letzten Kraftreserven und senkte in Ehrerbietung den Kopf. »Das sind Lenas Gardistinnen Mameida und Vilana.« Er deutete hinter sich auf die zwei Frauen, die Malena flankierten. »Das ist Cheveyo«, fuhr er dann fort. »Er hat dich gerettet und wird auch Lena helfen. Gemeinsam mit Taipa.« Er deutete auf die Westländer, die beide die Lippen zu einem harten Strich zusammengepresst hatten.

So langsam erhielt Val die Kontrolle über seine Gliedmaßen zurück. Er dehnte die Muskeln am ganzen Körper und streckte sich ausgiebig. Die Bewegung tat entsetzlich gut. Ehe er nachfragen konnte, was seit dem großen Beben geschehen war, erklangen vom Flur her dumpfe Schritte – und Lothair betrat den Raum. Sofort stellte sich ihm ein Schatten in den Weg. Maximus.

»Ich habe die Anweisung, Sie nicht aus den Augen zu lassen, Princeps. Lothair darf nicht zu ihm.«

Val runzelte die Stirn, aber Maximus' Taten folgten seiner Aussage. Er versperrte Lothair den Weg, als der ihn umrunden wollte. Der Priester stieß ein Stöhnen aus, griff nach Malenas Stola, die auf einem Stuhl an der Seite ruhte, und warf sie unerwartet wendig über Maximus, der nicht einmal darauf reagierte. Val wollte nachhaken, aber dann glitt sein Blick von dem eingefallenen faltigen Gesicht Lothairs zu dem purpurfarbenen Bündel in seinen Armen. Die Tafel. Val schluckte, ehe er zu Lena sah, die in Aries' Umarmung lag, der ihr die Tränen wegküsste.

Bei dem Anblick verspürte Val einen dumpfen Schmerz in der Brust.

»Tu es!«, verlangte Lena dann mit fester Stimme, straffte ihren Körper und strahlte eine Willensstärke aus, wie es angesichts der Lage nur seine Schwester konnte. »Wir haben Vorkehrungen getroffen.« Die letzten Worte richtete sie an Aries, der die Brauen senkte, ehe sein Kiefer bebte und er die Finger zu Fäusten ballte.

Val nickte dem Priester zu, und Lothair wickelte die Tontafel aus, während er näher trat.

»Sie hat ihre Bestimmung erfüllt«, sagte Lothair knapp, aber mit einer Bitterkeit in der Stimme, die selbst für ihn übertrieben war, nachdem er die Tontafel, eine Schreibfeder und einen funkelnden Dolch auf Vals Decke platziert hatte. »Nun ist es an der Zeit, dass du deine auf dich nimmst.«

Mit zitternden Fingern griff Val zu der polierten Klinge. Alle im Raum hielten wie er den Atem an, Lenas Schluchzen verstummte ebenso wie Aries' gemurmelte Beruhigungen, während er sie noch immer an sich presste. Die Luft vibrierte vor Anspannung, und die Härchen in seinem Nacken richteten sich auf. Auch jenseits von Malenas Gemächern waren alle Geräusche verstummt, als würde die Göttin selbst die Welt innehalten lassen.

Val zog die scharfe Klinge über seinen Handballen – genau an der Stelle, an der ein blasser Streifen von seinem ersten Versuch zeugte. Blut tropfte aus der Wunde auf den Stein, der in Erwartung des Wunsches zu erschaudern schien. Da sickerten Lothairs Worte in seinen Kopf.

»Sie hat ihre Bestimmung erfüllt.«

Val sah von der vibrierenden Tafel auf seinem Schoß zu Lena – und zu Aries, der Stirn an Stirn vor Lena stand und seine Hand flach auf Lenas Bauch legte.

»Nein!«, brüllte Val, und Aries zuckte zusammen. »Es sollte *enden!* Wir können nicht dieselben Fehler machen wie unsere Ahnen! Wir müssen den Kreislauf durchbrechen, anstatt die nächste Generation zu diesem Leben zu verdammen!«

Tränen mischten sich mit dem Blut, das durch seine geballte Faust weiter auf die Tafel rann, floss gemeinsam mit der Hoffnung, aus dem elenden Kreis auszubrechen, auf eine veränderte Zukunft, aus ihm heraus.

»Wir haben versucht, deine Bestimmung zu verhindern«, sagte Lena. Sie trat zu ihm ans Bett und versicherte mit leiser Stimme, dass sie eine Lösung gefunden habe, die alles enden lassen würde. »Aber die einzige Möglichkeit, das Imperium vor dem Zusammenbruch zu schützen, ist das Schreiben deines Wunsches.« Sie lächelte ihn an. »Alles wird gut werden.«

Ihre Stimme war so voller Hoffnung, dass Val ihr glauben wollte. Wenn einer es schaffen konnte, alles zu verändern, dann war sie es. Er glaubte an sie und an ihre Stärke. Also senkte er den Blick auf die erbebende Tafel, benetzte die Feder mit seinem Blut und schrieb, ohne zu zittern, seinen Wunsch.

Es war Lothairs lauter Atemzug, der die vorherrschende Stille zerriss. Val sah die Enttäuschung in seinem Blick, ehe er den Kopf senkte und nur noch die Spitzhaube zu erkennen war, ehe er sich resigniert abwandte.

Hatte er einen Fehler begangen? Die blutgeschriebenen Worte begannen zu leuchten, ehe sie Zeichen für Zeichen in die Tontafel sickerten.

40
Malena

Malena hatte ihren letzten Rest Stärke verbraucht, um Val davon zu überzeugen, das Imperium vor der Auslöschung zu bewahren. Kaum dass sie sich von ihm abgewandt hatte, zerfiel ihr zuversichtliches Lächeln, und sie wäre am liebsten in Aries' Armen zusammengebrochen.

Doch sie wollte die letzten Momente nicht mit Schmerz füllen, sondern das genießen, was er ihr geschenkt hatte. Sie schlang ihre Arme um ihn und küsste ihn wie nie zuvor. Der salzige Geschmack ihrer Trauer mischte sich mit Aries' Tränen. Und doch pochte Malenas Herz und drohte vor Glückseligkeit zu platzen. Sie vertieften den Kuss, hielten sich so fest, dass nichts zwischen sie passte – nur das ungeborene Leben in ihrer Mitte.

Ein letztes Mal sah sie die ältere Version von sich neben Aries sitzen, sah das Kind mit gelocktem Haar und großen Augen auf sie zukommen. Aries ließ Malena auf der Bank zurück, ging mit dem Rücken zu ihr in die Hocke und breitete die Arme aus, um das Kind – ihr gemeinsames Kind – in eine Umarmung zu schließen.

Der Wunschtraum verblasste, nachdem sie ihre Lippen von Aries' löste. »Ich liebe dich, Lena«, brachte er stockend hervor. »Ich werde dich für immer lieben, ganz gleich, ob du es erwidern kannst oder nicht. Dasselbe gilt für unser Kind.«

Ihr Herz zerriss und brachte die Welt zum Zittern, als sie seine letzten Worte wiederholte, sie in jedem einzelnen Tropfen ihres Blutes und in jedem Winkel ihres Herzens spürte, ehe sie sich von Aries löste.

Nach einem kurzen Blick zu Val, auf dessen Schoß die

Worte ihrer Verdammnis einsickerten und zu ihrer verfluchten Zukunft wurden, ging sie zu Circe, die beim Rundbogen neben Maximus stand, dessen Kopf noch immer unter ihrer Stola verborgen war.

Malena zog einen Dolch aus der Scheide, die sie in die Schnürung ihrer Schuhe eingeflochten hatte, und hielt ihn Circe entgegen.

»Es ist so weit«, sagte sie und bemühte sich um Mut angesichts ihres nahenden Todes. Ein letztes Mal berührte sie ihren Bauch, strich sanft darüber, als könnte sie das wachsende Leben darin bereits spüren. »Du musst dein Versprechen einlösen. Ich möchte nicht die Marionette meiner Ahninnen sein.«

Circe konnte ihr nicht in die Augen sehen. Sie starrte unentwegt über Malenas Schulter hinweg zu Val, weshalb Malena ihr den Dolch in die Hände legte und die Finger um den Griff schloss. Wie von selbst wandte sich auch Malena noch einmal um und sah, wie die letzten leuchtenden Worte in den Ton eindrangen. Dann begann die ganze Tafel zu leuchten.

Das Licht breitete sich zu allen Seiten im Raum aus. Ihre Reisegefährten schützten sich mit Händen und Unterarmen vor der grellen Helligkeit, die immer weiter kroch wie ein lebendiges Wesen. Lothair hatte den Kopf so gesenkt, dass Malena sein Gesicht nur schlecht erkennen konnte. Aber sie war sich sicher, dass es von Enttäuschung und Trauer gezeichnet war, als das Licht durch den Raum glitt und dann bei ihm und Maximus ankam. Maximus' Kopf kippte nach vorn, und die Stola rutschte zu Boden.

Im selben Moment wandte sich Circe mit einem strahlenden Lächeln auf den Lippen wieder Malena zu. Das gar abscheuliche Leuchten in ihren Augen ließ Malena vor Angst zurückweichen.

»Jede einzelne deiner Ahninnen hat sich dasselbe von mir

gewünscht.« Circes Lächeln wurde breiter, bekam einen grausamen Zug. »Ich habe ihnen allen treu zur Seite gestanden, seit ich den Namen Cassiopeia trug und Daria überzeugt habe, mich im Kampf gegen meine Geschwister zu unterstützen und mich zur alleinigen Göttin eines vereinten Imperiums zu machen.«

Malena stolperte weiter zurück, wollte schreien, die anderen warnen, jemanden bitten, sie zu töten, ehe der Fluch der Princepas sie erreichte und sie kein Mitleid mehr empfinden lassen würde – für nichts und niemanden. Doch die Worte kamen nicht hervor. Sie wollte nach ihrem Dolch greifen und ihrem Leben selbst ein Ende setzen. Doch Circe verbarg ihn gerade in den Falten ihrer Toga, unerreichbar für Malena.

So richtete sie ihren Blick auf Aries, der regungslos dastand und dabei zusah, wie das Leuchten an ihren Beinen hochkroch und sich über ihren gesamten Körper ausbreitete. Es nahm jegliche Wärme mit sich, die sie irgendwann in ihrem Leben einmal verspürt hatte. Jedes glückliche Lachen, jeden geteilten Kuss, jeden Augenblick mit Aries und die Bilder einer möglichen Zukunft Seite an Seite mit ihrem Kind. Nichts als Kälte blieb zurück.

Während alle anderen im Raum noch immer erstarrt waren, nahm Circe Val die Tontafel ab, ergriff Malenas eiskalte Hand und schlitzte ihr mit dem Dolch, den sie von Malena erhalten hatte, in einer beinahe sanften Berührung die Handfläche auf. Das Blut, das daraufhin in die Scheibe sickerte, ließ sie ein weiteres Mal aufleuchten wie zuvor bei Valerian.

Malena sollte etwas empfinden, lähmende Angst angesichts dessen, was ihre erste Gardistin, ihre beste Freundin seit ihrer Jugend, tat. Doch sie spürte rein gar nichts und ließ Circe ihre Hand mit der Schreibfeder führen und verfolgte, wie die Worte auf der Tafel erschienen.

Mögen Orientis, Occidenta und Arktus weiter aus den Köpfen der Menschen verschwinden, auf dass Meridia für immer herrschen möge.

Malenas Augen weiteten sich kurz, eine letzte Gefühlsregung, der Rausch von Überraschung traf sie wie ein eisiger Regenschauer, der dann jedoch an ihr hinablief und versiegte.

41
Malena

Die Princepa sah sich blinzelnd im Raum um, ehe sie ihre Schultern straffte. Endlich ging es ihr gut. Die Übelkeit war vergangen, sie fühlte sich stärker denn je.

Circe, ihre erste Gardistin, stand neben ihr, wie es sein sollte. Ihre treueste und einzige Freundin.

Die Blicke der anderen waren auf sie gerichtet, insbesondere Taipa beobachtete sie mit zusammengekniffenen Augen, als würde sie auf etwas warten.

Circe zwinkerte ihr zu, und Malenas Lippen spiegelten Circes Lächeln, ehe sie auf die Bettstatt zuging und Aries' entgegengestreckte Hand ignorierte, sodass sein gehauchtes »Lena« auf seinen Lippen erstarb.

»Etwas stimmt nicht mit ihr. Sie ist doch so geworden, wie sie nicht sein wollte«, sagte Vilana, eine der Gardistinnen. An Taipa gewandt fuhr sie fort: »Du hast uns gesagt, dass Circe sie aufhalten würde.«

Malena trat zu Valerian, der noch immer geschwächt auf den Kissen ruhte. Hinter sich hörte sie, wie jemand die Klinge zog, doch Malena war schneller, griff zum Schwert und riss es aus der Scheide, während sie sich umdrehte und Mameidas Angriff abschmetterte. Hatte Circe sie nicht ein Leben lang vor Verrat gewarnt? Malena hatte ihn in Gestalt von Männern erwartet, aber nicht von einer ihrer Gardistinnen. Sie konterte die Attacken nicht länger, sondern ging zum Angriff über. Das kühle Metall fing einen Sonnenstrahl ein, ehe sie die Klinge auf Mameida niedersausen ließ.

Hinter ihr ertönte ein Schrei, und Vilana, ihre andere Vertraute, griff ungeschickt an. Malena musste nichts tun, als ihr

Schwert erhoben zu halten, und Vilana stürzte sich selbst in den Tod.

»Verschwindet!«, rief Aries, und hinter ihm glitten Taipa und Cheveyo in Richtung Durchgang. Er selbst wich langsam vor Malena zurück, Tränen glänzten in seinen Augen, sein Gesicht stellte eine gar lächerliche Enttäuschung und Hoffnungslosigkeit zur Schau, die Malena die Nase rümpfen ließ. Die anderen hatten ihren Dormus bereits verlassen, Aries murmelte noch letzte Worte, ehe er aus ihrem Blick verschwand.

»Ich werde dich immer lieben, Lena.«

Circe lachte, legte Malena die Hand auf die Schulter und flüsterte: »Aries hat seinen Zweck erfüllt.«

Malena sah an sich hinab und strich von einem seltsamen Instinkt getrieben mit der Hand über ihren Unterleib. Circe hatte recht. Aries war eine Notwendigkeit gewesen, um Malenas Bestimmung zu erfüllen. Ein notwendiges Übel.

Sie trug neues Leben in sich.

Ihre Erbin.

Meridias nächste Dienerin.

Die Zukunft des Imperiums.

42
Taipa

Taipa hatte es zu spät erkannt. Sie hatte die Aura der ersten Gardistin der Princepa nie sehen können. Der leuchtende Schein um alle Anwesenden war sichtbar geworden, nachdem Taipa Cheveyo den Tiegel mit dem Pulver des Natursteins gereicht hatte und ein warmer Lufthauch, Occidentas Atem, ihr einen Teil davon ins Gesicht gepustet hatte. Die Wirkung hatte sich entfaltet, während Cheveyo in den Geist des Princeps eingetaucht war und ihn zurück ins Leben gezogen hatte.

Taipa hatte ihren Blick unentwegt auf den Princeps gerichtet, auf das immer stärker werdende Leuchten seiner Aura, mit dem sein Geist in seinen Körper zurückkehrte. Umrundet von blau leuchtender Angst, vermischt mit versiegendem Grün, das Taipa als Hoffnung deutete, notierte er seinen Wunsch mit Blut auf die Tafel.

Erst mit dem Aufleuchten von Orientis' Göttergabe sah Taipa zu der Princepa, deren blauer Dunst sich mit dem Rot von Aries' Wut vermischte, ehe er sie losließ. Eingehüllt in die Angst im Angesicht ihres baldigen Todes war sie zu ihrer Gardistin getreten, die sich bislang im Hintergrund gehalten hatte.

Das Leuchten des geschriebenen Wunsches hatte Taipa zu dem Zeitpunkt bereits erstarren lassen, und so konnte sie die Princepa nicht mehr warnen, konnte ihr nicht sagen, dass ihre erste Gardistin nicht die war, die sie zu sein vorgab. Denn die Aura, die Circe einhüllte, war weder blau noch rot noch grün, sondern golden wie die Magie, die sich in jenem Moment durch den Raum fraß und die Zeit stillstehen ließ.

Circe war kein Mensch, dessen war sich Taipa sicher. Die Götter waren näher, als Yanma es immer vermutet hatte. Doch die kämpferische Circe war mit Sicherheit nicht die friedliebende Occidenta.

Sie mussten aus dem Dormus der Princepa und aus dem Palast verschwinden, ehe die kriegerische Göttin Meridia Malenas Zorn auf sie schürte.

»Etwas stimmt nicht mit ihr. Sie ist doch so geworden, wie sie nicht sein wollte«, sagte Vilana. An Taipa gewandt fuhr sie fort: »Du hast uns gesagt, dass Circe sie aufhalten würde.«

»Offenbar hat Circe ihren Mut verloren«, sagte Mameida. »Ich werde die Aufgabe übernehmen. Wir dürfen das nicht zulassen. Malena hätte das nicht gewollt. Sie ist unsere beste Freundin.« Sie sah Vilana kurz in die Augen, ehe sie sich, ohne dass Taipa sie aufhalten konnte, auf Malena stürzte, die blitzschnell ihre Waffe zog und den Schlag parierte. Das Echo der aufeinandertreffenden Klingen mischte sich mit dem entsetzten Schrei, den Vilana ausstieß.

Taipa spürte die Vibration des Schlages bis in ihre Knochen. Danach ging alles viel zu schnell. Malena reagierte nicht länger, sondern schaltete von Verteidigung auf Angriff. Nicht die kleinste Gefühlsregung lag auf dem Gesicht der Princepa, als sie mit einer kurzen Finte und einem gezielten Hieb Mameida, ihre treue Freundin, niederstreckte. Der Schrei, der nun aus Vilanas Mund drang, klang nicht mehr menschlich. Von purem Schmerz getrieben, stürzte sie sich unbewaffnet nach vorne, um zu ihrer Geliebten zu kommen. Die eiskalte Princepa sah darin offenbar einen weiteren Angriff. Taipa musste mit ansehen, wie Vilana direkt in Malenas nun wieder erhobene Klinge rannte und mit einem erstickten Laut neben Mameida auf die Knie sank. Die nun vorherrschende Stille wurde durch das schabende Geräusch gebrochen, das Malenas Schwert beim Zurückziehen aus Vilanas Brust verursachte. Ohne Halt kippte Vilana vornüber und brach über dem leblosen Körper von Mameida zusammen. Das Blut breitete sich blütenförmig auf ihrer Gardistinnenuniform aus.

In diesem Moment sah Taipa, was sie zu tun hatte. Die Erdenmutter wies ihr endlich einen neuen Weg. Bilder der rothaarigen Kriegerin, in dessen Geist Cheveyo während des dritten Bebens eingetaucht war, manifestierten sich. Sie musste gemeinsam mit Cheveyo in den Kerker. Dorthin, wo Aries' Soldaten die Kriegerin aus dem Süden, Caldea, hingebracht hatten. Auch diese hatte eine Bestimmung und war vielleicht ihre einzige Chance, die von Meridia beschützte Princepa noch aufzuhalten, ehe eine weitere Generation unter der Herrschaft von Dariana zu leiden hatte.

Und so folgten Cheveyo und Taipa Aries' gebrülltem Befehl, zu verschwinden.

Glossar

Die alten Gottheiten und ihre Göttergaben:

Arktus
Gott des Nordens, Göttergabe: die ewige Flamme, in der unbesiegbare Waffen geschmiedet werden

Orientis
Gott des Ostens, Göttergabe: die Tontafel, die Wünsche erfüllt

Meridia
Göttin des Südens, Göttergabe: der Kelch der Einheit, der alle miteinander verbindet, die gemeinsam daraus trinken

Occidenta
Göttin des Westens, von ihrem Volk Erdenmutter genannt, Göttergabe: der Naturstein, der den Kontakt zur Natur und zum Geist anderer herstellt

Personenregister:

Malena: Princepa des Imperiums
Valerian: Princeps des Imperiums
Sargon: ehemaliger Princeps, Vater von Valerian
Anthea: ehemalige Princepa, Mutter von Malena
Nimh: ehemalige Kinderfrau von Malena und Valerian

Lothair: oberster Priester von Dariana
Marius: Tempeldiener
Circe: oberste Gardistin von Malena
Mameida: Gardistin, Malenas Freundin
Vilana: Gardistin, Malenas Freundin
Aries: erster Centurio von Valerian
Maximus: Valerians Beschützer, Erdgeborener
Taipa: Heilerin aus dem Westen
Cheveyo: Krieger aus dem Westen, künftiger Häuptling
Yanma: Schamanin, Taipas Großmutter
Lana: Taipas Schwester
Akecheta: Häuptling, Cheveyos Vater
Jamahi: Versorgerin der Unterstadt, Ostländerin
Caldea: Hordenfürstin aus der südlichen Provinz
Agrippa: Caldeas beste Freundin, von der Horde der Valenti
Lucan: Vertreter der Teren
Pallas: Caldeas bester Freund, Horde unbekannt
Lysanne: Kriegerin des Nordens

Nachwort

Seit Jahren schwirrte mir die Idee des »verbotenen Wunsches«, der »Liebe, die die Welt vernichtet«, im Kopf umher. Ursprünglich war Alania jene Insel, die wir heute als Atlantis kennen (daher auch die Namensähnlichkeit). Aber die Welt, die Bewohner und nicht zuletzt die vier Gottheiten hatten andere Pläne, weshalb ein paar Teaser auf die Gerüchte, was jenseits des Meeres existieren könnte, längst im digitalen Papierkorb gelandet sind und *Der verbotene Wunsch* zu meiner allerersten Fantasygeschichte wurde, die keinerlei Bezug zu unserer Welt hat.

Dass ihr das Buch aber überhaupt in Händen halten könnt, verdankt ihr meiner Kollegin Liza Grimm, mit der ich über das Projekt gesprochen habe, und Franziska Hoffmann, der besten Agentin der Welt.

Die Begeisterung meiner Lektorin Maria Weber war meine größte Motivation, selbst in Corona-Zeiten an der Seite von Malena, Taipa, Val und all den anderen zu kämpfen. Danke, dass du so sehr für die Geschichte brennst, dass Arktus' ewige Flamme neidisch wird, und dass du mich in jeder Phase des Projekts so unterstützt hast.

Ich glaube, ich habe noch nie zuvor ein Buch so häufig überarbeitet und von Grund auf verändert wie dieses. Daher war es umso wichtiger, eine so grandiose Lektorin wie Katja Hildebrandt an der Seite zu haben, die von dem Chaos in meinem Kopf und den bisherigen Versionen nichts wusste und jede noch so kleine Unstimmigkeit aufgespürt hat wie Wassersucher die ersehnte Quelle (freut euch darauf in Band 2).

Dass *Der verbotene Wunsch* auch optisch für mich ein absolutes Highlight wurde, habe ich Alexander Kopainski zu verdanken. Ich starre das Cover so oft verliebt an, dass sich mein Mann sicher bald Sorgen macht. :D

Ein gigantischer Dank geht noch an meine Familie und an meinen unermüdlichen Testleser Timm, der trotz zig Versionen immer und immer wieder gelesen und fleißig Rückmeldungen gegeben hat. Deine Motivation hilft mir, jederzeit durchzuhalten.

Dasselbe gilt für meine Patreon-Crew, ohne die so mancher Durchhänger länger angedauert hätte, als es mein Abgabetermin erlaubt. Ihr seid alle so wundervoll und die beste Unterstützung, die man sich vorstellen kann. Ein extra Gruß geht an meine Champs Jana Ruhland, Nadine Seven und Daphne Bühner.

Der verbotene Wunsch besteht nur aus aneinandergereihten Buchstaben, Wörtern, Sätzen und Kapiteln, wenn sie niemand zum Leben erweckt. Daher gilt mein allergrößter Dank *dir*. Weil *du* meine Geschichte beim Lesen zum Leben erweckst. Ich danke dir und fiebere deinem Feedback und natürlich deiner Meinung zu Malena, Val, Aries und Co. entgegen.

Außerdem freue ich mich über jede Markierung auf Instagram (@stefaniehasse), jede Mail und natürlich jede Rezension oder Leserstimme, mit der ihr es anderen Leser*innen leichter macht, sich zu entscheiden.

Wir lesen uns hoffentlich bald wieder!

Eure Steffi